Rzeki Lo

BEN AARONOVITCH

Rzeki Londynu

Tłumaczenie
Małgorzata Szypuła

ZYSK I S-KA
WYDAWNICTWO

Tytuł oryginału: *Rivers of London*

First published in Great Britain in 2011 by Gollancz an imprint of The Orion Publishing Group Ltd.

Korekta
Jadwiga Jęcz, Anna Skóra, Michał Trusewicz

Wydanie I w tej edycji

ISBN 978-83-8202-934-5

Zysk i S-ka Wydawnictwo
ul. Wielka 10, 61-774 Poznań
tel. 61 853 27 51, 61 853 27 67
Dział handlowy, tel./faks 61 855 06 90
sklep@zysk.com.pl
www.zysk.com.pl

Pamięci Colina Raveya.
Ponieważ pewni ludzie są zbyt wielcy,
by ograniczyć się tylko do jednego świata.

Lecz po cóż im znać, co los im postanawia?
Skoro smutek zawsze za wcześnie się zjawia,
A szczęście tak krótko błyszczy.
Myśl już więcej raju ich nie zniszczy
Gdy niewiedza prawdziwą jest radością,
Szaleństwem byłoby cieszyć się mądrością.

Oda na widziany z oddali Eton College,
Thomas Gray

1.
WAŻNY ŚWIADEK

Wszystko zaczęło się o wpół do drugiej w zimną czwartkową noc w styczniu, kiedy to Martin Turner, uliczny artysta i — wedle własnych słów — początkujący żigolak, potknął się o ciało przed zachodnim portykiem kościoła św. Pawła w Covent Garden. Martin, który sam nie był zbyt trzeźwy, w pierwszej chwili pomyślał, że ciało należy do jednego z rozlicznych birbantów, którzy wybrali *piazza* jako wygodną toaletę i dormitorium pod chmurką. Jako wytrawny londyńczyk Martin obrzucił ciało „londyńskim spojrzeniem" — zerknął szybko, żeby ocenić, czy leży przed nim pijak, wariat, czy istota ludzka w potrzebie. Fakt, że człowiek zupełnie spokojnie może należeć do wszystkich trzech kategorii jednocześnie, sprawiał, że zabawę w samarytanina uważano w Londynie za sport ekstremalny — jak skoki spadochronowe z wieży albo zapasy z krokodylem. Martin, zauważywszy dobrej jakości płaszcz i buty, zaszufladkował leżącego do kategorii pijanych, kiedy dotarło do niego, że ciału brakuje, ni mniej, ni więcej, tylko... głowy.

Rozmawiając z przesłuchującymi go detektywami policyjnymi, zwrócił uwagę, że dobrze się stało, że był w stanie wskazującym na spożycie, ponieważ w przeciwnym wypadku tylko traciłby czas, wrzeszcząc i biegając w kółko — zwłaszcza kiedy zdał sobie sprawę, że stoi w kałuży krwi. A tak, jedynie z powolną i metodyczną cierpliwością człowieka pijanego i przerażonego, Martin Turner wybrał numer 999 i wezwał policję.

Centrala policyjna powiadomiła najbliższy radiowóz patrolowo-interwencyjny i pierwsi funkcjonariusze zjawili się na miejscu przestępstwa już sześć minut później. Jeden z policjantów został z Martinem, który nagle zupełnie wytrzeźwiał, podczas gdy drugi potwierdził obecność ciała i uznał, że jeśli nie pojawią się żadne nowe fakty, w grę raczej nie wchodzi wypadek. Głowę znaleziono sześć metrów dalej — odturlała się i schowała za jedną z neoklasycznych kolumn portyku kościoła. Policjanci z zespołu patrolowo-interwencyjnego skontaktowali się z centralą, ta z kolei powiadomiła lokalny wydział zabójstw, którego funkcjonariusz dyżurny (najmłodszy stopniem posterunkowy detektyw w wydziale) zjawił się pół godziny później: rzucił raz okiem na pana Bezgłowego i obudził swojego przełożonego. I tak Wydział Zabójstw Policji Stołecznej stawił się z pompą i w całym swoim majestacie, zajmując dwadzieścia pięć metrów odsłoniętego bruku między portykiem kościoła a halą targową. Zjawił się patolog, żeby stwierdzić zgon, przedstawić wstępną ocenę przyczyny śmierci i przewieźć ciało na sekcję. (Doszło do drobnego opóźnienia, zanim znaleziono wystarczająco dużą torbę na dowody, by zmieścić w niej głowę). Potem tłumnie zwalili się technicy z laboratorium kryminalistycznego i żeby udowodnić, że to oni są tymi ważnymi, zażądali poszerzenia zabezpieczonego terenu, by objął cały zachodni kraniec *piazza*. Do tego potrzebowali więcej mundurowych, zatem nadinspektor detektyw, który był starszym oficerem śledczym, zadzwonił na komisariat przy Charing Cross i zapytał, czy nie mają wolnych ludzi. Dowódca zmiany, słysząc magiczne słowo „nadgodziny", wmaszerował do policyjnego hotelu pracowniczego i wyrwał z ciepłych łóżek wszystkich na ochotnika. Dzięki temu poszerzono zabezpieczony obszar, rozpoczęto przeczesywanie terenu, młodszych detektywów odesłano, żeby załatwili różne tajemnicze sprawy, i wreszcie, jakoś tuż po piątej, czynności śledcze utknęły w martwym punkcie. Ciało odjechało, detektywi zniknęli, a technicy laboratoryjni jednogłośnie orzekli, że niczego więcej nie da się zrobić przed świtem — do którego brakowało jeszcze trzech godzin. Potrzebowano więc tylko paru frajerów, którzy przypilnują miejsca przestępstwa do czasu, kiedy pracę zacznie nowa zmiana.

I w ten właśnie sposób doszło do tego, że stałem w Covent Garden na lodowatym wietrze o szóstej rano, i dlatego akurat ja spotkałem ducha.

Czasem zastanawiam się, czy gdybym to ja poszedł po kawę, a nie Lesley May, moje życie byłoby o wiele mniej ciekawe i z pewnością mniej niebezpieczne. Czy to mogło się przydarzyć komukolwiek, czy właśnie mnie było pisane? Kiedy się nad tym zastanawiam, pomocna okazuje się mądrość, którą kiedyś podzielił się ze mną mój ojciec: „Kto to, kurwa, wie, dlaczego ludziom przydarzają się różne rzeczy?".

*

Covent Garden to największy plac w centrum Londynu, z Operą Królewską na wschodnim krańcu, halą targową pośrodku i kościołem św. Pawła na zachodnim końcu. Kiedyś znajdował się tu główny targ warzywny i owocowy w Londynie, ale dziesięć lat przed moim urodzeniem przeniesiono go na południe, za rzekę. Miejsce to ma długą i barwną historię, wiążącą się głównie ze zbrodnią, prostytucją i teatrem, ale teraz jest targowiskiem dla turystów. Kościół św. Pawła, zwany Kościołem Aktorów dla odróżnienia od katedry św. Pawła, został wzniesiony przez Inigo Jonesa w 1638 roku. Wiem to wszystko, bo nic tak nie sprzyja szukaniu sposobów na zabicie czasu, jak stanie na lodowatym wietrze, a do jednej ze ścian kościoła przymocowano wielką i nadzwyczaj szczegółową tablicę informacyjną. Wiedzieliście na przykład, że pierwsza udokumentowana ofiara dżumy, której epidemia wybuchła w 1665 roku i zakończyła się spaleniem Londynu, została pochowana na tutejszym cmentarzu? A ja owszem — dowiedziałem się po dziesięciu minutach, podczas których próbowałem się schronić przed wiatrem.

Ekipa od zabójstw odcięła zachodnią część *piazza*, rozpinając taśmę w poprzek wyjazdu z King Street i Henrietta Street oraz wzdłuż frontu hali targowej. Ja pilnowałem końca przy kościele, gdzie się mogłem schować pod portykiem, a posterunkowa Lesley May, moja koleżanka, będąca tak samo jak ja na okresie próbnym, pilnowała terenu od strony *piazza*, gdzie mogła się ukryć przed wiatrem za halą targową.

Lesley była niską blondynką, niewiarygodnie wręcz żwawą dziewczyną, nawet kiedy nosiła kamizelkę policyjną. Razem przeszliśmy podstawowe szkolenie w Hendon, zanim przeniesiono nas do dzielnicy Westminster na okres próbny. Nasza znajomość ograniczała się do czysto zawodowych kontaktów, mimo mojego przemożnego pragnienia dobrania się do jej spodni od munduru.

Ponieważ oboje byliśmy posterunkowymi na okresie próbnym, zostawiono z nami doświadczonego posterunkowego, żeby nas nadzorował — który to obowiązek skrupulatnie wypełniał z pobliskiej całodobowej kafejki przy St. Martin's Court.

Zadzwonił mój telefon. Potrzebowałem chwili, żeby wyłowić go spomiędzy kamizelki ochronnej, pasa biodrowego, pałki, kajdanek, policyjnej krótkofalówki i nieporęcznej, ale na szczęście wodoodpornej kurtki odblaskowej. Kiedy wreszcie odebrałem, okazało się, że dzwoni Lesley.

— Idę po kawę — powiedziała. — Też chcesz?

Zerknąłem w stronę hali targowej i zobaczyłem, że do mnie macha.

— Ratujesz mi życie — odpowiedziałem, patrząc, jak śmiga w stronę James Street.

Nie było jej nieco ponad minutę, kiedy zobaczyłem postać pod portykiem: niskiego mężczyznę w garniturze chowającego się w cieniu za najbliższą kolumną.

Posłużyłem się zalecanym w policji stołecznej „pierwszym powitaniem":

— Hola! Co pan wyprawia?

Postać odwróciła się i mignęła mi blada, przestraszona twarz. Mężczyzna nosił sfatygowany staroświecki garnitur, do kompletu z kamizelką, zegarkiem z dewizką i wysłużonym cylindrem. Pomyślałem, że to jeden z artystów ulicznych, którzy mają pozwolenie na występy na placu, ale uznałem, że jest ociupinkę za wcześnie na takie rozrywki.

— Proszę tutaj, łaskawco — powiedział i skinął na mnie.

Upewniłem się, że wiem, gdzie jest moja rozkładana pałka, i podszedłem. Policjanci powinni groźnie górować nad obywatelami, nawet tymi pomocnymi. To dlatego nosimy wielkie buciory i spiczaste hełmy, kiedy jednak podszedłem, odkryłem, że mężczyzna jest drobniutki — metr pięćdziesiąt w kapeluszu. Walczyłem z pokusą, żeby przykucnąć, by nasze twarze znalazły się na tym samym poziomie.

— Wszystko widziałem, łaskawco — powiedział. — Straszna rzecz.

W Hendon nieustannie wbijają człowiekowi do głowy: zanim zrobisz cokolwiek innego, spisz imię i nazwisko delikwenta. Wyjąłem notatnik i długopis.

— Mogę zapytać pana o nazwisko?

— Oczywiście, że może pan, łaskawco. Nazywam się Nicholas Wallpenny, ale proszę nie pytać, jak to się pisze, bo sam nigdy tak naprawdę tego nie rozgryzłem.

— Jest pan artystą ulicznym?

— Można tak powiedzieć — zgodził się Nicholas. — Z pewnością do tej pory swoją sztukę uprawiałem wyłącznie na ulicach. Chociaż w taką zimną noc jak ta nie miałbym nic przeciwko przeniesieniu się z moimi poczynaniami nieco bardziej w cztery ściany. Jeśli rozumie pan, co mam na myśli, łaskawco.

Miał znaczek wpięty w klapę: uchwycony w podskoku cynowy szkielet. Trochę to za bardzo mroczne i gotyckie jak na londyńskiego cwaniaczka, ale z drugiej strony Londyn to kulturalna stolica świata, tygiel, gdzie dziwaków masz do wyboru, do koloru. Zapisałem więc „artysta uliczny".

— No dobrze, może więc opowie mi pan, co pan widział.

— Widziałem mnóstwo rzeczy, łaskawco.

— Ale był pan tu wcześniej tego ranka?

Instruktorzy bardzo jasno pouczyli mnie także w kwestii sugerowania czegokolwiek świadkom. Informacje mają płynąć tylko w jednym kierunku.

— Jestem tu rano, w południe i w nocy — odpowiedział Nicholas, który najwyraźniej nie chodził na te same wykłady co ja.

— Jeżeli był pan świadkiem czegoś, to może lepiej, żeby wybrał się pan na komisariat i złożył zeznanie.

— Z tym może być pewien kłopot — odparł Nicholas — zważywszy na to, że już jestem trupem.

Pomyślałem, że źle go usłyszałem.

— Jeżeli martwi się pan o swoje bezpieczeństwo...

— Ja już niczym się nie martwię, łaskawco. Z racji tego, że jestem martwy od stu dwudziestu lat.

— Skoro jest pan martwy — powiedziałem, zanim zdążyłem ugryźć się w język — to jak to możliwe, że rozmawiamy?

— Musi pan mieć ździebko talentu — wyjaśnił Nicholas. — Coś ze starej Palladino. — Przyjrzał mi się uważnie. — Może co nieco po ojcu? W porcie pracował, co? Żeglarz albo coś w tym guście, po nim ma pan te ładne kręcone włosy i takie usta, prawda, łaskawco?

— Może pan udowodnić, że pan nie żyje? — zapytałem.

— Co tylko sobie pan zażyczy, łaskawco — odparł Nicholas i wyszedł z cienia.

Był przezroczysty — tak jak hologramy na filmach. Był trójwymiarowy, bez wątpienia realny i, niech mnie diabli wezmą, zwyczajnie przezroczysty. Widziałem przez niego biały namiot, który ekipa z laboratorium rozstawiła, żeby chronić teren wokół ciała.

Jasne, pomyślałem, tylko dlatego, że zwariowałeś, nie powinieneś przestać zachowywać się jak policjant.

— Może mi pan powiedzieć, co pan widział? — zapytałem.

— Widziałem, jak pierwszy dżentelmen, znaczy ten, co go zabito, wyszedł z James Street. Elegancki, dumny mężczyzna o posturze wojskowego, bardzo kolorowo odziany, wedle nowoczesnej mody. Za mego cielesnego życia uznałbym go za prima sort ptaszka do oskubania. — Nicholas przerwał i splunął. Nic nie spadło na ziemię. — A potem widzę drugiego dżentelmena, znaczy tego, co zabił. Idzie spacerkiem z drugiej strony, od Henrietta Street. Nie taki elegancki jak pierwszy, nosi niebieskie drelichy jak robotnik i skórzaną olejówkę jak rybak. Mijają się w tym miejscu. — Nicholas wskazał miejsce jakieś dziesięć metrów od kościelnego portyku. — Jak mniemam, znają się, bo kiwają do siebie głowami, ale nie przystają na pogawędkę ani nic z tych rzeczy, co jest zrozumiałe, bo to nie noc na szwendanie się po mieście.

— Czyli się minęli? — zapytałem nie tylko po to, żeby się upewnić, ale też, żeby zdążyć wszystko zanotować. — I uważa pan, że się znali?

— Byli znajomymi — odparł Nicholas. — Bo nie powiedziałbym, że są przyjaciółmi od serca, zwłaszcza po tym, co się potem okazało.

Zapytałem go, co się potem okazało.

— No to ten drugi, jegomość morderca, wkłada czapkę i czerwoną kurtkę, wyciąga kij, a robi to cicho i szybko jak złodziejaszek obrabiający śpiącego gościa w pensjonacie, staje za tym pierwszym dżentelmenem i strąca mu czyściutko głowę z karku.

— Chyba pan sobie żartuje — powiedziałem.

— Skądże znowu! — oburzył się Nicholas i przeżegnał się. — Przysięgam na własną śmierć, a poważniejszej przysięgi taki biedny cień jak ja złożyć już nie może. To był straszny widok. Głowa mu odpadła i krew trysnęła.

— Co zrobił zabójca?

— Cóż, zrobił swoje, więc się zmył. Poszedł spokojnie New Row jak doliniarz na błonia — powiedział Nicholas.

Pomyślałem sobie, że New Row prowadzi do Charing Cross Road, idealnego miejsca, żeby złapać taksówkę albo nawet autobus nocny, jeśli dobrze się trafi. Zabójca mógł opuścić centralny Londyn w niecały kwadrans.

— Ale nie to było w tym wszystkim najgorsze — powiedział Nicholas, który najwyraźniej nie zamierzał pozwolić, by widownia się rozproszyła. — W tym jegomościu mordercy było coś upiornego.

— Upiornego? Przecież pan jest duchem.

— Może i jestem, ale to znaczy, że tym bardziej wiem, kiedy widzę coś upiornego.

— A co takiego pan zobaczył?

— Jegomość morderca zmienił nie tylko nakrycie głowy i płaszcz, on zmienił też twarz — powiedział Nicholas. — I niech mi pan sam powie, czy to nie upiorne!

Ktoś zawołał mnie po imieniu. Lesley wróciła z kawą.

Nicholas zniknął, kiedy tylko spuściłem go z oka.

Stałem i przez chwilę gapiłem się jak idiota, dopóki Lesley znowu mnie nie zawołała.

— Chcesz tę kawę czy nie?

Przeszedłem po bruku do anioła, który czekał ze styropianowym kubkiem.

— Coś się wydarzyło, kiedy mnie nie było? — zapytała.

Wypiłem łyczek kawy. Słowa „Właśnie rozmawiałem z duchem, który wszystko widział" nie zdołały wydobyć się z moich ust.

*

Następnego dnia obudziłem się o jedenastej — o wiele wcześniej, niżbym chciał. Zostaliśmy z Lesley zmienieni o ósmej, więc powlekliśmy się do hotelu policyjnego i poszliśmy prosto do łóżka. Niestety każde do własnego.

Główne zalety zakwaterowania w hotelu przy komisariacie to niska cena, fakt, że masz blisko do pracy i że nie mieszkasz z rodzicami. Minusy są takie, że dzielisz przestrzeń życiową z ludźmi, którzy nie są na tyle przystosowani społecznie, by żyć z normalnymi istotami ludzkimi, i którzy notorycznie noszą ciężkie buty. Brak przystosowania społecznego sprawia, że otwarcie lodówki okazuje się ekscytującą przygodą mikrobiologiczną, a buciory oznaczają, że każdej nowej zmianie towarzyszą odgłosy przypominające zejście lawiny.

Leżałem w wąskim, małym łóżku hotelowym, gapiąc się na plakat Estelle, który przylepiłem do ściany naprzeciwko. Nie obchodzi mnie, co mówią inni — nigdy nie jesteś za stary, żeby zaraz po przebudzeniu zobaczyć piękną kobietę.

Poleżałem tak z dziesięć minut, mając nadzieję, że wspomnienie rozmowy z duchem rozpłynie się jak sen, ale nic z tego nie wyszło, wstałem więc i wziąłem prysznic. To był ważny dzień i musiałem zachować przytomność umysłu.

Stołeczna policja, wbrew temu, co myślą ludzie, nadal jest organizacją mocno związaną z klasą robotniczą i jako taka całkowicie ignoruje pochodzenie funkcjonariusza. To dlatego każdy świeżo upieczony posterunkowy, niezależnie od zdobytego wykształcenia, musi odsłużyć dwuletni okres próbny jako zwykły krawężnik. A to dlatego, że nic tak nie kształtuje charakteru jak fakt, że obywatele ci naubliżali, opluli cię i na ciebie zwymiotowali.

Pod koniec okresu próbnego zaczynasz ubiegać się o różne stanowiska w najróżniejszych wydziałach, sekcjach i zespołach operacyjnych, które składają się na siły policyjne. Większość stażystów będzie kontynuować karierę jako mundurowi z prawdziwego zdarzenia w jednej z dzielnicowych komend, a oficerowie z policji stołecznej lubią podkreślać, że decyzja o pozostaniu mundurowym posterunkowym, który wykonuje kluczową pracę na ulicach Londynu, to wybór dobry sam w sobie. W końcu kogoś trzeba lżyć, opluwać i obrzygiwać, i ja sam podziwiam tych dzielnych ludzi, którzy są gotowi poświęcić się i podjąć tego zadania.

Takie szlachetne powołanie poczuł kiedyś dowódca mojej zmiany, inspektor Francis Neblett. Wstąpił do policji w epoce dinozaurów, błyskawicznie awansował do stopnia inspektora i następne trzydzieści lat spędził całkiem szczęśliwie na tym samym stanowisku. Był to stateczny człowiek o prostych ciemnych włosach i twarzy, która wyglądała, jakby ktoś przywalił w nią płaskim końcem łopaty. Neblett był wystarczająco staroświecki, żeby wkładać kurtkę mundurową na przepisową białą koszulę, nawet kiedy wychodził na patrol ze „swoimi chłopakami".

Dzisiaj byłem umówiony z nim na rozmowę, w czasie której mieliśmy „omówić" perspektywy mojej przyszłej kariery zawodowej. Teoretycznie była to część zintegrowanego procesu rozwoju zawodowego, mająca przynieść korzyści zarówno policji, jak i mnie. Po tej rozmowie zostaną podjęte ostateczne decyzje względem mojego przyszłego ulokowania — miałem silne podejrzenie, że pytanie, czego ja chcę, w ogóle nie padnie.

Lesley, która wyglądała na wręcz niedorzecznie wypoczętą, zastała mnie w zapuszczonym aneksie kuchennym, który dzieliliśmy ze wszystkimi mieszkańcami naszego piętra. W jednej z szafek leżał paracetamol; jedna rzecz w hotelu policyjnym jest pewna — zawsze znajdziesz tu paracetamol. Wziąłem dwie tabletki i popiłem wodą z kranu.

— Pan Bezgłowy miał nazwisko — powiedziała, kiedy robiłem sobie kawę. — William Skirmish, facet związany z mediami, mieszka w Highgate.

— Mówią coś jeszcze?

— To, co zwykle. Bezmyślne zabójstwo, bla, bla, bla. Przemoc w zaniedbanych częściach śródmieścia i do czego to dochodzi w Londynie, bla, bla.

— Bla — dodałem.

— Czemu wstałeś przed południem? — zapytała.

— O dwunastej mam spotkanie z Neblettem w sprawie mojego rozwoju zawodowego.

— Powodzenia.

*

Wiedziałem, że mam przegwizdane, kiedy Neblett zwrócił się do mnie po imieniu.

— Powiedz mi, Peter, gdzie widzisz siebie w przyszłości?

Poprawiłem się na krześle.

— No cóż, panie inspektorze, myślałem o wydziale kryminalnym.

— Chcesz być detektywem?

Neblett, rzecz jasna, awansował jako mundurowy, i wobec tego traktował funkcjonariuszy, którzy nosili cywilne ubrania, tak samo, jak cywile traktują inspektorów podatkowych. Człowiek może, przyciśnięty, przyznać, że są złem koniecznym, ale nie pozwoli córce wyjść za takiego za mąż.

— Tak, panie inspektorze.

— Dlaczego ograniczasz się do wydziału kryminalnego? Dlaczego nie wybierzesz którejś z jednostek specjalnych?

Bo nie mówisz, nadal będąc na okresie próbnym, że chcesz

pracować w lotnej brygadzie albo w wydziale zabójstw, krążyć po mieście wielkim wozem i nosić ręcznie szyte buty.

— Pomyślałem, że zacznę od podstaw i powoli będę wspinał się wyżej — odpowiedziałem.

— To bardzo rozsądne podejście.

Nagle przyszła mi do głowy straszna myśl. A jeśli myśleli o wysłaniu mnie do Tridentu? To był zespół operacyjny, który zajmował się przestępstwami z użyciem broni palnej wśród czarnej społeczności. W Tridencie zawsze szukali czarnych funkcjonariuszy do potwornie niebezpiecznej roboty w charakterze tajniaków, a zważywszy, że byłem mieszańcem, kwalifikowałem się. Oczywiście nie chodzi o to, że moim zdaniem nie wykonują tam pożytecznej pracy, po prostu uważałem, że nie byłbym w tym dobry. To bardzo ważne, by znać swoje ograniczenia, a moje ograniczenia zaczynały się już przy przeprowadzce do Peckham — nie widzę siebie w towarzystwie Jamajczyków, gości bez stałego adresu i tych dziwacznych, chudych białych dzieciaków, które nie chwytają ironii w tekstach Eminema.

— Nie lubię rapu, panie inspektorze — powiedziałem.

Neblett powoli pokiwał głową.

— Dobrze wiedzieć — odparł, a ja postanowiłem trzymać od teraz gębę na kłódkę. — Peter — zaczął — w ciągu ostatnich dwóch lat wyrobiłem sobie bardzo dobrą opinię na temat twojej inteligencji i zdolności do ciężkiej pracy.

— Dziękuję, panie inspektorze.

— No i masz jeszcze solidne przygotowanie naukowe.

Dostałem trzy tróje na maturze: z matematyki, fizyki i chemii. Tylko tutaj coś takiego można uznać za solidne przygotowanie z nauk ścisłych, bo z pewnością nie wystarczyło, żebym zdobył wymarzone miejsce na uniwersytecie.

— Bardzo dobrze sprawdzasz się przy przelewaniu swoich przemyśleń na papier — dodał Neblett.

Poczułem w żołądku zimną gulę rozczarowania. Doskonale wiedziałem, jaki straszliwy przydział szykuje mi policja stołeczna.

— Chcemy, żebyś rozważył pracę w zespole kontroli postępów dochodzeń — powiedział Neblett.

Teoria leżąca u podstaw zespołu kontroli postępów jest bardzo solidna. Funkcjonariusze policji, zgodnie z powszechnym przekonaniem, toną w robocie papierkowej; podejrzanych trzeba spisać, łańcuch dowodowy nigdy nie może pęknąć, a zaleceń polityków i *Ustawy o Policji i dowodach przestępstwa* należy przestrzegać co do joty. Zadaniem zespołu kontroli jest wykonywanie roboty papierkowej za zaganianych posterunkowych, żeby ci mogli wracać na ulice, gdzie będą lżeni, opluwani i obrzygiwani. I tak, póki stróże prawa patrolują ulice, póty zbrodnia zostanie pokonana, a dobrzy, czytający „Daily Mail" obywatele naszego szlachetnego kraju będą żyć w pokoju.

A prawdę mówiąc, praca papierkowa nie jest aż tak uciążliwa — każdy na wpół kompetentny pracownik tymczasowy załatwiłby całość w pół godziny i miałby jeszcze czas na opiłowanie paznokci. Kłopot w tym, że w policji chodzi tylko o „twarz", „obecność" i pamiętanie, co podejrzany powiedział jednego dnia, żeby następnego dnia przyłapać go na kłamstwie. Chodzi o to, by pobiec w stronę krzyku, zachować spokój i być tym, który otworzy podejrzaną paczkę. Oczywiście można robić jedno i drugie, to po prostu nie jest zbyt powszechne. Neblett w zasadzie mówił mi, że nie jestem prawdziwym gliniarzem — nie takim, co łapie złodziei — ale mogę wnieść znaczący wkład w wysiłki policji, odciążając prawdziwych gliniarzy. Z przyprawiającą o mdłości pewnością mogłem powiedzieć, że te słowa — „znaczący wkład" — już zmierzają pędem ku naszej rozmowie.

— Miałem nadzieję na coś wymagającego nieco większego zaangażowania, panie inspektorze — bąknąłem.

— To będzie wymagało zaangażowania — zapewnił mnie Neblett. — Wniesiesz znaczący wkład w naszą pracę.

*

Policjanci z zasady nie potrzebują pretekstu, żeby pójść do pubu, a jednym z ich rozlicznych nie-pretekstów jest tradycyjna popijawa z okazji końca okresu próbnego, podczas której członkowie zmiany dbają, żeby świeżo upieczeni stuprocentowi posterunkowi skuli się do nieprzytomności. W tym celu zostaliśmy z Lesley zawleczeni Strandem do „Roosevelt Road" i pojono nas alkoholem tak długo, aż przyjęliśmy pozycję horyzontalną. Tak przynajmniej mówiła teoria.

— Jak ci poszło? — zapytała Lesley, przekrzykując rejwach w pubie.

— Kiepsko! — odkrzyknąłem. — Zespół kontroli dochodzeń.

Lesley się skrzywiła.

— A ty?

— Wolę nie mówić, bo się wkurzysz.

— Wal śmiało. Jakoś to przełknę.

— Przydzielono mnie tymczasowo do ekipy od zabójstw.

Pierwszy raz słyszałem o takim przypadku.

— Jako detektywa?

— Jako mundurowego posterunkowego w cywilu — odparła. — Mają poważną sprawę i potrzebują ludzi.

Miała rację. Wkurzyłem się.

Od tej chwili miałem popsuty wieczór. Znosiłem to przez parę godzin, ale nienawidzę użalania się nad sobą, zwłaszcza w moim własnym wykonaniu, wyszedłem więc i wykonałem drugą co do skuteczności czynność tuż po wsadzeniu głowy do wiadra z zimną wodą.

Niestety kiedy siedzieliśmy w pubie, przestało padać, toteż musiałem zadowolić się tym, że otrzeźwi mnie lodowate powietrze.

Lesley dorwała mnie dwadzieścia minut później.

— Do cholery, włóż chociaż kurtkę — powiedziała. — Zamarzniesz na śmierć.

— A jest zimno?

— Wiedziałam, że się zdenerwujesz.

Włożyłem kurtkę.

— Powiedziałaś już bandzie? — zapytałem.

Poza mamą, tatą i babcią Lesley miała pięć starszych sióstr, które mieszkały w promieniu stu metrów od domu rodzinnego w Brightlingsea. Spotkałem je raz czy dwa, kiedy zwaliły się do Londynu całą bandą na zakupy. Były tak głośne, że stanowiły przypadek jednorodzinnego zakłócenia porządku publicznego i zasłużyłyby na eskortę policyjną, gdyby już jej nie miały w osobie Lesley i mojej.

— Dziś po południu. Były bardzo zadowolone. Tanya też, a ona nawet nie wie, co to znaczy. Powiedziałeś już swoim?

— O czym? Że pracuję za biurkiem?

— Nie ma nic złego w pracy biurowej.

— Tyle że ja chciałem być gliniarzem.

— Wiem. Tylko dlaczego?

— Bo chcę pomagać społeczeństwu — odparłem. — Łapać złych gości.

— Czyli nie chodziło o błyszczące guziki? Albo o możliwość założenia komuś kajdanek i powiedzenia: „Przyskrzyniłem cię, koleś"?

— Chodziło o utrzymanie królewskiego ładu. Wprowadzenie porządku w miejsce chaosu.

Smutno pokręciła głową.

— A skąd to przypuszczenie, że istnieje jakiś porządek? Zresztą byłeś na patrolu w sobotę w nocy. Czy to ci wyglądało na królewski ład?

Podszedłem, żeby oprzeć się o lampę uliczną, ale nie do końca mi to wyszło i odrobinę się zatoczyłem. Lesley uznała to za o wiele zabawniejsze, niż moim zdaniem było. Przysiadła na progu księgarni Waterstones, żeby złapać oddech.

— W porządku — odparłem. — Więc dlaczego ty wybrałaś tę pracę?

— Bo jestem w tym naprawdę dobra.

— Nie jesteś aż tak dobrym gliniarzem.

— Właśnie że jestem. Szczerze mówiąc, jestem zarąbistym gliniarzem.

— A ja to co?

— Ty się łatwo rozpraszasz.

— Nieprawda.

— Sylwester, Trafalgar Square, wielki tłum, grupa złamasów sika do fontanny. Pamiętasz to? — zapytała Lesley. — Wszystko się pieprzy, złamasy zaczynają się rzucać, a ty co robisz?

— Odszedłem tylko na kilka sekund.

— Sprawdzałeś, co było napisane na zadku lwa — powiedziała Lesley. — Ja się siłowałam z pijanymi dresiarzami, a ty zajmowałeś się badaniami historycznymi.

— Chcesz wiedzieć, co było napisane na tyłku lwa?

— Nie. Nie chcę wiedzieć, co napisano na tyłku lwa, jak działa syfon albo dlaczego jedna pierzeja Floral Street jest sto lat starsza od drugiej.

— Nie uważasz, że to są ciekawe rzeczy?

— Nie wtedy, gdy się siłuję z dresiarzami, łapię złodziei samochodowych albo przyjeżdżam do wypadku z ofiarami śmiertelnymi — odpowiedziała Lesley.— Lubię cię i uważam, że jesteś dobrym facetem, ale to trochę tak, jakbyś nie widział świata w sposób, w jaki powinien go widzieć gliniarz. Jakbyś widział rzeczy, których tak naprawdę nie ma.

— Na przykład?

— Nie wiem. Nie widzę rzeczy, których nie ma.

— Widzenie rzeczy, których nie ma, może być bardzo użyteczną umiejętnością dla gliniarza.

Lesley prychnęła.

— Naprawdę — upierałem się. — Zeszłej nocy, kiedy pozwoliłaś, żeby uzależnienie od kofeiny rozproszyło twoją uwagę, ja spotkałem świadka, którego tam nie było.

— Nie było — powtórzyła Lesley.

— Już słyszę, jak pytasz, w jaki sposób można spotkać świadka, którego nie ma.

— Zgadza się, pytam.

— Kiedy twoim naocznym świadkiem jest duch — wyjaśniłem.

Lesley gapiła się na mnie przez chwilę.

— Ja bym obstawiała gościa od kamer monitoringu — powiedziała w końcu.

— Co?

— Gościa, który zobaczył morderstwo na nagraniu z kamery monitoringu — wytłumaczyła Lesley. — Byłby świadkiem, którego tam nie było. Ale podoba mi się pomysł z duchem.

— Przesłuchałem ducha — powiedziałem.

— Chrzanisz.

I tak opowiedziałem jej o Nicholasie Wallpennym i jegomościu mordercy, który odwrócił się, przebrał i jednym ciosem kija strącił biednemu…

— Mówiłaś, że jak się nazywa ofiara? — zapytałem.

— William Skirmish — powiedziała Lesley. — Mówili o tym w wiadomościach.

— Strącił biednemu Williamowi Skirmishowi głowę z karku.

— O tym nie mówiono w wiadomościach — zauważyła Lesley.

— Ekipa od zabójstw będzie wolała to utajnić — odparłem. — Żeby móc zweryfikować zeznania świadka.

— A rzeczony świadek jest duchem? — upewniła się Lesley.

— Tak.

Lesley wstała, zachwiała się lekko, a potem znowu zogniskowała na mnie wzrok.

— Myślisz, że on nadal tam jest? — zapytała.

Chłodne powietrze wreszcie zaczęło mnie otrzeźwiać.

— Kto?

— Twój duch. Nicholas Nickleby. Myślisz, że nadal jest na miejscu przestępstwa?

— A skąd mam wiedzieć? Nawet nie wierzę w duchy.

— Chodźmy i sprawdźmy, czy tam jest — zaproponowała. — Jeżeli ja też go zobaczę, to zweryfwi… zwefyri… będziemy mieli dowód potwierdzający.

— W porządku.

Ruszyliśmy ramię w ramię King Street w stronę Covent Garden.

Tej nocy zastaliśmy tam jedynie dobitną nieobecność Nicholasa. Zaczęliśmy od portyku kościoła, gdzie go zobaczyłem, i ponieważ Lesley — nawet zalana — była gliniarzem do szpiku kości, przeszukaliśmy metodycznie cały teren.

— Frytki — powiedziała Lesley po drugim kółku. — Albo kebab.

— Może on nie wychodzi, kiedy jestem w towarzystwie.

— Może pracuje na zmiany.

— Chrzanić to, chodźmy na kebab.

— Sprawdzisz się w zespole kontroli — powiedziała Lesley. — Zobaczysz, że…

— Jeśli powiesz „wniesiesz znaczący wkład", nie ręczę za to, co ci zrobię.

— Zamierzałam powiedzieć „dużo zmienisz". Zawsze możesz jechać do Stanów, założę się, że FBI by cię przyjęło.

— Dlaczego FBI by mnie przyjęło?

— Mógłbyś robić za sobowtóra Obamy.

— A za ten tekst ty stawiasz kebab.

*

Ostatecznie okazało się, że jesteśmy za bardzo wykończeni, żeby iść na kebab, więc wróciliśmy prosto do hotelu policyjnego, gdzie Lesley całkowicie zawaliła sprawę i nie zaprosiła mnie do swojego pokoju. Osiągnąłem ten stan upojenia, kiedy kładziesz się na łóżku w ciemnościach, a pokój wiruje wokół ciebie i zastanawiasz się nad naturą wszechświata i nad tym, czy zdążysz dobiec do umywalki, zanim zwymiotujesz.

Nazajutrz miał być mój ostatni wolny dzień i, o ile nie udowodnię, że widzenie rzeczy, których nie ma, to kluczowa umiejętność nowoczesnego policjanta, za chwilę przyjdzie mi się przywitać z zespołem kontroli dochodzeń.

— Przykro mi z powodu zeszłego wieczoru — powiedziała Lesley.

Rano żadne z nas nie było w stanie stawić czoła grozie aneksu kuchennego, znaleźliśmy więc schronienie w stołówce przy komisariacie. Mimo że personel przygotowujący posiłki stanowił mieszaninę krępych Polek i chudych Somalijczyków, przedziwny rodzaj zinstytucjonalizowanego bezwładu sprawiał, że nadal podawano tu klasyczne angielskie jedzenie rodem z garkuchni, kawa była lurowata, a herbata gorąca, słodka i serwowana w kubkach. Lesley wzięła pełne angielskie śniadanie, ja zdecydowałem się tylko na herbatę.

— W porządku — powiedziałem. — Twoja strata, nie moja.

— Nie to miałam na myśli — żachnęła się Lesley i uderzyła mnie w rękę płazem noża. — Chodzi mi o to, co powiedziałam o tobie w roli gliniarza.

— Nie martw się. Wziąłem pod uwagę twoje komentarze na mój temat, wszechstronnie je przepracowałem tego ranka i teraz czuję, że mogę zająć się realizacją fundamentalnych celów zawodowych w sposób sumienny i rzutki, a nade wszystko twórczy.

— Co zamierzasz zrobić?

— Zamierzam się włamać do HOLMES-a* i sprawdzić, czy mój duch ma rację.

---

* HOLMES — Home Office Large Major Enquiry System (wszystkie przypisy pochodzą od tłumaczki).

*

Każdy posterunek policji w kraju ma przynajmniej jeden terminal z HOLMES-em. Główny System Nadzoru Śledczego Ministerstwa Spraw Wewnętrznych pozwala analfabetom komputerowym w policji wkroczyć do ostatnich dekad dwudziestego wieku. Wprowadzenie ich do dwudziestego pierwszego wieku to już zbyt duże wymaganie.

Wszystko, co się wiąże z poważniejszymi dochodzeniami, znajduje się w tym systemie, pozwalając detektywom porównywać dane i uniknąć takich wpadek jak ta, która sprawiła, że obława na Rozpruwacza z Yorkshire stała się podręcznikowym przykładem. Nowa wersja systemu miała się nazywać SHERLOCK, ale nikt nie potrafił dopasować słów, żeby otrzymać taki skrót, więc nazwali ją HOLMES 2.

Teoretycznie można wejść do HOLMES-a z laptopa, ale policja stołeczna lubi przykuwać swój personel do stałych terminali, których nie można zostawić w pociągu albo sprzedać w lombardzie. Kiedy pojawia się duża sprawa, terminale można przenieść do jednego z centrów koordynacyjnych na posterunku. Mogliśmy z Lesley zakraść się do terminalu HOLMES-a i ryzykować, że ktoś nas przyłapie, ale ja wolałem podłączyć laptop przez kabel do lokalnej sieci komputerowej w jednym z pustych obecnie pokojów pełniących funkcję centrum koordynacyjnego i pracować sobie wygodnie i bezpiecznie.

Wysłano mnie na kurs wprowadzający do HOLMES-a 2 trzy miesiące wcześniej. Wtedy bardzo się ekscytowałem, bo myślałem, że szefostwo przygotowuje mnie do pracy przy poważniejszych dochodzeniach, ale teraz widzę, że szykowano mnie do wprowadzania danych. Potrzebowałem mniej niż pół godziny, żeby znaleźć dochodzenie z Covent Garden. Ludzie często są bardzo niedbali w kwestii haseł, a inspektor Neblett posłużył się imieniem i rokiem urodzenia najmłodszej córki, co jest zwyczajnie karygodne. Ponadto umożliwiło mi to podgląd wszystkich interesujących mnie plików.

Stary system nie radził sobie z dużymi plikami danych, ale HOLMES 2 był nowinką informatyczną mającą ledwie dziesięć lat i detektywi mogli teraz załączać fotografie, skany dokumentów, a nawet fragmenty filmów z kamer monitoringu bezpośrednio do tak zwanych „akt imiennych". Taki YouTube dla gliniarzy.

Ekipa od zabójstw przydzielona do sprawy Williama Skirmisha nie marnowała czasu i zgarnęła materiał filmowy z kamer, żeby sprawdzić, czy nie przyuważy mordercy. To był wielki plik i od razu się do niego zabrałem.

Według raportu kamera była zamocowana na rogu James Street i skierowana na zachód. Materiał filmowy był niskiej jakości, nagrany przy słabym świetle i pokazywał jedną klatkę na sekundę. Jednakże mimo fatalnego światła wyraźnie było widać Williama Skirmisha przechodzącego pod kamerą w stronę Henrietta Street.

— A to nasz podejrzany — powiedziała Lesley, wskazując palcem.

Na ekranie pojawiła się druga postać (w najlepszym razie można było obstawiać, że to mężczyzna, najprawdopodobniej w dżinsach i skórzanej kurtce), która minęła Williama Skirmisha i zniknęła z ekranu. Według notatek postać tę określono jako ŚWIADKA A.

Potem pojawiła się trzecia postać oddalająca się od kamery. Wcisnąłem pauzę.

— Nie wygląda jak ten sam gość — powiedziała Lesley.

Zdecydowanie nie wyglądała. Ta osoba nosiła coś, co przypominało czapkę smerfa, i coś, co rozpoznałem jako edwardiańską bonżurkę — nie pytajcie mnie, skąd wiem, jak wygląda edwardiańska bonżurka, powiedzmy tylko, że ma to coś wspólnego z *Doktorem Who*, i zostawmy ten temat. Nicholas powiedział, że była czerwona, ale obraz z kamery był czarno-biały. Cofnąłem o kilka klatek i puściłem znowu. Pierwsza postać — ŚWIADEK A — znikała z pierwszego ujęcia dwie klatki przed pojawieniem się w kadrze gościa w czapce smerfa.

— Dwie sekundy, żeby się przebrać — powiedziała Lesley. — Niemożliwe dla człowieka.

Przewinąłem do przodu. Mężczyzna w czapce smerfa wyciągnął kij i zgrabnie stanął za Williamem Skirmishem. Zamach wypadł między klatkami, ale samo uderzenie było doskonale widoczne.

Na następnej klatce ciało Skirmisha znajdowało się w połowie drogi do ziemi, a mała czarna plama, która, jak uznaliśmy, musiała być jego głową, pojawiła się koło portyku.

— Mój Boże. Naprawdę jednym ciosem strącił mu głowę z karku — powiedziała Lesley.

Zupełnie tak, jak zrelacjonował to Nicholas.

— O, to dopiero jest niemożliwe dla człowieka.

— Widziałeś już taką oderwaną głowę — sprzeciwiła się Lesley. — Też tam byłam, zapomniałeś?

— To był wypadek samochodowy. W grę wchodziły dwie tony metalu, a nie pałka.

— No tak — zgodziła się Lesley, pukając w ekran — ale sam widzisz.

— Coś mi tu śmierdzi.

— Coś poza potwornym morderstwem?

Przełączyłem z powrotem na klatkę, kiedy na scenę wkraczał Smerf w Czapce.

— Widzisz pałkę?

— Nie — odpowiedziała Lesley. — Widać obie jego ręce. Może nosi ją na plecach.

Przewinąłem do przodu. Na trzeciej klatce pałka pojawia się w rękach Smerfa w Czapce jakby za sprawą czarów, ale to mógł być efekt tego, że obraz rejestrowano w sekundowych odstępach. Poza tym coś jeszcze tu nie grało.

— Jest za duża jak na kij bejsbolowy.

Pałka miała długość co najmniej dwóch trzecich wzrostu dzierżącego ją człowieka. Przewijałem do tyłu i do przodu, ale nie mogłem się zorientować, gdzie ją trzymał.

— Nie kijem go, to pałką — powiedziała Lesley.

— Gdzie w ogóle można kupić taką pałkę?

— W sklepie Mega Kij? W Super Pałce?

— Sprawdźmy, czy damy radę przyjrzeć się jego twarzy — zaproponowałem.

— W sklepie z kijami w rozmiarze XXL? — podrzuciła Lesley.

Udałem, że jej nie słyszę, i przewinąłem do przodu. Morderstwo zajmowało niecałe trzy sekundy, trzy klatki — jedna na zamach, druga na cios i trzecia na wykończenie uderzenia. Na następnej Smerf w Czapce obracał się, a jego widoczna z półprofilu twarz miała sterczący podbródek i wielki haczykowaty nos. Kolejna klatka pokazywała Smerfa w Czapce, jak wraca tą samą drogą, którą przyszedł, wolniej, niż szedł wcześniej, jak gdyby nigdy nic — na ile mogłem to ocenić z rwanego nagrania. Kij zniknął dwie klatki po morderstwie; znowu nie byłem w stanie dojrzeć, gdzie się podział.

Zastanawiałem się, czy dałoby się wydobyć z nagrania twarze, i zacząłem szukać narzędzi graficznych, którymi mógłbym się posłużyć.

— Idioto — żachnęła się Lesley. — Ekipa od zabójstw musiała wymłócić to nagranie na wszystkie strony.

Miała rację. Do filmiku podłączono linki z wyostrzonymi zdjęciami Williama Skirmisha, ŚWIADKA A i jegomościa mordercy w czapce smerfa. W przeciwieństwie do tego, co pokazują w telewizji, istnieje nieprzekraczalna granica tego, jak duże zbliżenie można uzyskać z kawałka staroświeckiego nagrania video. Nieważne, czy zostało przerobione na nagranie cyfrowe — jeśli nie ma informacji, to jej nie ma. Mimo wszystko ktoś z laboratorium odwalił kawał świetnej roboty i chociaż wszystkie twarze były nieostre, przynajmniej było widać, że to ewidentnie trzy różne osoby.

— On nosi maskę — powiedziałem.

— Zaczynasz się łapać rozpaczliwych argumentów — uznała Lesley.

— Popatrz na ten podbródek i nos. Nikt nie ma takiej twarzy.

Lesley wskazała na adnotację dołączoną do zdjęcia.

— Wygląda na to, że ekipa od zabójstw zgadza się z tobą.

Dołączono tam listę „czynności", które w związku z zebranymi dowodami należało podjąć. Jedną z nich było sprawdzenie lokalnych wypożyczalni kostiumów, teatrów i eleganckich butików, w których sprzedaje się także maski. Zadanie to znajdowało się bardzo nisko na liście.

— Aha! — wykrzyknąłem. — Więc to może być ta sama osoba.

— Kto zdołałby się przebrać w niecałe dwie sekundy? — zapytała Lesley. — Zlituj się!

Wszystkie pliki z dowodami były ze sobą połączone linkami, więc sprawdziłem, czy ekipa od zabójstw zdołała namierzyć ŚWIADKA A po tym, jak opuścił miejsce przestępstwa. Nie zdołała i według listy czynności odnalezienie go było sprawą priorytetową. Przewidywałem konferencję prasową i apel o zgłaszanie się świadków. Słowa „policja w szczególności jest zainteresowana rozmową z..." z pewnością znajdą tu zastosowanie.

Namierzono Smerfa w Czapce, jak szedł New Row, dokładnie tą samą trasą, którą opisał Nicholas, ale zniknął z kamer monitoringu przy St. Martin's Lane. Według listy „czynności" połowa ekipy od zabójstw przeczesywała właśnie okoliczne ulice w poszukiwaniu potencjalnych świadków i tropów.

— Nie — powiedziała Lesley, czytając w moich myślach.

— Nicholas...

— Nicholas duch — podkreśliła Lesley.

— Nicholas żywy inaczej — odparłem — miał rację, opisując sposób, w jaki morderca podszedł do ofiary, metodę ataku i przyczynę śmierci. Miał również rację co do trasy ucieczki i nie mamy żadnego ujęcia, na którym ŚWIADEK A byłby widoczny w tym samym czasie co Smerf w Czapce.

— Smerf w Czapce?

— Podejrzany w sprawie o morderstwo — poprawiłem się. — Muszę pokazać to ekipie od zabójstw.

— I co powiesz oficerowi śledczemu? — zapytała Lesley. — Spotkałem ducha, który powiedział, że ŚWIADEK A założył maskę, i facet rzeczywiście to zrobił?

— Nie. Powiem, że zwrócił się do mnie potencjalny świadek, który, choć opuścił miejsce przestępstwa, zanim zdążyłem spisać jego nazwisko i adres, podsunął potencjalnie interesujące tropy mogące zwiększyć szansę pozytywnego zakończenia dochodzenia.

To przynajmniej sprawiło, że Lesley na chwilę się przymknęła.

— I myślisz, że to cię uratuje przed zespołem kontroli?

— W każdym razie warto spróbować.

— To nie wystarczy — powiedziała Lesley. — Po pierwsze, już mają tropy w związku ze ŚWIADKIEM A, łącznie z podejrzeniem, że założył maskę. Po drugie, mogłeś wyciągnąć wszystkie te informacje z nagrania video.

— Nie wiedzą, że miałem dostęp do nagrania.

— Peter, na tym nagraniu widać, jak gościowi urwano głowę ciosem pałki. To będzie krążyć po całym Internecie przed końcem dnia, o ile nie pokażą tego w wiadomościach o dziesiątej.

— No to wymyślę więcej tropów.

— Wybierasz się na poszukiwanie swojego ducha?

— A chcesz iść ze mną?

— Nie — odpowiedziała Lesley. — Ponieważ jutro jest najważniejszy dzień dla reszty mojej kariery, zamierzam wcześniej się położyć z kubkiem kakao i egzemplarzem *Podręcznika oficera śledczego*.

— Tym lepiej, bo i tak myślę, że przepłoszyłaś go zeszłej nocy.

*

Wyposażenie dla łowców duchów: ocieplana bielizna — bardzo ważna, ciepła kurtka, termos, cierpliwość, duch.

Dość szybko dotarło do mnie, że to chyba najbardziej absurdalna rzecz, jaką w życiu zrobiłem. Około dziesiątej zająłem pierwszą pozycję, siadając przy kawiarnianym stoliku na wolnym powietrzu, i czekałem, aż tłumy się przerzedzą. Kiedy kafejkę zamknięto, wolnym krokiem przeszedłem do portyku kościoła i czekałem.

To była kolejna mroźna noc, co oznaczało, że pijani wychodzący z pubów byli za bardzo zmarznięci, żeby atakować się wzajemnie. W pewnym momencie minęły mnie imprezowiczki wracające z babskiego wieczoru — kilkanaście kobiet w przydużych różowych T-shirtach, króliczych uszach i szpilkach. Na zimnie ich blade nogi pokryły się plamami. Jedna z nich mnie zauważyła.

— Lepiej wracaj do domu! — zawołała. — On nie przyjdzie.

Jej kumpelki wybuchły śmiechem. Usłyszałem, jak jedna poskarżyła się, że „wszyscy przystojni to geje".

I o tym właśnie myślałem, kiedy zobaczyłem mężczyznę obserwującego mnie z drugiego końca *piazza*. Przy rosnącej liczbie gejowskich pubów, klubów i czatów samotny mężczyzna bywały w świecie nie musi już w mroźną noc odwiedzać publicznych toalet i cmentarzy po to, by spotkać partnera, który pozwoli mu zaspokoić najpilniejsze potrzeby. Mimo to niektórzy nadal woleli ryzykować odmrożenia poniżej pasa — nie pytajcie mnie czemu.

Mężczyzna miał jakieś metr osiemdziesiąt wzrostu — sześć stóp, licząc w starej walucie — i nosił przepięknie skrojony garnitur, który podkreślał szerokość ramion i szczupłość talii. Widząc jego pociągłe, piękne rysy twarzy i ciemne włosy przycięte na staroświecką modłę z przedziałkiem z boku, pomyślałem, że jest tuż po czterdziestce. Trudno było to orzec w świetle lamp sodowych, ale uznałem, że ma szare oczy. Trzymał laskę ze srebrną gałką i nie musiałem sprawdzać, żeby wiedzieć, że nosi szyte na miarę buty. Potrzebował tylko nieco egzotycznego młodszego przyjaciela, żebym musiał wezwać policję do zwalczania banałów.

Kiedy podszedł, żeby ze mną porozmawiać, pomyślałem, że może właśnie szuka nieco egzotycznego przyjaciela.

— Dobry wieczór — powiedział; mówił z wzorcowym brytyjskim akcentem, jak angielski czarny charakter z hollywoodzkiego filmu. — Co pan tu porabia?

Pomyślałem, że powiem prawdę.

— Poluję na duchy.

— Ciekawe. Szuka pan kogoś konkretnego?

— Nicholasa Wallpenny'ego.

— Jak się pan nazywa i gdzie pan mieszka?

Żaden londyńczyk nie odpowiedziałby na to pytanie bez sprzeciwu.

— Słucham?

Sięgnął do marynarki i wyciągnął portfel.

— Nadinspektor detektyw Thomas Nightingale — poinformował mnie i pokazał legitymację policyjną.

— Posterunkowy Peter Grant.

— Z komisariatu przy Charing Cross?

— Tak, panie inspektorze.

Uśmiechnął się do mnie dziwnie.

— Proszę kontynuować, posterunkowy Grant — powiedział i odszedł spacerkiem w stronę James Street.

No i proszę, właśnie poinformowałem nadinspektora detektywa, że poluję na duchy, co oznaczało, że jeśli mi uwierzy, uzna mnie za stukniętego, a jeśli nie uwierzy, to uzna, że czekam na chętnego i zamierzam dopuścić się czynu niemoralnego, zakłócając przy tym porządek publiczny.

A duch, na którego czekałem, nie raczył się zjawić.

Uciekliście kiedyś z domu? Ja tak, dwa razy. Za pierwszym razem, kiedy miałem dziewięć lat, dotarłem tylko do Argosa przy Camden High Street, a za drugim aż do dworca kolejowego Euston i już stałem przed tablicą odjazdów, kiedy zmieniłem zdanie. W obydwu przypadkach nie zostałem uratowany, znaleziony ani przyprowadzony z powrotem; powiem więcej: kiedy wróciłem do domu, nie sądzę, żeby mama zauważyła moje zniknięcie. Z pewnością nie zauważył go tata.

Obie przygody zakończyły się w ten sam sposób — zrozumieniem, że ostatecznie, niezależnie od wszystkiego, będę musiał wrócić do domu. W przypadku dziewięcioletniego mnie kluczowa okazała się świadomość, że sklep Argos reprezentuje zewnętrzne rubieże mojego pojmowania świata. Za tym miejscem była już tylko stacja metra, wielki budynek z posągami kotów, a dalej jeszcze więcej dróg i przejazdy autobusami prowadzące do klubów w piwnicach, które były smutne, puste i cuchnęły piwem.

Moje czternastoletnie wydanie było bardziej racjonalne. Nie znałem nikogo w miastach na tablicy odjazdów i wątpiłem, czy którekolwiek z nich okaże się bardziej gościnne od Londynu. Pewnie nie miałem nawet dość pieniędzy, żeby zajechać dalej niż do Potters Bar, a nawet gdyby udało mi się przejechać na gapę, co bym jadł? Oceniając realistycznie, miałem przy sobie pieniądze na trzy posiłki, a potem znowu byłby dom z mamą i tatą. Wszystko, co zrobiłbym przed wejściem do autobusu i jazdą do domu, byłoby tylko odwlekaniem nieuniknionej chwili powrotu.

To samo dotarło do mnie w Covent Garden o trzeciej nad ranem. Ten sam kolaps potencjalnych przyszłości w osobliwość — w przyszłość, przed którą nie było ucieczki. Nie będę jeździł świetną bryką i mówił: „Jesteś przyskrzyniony, koleś". Będę pracował w zespole kontroli postępów dochodzeń i wniosę „znaczący wkład".

Wstałem i ruszyłem w stronę komisariatu.

Miałem wrażenie, że słyszę, jak w oddali ktoś się ze mnie śmieje.

2.
PIES NA DUCHY

Następnego ranka Lesley zapytała mnie, jak się udało polowanie na duchy. Kręciliśmy się przed biurem Nebletta, miejscem, z którego miał paść śmiertelny cios. Nie wymagano, żebyśmy tam czekali, ale żadne z nas nie chciało przedłużać agonii.

— Są gorsze rzeczy niż zespół kontroli — powiedziałem.

Przez chwilę oboje nad tym myśleliśmy.

— Drogówka — powiedziała Lesley. — To gorsze od papierków.

— Za to można pojeździć fajnymi wozami. BMW seria 5, mercedes klasy M.

— Wiesz, Peter, jesteś naprawdę płytką osobą — orzekła Lesley.

Już miałem zaprotestować, kiedy z biura wynurzył się Neblett. Nie zdziwił się na nasz widok. Podał list Lesley, która — co ciekawe — jakoś nie śpieszyła się z otwarciem go.

— Czekają na ciebie w Belgravii — powiedział Neblett. — Zmykaj.

Właśnie w Belgravii ma swoją siedzibę westminsterska ekipa od zabójstw. Lesley pomachała mi nerwowo, odwróciła się i odbiegła w podskokach korytarzem.

— O, to jest rasowy glina — powiedział Neblett. Spojrzał na mnie i zmarszczył czoło. — A jeśli idzie o ciebie — dodał — to nie mam pojęcia, co myśleć.

— Z zaangażowaniem wnoszę znaczący wkład, panie inspektorze — powiedziałem.

— Bezczelny gnojek jesteś i tyle — odparł Neblett. Podał mi nie kopertę, ale świstek papieru. — Będziesz pracował z nadinspektorem Thomasem Nightingale'em.

Na świstku zapisano nazwę i adres japońskiej restauracji przy New Row.

— A dla kogo pracuję? — zapytałem.

— Dla wydziału przestępstw gospodarczych i innych, o ile wiem. Chcą, żebyś był w cywilu, więc lepiej się zbieraj.

Wydział do zwalczania przestępstw gospodarczych i innych był administracyjnym workiem dla mnóstwa specjalistycznych jednostek zajmujących się wszystkim: od dzieł sztuki i antyków po imigrację i przestępstwa komputerowe. Najważniejsze było to, że nie obejmował zespołu kontroli przebiegu dochodzeń. Oddaliłem się pośpiesznie, żeby inspektor nie zdążył zmienić zdania, niemniej chciałbym podkreślić, że nawet przez chwilę nie biegłem w podskokach.

*

New Row to wąska piesza ulica między Covent Garden i St. Martin's Lane, z Tesco na jednym końcu i teatrami przy St. Martin's Lane na drugim. „Tokyo A Go Go" to japońska restauracja *bentō* znajdująca się w połowie ulicy, wciśnięta między prywatną galerię i sklep ze sprzętem sportowym dla dziewcząt. Wnętrze było podłużne i tak wąskie, że ledwie mieściły się tam dwa rzędy stolików, a wystrój był skąpy, zgodny z minimalistycznym japońskim stylem. Były tam stoliki i krzesła z lakierowanego drewna, lśniąca drewniana podłoga, mnóstwo kątów prostych i ryżowego papieru.

Dostrzegłem Nightingale'a przy stoliku w głębi, gdzie zajadał coś z czarnego lakierowanego pudełka *bentō*. Wstał na mój widok i uścisnął mi dłoń. Kiedy usiadłem naprzeciwko, zapytał, czy jestem głodny. Powiedziałem, że nie, i podziękowałem. Denerwowałem się, a miałem zasadę, żeby nie wrzucać zimnego ryżu do ściskającego się żołądka. Zamówił herbatę i zapytał, czy mam coś przeciw temu, że on będzie jadł dalej.

*

Odparłem, że skądże znowu, więc wrócił do dźgania jedzenia w swoim *bentō* szybkimi ruchami pałeczek.

— Wrócił? — zapytał.

— Kto?

— Twój duch. Nicholas Wallpenny, rzezimieszek, doliniarz i kanciarz. Zmarły z parafii św. Idziego. Zaryzykujesz i zgadniesz, gdzie został pochowany?

— Na cmentarzu przy Kościele Aktorów?

— Bardzo dobrze — odpowiedział Nightingale i szybkim ruchem pałeczek chwycił roladkę z kaczką. — Zatem co, wrócił?

— Nie.

— Duchy są kapryśne. I mało wiarygodni z nich świadkowie.

— Chce pan powiedzieć, że duchy naprawdę istnieją?

Nightingale starannie otarł usta serwetką.

— Sam z jednym rozmawiałeś — powiedział. — Co o tym myślisz?

— Czekam na potwierdzenie ze strony starszego rangą oficera — odparłem.

Odłożył serwetkę i podniósł czarkę.

— Duchy naprawdę istnieją.

Wypił łyk.

Spojrzałem na niego. Nie wierzyłem ani w duchy, ani we wróżki, ani w bogów, a przez ostatnie dni czułem się jak człowiek na pokazie magii — spodziewałem się, że magik zaraz wyjdzie zza kurtyny i poprosi, żebym wybrał kartę, dowolną kartę. Nie byłem gotów uwierzyć w duchy, ale tak to właśnie jest z doświadczeniem empirycznym — to się dzieje naprawdę.

A skoro duchy istniały naprawdę?

— Czy to właśnie ta chwila, kiedy mówi mi pan, że istnieje tajny wydział londyńskiej policji, który zajmuje się duchami, ghulami, wróżkami, demonami, wiedźmami i czarownikami, elfami i goblinami…? — zapytałem. — Może mi pan przerwać, zanim skończy mi się lista istot nadnaturalnych.

— Ledwie musnąłeś wierzchołek góry lodowej — odparł Nightingale.

— Obcy? — musiałem zapytać.

— Jeszcze nie.

— A tajny wydział stołecznej policji?

— Obawiam się, że jestem tylko ja jeden.

— I chce pan, żebym co… dołączył do pana?

— Żebyś mi pomógł — odparł Nightingale — w tym śledztwie.

— Myśli pan, że w tym morderstwie kryje się coś nadnaturalnego? — spytałem.

— A może powtórzysz mi, co miał do powiedzenia świadek? — zaproponował inspektor. — A potem zobaczymy, dokąd ta sprawa zmierza.

Wobec tego opowiedziałem mu o Nicholasie i o tym, jak jegomość morderca się przebrał. O nagraniu z kamery i o tym, że ekipa od zabójstw uważa, że to dwaj różni ludzie. Kiedy skończyłem, dał znać kelnerce, że prosi o rachunek.

— Szkoda, że nie wiedziałem o tym wczoraj — powiedział. — Może jednak uda nam się podjąć trop.

— Czyj trop, panie inspektorze? — zapytałem.

— Upiorności — odpowiedział Nightingale. — Ona zawsze zostawia ślad.

*

Nightingale jeździł jaguarem, autentycznym Mark z silnikiem XK6 o pojemności 3,8 litra. Mój ojciec sprzedałby własną trąbkę za taki wóz jak ten, i to jeszcze w latach sześćdziesiątych, kiedy to nadal coś znaczyło. Samochód nie był w nieskazitelnym stanie: karoseria miała parę wgnieceń, na drzwiach po stronie kierowcy ciągnęła się paskudna rysa, a skóra na siedzeniach zaczynała pękać, ale kiedy Nightingale przekręcił kluczyk i zagrała rzędowa szóstka, jaguar chodził jak marzenie i tylko to się tak naprawdę liczyło.

— Zdawałeś na maturze przedmioty ścisłe — powiedział Nightingale, kiedy ruszaliśmy. — Dlaczego nie poszedłeś dalej w tym kierunku?

— Za bardzo się rozproszyłem, panie inspektorze — powiedziałem. — Miałem niskie oceny i nie zdołałem się dostać na wybrane zajęcia.

— Naprawdę? A co rozproszyło twoją uwagę? — zapytał. — Może muzyka? Założyłeś zespół?

— Nie, panie inspektorze. Nic równie interesującego.

Przejechał przez Trafalgar Square. Dzięki dyskretnej policyjnej odznace na przedniej szybie przeciął Mail, minął pałac Buckingham i skręcił w Victoria Street. Wiedziałem, że są tylko dwa miejsca, do których możemy jechać: na komisariat w Belgravii, gdzie ekipa od zabójstw miała swoje centrum koordynacyjne, albo do kostnicy w Westminsterze, gdzie trzymano ciało. Miałem nadzieję, że chodzi o centrum koordynacyjne, ale — oczywiście — chodziło o kostnicę.

— Rozumiesz jednak, na czym polega podejście naukowe? — upewnił się Nightingale.

— Tak, panie inspektorze — odpowiedziałem i pomyślałem: Bacon, Kartezjusz, Newton, zaliczone. Obserwacja, hipoteza, eksperyment i coś jeszcze, co będę mógł sprawdzić, gdy znowu siądę przy swoim laptopie.

— Dobrze — odparł Nightingale. — Bo potrzebuję kogoś zdolnego do obiektywnego osądu.

Czyli z pewnością chodzi o kostnicę, pomyślałem.

Oficjalnie nazywa się Zakład Medycyny Sądowej im. Iaina Westa i stanowi przejaw najszczerszych wysiłków Ministerstwa Spraw Wewnętrznych, żeby jedna z jego kostnic wyglądała tak odlotowo jak te w amerykańskich serialach. Aby nie wpuszczać brudnych policjantów, którzy mogliby zanieczyścić jakiś ślad dowodowy na ciele, zbudowano specjalne pomieszczenie dla obserwatorów, gdzie można było na monitorach oglądać przeprowadzaną autopsję. Dzięki temu nawet najbardziej makabryczna sekcja sprowadzała się do ledwie koszmarnego dokumentu telewizyjnego. Ja byłem cały za tym pomysłem, ale Nightingale powiedział, że musimy znaleźć się blisko zwłok.

— Dlaczego? — zapytałem.

— Ponieważ istnieją jeszcze inne zmysły prócz wzroku.

— Mówimy o percepcji pozazmysłowej?

— Po prostu zachowaj otwarty umysł — odrzekł Nightingale.

Zanim dopuszczono nas w okolice stołu sekcyjnego, personel kazał nam włożyć fartuchy ochronne i maski. Nie byliśmy krewnymi, więc nikt nie robił sobie zachodu i nie zasłonił płótnem przerwy między ramionami ciała i głową. Cieszyłem się, że odpuściłem sobie *bentō* tego ranka.

Podejrzewałem, że William Skirmish za życia musiał być nijakim mężczyzną. Był w średnim wieku i przeciętnego wzrostu; mięśnie miał zwiotczałe, ale też nie był otyły. Złapałem się na tym, że z zadziwiającą łatwością przychodzi mi patrzenie na oderwaną głowę z poszarpanymi skrawkami skóry i mięśni zamiast szyi. Ludzie zakładają, że pierwszym zmarłym, jakiego zobaczy funkcjonariusz policji, będzie ofiara morderstwa, ale, prawdę mówiąc, zwykle jest to ofiara wypadku samochodowego. Ja pierwszy raz zobaczyłem ciało w swoim drugim dniu pracy, kiedy kurierowi na rowerze samochód dostawczy urwał głowę. Potem co prawda człowiek wcale się nie przyzwyczaja, ale już wie, że może być o wiele gorzej. Nie cieszył mnie specjalnie widok bezgłowego pana Skirmisha, ale musiałem przyznać, że jest on o wiele mniej przerażający, niż się spodziewałem.

Nightingale pochylił się nad ciałem i prawie wsadził twarz w przeciętą szyję. Pokręcił głową i odwrócił się do mnie.

— Pomóż mi go obrócić.

Nie chciałem dotykać ciała, zwłaszcza że nie włożyłem rękawiczek, ale nie mogłem stchórzyć w takiej chwili. Kiedy przewracaliśmy ciało na brzuch, okazało się cięższe, niż się spodziewałem, zimne i bezwładne. Szybko się odsunąłem, lecz Nightingale zaraz mnie przywołał.

— Chcę, żebyś przysunął twarz do szyi tak blisko, jak się da, zamknął oczy i powiedział mi, co czujesz — oznajmił Nightingale.

Zawahałem się.

— Obiecuję, że wszystko stanie się jasne.

Maska i okulary ochronne pomogły — nie było szansy, żebym przypadkiem pocałował zmarłego. Zrobiłem, jak kazał mi inspektor, i zamknąłem oczy. Początkowo czułem tylko zapach środków dezynfekujących, stali nierdzewnej i świeżo umytej skóry, ale po kilku chwilach uświadomiłem sobie obecność czegoś jeszcze; wrażenie czegoś szorstkowłosego, mokronosego, dyszącego i merdającego.

— No i? — zapytał Nightingale.

— Pies — powiedziałem. — Mały, ujadający psiak.

Warczenie, szczekanie, ujadanie, rozbłyski bruku, patyków, śmiechu — histerycznego, piskliwego śmiechu.

Wyprostowałem się gwałtownie.

— Przemoc i śmiech? — spytał Nightingale.

Skinąłem głową.

— Co to było? — zapytałem.

— Upiorność — odpowiedział Nightingale. — Jak jasne światło, kiedy zamkniesz oczy, zostawia powidoki. Nazywamy to *vestigium*, pozostałością.

— Skąd mam wiedzieć, że sobie tego nie wyobraziłem? — dopytywałem.

— Doświadczenie — powiedział Nightingale. — Nauczysz się dostrzegać różnicę dzięki doświadczeniu.

Na szczęście odwróciliśmy się od ciała i wyszliśmy.

— Ledwie cokolwiek poczułem — przyznałem, kiedy się przebieraliśmy. — Ślad zawsze jest taki słaby?

— To ciało leżało w lodzie przez dwa dni — odpowiedział Nightingale — a *vestigia* słabo utrzymują się na martwych ciałach.

— Zatem cokolwiek zostawiło ślad, musiało być bardzo silne — uznałem.

— Owszem. Dlatego musimy zakładać, że pies jest bardzo ważny, i musimy się dowiedzieć czemu.

— Może Skirmish miał psa — powiedziałem.

— Tak, zacznijmy od tego.

Przebraliśmy się i już wychodziliśmy z kostnicy, kiedy dopadło nas przeznaczenie.

— Usłyszałem pogłoski, że w budynku rozszedł się smród — rozległ się głos za naszymi plecami. — I niech mnie szlag, jeśli nie okazały się prawdziwe.

Przystanęliśmy i się odwróciliśmy.

Nadinspektor detektyw Alexander Seawoll był potężnym mężczyzną, miał blisko dwa metry wzrostu, wydatny tors, piwny brzuch i głos, od którego szyby drżały w oknach. Pochodził z Yorkshire albo podobnych okolic i, jak wielu mających ze sobą problemy facetów z północy, przeprowadził się do Londynu — to rozwiązanie tańsze od psychoterapii. Znałem go ze słyszenia, a z tego, co usłyszałem, pod żadnym pozorem nie należało z nim zadzierać. Zbliżał się do nas korytarzem jak byk na sterydach i musiałem zwalczyć pokusę schowania się za plecami Nightingale'a.

— Kurwa, Nightingale, to moje śledztwo! — warknął Seawoll. — Nie obchodzi mnie, kogo aktualnie posuwasz! Nie życzę sobie, żeby twoje zagrywki w stylu *Archiwum X* przeszkadzały policji w wykonywaniu prawdziwej roboty.

— Zapewniam pana, inspektorze, że nie zamierzam wchodzić panu w drogę — odparł Nightingale.

Seawoll spojrzał na mnie.

— A to kto jest, do diabła?

— To posterunkowy Peter Grant — wyjaśnił Nightingale. — Pracuje dla mnie.

Widziałem, że zaszokował tym Seawolla. Inspektor przyjrzał mi się uważnie, zanim z powrotem odwrócił się do Nightingale'a.

— Wziąłeś sobie ucznia?

— Jeszcze nie zdecydowałem — odparł Nightingale.

— To się dopiero zobaczy — powiedział Seawoll. — Nie zapominaj o porozumieniu.

— Nie zapominam o umowie. Jednakże okoliczności się zmieniły.

— Ale nie aż tak, w mordę kopane! — warknął Seawoll, wyglądało jednak na to, że mówi już z mniejszym przekonaniem. Znowu spojrzał na mnie z góry. — Posłuchaj mojej rady, synu — odezwał się cicho. — Spieprzaj od tego gościa, póki jeszcze masz szansę.

— To wszystko? — zapytał Nightingale.

— Po prostu trzymaj łapy z daleka od mojego dochodzenia — powiedział Seawoll.

— Zjawiam się tam, gdzie jestem potrzebny — odparł Nightingale. — To właśnie mówi porozumienie.

— Tyle że okoliczności mogą się cholernie zmienić — odparł Seawoll. — A teraz, jeśli panowie nie mają nic przeciwko, jestem już spóźniony na płukanie okrężnicy.

Odszedł korytarzem, wypadł z hukiem przez podwójne drzwi i zniknął nam z oczu.

— Co to za porozumienie? — zapytałem.

— To nieistotne — uciął Nightingale. — Chodźmy sprawdzić, czy uda nam się znaleźć psa.

*

Na północnym krańcu londyńskiej dzielnicy Camden dominują dwa wzgórza: Hampstead na zachodzie i Highgate na wschodzie; Hampstead Heath, jeden z największych parków w Londynie, wcisnął się między nie jak zielone siodło. Z tych wzniesień ziemia opada ku Tamizie i terenom zalewowym, które czają się poniżej zabudowanego centrum Londynu.

Dartmouth Park, gdzie mieszkał William Skirmish, znajdował się na niższych stokach wzgórza Highgate w odległości spacerku od Hampstead Heath. Skirmish zajmował mieszkanie na parterze przebudowanego wiktoriańskiego szeregowca, domu znajdującego się na rogu obsadzonej drzewami ulicy, na której ruch ograniczono tak, że niemal całkiem zamarł.

Dalej w dół stoku znajdowało się Kentish Town, Leighton Road i osiedle, na którym dorastałem. Niektórzy z moich szkolnych kolegów mieszkali kawałek od Skirmisha, tuż za rogiem, więc dobrze znałem tę okolicę.

Gdy pokazywaliśmy legitymacje mundurowemu, który pilnował drzwi, na pierwszym piętrze dostrzegłem twarz w oknie. Tak jak w przypadku wielu przebudowanych szeregowców, niegdyś elegancki korytarz wejściowy obudowano płytami gipsowymi, przez co stał się ciasny i ciemny. Dwoje dodatkowych drzwi wejściowych upchnięto obok siebie w końcu pomieszczenia. Drzwi po prawej były uchylone, ale symbolicznie zabezpieczone taśmą policyjną. Drugie przypuszczalnie należały do mieszkania z poruszającą się zasłoną na piętrze.

Mieszkanie Skirmisha było schludne, umeblowane w eklektycznym stylu, jaki normalni ludzie — tacy, których nie opętały demony ambicji — wybierają do swoich domów. Stało w nim mniej regałów na książki, niż spodziewałbym się po człowieku z mediów; nie brakowało zdjęć, ale te z dziećmi były czarno-białe albo miały wyblakłe kolory dawnych klisz fotograficznych.

— Życie w cichej desperacji — powiedział Nightingale.

Wiedziałem, że to cytat, ale nie zamierzałem dać mu tej satysfakcji i zapytać z kogo.

Cokolwiek można by powiedzieć na temat nadinspektora Seawolla, nie był on głupcem. Widać było, że jego ekipa od zabójstw gruntownie zbadała mieszkanie — smugi proszku do zdejmowania odcisków palców były na telefonie, klamkach i framugach, książki pozdejmowano z półek i odstawiono do góry nogami. Ten ostatni fakt najwyraźniej zirytował Nightingale'a bardziej, niż było to stosowne do sytuacji.

— To zwykłe niedbalstwo — orzekł.

Powysuwano szuflady, przeszukano je i zostawiono nie do końca zamknięte, żeby było widać, że zostały sprawdzone. Wszystko warte odnotowania już odnotowano i wprowadzono do HOLMES-a (pewnie zajął się tym jakiś biedny frajer w rodzaju Lesley), ale ekipa od zabójstw nie wiedziała o moich zdolnościach parapsychicznych i *vestigium* szczekającego psa.

A w tym mieszkaniu musiał być pies — chyba że Skirmish przepadał za psią karmą w sosie, a nie sądziłem, żeby żył w aż takiej desperacji.

Zadzwoniłem do Lesley na komórkę.

— Masz gdzieś pod ręką terminal HOLMES-a? — zapytałem.

— Odkąd tu weszłam, nie oderwałam się od tego cholerstwa nawet na chwilę — odpowiedziała. — Kazali mi wprowadzać dane i pieprzone weryfikacje zeznań.

— Serio? — powiedziałem, starając się nie triumfować. — A zgadnij, gdzie ja jestem.

— W mieszkaniu Skirmisha w cholernym Dartmouth Park — odpowiedziała.

— Skąd wiesz?

— Bo słyszę przez ścianę, jak wrzeszczy o tym nadinspektor Seawoll — wyjaśniła. — Kto to jest inspektor Nightingale?

Zerknąłem na Nightingale'a, który patrzył na mnie zniecierpliwiony.

— Później ci powiem. Możesz coś dla nas sprawdzić?

— Pewnie. Co takiego?

— Kiedy ekipa od zabójstw przetrząsała mieszkanie, znalazła psa?

Usłyszałem, jak Lesley stuka w klawiaturę, przeszukując odpowiednie pliki.

— W raporcie nie wspomniano o psie.

— Dzięki. Wniosłaś znaczący wkład w naszą pracę.

— Na sto procent stawiasz dziś wieczorem drinki — odpowiedziała i się rozłączyła.

Powiedziałem Nightingale'owi o braku psa.

— Chodźmy poszukać wścibskiego sąsiada — oznajmił inspektor.

Nad dzwonkami obok frontowych drzwi wmontowano domofon. Nightingale ledwie zdążył przycisnąć guzik, a natychmiast zabrzęczał otwierany zamek i rozległ się głos:

— Wchodź, wchodź, złociutki.

Rozległ się kolejny brzęczyk i otworzyły się wewnętrzne drzwi, za którymi przykurzona, ale poza tym czysta klatka schodowa prowadziła na górę. Kiedy zaczęliśmy wchodzić po schodach, usłyszeliśmy, że rozszczekał się mały, jazgotliwy psiak. Kobieta, która przywitała nas na górze, bynajmniej nie miała włosów, które potraktowano niebieskawą płukanką do siwizny. Właściwie to nie jestem pewien, jak takie włosy by wyglądały i dlaczego w ogóle ktoś uznał, że niebieskawy odcień na głowie to dobry pomysł. Nie nosiła też rękawiczek bez palców i nie miała stada kotów, ale było w niej coś, co sugerowało, że obie opcje jak najbardziej wchodziły w grę przy wyborze przyszłego stylu życia. Była dość wysoka jak na drobną staruszkę, dziarska i nie zdradzała najmniejszego śladu zniedołężnienia. Przedstawiła się jako pani Shirley Palmarron.

Szybko zostaliśmy zagonieni do salonu, który ostatni raz porządne przemeblowanie przeżył w latach siedemdziesiątych, gdzie zaproponowano nam herbatę i ciasteczka. Podczas gdy starsza pani krzątała się w kuchni, pies — krótkowłosy, biało-brązowy mieszaniec teriera — merdał ogonem i nieustannie ujadał. Najwyraźniej nie wiedział, którego z nas uznać za poważniejsze zagrożenie, więc kręcił głową na boki, jazgocząc bez ustanku, dopóki Nightingale nie wycelował w niego z palca i nie mruknął czegoś pod nosem. Pies natychmiast padł na bok, zamknął oczy i zasnął.

Spojrzałem na inspektora, ale on tylko uniósł brew.

— Toby zasnął? — zapytała pani Palmarron, kiedy wróciła z herbatą na tacy.

Nightingale zerwał się i pomógł jej postawić tacę na niskim stoliku. Poczekał, aż nasza gospodyni usiądzie, i dopiero wtedy sam usiadł.

Toby machał łapami i warczał przez sen. Najwyraźniej tylko śmierć mogła uciszyć tego psa.

— Co za hałaśliwe stworzenie, nieprawdaż? — powiedziała pani Palmarron, nalewając herbatę.

Teraz, kiedy Toby leżał względnie cicho, miałem szansę dostrzec, że mieszkaniu pani Palmarron ewidentnie brakuje psowatości. Na kominku stały fotografie — jak mniemam — pana Palmarrona i dzieci państwa Palmarron, ale nie było żadnych perkali ani koronkowych serwetek. Koło kominka brakowało koszyka dla psa, nie było psiej sierści wbitej w kąciki sofy. Wyjąłem notatnik i długopis.

— Należy do pani? — zapytałem.

— Dobry Boże, skądże! — odpowiedziała pani Palmarron. — Należał do biednego pana Skirmisha, ale zajmuję się nim już od jakiegoś czasu. To nie taki zły psiak, jak się już do niego przywyknie.

— Znalazł się tu jeszcze przed śmiercią pana Skirmisha? — zapytał Nightingale.

— O, tak — przyznała z zadowoleniem pani Palmarron. — Widzicie, Toby uciekł przed sprawiedliwością, „zadekował się" u mnie.

— A jakie przestępstwo popełnił? — zapytał Nightingale.

— Jest poszukiwany za napaść z użyciem przemocy — powiedziała pani Palmarron. — Ugryzł mężczyznę. W sam nos. Przyjechała policja i w ogóle. — Spojrzała na Toby'ego, który gonił przez sen szczury. — Gdybym cię tu nie ukryła, złociutki, czekałaby cię ciupa. A potem igła.

*

Zadzwoniłem na komisariat w Kentish Town, który przełączył mnie do komisariatu w Hampstead, który potwierdził, że owszem, było wezwanie w związku z pogryzieniem przez psa na Hampstead Heath tuż przed Bożym Narodzeniem. Ofiara nie złożyła skargi i tylko tyle znalazło się w raporcie. Podano mi nazwisko i adres ofiary. Brandon Coopertown, Downshire Hill, Hampstead.

— Rzucił pan czar na psa — powiedziałem, kiedy wyszliśmy.

— Malutki — odparł Nightingale.

— Czyli magia naprawdę istnieje — stwierdziłem. — Co oznacza, że jest pan... czym właściwie?

— Czarodziejem.

— Jak Harry Potter?

Nightingale westchnął.

— Nie, nie jak Harry Potter.

— A na czym polega różnica?

— Ja nie jestem postacią fikcyjną — odpowiedział Nightingale.

Wskoczyliśmy do jaguara i pojechaliśmy na zachód, okrążając południowy kraniec Hampstead Heath, zanim skręciliśmy na północ i wspięliśmy się na wzgórze do właściwego Hampstead. Wysoko na stoku znajdował się labirynt wąskich uliczek dławiących się beemkami i drogimi autami z napędem na cztery koła.

*

Ceny tutejszych domów były siedmiocyfrowe i jeśli ktokolwiek żył tu w cichej desperacji, to chyba tylko z powodu rzeczy, których nie da się kupić za żadne pieniądze.

Nightingale zaparkował jaguara w zatoczce przeznaczonej tylko dla mieszkańców i przeszliśmy Downshire Hill, szukając adresu. Okazało się, że chodzi o jeden z domów w rzędzie wspaniałych wiktoriańskich rezydencji-bliźniaków odsuniętych od północnej strony drogi. To był naprawdę wychuchany dom z gotyckim wykończeniem i wykuszowymi oknami. Ogrodem od frontu zajmował się profesjonalista, a sądząc po braku domofonu, całość należała do Coopertownów.

Kiedy podeszliśmy do frontowych drzwi, usłyszeliśmy

płacz niemowlęcia — uporczywe, miarowe zawodzenie dziecka, które szykuje się do porządnego wycia i jest gotowe wytrwać przy nim przez cały dzień, jeśli zajdzie taka potrzeba. Widząc tak drogi dom, spodziewałbym się niani albo przynajmniej *au pair*, ale kobieta, która otworzyła drzwi, wyglądała na zbyt umęczoną, żeby być jedną z nich.

August Coopertown była kobietą pod trzydziestkę, wysoką blondynką i Dunką. Dowiedzieliśmy się o jej narodowości, bo niemal natychmiast zdołała wpleść tę informację w rozmowę. Przed porodem miała szczupłą, chłopięcą figurę, ale ciąża dodała jej centymetrów w biodrach i zafundowała połcie tłuszczu w udach. Tę informację także zdołała dość szybko wpleść w rozmowę. Zdaniem August winę za to wszystko ponosili Anglicy, którzy nie zdołali dorosnąć do wysokich standardów, jakich spodziewają się dobrze wychowane Skandynawki. Nie bardzo rozumiem dlaczego. Może w duńskich szpitalach na oddziałach położniczych znajdują się sale gimnastyczne?

Podjęła nas w salonie połączonym — po wybiciu ściany — z jadalnią, pomieszczeniem o jasnych podłogach i z taką ilością naturalnej sosny, jakiej wolałbym nie widzieć poza sauną. Mimo jej najlepszych wysiłków dziecko już zaczęło wojnę podjazdową z bezwzględną czystością panującą w domu. Butelka do karmienia poturlała się między solidne dębowe nogi kredensu, a na sprzęcie stereo Bang & Olufsen leżały zwinięte śpioszki. Wyczuwałem nieświeże mleko i wymiociny. Dziecko leżało w łóżeczku za czterysta funtów i nadal płakało.

Portrety rodzinne rozwieszono w sposób gustowny nad minimalistycznym granitowym kominkiem. Brandon Coopertown był przystojnym mężczyzną po czterdziestce, o czarnych włosach i wąskiej twarzy. Kiedy pani Coopertown się krzątała, ukradkiem zrobiłem zdjęcie komórką.

— Cały czas zapominam, że tak można — mruknął Nightingale.

— Witamy w dwudziestym pierwszym wieku — odpowiedziałem — panie inspektorze.

Nightingale uprzejmie wstał, kiedy pani Coopertown wróciła do salonu. Tym razem byłem gotowy i poszedłem za jego przykładem.

— Mogę zapytać, czym zajmuje się pani mąż? — zapytał.

Był odnoszącym sukcesy producentem telewizyjnym, który zgarnął parę nagród BAFTA i sprzedał formuły kilku programów do Stanów — co tłumaczyło dom w siedmiocyfrowej cenie. Osiągnąłby o wiele więcej, ale zaściankowy charakter brytyjskiej telewizji utrudniał mu dostęp do wyższych wymiarów międzynarodowych produkcji. Gdybyż Brytyjczycy przestali wreszcie tworzyć programy, które trafiają w gusty tylko tutejszej publiczności, albo przynajmniej wybierali podczas castingów aktorów chociaż odrobinę atrakcyjnych!

Uwagi pani Coopertown na temat prowincjonalności brytyjskiej telewizji były wprawdzie fascynujące, ale czuliśmy się zmuszeni zapytać o incydent z psem.

— To jest aż zbyt typowe — odpowiedziała pani Coopertown. — Oczywiście Brandon nie chciał wnieść oskarżenia. W końcu jest Anglikiem. Nie chciał robić zamieszania. Policja i tak powinna wnieść oskarżenie przeciwko właścicielowi psa. To zwierzę ewidentnie stanowi zagrożenie dla społeczeństwa: ugryzło Brandona w sam nos.

Dziecko zamilkło i wszyscy wstrzymaliśmy oddech, ale maluch tylko beknął i znowu zaczął płakać. Spojrzałem na Nightingale'a i przewróciłem oczami. Może posłużyłby się tym samym czarem, którym uśpił Toby'ego? Inspektor zmarszczył brwi w odpowiedzi. Może istniały jakieś normy etyczne zabraniające używania tego czaru wobec dzieci?

Według pani Coopertown dziecko zachowywało się nienagannie do czasu incydentu z psem. A teraz, cóż... Teraz pani Coopertown podejrzewała, że mały ząbkuje, ma kolkę albo refluks. Lekarz pierwszego kontaktu nie potrafił stwierdzić, co się dzieje, i potraktował ją niewybaczalnie szorstko. Uznała, że powinni iść do lekarza prywatnie.

— W jaki sposób pies zdołał ugryźć pani męża w nos? — spytałem.

— Co ma pan na myśli? — zdziwiła się pani Coopertown.

— Powiedziała pani, że pies ugryzł go w nos — wyjaśniłem. — Pies jest bardzo mały. Jak dosięgnął nosa?

— Mój głupi mąż się pochylił — powiedziała pani Coopertown. — Byliśmy na spacerze w Heath, całą trójką, kiedy nadbiegł pies. Mój mąż pochylił się, żeby go pogłaskać, i bach, bez żadnego ostrzeżenia pies ugryzł go w nos. W pierwszej chwili uznałam, że to komiczne, ale Brandon zaczął krzyczeć, a potem nadbiegł ten mały paskudny człowieczek i zaczął wrzeszczeć: „Rety, co pan wyrabia z moim biednym pieseczkiem, proszę zostawić go w spokoju!".

— „Mały paskudny człowieczek" był właścicielem psa? — upewnił się Nightingale.

— Mały paskudny pies, mały paskudny właściciel — odparła pani Coopertown.

— Czy mąż się zdenerwował?

— A po czym to poznać w przypadku Anglika? — zapytała pani Coopertown. — Poszłam po coś, żeby zatamować krew, a kiedy wróciłam, Brandon się śmiał; dla was wszystko jest żartem. Sama musiałam zadzwonić po policję. Przyjechali,

Brandon pokazał im nos i zaczęli się śmiać. Wszyscy byli rozbawieni, nawet ten paskudny mały pies.

— A pani nie? — zapytałem.

— To nie było zabawne. Jeśli pies gryzie dorosłego mężczyznę, to co go powstrzyma przed ugryzieniem dziecka?

— Mogę zapytać, gdzie pani była wieczorem w zeszły wtorek? — spytał Nightingale.

— Tam, gdzie jestem każdego wieczoru. W domu, zajmowałam się moim synem.

— A gdzie był pani mąż?

August Coopertown (denerwująca — owszem, blondynka — owszem, idiotka — w żadnym razie) odpowiedziała:

— Dlaczego chcą panowie wiedzieć?

— To nic istotnego — odparł Nightingale.

— Myślałam, że zjawili się panowie w związku z psem.

— Owszem — odpowiedział inspektor. — Jednakże chcielibyśmy uzgodnić kilka szczegółów z pani mężem.

— Myślicie, że to wszystko zmyśliłam? — zapytała pani Coopertown.

Miała minę przerażonego królika, typową dla cywilów po pięciu minutach współpracy z policją podczas dochodzenia. Jeśli cywile zbyt długo zachowują spokój, to znaczy, że są profesjonalnymi złoczyńcami, obcokrajowcami albo zwyczajnymi kretynami. A przez każdą z tych rzeczy można wylądować za kratkami, jeśli człowiek jest nieostrożny. Jeżeli przyjdzie wam kiedyś rozmawiać z policją, radzę zachować spokój, ale wyglądać na winnych, to najbezpieczniejsze wyjście.

— W żadnym razie — uspokoił ją Nightingale. — Ponieważ jednak jest głównym poszkodowanym, potrzebujemy jego zeznania.

— Jest w Los Angeles — odpowiedziała. — Wraca dziś późnym wieczorem.

Nightingale zostawił swoją wizytówkę i zapewnił panią Coopertown, że on i, co za tym idzie, *wszyscy* prawomyślni policjanci traktują napaści ze strony małych ujadających psów niezwykle poważnie i że pozostaną w kontakcie.

— Co tam wyczułeś? — zapytał, kiedy wracaliśmy do jaguara.

— W sensie *vestigium*?

— *Vestigium* to liczba pojedyncza, *vestigia* to mnoga — uściślił Nightingale. — Wyczułeś jakieś *vestigia*?

— Szczerze mówiąc, nic. Nawet zwykłych pozostałości.

— Płaczące dziecko, zdesperowana matka i nieobecny ojciec. Już nie wspominając o tak zabytkowym domu. Powinniśmy coś wyczuć.

— Zrobiła na mnie wrażenie maniaczki czystości — powiedziałem. — Może odkurzając, wciągnęła całą magię?

— Z pewnością coś ją wciągnęło — przyznał Nightingale. — Jutro porozmawiamy z jej mężem. Wracajmy do Covent Garden i sprawdźmy, czy tam uda nam się podjąć trop.

— Minęły trzy dni. Czy *vestigia* się nie zetrą?

— Kamień bardzo dobrze zachowuje *vestigia*. Dlatego właśnie stare domy mają tyle charakteru. Niemniej jednak, zważywszy na wielkość ruchu pieszego i nadprzyrodzone właściwości okolicy, nie będzie łatwo ich wytropić.

Doszliśmy do wozu.

— Czy zwierzęta mogą wyczuć *vestigia*?

— To zależy od zwierzęcia — odparł Nightingale.

— A co, gdyby to było zwierzę, które naszym zdaniem już jest związane ze sprawą?

*

— Dlaczego pijemy w twoim pokoju? — spytała Lesley.

— Bo nie wpuszczą mnie z psem do pubu.

Lesley, która przysiadła na moim łóżku, schyliła się i podrapała Toby'ego za uszami. Pies zaskamlał z zachwytu i próbował wtulić łeb w jej kolana.

— Powinieneś im powiedzieć, że to pies na duchy — odparła.

— Wcale nie polujemy na duchy — sprzeciwiłem się. — Szukamy śladów nadnaturalnej energii.

— Rzeczywiście powiedział, że jest czarodziejem?

Naprawdę zaczynałem żałować, że o wszystkim jej opowiedziałem.

— Tak. Widziałem, jak rzuca czar i w ogóle.

Piliśmy butelkowanego grolscha ze skrzynki, którą Lesley gwizdnęła z gwiazdkowego przyjęcia na komisariacie i schowała za luźną płytą gipsową w aneksie kuchennym.

— Pamiętasz tego gościa, którego aresztowaliśmy za napaść w zeszłym tygodniu?

— Jak mógłbym zapomnieć.

Pchnął mnie na ścianę w czasie szarpaniny.

— Myślę, że walnąłeś głową w ścianę o wiele mocniej, niż ci się wydawało.

— To naprawdę istnieje. Duchy, magia, wszystko.

— To dlaczego wszystko wygląda po staremu?

— Bo przez cały czas miałaś to wszystko pod nosem. Nic się nie zmieniło, więc dlaczego miałabyś zauważyć różnicę? — Dopiłem piwo i prychnąłem pogardliwie.

— Myślałam, że jesteś sceptykiem. Typem naukowca.

Podała mi następną butelkę. Machnąłem nią.

— No dobra, wiesz, że mój ojciec grał kiedyś jazz?

— Jasne, przedstawiłeś mnie kiedyś, pamiętasz? Pomyślałam, że jest miły.

Próbowałem się nie skrzywić i mówiłem dalej:

— I wiesz, że jazz polega na improwizowaniu?

— Nie. Myślałam, że to jest śpiewanie o serze i podwiązywaniu getrów.

— Przezabawne. Pewnego razu zapytałem tatę, kiedy był trzeźwy, skąd wie, co ma grać. Odpowiedział, że kiedy złapiesz właściwą frazę, to wiesz, że to ta, bo brzmi idealnie. Znajdujesz ją i idziesz jej tropem.

— A co ma, kurna, piernik do wiatraka?

— To, co Nightingale potrafi, pasuje do sposobu, w jaki widzę świat. To jest ta fraza, właściwa melodia.

Lesley się roześmiała.

— Chcesz być czarodziejem.

— Nie wiem.

— Kłamczuch! Chcesz zostać jego uczniem, nauczyć się czarów i latać na miotle.

— Nie sądzę, żeby prawdziwi czarodzieje latali na miotłach.

— Lepiej się zastanów nad tym, co właśnie powiedziałeś — zasugerowała Lesley. — A poza tym skąd wiesz? Może Nightingale właśnie gdzieś śmiga, kiedy my tu rozmawiamy.

— Bo jak masz taką brykę jak jego jaguar, to nie tracisz czasu na wygłupy ze szczotką.

— Słuszna uwaga — przyznała Lesley i stuknęliśmy się butelkami.

*

Covent Garden i po raz kolejny pora nocna. Tym razem w towarzystwie psa.

Poza tym piątkowy wieczór, co oznacza hordy młodych ludzi zalanych w pestkę i hałasujących w dwóch tuzinach różnych języków. Musiałem nieść Toby'ego na rękach, bo inaczej zgubiłby mi się w tłumie, mimo smyczy i tak dalej. Świetnie się przy tym bawił, na przemian warcząc na turystów, liżąc mnie po twarzy i próbując wetknąć pysk pod pachy przechodniów.

Złożyłem Lesley propozycję przepracowania paru bezpłatnych nadgodzin, ale, co dziwne, odmówiła. Podesłałem jej za to zdjęcie Brandona Coopertowna i obiecała, że sprawdzi dla mnie parę szczegółów na jego temat w HOLMES-ie. Dochodziła jedenasta, kiedy dotarliśmy z Tobym do *piazza* i znaleźliśmy jaguara Nightingale'a zaparkowanego tak blisko Kościoła Aktorów, jak tylko można bez ryzyka odholowania.

Nightingale wysiadł, kiedy podchodziłem. Trzymał tę samą srebrną laskę, którą miał, gdy pierwszy raz się spotkaliśmy. Zastanawiałem się, czy ma jakieś specjalne znaczenie, poza tym, że jest poręcznym tępym narzędziem w razie jakichś kłopotów.

— Jak chcesz to załatwić? — zapytał Nightingale.

— Pan tu jest ekspertem — odparłem.

— Szukałem w literaturze fachowej czegoś na ten temat, ale nie znalazłem niczego pomocnego.

— Jest literatura na ten temat?

— Zdziwiłbyś się, na jakie tematy istnieje fachowa literatura.

— Mamy dwa wyjścia — powiedziałem. — Jeden z nas oprowadzi go wokół miejsca przestępstwa albo puszczamy go i patrzymy, dokąd pobiegnie.

— Uważam, że powinniśmy zrobić to właśnie w tej kolejności — orzekł Nightingale.

— Myśli pan, że jeśli pokierujemy go przy pierwszej rundce, będziemy lepiej kontrolować sytuację?

— Nie, ale jeśli spuścimy go ze smyczy, a on ucieknie, to będzie po ptakach. Ja go wezmę na spacerek. Ty trzymaj się okolic kościoła i miej na wszystko oko.

Nie powiedział, na co właściwie powinienem mieć oko, ale coś mi się zdawało, że i bez tego wiem.

Tak jak podejrzewałem, kiedy tylko Nightingale i Toby zniknęli za rogiem hali targowej, usłyszałem, jak ktoś na mnie psyka. Odwróciłem się i zobaczyłem Nicholasa Wallpenny'ego, który przywoływał mnie, kryjąc się za jedną z kolumn.

— Tutaj, łaskawco — syknął Nicholas. — Zanim on wróci.

Wciągnął mnie za kolumnę, gdzie pośród cieni robił wrażenie bardziej namacalnego i mniej niepokojącego.

— Wie pan, z jakim człowiekiem pan się zadaje?

— Jest pan duchem — odpowiedziałem.

— Nie mówię o sobie. Mówię o tym elegancie w ładnym garniturze i ze srebrną lagą na oprychów

— Inspektor Nightingale? To mój szef.

— Cóż, nie chcę wściubiać nosa w nie swoje sprawy, ale na pańskim miejscu poszukałbym sobie innego szefa. Kogoś mniej dotkniętego.

— Dotkniętego czym?

— Niech pan go po prostu zapyta, w którym roku się urodził — odpowiedział Nicholas.

Usłyszałem, że Toby zaszczekał, i nagle Nicholasa już nie było.

— Nicholas, w ten sposób nie znajdziesz sobie tutaj żadnych przyjaciół — powiedziałem.

Nightingale wrócił z Tobym i bez żadnych ciekawych odkryć. Nie opowiedziałem mu o duchu ani o tym, co miał do powiedzenia na jego temat. Uważałem, że to ważne, by nie obciążać starszego stopniem funkcjonariusza nadmiarem informacji.

Podniosłem Toby'ego i przytrzymałem tak, żeby jego absurdalna psia mordka znalazła się na poziomie mojej twarzy, i próbowałem przy tym ignorować zapach psiej karmy w sosie.

— Posłuchaj, Toby — Powiedziałem. — Twój pan nie żyje, ja nie przepadam za psami, a mój szef w okamgnieniu przerobiłby cię na rękawiczki. Czeka cię bilet w jedną stronę do psiego schroniska w Battersea i długi sen. Twoją jedyną szansą uniknięcia wielkiej psiarni w niebie jest posłużenie się swoimi psimi nadnaturalnymi zmysłami, żeby wytropić… to coś, co zabiło twojego pana. Rozumiesz?

Toby dyszał, a potem raz zaszczekał.

— Może być — odparłem i odstawiłem go na ziemię. Natychmiast pokłusował do kolumny i uniósł łapę.

— Nie przerobiłbym go na rękawiczki — wtrącił Nightingale.

— Nie?

— To krótkowłosa rasa, rękawiczki wyglądałyby fatalnie. Za to mógłby być z niego niezły kapelusz.

Toby powęszył w pobliżu miejsca, w którym leżało ciało jego pana. Podniósł łeb, szczeknął raz i śmignął w stronę King Street.

— Niech to szlag, tego się nie spodziewałem — powiedziałem.

— Biegnij za nim — polecił Nightingale.

Już biegłem. Nadinspektorzy detektywi nie biegają, mają od tego posterunkowych. Popędziłem za Tobym, który —

jak wszystkie podobne do szczurów psy — potrafił naprawdę przygazować, kiedy tego chciał. Minął Tesco i prysnął w New Row, a jego małe łapki tylko śmigały jak na niskobudżetowej kreskówce. Dwa lata biegania za ochlapusami przy Leicester Square dały mi trochę prędkości i wytrzymałości, więc prawie go doganiałem, kiedy przeciął St. Martin's Lane i wpadł w St. Martin's Court po drugiej stronie. Zostałem nieco w tyle, kiedy musiałem obiec tłumek holenderskich turystów wychodzących właśnie z teatru imienia Noëla Cowarda.

— Policja! — wrzasnąłem. — Z drogi!

Nie krzyknąłem: „Łapać tego psa!" — mam jeszcze trochę godności.

Toby śmignął koło baru „J. Sheekey's Oyster", knajpek z soloną wołowiną i falafelami i czmychnął na drugą stronę Charing Cross Road, która jest jedną z najbardziej ruchliwych ulic w Londynie. Zanim przeszedłem na drugą stronę, musiałem spojrzeć na boki, ale na szczęście Toby zatrzymał się na przystanku autobusowym i ulżył sobie pod automatem z biletami.

Rzucił mi zadowolone z siebie spojrzenie, stosowane przez małe psy zawsze, kiedy całkowicie cię zaskoczą albo nabałaganią ci w ogródku od frontu. Sprawdziłem, jakie autobusy się tu zatrzymują. Jednym z nich był numer 24 — Camden Town, Chalk Farm i Hampstead.

Zjawił się Nightingale i razem policzyliśmy kamery. Przynajmniej z pięciu było dobrze widać przystanek, nie wspominając o kamerach, które rutynowo montuje się w autobusach. Zostawiłem wiadomość na komórce Lesley, sugerując, żeby najpierw sprawdziła nagrania z autobusu numer 24. Na pewno zapiała z zachwytu, kiedy dostała tę wiadomość.

Zemściła się, oddzwaniając do mnie następnego ranka o ósmej.

Nienawidzę zimy. Nienawidzę budzić się, kiedy jeszcze jest ciemno.

— Czy ty nigdy nie śpisz?

— Kto rano wstaje, temu Pan Bóg daje — odparła Lesley. — Pamiętasz to zdjęcie, które mi przysłałeś, to z Brandonem Coopertownem? Myślę, że wsiadł do autobusu numer 24 przy Leicester Square niecałe dziesięć minut po morderstwie.

— Powiedziałaś Seawollowi?

— Oczywiście, że tak. Kocham cię z całego serca, ale nie zamierzam spieprzyć sobie kariery z twojego powodu.

— Co mu powiedziałaś?

— Że mam trop w związku ze ŚWIADKIEM A, jeden z kilkuset, który wygenerowano w ciągu ostatnich dwóch dni, mogłabym dodać.

— Co on na to?

— Kazał mi to sprawdzić.

— Według pani Coopertown powinien zjawić się dzisiaj.

— Tym lepiej.

— Podjedziesz po mnie? — zapytałem.

— Jasne. A co z Voldemortem?

— Ma mój numer.

Zanim spotkałem się z Lesley pod hotelem, miałem czas na prysznic i kawę. Przyjechała dziesięcioletnią hondą accord, która wyglądała, jakby wzięła udział w zbyt wielu akcjach wydziału antynarkotykowego. Lesley rzuciła kwaśne spojrzenie, kiedy Toby wgramolił się na tylne siedzenie.

— To pożyczony wóz, wiesz? — rzuciła.

— Nie zamierzam zostawiać go w swoim pokoju — powiedziałem, kiedy Toby zwęszył Bóg jeden wie co w szczelinach między siedzeniami. — Jesteś pewna, że to był Coopertown?

Pokazała mi kilka wydruków. Kamera autobusowa była ustawiona tak, żeby dawać dobre ujęcie każdego, kto wsiada do środka, i nie można było mieć wątpliwości co do twarzy — to był on.

— To siniaki? — zapytałem.

Widać było jakby wybroczyny na policzkach i szyi Coopertowna. Lesley powiedziała, że nie ma pojęcia, ale to była zimna noc, więc plamy mogły być spowodowane alkoholem.

W sobotę ruch był tylko potworny i dojechaliśmy do Hampstead w niecałe pół godziny. Niestety, kiedy wjechaliśmy w Downshire Hill, dostrzegłem znajomy srebrzysty kształt jaguara wpasowany między range rovery i beemki. Toby zaczął ujadać.

— Czy on nigdy nie śpi? — zapytała Lesley.

— Podejrzewam, że przez całą noc był na obserwacji.

— To nie jest mój szef, więc zamierzam odwalić swoją robotę. Idziesz?

Zostawiliśmy Toby'ego w samochodzie i ruszyliśmy do rezydencji. Inspektor Nightingale wysiadł z jaguara i dorwał nas tuż przed bramą wejściową. Zauważyłem, że ma na sobie ten sam garnitur co poprzedniego wieczoru.

— Peter — przywitał się i skinął głową Lesley. — Posterunkowa May. Rozumiem, że to znaczy, że nasze poszukiwania okazały się owocne?

Nawet Królowa Zuchwalców nie postawiłaby się starszemu stopniem funkcjonariuszowi, stojąc z nim twarzą w twarz, zatem Lesley powiedziała o nagraniu z kamery autobusowej i orzekła, że mamy dziewięćdziesiąt procent pewności, dzięki dowodom dostarczonym przez naszego psa na duchy, że Brandon Coopertown jest przynajmniej ŚWIADKIEM A, jeśli nie samym mordercą.

— Sprawdziliście jego lot w kontroli paszportowej? — zapytał Nightingale.

Spojrzałem na Lesley, która wzruszyła ramionami.

— Nie, panie inspektorze — odpowiedziałem.

— Mógł być w Los Angeles, kiedy popełniono morderstwo.

— Pomyśleliśmy, że sami go zapytamy — odparłem.

Toby zaczął szczekać — nie jazgotać jak to zwykle on, ale ujadać naprawdę zaciekle. Przez chwilę myślałem, że coś poczułem, falę emocji, coś jak podniecenie, kiedy jesteś w tłumie na meczu i pada gol.

Nightingale natychmiast się obejrzał i spojrzał na dom Coopertownów.

Usłyszeliśmy brzęk tłuczonej szyby i kobiecy krzyk.

— Posterunkowa, stój! — krzyknął Nightingale, ale Lesley już wparowała przez furtkę do ogrodu.

A potem przystanęła tak gwałtownie, że na nią wpadliśmy. Gapiła się na coś na trawniku.

— Jezu Chryste, nie — szepnęła.

Spojrzałem. Mój umysł bronił się przed myślą, że ktoś wyrzucił dziecko przez okno z pierwszego piętra. Próbował mnie przekonać, że widzę tylko kawałek materiału albo lalkę.

Niestety.

— Wezwijcie karetkę — powiedział Nightingale i wbiegł po schodach do domu.

Złapałem za telefon, podczas gdy Lesley podeszła chwiejnym krokiem do dziecka i osunęła się na kolana. Widziałem, jak obraca drobne ciało i próbuje wyczuć puls. Nagrałem na automat zgłoszeniowy adres i kod sytuacyjny. Lesley pochyliła się i zaczęła sztuczne oddychanie metodą usta-usta, w zalecany sposób zakrywając ustami wargi i nosek dziecka.

— Grant, chodź tu! — zawołał Nightingale.

Mówił tonem spokojnym, rzeczowym. To sprawiło, że wbiegłem po schodach na ganek. Nightingale najwyraźniej wyważył frontowe drzwi kopniakiem i wyrwał je z zawiasów, bo przebiegłem po nich, wpadając do przedpokoju. Tam musieliśmy przystanąć, żeby się zorientować, skąd dochodził ten cholerny hałas.

Kobieta znowu krzyknęła — z piętra. Rozległy się głuche uderzenia, jakby ktoś trzepał dywan. Głos — który mógł należeć do mężczyzny, chociaż był bardzo piskliwy — wrzeszczał: „A teraz cię głowa nie boli?!".

Nawet nie pamiętam schodów. Nagle znalazłem się na półpiętrze z Nightingale'em przede mną. Zobaczyłem August Coopertown leżącą twarzą do ziemi na drugim końcu podestu, z jedną ręką zwisającą między słupkami balustrady. Włosy miała mokre od krwi, która rozlewała się kałużą pod jej policzkiem. Nad nią stał mężczyzna z drewnianą pałką mającą co najmniej półtora metra długości. Dyszał ciężko.

Nightingale się nie zawahał. Rzucił się do przodu z opuszczonymi ramionami, najwyraźniej zamierzając powalić przeciwnika szarżą jak w rugby. Ja też się rzuciłem, myśląc, że przeskoczę wyżej i przyszpilę gościowi ręce, kiedy już padnie. Jednak tamten obrócił się i zwyczajnie uderzył Nightingale'a na odlew z taką siłą, że inspektor wpadł na poręcz.

Patrzyłem mu prosto w twarz. Zakładałem, że to musi być Brandon Coopertown, ale nie sposób było orzec. Widziałem tylko jedno jego oko, bo wielki kawał skóry zdartej z okolic nosa zasłaniał drugie. Zamiast ust miał krwawą paszczę wypełnioną drobinkami połamanych zębów i kości. Byłem tak zaszokowany, że potknąłem się i upadłem, co uratowało mi życie, kiedy wziął zamach pałką, która śmignęła tuż nad moją głową.

Uderzyłem o ziemię, a ten łajdak po prostu przebiegł po mnie, jedną nogą odbijając się od moich pleców i wypychając mi całe powietrze z płuc. Przeturlałem się, kiedy usłyszałem jego kroki na schodach, i zdołałem podnieść się na czworaki. Czułem coś mokrego i klejącego się pod rękami i zdałem sobie sprawę, że to gęsty strumyk krwi spływający z półpiętra po schodach.

Rozległ się łoskot, a potem nastąpiła seria głuchych uderzeń w korytarzu na dole.

— Musisz wstać, posterunkowy Peter — powiedział Nightingale.

— W mordę kopane, co to było? — zapytałem, kiedy pomógł mi się podnieść.

Spojrzałem w korytarz, gdzie Coopertown — czy cokolwiek to, u diabła, było — upadł, na szczęście twarzą do ziemi.

— Nie mam pojęcia — powiedział Nightingale. — Staraj się nie deptać po śladach krwi.

Zszedłem po schodach tak szybko, jak zdołałem. Świeża krew była jasnoczerwona, tętnicza. Pomyślałem, że musiała trysnąć z dziury w jego twarzy. Pochyliłem się i ostrożnie dotknąłem szyi mężczyzny, sprawdzając tętno. Niczego nie wyczułem.

— Co się stało? — zapytałem.

— Peter — powiedział Nightingale — musisz odsunąć się od ciała i ostrożnie wyjść z domu. Nie możemy zacierać śladów na miejscu przestępstwa bardziej, niż już to zrobiliśmy.

Po to właśnie są procedury, trening i musztra — żeby robić różne rzeczy, kiedy twój mózg jest zbyt wstrząśnięty, by samodzielnie myśleć. Zapytajcie dowolnego żołnierza.

Wyszedłem z domu na światło dzienne.

Z oddali dobiegało wycie syren.

3.
SZALEŃSTWO

Inspektor Nightingale kazał Lesley i mnie poczekać w ogrodzie, a sam zniknął w domu, żeby sprawdzić, czy nie ma w środku nikogo innego. Lesley przykryła dziecko własną kurtką i teraz trzęsła się z zimna. Próbowałem ściągnąć z siebie kurtkę, żeby jej podać, ale mnie powstrzymała.

— Jest cała we krwi.

Miała rację: krwawe smugi malowały się na rękawach i ciągnęły wzdłuż rąbka. Jeszcze więcej krwi miałem na kolanach spodni. Czułem, jak się lepi w miejscach, gdzie przesączyła się przez materiał. Lesley miała z kolei krew na twarzy — wokół ust, po tym, jak próbowała reanimować dziecko. Zauważyła, że jej się przyglądam.

— Wiem — powiedziała. — Nadal czuję ten smak w ustach.

Oboje się trzęśliśmy, a mnie chciało się krzyczeć, wiedziałem jednak, że muszę być silny przez wzgląd na nią. Starałem się o tym nie myśleć, ale cały czas wracała do mnie szkarłatna ruina twarzy Brandona Coopertowna.

— Ej — odezwała się Lesley. — Nie trać głowy.

Patrzyła na mnie zatroskana i jeszcze bardziej się zmartwiła, kiedy zacząłem chichotać. Nie mogłem się powstrzymać.

— Peter?

— Przepraszam, ale ty starasz się trzymać ze względu na mnie, a ja ze względu na ciebie. Kapujesz? Tak właśnie wytrzymujesz w tej robocie.

Zapanowałem nad chichotem i Lesley uśmiechnęła się półgębkiem.

— W porządku, nie będę świrować, jeśli ty też nie zaczniesz.

Wzięła mnie za rękę, uścisnęła ją i puściła.

— Myślisz, że nasze wsparcie wlecze się piechotą z komisariatu w Hampstead? — zapytałem.

Pierwsza przyjechała karetka. Sanitariusze wpadli do ogrodu i przez dwadzieścia minut bezskutecznie próbowali reanimować dziecko. Zawsze tak robią z dziećmi, niezależnie od tego, ile przy tym zacierają śladów na miejscu przestępstwa. Nie można ich powstrzymać, więc równie dobrze można zostawić w spokoju.

Ledwie sanitariusze wzięli się do roboty, podjechała furgonetka pełna policjantów, którzy zaczęli się bezładnie kłębić na miejscu przestępstwa. Sierżant podszedł do nas ostrożnie — wziął nas opacznie za cywilów całych we krwi i wobec tego potencjalnych podejrzanych.

— Nic wam nie jest? — zapytał.

Nie mogłem się odezwać — tak idiotyczne wydało mi się to pytanie.

Sierżant spojrzał na sanitariuszy, którzy nadal pracowali nad dzieckiem.

— Możecie mi powiedzieć, co się stało? — zapytał.

— Doszło do poważnego incydentu — odpowiedział Nightingale, wychodząc z domu. — Ty! — Wskazał niefortunnego posterunkowego. — Weź sobie kogoś, idź na tyły i pilnuj, żeby nikt tamtędy nie wszedł ani nie wyszedł.

Posterunkowy złapał kumpla i poszli we wskazanym kierunku. Sierżant sprawiał wrażenie, jakby chciał poprosić o pokazanie legitymacji policyjnej, ale Nightingale nie dał mu szansy.

— Ulica ma zostać zamknięta i odgrodzona taśmami dziesięć jardów od wejścia w obie strony. Prasa może się tu zjawić w każdej chwili, więc upewnijcie się, że macie dość ludzi, by utrzymać dziennikarzy na dystans.

Sierżant nie zasalutował, bo w końcu jesteśmy w policji stołecznej i nie salutujemy, ale kiedy obrócił się i odszedł, było w jego kroku coś z marszu na placu apelowym. Nightingale zerknął na Lesley i na mnie, całych rozdygotanych, i uspokajająco skinął nam głową, po czym dorwał jednego z posterunkowych, którzy zostali na miejscu, i zaczął wydawać rozkazy.

Zaraz potem pojawiły się koce, znalazły się miejsca w furgonetce oraz kubki z herbatą, a do rąk wetknięto nam po trzy saszetki z cukrem. Wypiliśmy herbatę i czekaliśmy w milczeniu, co będzie dalej.

Trzeba było mniej niż czterdziestu minut, żeby na Downshire Hill zjawił się nadinspektor detektyw Seawoll. Nawet przy sobotnim ruchu oznaczało to, że musiał jechać na sygnale aż z Belgravii. Pojawił się w bocznych drzwiach furgonetki i spojrzał na mnie i Lesley, marszcząc brwi.

— Wy dwoje dobrze się macie? — spytał.

Pokiwaliśmy głowami.

— Tylko żeby mi żadne stąd nie spieprzyło! — powiedział.

Małe szanse. Poważne dochodzenie, kiedy już się zacznie, jest równie fascynującym widowiskiem jak powtórki *Big Brothera*, tyle że zwykle zawiera mniej seksu i przemocy. Przestępców nie łapie się dzięki błyskotliwej dedukcji, ale dzięki temu, że jakiś biedny frajer w ciągu tygodnia obszedł wszystkie sklepy w Hackney, które sprzedają określony model butów sportowych, a potem sprawdził nagrania ze wszystkich kamer ochrony. Dobry starszy oficer śledczy to taki, który dba, żeby jego ekipa sprawdziła wszystko co do joty, żeby potem jakiś kauzyperda nie wcisnął karty kredytowej oskarżonego w rysę w sprawie i nie sprawił, że rozpadnie się jak domek z kart.

Seawoll był jednym z najlepszych, więc najpierw zabrano każde z nas z osobna do namiotu, który ludzie z laboratorium rozstawili w pobliżu frontowej bramy. Tam rozebrano nas do bielizny i w zamian za nasze wyjściowe ciuchy dostaliśmy eleganckie jednoczęściowe kombinezony ochronne. Kiedy patrzyłem, jak upychają moją ulubioną marynarkę do torby na dowody, dotarło do mnie, że nigdy nie zadałem sobie trudu, żeby się dowiedzieć, czy człowiek kiedykolwiek odzyskuje tego typu rzeczy. A jeśli oddadzą mi ubrania, to czy wcześniej zaniosą je do pralni? Zdjęto próbki krwi z naszych twarzy i dłoni, a potem technicy byli tak mili, że dali nam chusteczki, byśmy wytarli z siebie resztę.

Później znowu wylądowaliśmy w furgonetce i dostaliśmy lunch, który składał się z paru kanapek ze sklepu, ale zważywszy na fakt, że było to Hampstead, kanapki okazały się naprawdę porządne. Odkryłem, że jestem zaskakująco głodny, i zastanawiałem się, czy nie poprosić o dokładkę, kiedy nadinspektor Seawoll dosiadł się do nas w furgonetce. Pod jego ciężarem wóz przechylił się na jedną stronę, a jego obecność sprawiła, że oboje z Lesley odruchowo wbiliśmy się mocniej w siedzenia.

— Jak się trzymacie? — zapytał.

Powiedzieliśmy mu, że mamy się świetnie i że właściwie to aż się rwiemy, żeby wskoczyć z powrotem na konia i wrócić do pracy.

— Sranie w banię, ale przynajmniej przekonujące. Za parę minut zawieziemy was na komisariat w Hampstead, gdzie miła pani ze Scotland Yardu wysłucha waszych zeznań. Osobno. I chociaż sam uznaję prawdomówność w każdej sytuacji, chcę, żeby jedno było jasne: żadnego pierdolonego hokus-pokus rodem z *Archiwum X* w żadnym pieprzonym zeznaniu. Zrozumiano?

Daliśmy do zrozumienia, że rzeczywiście dostatecznie jasno przedstawił nam swoje stanowisko.

— Jeśli idzie o wszystkich innych zainteresowanych, normalna policja wpieprzyła nas w ten bajzel i normalna policja wyciągnie nas z tego gówna.

I wysiadł przy wtórze jęku zawieszenia pojazdu.

— Czy on właśnie nam powiedział, żebyśmy okłamali starszego stopniem funkcjonariusza? — zapytałem.

— Aha — odpowiedziała Lesley.

— Tak tylko się upewniałem.

I tak spędziliśmy resztę popołudnia, składając fałszywe zeznania w osobnych pokojach. Uważaliśmy, żeby nasze relacje w ogólnych zarysach zgadzały się ze sobą, ale by pojawiły się w nich także rozliczne drobne rozbieżności, dzięki czemu robiły wrażenie autentycznych. Nikt nie potrafi tak krzywoprzysięgać jak policjant.

Po tych kłamstwach pożyczyliśmy z policyjnego hotelu stare, niepotrzebne ubrania i wróciliśmy na Downshire Hill.

Poważne przestępstwo w takiej okolicy jak Hampstead to zawsze spore wydarzenie, więc media rzuciły się na sprawę tłumnie, zwłaszcza że połowa prezenterów mogła tego popołudnia przyjść do pracy spacerkiem.

Wypuściliśmy podejrzanie cichego Toby'ego z hondy i przez jakąś godzinę czyściliśmy tylne siedzenie, a potem z otwartymi oknami wróciliśmy na Charing Cross. W gruncie rzeczy nie mogliśmy obwiniać Toby'ego, ponieważ zostawiliśmy go w samochodzie na cały dzień. Kupiliśmy mu w McDonaldzie Happy Meala, więc myślę, że nam wybaczył.

Wróciliśmy do mojego pokoju i dopiliśmy resztki grolscha. Potem Lesley rozebrała się i weszła do mojego łóżka. Ja wszedłem tam za nią i ją objąłem. Westchnęła i przytuliła się do mnie plecami. Miałem erekcję, ale Lesley była zbyt uprzejma, żeby o tym wspominać. Toby ułożył się wygodnie w nogach łóżka, wykorzystując nasze stopy jako poduszkę, i w ten sposób zasnęliśmy.

Kiedy obudziłem się następnego ranka, Lesley już nie było i dzwonił mój telefon. Okazało się, że to Nightingale.

— Jesteś gotowy wracać do pracy? — zapytał.

Powiedziałem mu, że tak.

Znowu w pracy. Znowu w „Grill Barze" przy Zakładzie Iaina Westa, gdzie inspektor Nightingale i ja zarezerwowaliśmy sobie wycieczkę z przewodnikiem po straszliwych obrażeniach Brandona Coopertowna. Przedstawiono mnie dziarskiemu rudemu mężczyźnie po pięćdziesiątce, który mówił z lekkim szkockim akcentem i nazywał się Abdul Haqq Walid.

— Doktor Walid zajmuje się naszymi specjalnymi przypadkami — powiedział Nightingale.

— Specjalizuję się w kryptopatologii — wyjaśnił doktor Walid.

— *Salem* — powiedziałem.

— *Al salam alaikum* — odpowiedział doktor, ściskając mi dłoń.

Miałem nadzieję, że może chociaż tym razem skorzystamy z możliwości zdalnej obserwacji, ale Nightingale nie chciał oglądać nagrania z obecnej fazy sekcji. Po raz kolejny przywdzialiśmy fartuchy, maski i okulary ochronne, po czym weszliśmy do prosektorium. Brandon Coopertown — a przynajmniej człowiek, którego uznaliśmy za niego — leżał na plecach na stole. Był nagi. Doktor Walid otworzył już jego tors standardowym cięciem w kształcie „Y" i po tym, jak pogrzebał tam w poszukiwaniu tego, czego patolodzy zwykle szukają, zamknął go z powrotem. Potwierdziliśmy tożsamość na podstawie danych biometrycznych z paszportu.

— Od szyi w dół — powiedział doktor Walid — jest to mężczyzna sporo po czterdziestce w dobrej formie fizycznej. To jego twarz wzbudza nasze zainteresowanie.

A raczej to, co z niej zostało. Doktor Walid posłużył się zaciskami, żeby rozchylić oderwane kawałki skóry, przez co twarz Brandona Coopertowna wyglądała potwornie, jak różowoczerwona stokrotka.

— Zacznijmy od czaszki — powiedział doktor i pochylił się ze wskaźnikiem. Nightingale także się pochylił, ale mnie wystarczało zerkanie mu ponad ramieniem. — Jak widzicie, doszło do rozległych obrażeń kości twarzy; żuchwa, górna szczęka i kości jarzmowe zostały właściwie starte w proch, a zęby, które normalnie pozostają nietknięte, są strzaskane.

— Potężny cios w twarz? — zapytał Nightingale.

— Tak bym w pierwszej chwili obstawiał, gdyby nie to.

Doktor złapał kleszczykami jeden z płatów skóry (podejrzewam, że kiedyś był policzkiem) i naciągnął go z powrotem na twarz. Płat przesłonił całą szerokość twarzy i opadł na ucho po drugiej stronie.

— Ta skóra została rozciągnięta tak bardzo, że nie zdołała już odzyskać normalnego kształtu i chociaż nie zachowało się wiele z tkanki mięśniowej, ona także wykazuje lateralną degradację. Sądząc po liniach napięcia, powiedziałbym, że coś wypchnęło jego twarz w okolicach podbródka i nosa, naciągając skórę i mięśnie, miażdżąc kości, po czym zamroziło twarz w tym kształcie. A potem to coś, czymkolwiek jest, co podtrzymuje ten kształt, znika, kości i tkanki miękkie tracą spójność i twarz właściwie odpada.

— Myśli pan o *dissimulo*? — zapytał Nightingale.

— Albo o bardzo podobnej technice — przyznał doktor Walid.

Nightingale na mój użytek wyjaśnił, że *dissimulo* to zaklęcie, które zmienia wygląd. Właściwie to nie użył określenia „zaklęcie", ale na jedno wychodziło.

— Niestety — tłumaczył doktor Walid — zasadniczo przesuwa ona mięśnie i skórę w nowe miejsca i może spowodować trwałe uszkodzenia.

— To nigdy nie była popularna technika — wtrącił Nightingale.

— Sam pan widzi dlaczego — dodał doktor Walid, wskazując pozostałości po twarzy Brandona Coopertowna.

— Jakieś oznaki wskazujące, że praktykował? — zapytał Nightingale.

Doktor Walid wyjął przykrytą tacę ze stali nierdzewnej.

— Wiedziałem, że pan o to zapyta, więc mam tu coś, co wyciągnąłem wcześniej.

Uniósł przykrywkę i odsłonił ludzki mózg. Nie jestem ekspertem, ale dla mnie nie wyglądał na zdrowy. Robił wrażenie skurczonego i powgniatanego, jakby ktoś zostawił go na słońcu, żeby wysechł.

— Jak pan widzi — mówił doktor Walid — widoczne są rozległe ubytki kory mózgowej i oznaki wewnątrzczaszkowego krwotoku, które moglibyśmy powiązać z pewnymi formami zmian zwyrodnieniowych, gdybyśmy z inspektorem Nightingale'em nie zetknęli się już wcześniej z ich prawdziwą przyczyną.

Przeciął mózg na pół i pokazał nam wnętrze. Wyglądało jak przeżarty chorobą kalafior.

— Tak wygląda mózg po magii.

— Magia robi takie rzeczy z mózgiem? — zapytałem. — Nic dziwnego, że nikt się już nią nie zajmuje.

— Tak się dzieje, kiedy przekroczysz swoje ograniczenia — wyjaśnił mi Nightingale i zwrócił się do doktora Walida. — W domu nie było żadnych śladów wskazujących na to, że praktykował. Żadnych książek, utensyliów, żadnego *vestigium*.

— Czy ktoś mógł ukraść jego magię? — zapytałem. — Wyssać mu ją z mózgu?

— To bardzo mało prawdopodobne — odpowiedział Nightingale. — To prawie niemożliwe, skraść komuś jego magię.

— Chyba że w chwili śmierci — dodał doktor Walid.

— O wiele bardziej prawdopodobne jest to, że nasz pan Coopertown sam sobie to zafundował — powiedział Nightingale.

— Czyli chce pan powiedzieć, że nie nosił maski przy pierwszym ataku? — zapytałem.

— Wydaje się to wielce prawdopodobne.

— W takim razie jego twarz została zmiażdżona we wtorek — powiedziałem. — Co tłumaczy, dlaczego wygląda na posiniaczonego na nagraniach z kamery autobusowej; potem leci do Ameryki, spędza tam trzy noce i wraca. I przez cały ten czas jego twarz jest właściwie zniszczona.

Doktor Walid przemyślał to sobie.

— To by się zgadzało z obrażeniami i oznakami początków odrastania przy niektórych fragmentach kości.

— Musiał potwornie cierpieć — powiedziałem.

— Niekoniecznie — odparł Nightingale. — Jedno z niebezpieczeństw *dissimulo* polega na tym, że ukrywa ono ból. Praktykujący może nie być świadomy tego, że robi sobie krzywdę.

— Ale kiedy jego twarz wyglądała normalnie... to dzięki temu, że magia trzymała ją w kupie?

Doktor Walid spojrzał na Nightingale'a.

— Tak — powiedział inspektor.

— A co się dzieje z zaklęciem, kiedy człowiek zasypia?

— Najpewniej przestaje działać — odpowiedział Nightingale.

— Tyle że on miał tak potworne uszkodzenia, że gdyby zaklęcie przestało działać, twarz by mu odpadła. Musiałby podtrzymywać czar przez cały pobyt w Ameryce. Chce mi pan powiedzieć, że nie spał przez cztery dni?

— To rzeczywiście robi wrażenie trochę mało prawdopodobnego — przyznał doktor Walid.

— Czy czary działają jak oprogramowanie? — zapytałem.

Nightingale spojrzał na mnie skonsternowany. Doktor Walid przyszedł mu z pomocą.

— Pod jakim względem? — zapytał.

— Czy mógłby pan przekonać umysł nieprzytomnego człowieka, żeby podtrzymywał czar? Wtedy zaklęcie mogłoby działać nawet w czasie snu.

— Teoretycznie to jest możliwe, ale, pomijając względy moralne, nie zdołałbym tego dokonać — odpowiedział Nightingale. — Nie sądzę, żeby jakikolwiek ludzki czarodziej był w stanie.

Jakikolwiek ludzki czarodziej... W porządku. Doktor Walid i Nightingale patrzyli na mnie i zdałem sobie sprawę, że oni już dotarli na miejsce i czekają, aż ich dogonię.

— Kiedy pytałem o duchy, wampiry i wilkołaki, a pan powiedział, że to ledwie wierzchołek góry lodowej, nie żartował pan, prawda?

Nightingale pokręcił głową.

— Obawiam się, że nie — odpowiedział. — Przykro mi.

— Oż w mordę.

Doktor Walid się uśmiechnął.

— Dokładnie to samo powiedziałem trzydzieści lat temu — przyznał.

— Czyli cokolwiek skrzywdziło biednego starego Coopertowna, pewnie nie było człowiekiem — powiedziałem.

— Nie uznałbym tego za pewnik, ale tak bym obstawiał — przytaknął doktor Walid.

*

Zrobiliśmy z Nightingale'em to, co robi każdy dobry gliniarz w obliczu wolnej chwili w środku dnia: poszliśmy poszukać pubu. Tuż za rogiem znaleźliśmy nieodmiennie ekskluzywny lokal „Marquis of Queensbury", który z powodu popołudniowej mżawki wyglądał jak zmokła kura. Nightingale postawił mi piwo i usiedliśmy w kącie pod wiktoriańskim plakatem meczu bokserskiego na gołe pięści.

— W jaki sposób został pan czarodziejem? — zapytałem.

Nightingale pokręcił głową.

— To nie przypomina wstąpienia do wydziału kryminalnego.

— Zaskakuje mnie pan. A jak to wygląda?

— To jak terminowanie. To zobowiązanie wobec sztuki, wobec mnie, wobec ojczyzny.

— Muszę nazywać pana „Sifu"?

Wreszcie się uśmiechnął.

— Nie. Musisz mówić mi „Mistrzu".

— Mistrzu?

— Tak wymaga tradycja.

Wypowiedziałem to słowo w myślach, ale źle mi brzmiało.

— Nie mógłbym po prostu mówić do pana „inspektorze"?

— A skąd przypuszczenie, że oferuję ci pracę u siebie?

Wypiłem łyk z kufla i poczekałem. Nightingale znowu się uśmiechnął i sam się napił.

— Kiedy raz przekroczysz ten Rubikon, nie ma powrotu — ostrzegł. — I możesz zwracać się do mnie „inspektorze".

— Właśnie widziałem człowieka, który zabił żonę i dziecko — powiedziałem. — Jeśli istnieje na to jakieś racjonalne wytłumaczenie, to chcę je poznać. Jeżeli istnieje choćby cień szansy, że nie odpowiadał za własne czyny, to chcę to wiedzieć. Bo to by znaczyło, że możemy zapobiec powtórnej zbrodni.

— To nie jest dobry powód, żeby wybrać tę pracę — powiedział Nightingale.

— A istnieje jakiś dobry powód? — zapytałem. — Chcę w to wejść, panie inspektorze, bo muszę wiedzieć.

Nightingale uniósł kufel.

— To już lepszy powód.

— To co teraz będzie?

— Nic nie będzie — odparł Nightingale. — Jest niedziela, ale jutro z samego rana idziemy spotkać się z komisarzem.

— To się panu udało.

— Nie, mówię serio. To jedyna osoba, która ma upoważnienia do podjęcia ostatecznej decyzji.

*

Nowy Scotland Yard był kiedyś zwykłym biurowcem wynajmowanym w latach sześćdziesiątych przez stołeczną policję. Od tego czasu wnętrza biur starszych oficerów przemeblowano kilka razy — ostatnio w latach dziewięćdziesiątych, które od lat siedemdziesiątych spokojnie można uznać za najgorszą dekadę dla wystroju wnętrz. I pewnie dlatego właśnie poczekalnia przed biurem komisarza stanowiła smętne pustkowie laminowanej sklejki i poliuretanowych krzeseł z wtryskarki. Żeby pomóc gościom się rozluźnić, ze ścian gapiły się fotografie sześciu ostatnich komisarzy.

Sir Robert Mark (1972–1977) patrzył ze szczególną dezaprobatą. Wątpię, żeby uznał mój wkład za znaczący.

— Jeszcze możesz wycofać podanie — powiedział Nightingale.

Wręcz przeciwnie, ale to nie znaczyło, że nie żałowałem, że nie mogę. Normalnie posterunkowy ląduje w poczekalni komisarza tylko wtedy, kiedy wykazał się wyjątkową odwagą albo wyjątkową głupotą, a ja naprawdę nie wiedziałem, do której kategorii się zaliczam.

Komisarz kazał nam czekać tylko dziesięć minut, zanim zjawiła się jego sekretarka i porwała nas ze sobą. Jego biuro było przestronne i urządzone z tym samym brakiem stylu, co reszta Scotland Yardu, tyle że tu dorzucono jeszcze boazerię, która udawała dębinę. Na jednej ze ścian wisiał portret królowej, a na drugiej umieszczono podobiznę jednego z pierwszych komisarzy policji, sir Charlesa Rowana. Stałem tak blisko prawidłowej pozycji na baczność, jak to tylko możliwe u londyńskiego gliniarza, i niemal się wzdrygnąłem, kiedy komisarz podał mi rękę.

— Posterunkowy Grant — powiedział. — Pański ojciec to Richard Grant, prawda? Mam parę jego nagrań z czasów, kiedy grywał z Tubbym Hayesem. Na płytach gramofonowych, rzecz jasna.

Nie czekał na moją reakcję, tylko uścisnął dłoń Nightingale'a i machnął, żebyśmy siadali. Był kolejnym przybyszem z północy, który ciężko zapracował na swoją pozycję i odsłużył swoje w Irlandii Północnej, co wydawało się wręcz obowiązkowym punktem w karierze potencjalnych komisarzy londyńskiej policji, przypuszczalnie dlatego, że zdaniem niektórych nic tak nie kształtuje charakteru jak wojujące sekciarstwo. Mundur dobrze na nim leżał, a szeregowi policjanci uważali, że nie jest skończonym tępakiem — co już dawało mu znaczną przewagę nad niektórymi z jego poprzedników.

— To dość niespodziewany obrót sytuacji, inspektorze — oznajmił komisarz. — Niektórzy byliby gotowi uznać to za niepotrzebny krok.

— Panie komisarzu — zaczął ostrożnie Nightingale — uważam, że okoliczności dają podstawy do zmiany w porozumieniu.

— Kiedy pierwszy raz poinformowano mnie o naturze waszej sekcji, dano mi do zrozumienia, że pełni ledwie szczątkową funkcję i że ta... — komisarz musiał zmusić się do wypowiedzenia tego słowa — ...ta cała „magia" podupada i stanowi jedynie marginalne zagrożenie dla królewskiego ładu. Powiem więcej, doskonale pamiętam, że w Ministerstwie Spraw Wewnętrznych padło słowo „zanika". „Spychana na drugi plan przez naukę i technikę" to kolejna fraza, którą często słyszałem.

— Ministerstwo Spraw Wewnętrznych nigdy tak naprawdę nie pojęło, że nauka i magia nie wykluczają się wzajemnie, panie komisarzu. Założyciel mojego towarzystwa sam stanowi doskonały tego dowód. Uważam, że mamy do czynienia z powolnym, lecz stałym wzrostem magicznej aktywności.

— Magia wraca? — zapytał komisarz.

— Od połowy lat sześćdziesiątych — odparł Nightingale.

— Lata sześćdziesiąte. Dlaczego nie jestem zdziwiony? To cholernie kłopotliwe. Ma pan jakiś pomysł dlaczego?

— Nie, panie komisarzu. Jednakże nigdy tak naprawdę nie osiągnięto zgodnego stanowiska w kwestii, dlaczego najpierw zaczęła słabnąć.

— Słyszałem, jak w tym kontekście padało słowo „Ettersburg" — powiedział komisarz.

Przez chwilę na twarzy Nightingale'a malował się prawdziwy ból.

— Ettersburg z pewnością się do tego przyczynił.

Komisarz wydął policzki i westchnął.

— Morderstwa w Covent Garden i Hampstead są powiązane? — zapytał.

— Tak, panie komisarzu.

— Myśli pan, że sytuacja się pogorszy?

— Tak, panie komisarzu.

— Wystarczająco, żeby okoliczności wymusiły naruszenie porozumienia?

— Potrzeba dziesięciu lat, żeby wyszkolić ucznia, panie komisarzu. Lepiej, żebyśmy mieli kogoś w odwodzie na wypadek, gdyby coś mi się stało.

Komisarz zaśmiał się niewesoło.

— Czy on wie, w co się pakuje?

— A który gliniarz to wie? — odparł Nightingale.

— Dobrze więc — powiedział komisarz. — Wstań, synu.

Wstaliśmy. Nightingale kazał mi unieść dłoń i odczytał przysięgę:

— Peterze Grant z Kentish Town, czy przysięgasz być wiernym naszej królowej i jej następcom? Dobrze i wiernie służyć swojemu Mistrzowi przez czas nauki? Okazywać posłuszeństwo wszystkim strażnikom i szatom naszego bractwa? Okazywać szacunek tajemnicom rzeczonego bractwa i nie ujawniać niczego nikomu poza członkami owego bractwa? I mając na względzie to wszystko, czy będziesz zachowywał się godnie i zachowasz tę przysięgę w tajemnicy? Tak ci dopomóż Bóg, królowa i moc, która napędza wszechświat.

Złożyłem przysięgę, ale prawie się zająknąłem przy kawałku z szatami.

— Tak ci dopomóż Bóg — powiedział komisarz.

*

Nightingale poinformował mnie, że jako uczeń mam się przenieść do jego londyńskiej siedziby przy Russell Square. Podał mi adres i podrzucił mnie z powrotem do hotelu policyjnego przy Charing Cross.

Lesley pomogła mi się spakować.

— Nie powinnaś być w Belgravii? — zapytałem. — I robić tego, czym zajmuje się ekipa od zabójstw?

— Kazano mi wziąć sobie dzień wolnego — odpowiedziała. — Urlop okolicznościowy pod hasłem „nie daj się dorwać mediom".

To akurat rozumiałem. Zagłada całej rodziny charyzmatycznych bogaczy to wymarzona historia dla redaktora naczelnego każdej gazety. Jak już przegrzebią wszystkie makabryczne szczegóły, wycisną sprawę jak cytrynkę, zadając pytania, co tragiczna śmierć rodziny Coopertownów mówi o naszym społeczeństwie i w jaki sposób rzuca oskarżenie współczesnej kulturze/humanizmowi świeckiemu/politycznej poprawności/sytuacji w Palestynie — niepotrzebne skreślić. Chyba jedynym, co mogłoby jeszcze podrasować tę historię, było wplątanie w nią atrakcyjnej blondwłosej posterunkowej, którą, jak mógłbym dodać, wysłano do niebezpiecznego zadania bez nadzoru. Padną różne pytania, a odpowiedzi zostaną zignorowane.

— Kto leci do Los Angeles? — zapytałem.

Ktoś będzie musiał sprawdzić poczynania Brandona Coopertowna w Stanach.

— Dwóch sierżantów, których nawet nie miałam okazji poznać — odpowiedziała. — Popracowałam tam raptem parę dni, zanim zdążyłeś wpakować mnie w kłopoty.

— Jesteś jego błękitnooką dziewuszką — zauważyłem. — Seawoll nie będzie miał ci tego za złe.

— Nadal uważam, że jesteś mi coś winien — powiedziała Lesley, biorąc mój ręcznik kąpielowy i błyskawicznie składając go w ściśle upakowany sześcianik.

— Czego chcesz?

Zapytała, czy mógłbym załatwić sobie wolny wieczór, więc odpowiedziałem, że spróbuję.

— Nie chcę tu siedzieć — powiedziała. — Chcę gdzieś wyjść.

— A gdzie masz ochotę się wybrać? — zapytałem, patrząc, jak rozkłada ręcznik i składa go z powrotem, tym razem w trójkątny kształt.

— Wszędzie, byle tylko nie do pubu — odpowiedziała i podała mi ręcznik.

Zdołałem upchnąć go do plecaka, ale najpierw musiałem go rozwinąć.

— Co powiesz na film? — zaproponowałem.

— Brzmi nieźle — odparła — ale musi być wesoły.

*

Russell Square leży kilometr na północ od Covent Garden, po drugiej stronie British Museum. Według Nightingale'a w początkach ubiegłego wieku znajdował się w samym sercu fermentu literackiego i filozoficznego, ale ja kojarzę go tylko ze starym horrorem o kanibalach żyjących w metrze.

Adres wskazywał na południową pierzeję placu, gdzie przetrwał rząd georgiańskich szeregowców. Miały pięć pięter, wliczając w to zaadaptowane mansardy, a także balustrady z kutego żelaza osłaniające stromy spadek do mieszkań w suterenie. Dom pod szukanym adresem miał zdecydowanie wspanialsze niż sąsiednie mieszkania schody prowadzące do podwójnych mahoniowych drzwi z mosiężnymi okuciami. Ponad nadprożem wyryto słowa „SCIENTIA POTESTAS EST".

Ścienny podest jest? — zastanawiałem się. Ściana patetyczna jest? Ściema potajemnie rządzi? Czyżbym trafił na kryjówkę zagrażających światu mitomanów?

Zawlokłem plecak i dwie walizki na podest. Przycisnąłem mosiężny guzik dzwonka, ale przez grube drzwi nie słyszałem żadnego dźwięku. Po chwili otworzyły się same. Możliwe, że to przez ruch uliczny, ale przysięgam, że nie słyszałem pracy żadnego silniczka ani innego mechanizmu. Toby zaskamlał i schował się za moimi nogami.

— To wcale nie było straszne — powiedziałem. — Ani odrobinkę.

Wciągnąłem walizkę za próg.

W holu wejściowym, na podłodze leżała mozaika w rzymskim stylu i stała budka z drewna i szkła, która — chociaż w żaden sposób nie przypominała budki z biletami — sygnalizowała granicę między częścią zewnętrzną i wewnętrzną budynku, sugerując, że lepiej mieć pozwolenie, jeśli chce się wejść do środka. Czymkolwiek to miejsce było, z pewnością nie było prywatnym mieszkaniem Nightingale'a.

Za budką, między dwoma neoklasycznymi filarami, stał marmurowy posąg mężczyzny w todze akademika i pumpach. Jedną ręką przyciskał do piersi wielkie tomiszcze, a w drugiej trzymał sekstans. Na jego kwadratowej twarzy malowała się nieprzejednana ciekawość i wiedziałem już, jak się nazywa, nim zauważyłem cokół, na którym wypisano:

Naturę i jej prawa gęsta ciemność skrywała;
Bóg rzekł: „Niech będzie Newton", i wnet światłość się stała.

Nightingale czekał na mnie koło posągu.

— Witamy w Szaleństwie, oficjalnej siedzibie angielskiej magii od roku tysiąc siedemset siedemdziesiątego piątego.

— A waszym świętym patronem jest sir Isaac Newton?

Nightingale wyszczerzył zęby w uśmiechu.

— To nasz założyciel i pierwszy człowiek, który podjął się systematyzacji praktyk magicznych.

— Uczono mnie, że stworzył podwaliny współczesnej nauki — powiedziałem.

— Zajmował się jednym i drugim. Taka już jest natura geniuszu.

Nightingale wprowadził mnie przez kolejne drzwi do prostokątnego atrium, które dominowało w centralnej części budynku.

Nade mną wisiały dwa rzędy balkonów, a funkcję dachu spełniała wiktoriańska kopuła z żelaza i szkła. Pazurki Toby'ego stukały na wypolerowanym marmurze w kremowym kolorze. Było tu bardzo cicho i mimo że miejsce wyglądało nieskazitelnie, niezwykle silnie narzucało mi się wrażenie opuszczenia.

— Dalej znajduje się wielka sala jadalna, której już nie używamy, a także salon i palarnia, z których także nie korzystamy. — Nightingale wskazał drzwi po drugiej stronie atrium. — Ogólna biblioteka, sala wykładowa. Na dole są spiżarnie, piwniczka z winami i kuchnia. Schody kuchenne, które wbrew pozorom znajdują się od frontu, są tutaj. Do powozowni i stajni przechodzi się tylnym wyjściem.

— Ile osób tu mieszka?

— Tylko my dwaj. I Molly.

Toby nagle przyczaił się obok moich stóp i warknął — należycie i rzeczowo, jak na widok szczura w kuchni. Podniosłem wzrok i zobaczyłem kobietę sunącą ku nam po wypolerowanym marmurze. Była smukła i ubrana jak edwardiańska pokojówka, miała nawet wykrochmalony fartuszek chroniący szytą z koła czarną spódnicę i białą bawełnianą bluzkę. Jej twarz nie pasowała do stroju: była zbyt pociągła, miała za ostre kości policzkowe i oczy w kształcie migdałów. Mimo czepka włosy nosiła rozpuszczone — czarna kurtyna opadająca aż do pasa.

Natychmiast przyprawiła mnie o gęsią skórkę, i to nie tylko dlatego, że obejrzałem za dużo japońskich horrorów.

— To jest Molly — przedstawił ją Nightingale. — Robi dla nas.

— Co?

— To, co trzeba.

Molly spuściła wzrok i niezgrabnie pochyliła się w czymś, co mogło być dygnięciem albo ukłonem. Kiedy Toby znowu warknął, odpowiedziała mu tym samym, odsłaniając niepokojąco ostre zęby.

— Molly! — rzucił ostro Nightingale.

Kobieta skromnie zasłoniła usta dłonią, odwróciła się i odeszła płynnym krokiem z powrotem tam, skąd przyszła. Toby prychnął z satysfakcją, czym jednak nie oszukał nikogo prócz siebie.

— I jest…? — zapytałem.

— Niezastąpiona — odpowiedział Nightingale.

Zanim weszliśmy na górę, Nightingale zaprowadził mnie do wnęki w północnej ścianie. Tam na piedestale niczym bóstwo domowe stała zamknięta muzealna gablota zawierająca egzemplarz oprawionej w skórę księgi. Był otwarty na tytułowej stronie. Pochyliłem się i odczytałem: *Philosophiae Naturalis Pricipia Artes Magicis* autorstwa I.S. Newtona.

— Zatem nie wystarczyło mu zapoczątkowanie rewolucji naukowej i nasz drogi Isaac wynalazł jeszcze magię? — spytałem.

— Nie wynalazł — poprawił mnie Nightingale — ale skodyfikował jej podstawowe reguły, sprawiając, że przestała podlegać wyłącznie zasadzie „uda się albo nie uda".

— Magia i nauka — powiedziałem. — A co zagrał na bis?

— Zreformował Mennicę Królewską i ocalił kraj przed bankructwem.

Okazało się, że są dwie główne klatki schodowe; weszliśmy wschodnią i doszliśmy nią do kolumnady balkonów i labiryntu boazerii i białych pokrowców na meble. Kolejne dwa ciągi stopni zaprowadziły nas do korytarza na drugim piętrze z szeregiem ciężkich drewnianych drzwi. Nightingale otworzył jedne z nich i ponaglił mnie, żebym wszedł.

— To twój pokój.

Był dwa razy większy od pokoju w policyjnym hotelu, miał ustawne proporcje i wysoki sufit. Podwójne mosiężne łóżko upchnięto w jednym kącie, w drugim ustawiono szafę z opowieści o Narnii, a między nimi stało biurko, które miało światło z jednego z dwóch otwieranych pionowo okien. Regały na książki zajmowały całe dwie ściany i były puste, jeśli nie liczyć tego, co okazało się przy późniejszych oględzinach kompletem jedenastego wydania *Encyklopedii Britannica* z 1913 roku, podniszczonym pierwszym wydaniem *Nowego wspaniałego świata* i Biblią. To, co kiedyś niewątpliwie było otwartym kominkiem, zastąpiono palnikiem gazowym otoczonym przez zielone ceramiczne płytki. Lampka do czytania na biurku miała klosz udający odbitkę z japońskiego drzeworytu, a obok stał bakelitowy aparat telefoniczny, który musiał być starszy od mojego ojca. Pachniało kurzem i świeżo nałożoną pastą do czyszczenia drewna. Podejrzewałem, że przez ostatnie pięćdziesiąt lat ten pokój spał sobie pod białymi pokrowcami na meble.

— Kiedy już się rozgościsz, spotkamy się na dole — powiedział Nightingale. — I zadbaj o to, żeby porządnie wyglądać.

Wiedziałem, o co chodzi, więc starałem się odwlec ten moment, ale nie potrzebowałem dużo czasu na rozpakowanie się.

*

Ściśle mówiąc, to nie do nas należało zadanie odebrania z lotniska rozpaczających rodziców. Pomijając już fakt, że oficjalnie sprawa należała do wydziału zabójstw z Westminsteru, niezwykle mało prawdopodobne było to, że rodzice August Coopertown mają jakieś informacje istotne dla odnalezienia mordercy. To zabrzmi bezdusznie, ale detektywi mają lepsze rzeczy do roboty niż bawienie się w improwizowaną pomoc psychologiczną dla pogrążonych w żałobie najbliższych; od tego są rodzinni oficerowie łącznikowi. Nightingale miał na ten temat inne zdanie i dlatego staliśmy we dwóch za barierką w hali przylotów na Heathrow, kiedy pan i pani Fischerowie przechodzili odprawę celną. To ja trzymałem tekturkę z nazwiskiem.

Nie tak ich sobie wyobrażałem. Tata był niski i łysiejący, a mama przysadzista i myszowata. Nightingale przedstawił się w języku, który — jak przypuszczam — był językiem duńskim, i powiedział mi, żebym zaniósł bagaże do jaguara, czym z radością się zająłem.

Zapytaj dowolnego policjanta, co jest najgorsze w tej robocie, a każdy odpowie ci, że przekazywanie złych wieści rodzinie. Ale to nieprawda. Najgorsze są przebywanie w tym samym pomieszczeniu po tym, jak już przekazałeś wiadomość, i konieczność patrzenia, jak komuś rozpada się całe życie. Niektórzy mówią, że to im nie przeszkadza; takim ludziom nie można ufać.

Fischerowie najwyraźniej wyszukali w Google hotel znajdujący się najbliżej domu córki, przez co zarezerwowali sobie pokój w ceglanym budynku przy Haverstock Hill, wyglądającym jak skrzyżowanie więzienia i stacji benzynowej, którego hol był sztampowy, przeładowany i równie przytulny jak biuro pośrednictwa pracy. Wątpię, żeby to zauważyli, ale widziałem, że zdaniem Nightingale'a to nie jest miejsce wystarczająco dobre dla nich, i przez chwilę myślałem, że zaproponuje im nocleg w Szaleństwie.

On jednak tylko westchnął i kazał mi postawić bagaże koło recepcji.

— Ja zajmę się resztą — powiedział i odesłał mnie do domu.

Pożegnałem się z Fischerami i odszedłem z ich życia tak szybko, jak się dało.

*

Po tym wszystkim naprawdę nie miałem ochoty nigdzie wychodzić, ale Lesley mnie przekonała.

— Nie możesz po prostu stanąć w miejscu dlatego, że w życiu dzieją się złe rzeczy — tłumaczyła. — Poza tym jesteś mi winny wyjście na miasto.

Nie sprzeczałem się, a poza tym dobrą stroną West Endu jest to, że zawsze znajdzie się miejsce, gdzie można iść na film. Zaczęliśmy od kina „Prince Charles", ale na dole pokazywali *Dwanaście małp*, a na górze podwójny seans Kurosawy, więc poszliśmy za róg do „Voyage" przy Leicester Square. „Voyage" to miniaturowa, lokalna wersja multipleksu z ośmioma ekranami, z których przynajmniej dwa są większe od przeciętnego ekranu telewizora plazmowego. Zwykle nie mam nic przeciwko przyzwoitej dawce niczym nieuzasadnionej przemocy w kinie, ale Lesley przekonała mnie, że *Sherbet Lemons*, romantyczna komedia z Allison Tyke i Dennisem Carterem, która weszła w tym miesiącu do kin, to właśnie to, co poprawi nam samopoczucie. Z tego, co wiem, może to by nawet podziałało, gdybyśmy tylko mieli szansę zobaczyć ten film.

W holu dominował ciągnący się przez całą szerokość kontuar, gdzie sprzedawano przekąski i bilety. Było tam osiem stanowisk, każde z własną kasą upchniętą wśród zatrzęsienia automatów z prażoną kukurydzą, grillów z hot dogami i kartonowych reklam oferujących dzieciom pudełka z motywami z najnowszego hitu marketingowego. Nad każdą kasą wisiał szeroki ekran ciekłokrystaliczny, na którym wyświetlano informację o dostępnych filmach, ograniczeniach wiekowych, godzinach seansów, ile czasu zostało do rozpoczęcia filmu i ile miejsc jest nadal wolnych na każdej widowni. W regularnych odstępach ekrany przełączały się, żeby puścić zwiastun filmowy, reklamę odzyskanego mechanicznie mięsa albo powiedzieć ci, jak świetnie się bawisz w kinach należących do sieci Voyage. Tego wieczoru działało tylko jedno stanowisko i na obsłużenie czekała w przybliżeniu piętnastoosobowa kolejka. Dołączyliśmy do niej, stając za elegancko ubraną kobietą w średnim wieku, która przyszła z czterema dziewczynkami w wieku od dziewięciu do jedenastu lat. To nie przeszkadzało ani mnie, ani Lesley — jeśli uczysz się czegoś jako gliniarz, to właśnie czekać.

Późniejsze dochodzenie ujawniło, że jedynym członkiem personelu, który obsługiwał kasę na tej zmianie, był dwudziestotrzyletni uchodźca ze Sri Lanki nazwiskiem Sandun Ranatunga, jedna z pięciu osób, które pracowały tego wieczoru w Voyage przy Leicester Square. W czasie, kiedy doszło do incydentu, dwie z pozostałych sprzątały sale numer jeden i trzy przed następnymi seansami, jedna sprawdzała bilety, a ostatnia zajmowała się wyjątkowo nieprzyjemną kałużą w męskiej toalecie.

Ponieważ pan Ranatunga sprzedawał i bilety, i prażoną kukurydzę, potrzebował co najmniej kwadransa, żeby obsłużyć wystarczająco wielu ludzi z kolejki i by kobieta przed nami zaczęła nabierać nadziei. Towarzyszące jej dzieci, które do tamtej chwili bawiły się w jakimś innym miejscu, zgromadziły się znowu przy kolejce, żeby z odpowiednim wyprzedzeniem zacząć targować się o słodycze. Kobieta była stanowcza w stopniu godnym podziwu, jasno orzekając, że przydział obejmuje jedno picie i jedną porcję kukurydzy albo jedną paczkę słodyczy, bez wyjątku, i nie obchodzi mnie, co kupuje wam matka Priscilli, kiedy zabiera was do kina. Nie, nie możesz wziąć nacho, a co to właściwie są te nacho? Zachowuj się, bo w ogóle nic nie dostaniesz.

Fazę krytyczną osiągnięto — według wydziału kryminalnego z Charing Cross — kiedy następna para w kolejce poprosiła o zniżkę studencką. Para, zidentyfikowana jako Nicola Fabroni i Eugenio Turco (dwójka uzależnionych od heroiny neapolitańczyków, którzy przyjechali do Londynu na odwyk), miała ulotki ze szkoły językowej przy Piccadilly, czyniące z nich — jak twierdzili — najprawdziwszych studentów. Jeszcze tydzień temu pan Ranatunga przymknąłby na to oko, ale tego popołudnia kierownik poinformował go, że zdaniem centrali Voyage przy Leicester Square sprzedaje się zdecydowanie za dużo zniżkowych biletów i że w przyszłości personel ma odmawiać przyznania zniżki we wszelkich budzących wątpliwości sytuacjach. Stosując się do tej dyrektywy, pan Ranatunga z żalem poinformował Turco i Fabroni, że będą musieli zapłacić pełną cenę. Para, która budżet na ten wieczór oparła na założeniu, że uda im się wyprosić zniżkę, nie przyjęła tego zbyt dobrze. Zaczęła protestować, ale pan Ranatunga pozostał niewzruszony, a ponieważ obie strony porozumiewały się w obcym dla siebie języku, negocjacje zajęły sporo cennego czasu. W końcu Turco i Fabroni zapłacili pełną cenę, acz z oporami i za pomocą brudnych banknotów pięciofuntowych oraz garści dziesięciopensówek.

Najwyraźniej Lesley od samego początku nie spuszczała z Włochów czujnego oka stróża porządku, podczas gdy ja — jak pamiętacie, łatwo się rozpraszam — zastanawiałem się, czy zdołałbym przemycić Lesley do mojego pokoju w Szaleństwie. To dlatego nieco mnie zaskoczyło, kiedy szacowna przedstawicielka klasy średniej w eleganckim płaszczu rzuciła się przez kontuar i usiłowała udusić pana Ranatungę.

Nazywała się Celia Munroe, mieszkała w Finchley i zabrała dwie córki, Georginę i Antonię, oraz ich dwie przyjaciółki, Jennifer i Alex, na West End, żeby zrobić dziewczynkom prawdziwą frajdę. Spór zaczął się, kiedy pani Munroe wręczyła kasjerowi pięć kuponów Voyager Film Fun, żeby pokryć nimi część ceny biletów. Pan Ranatunga z żalem wskazał, że kupony nie są ważne akurat w tym kinie. Pani Munroe zapytała: „A niby to dlaczego, jeśli wolno spytać", ale pan Ranatunga nie był w stanie wyjaśnić, ponieważ kierownictwo nigdy nie zadało sobie trudu poinformowania go o zasadach tej promocji. Pani Munroe wyraziła swoje niezadowolenie z zaciekłością, która zaskoczyła pana Ranatungę, Lesley, mnie i, zgodnie z jej późniejszym zeznaniem, także samą panią Munroe.

W tym momencie Lesley i ja zdecydowaliśmy się interweniować, ale nie mieliśmy nawet dość czasu, żeby podejść i zapytać, na czym polega problem, kiedy pani Munroe przeszła do działania. Wszystko rozegrało się bardzo szybko i, jak często to bywa w przypadku nieoczekiwanych wydarzeń, potrzebowaliśmy kilku chwil, żeby zarejestrować, co się właściwie dzieje. Na szczęście oboje byliśmy dostatecznie zaprawieni po patrolach ulicznych, żeby nie zamrzeć w bezruchu, więc każde z nas złapało kobietę za ramię i spróbowało odciągnąć ją od biednego pana Ranatungi. Chwyciła się jego szyi z taką siłą, że pan Ranatunga został także pociągnięty i wywleczony przez kontuar. Do tego czasu jedna z dziewczynek dostała histerii, a na oko najstarsza z nich, Antonia, zaczęła bić mnie pięściami w plecy, chociaż w tamtej chwili w ogóle nic nie czułem. Usta pani Munroe rozchyliły się w zastygłym grymasie wściekłości, a ścięgna wystąpiły jej na szyi i przedramionach. Twarz pana Ranatungi ciemniała, a usta siniały.

Lesley wbiła kciuk w czuły punkt na nadgarstku pani Munroe, która puściła pana Ranatungę tak pośpiesznie, że polecieliśmy do tyłu na podłogę. Pani Munroe wylądowała na mnie, więc spróbowałem przyszpilić jej ręce, ale wcześniej zdążyła mi brutalnie wbić łokieć w żebra. Wykorzystałem całą swoją wagę i siłę, żeby zrzucić ją z siebie i obrócić twarzą do cuchnącego prażoną kukurydzą dywanu. Oczywiście nie miałem przy sobie kajdanek, więc musiałem przytrzymać jej obie ręce za plecami. Z prawnego punktu widzenia, jak już raz tkniesz podejrzanego, właściwie nie masz wyjścia i musisz go aresztować. Udzieliłem jej ostrzeżenia, a z niej od razu uszła cała para. Zerknąłem na Lesley, która nie tylko zajęła się poszkodowanym mężczyzną, ale też zapanowała nad dziećmi i zgłosiła incydent na Charing Cross.

— Jeśli panią puszczę, będzie pani grzeczna? — zapytałem.

Pani Munroe pokiwała głową. Pozwoliłem jej przeturlać się i usiąść na podłodze.

— Ja tylko chciałam pójść na film — powiedziała. — Kiedy byłam młoda, szło się do lokalnego Odeonu, mówiło się: „Poproszę", dawało się pieniądze i dostawało bilet. Kiedy to tak strasznie się pokomplikowało? Kiedy pojawiły się te odrażające nacho? Ja się pytam, co to właściwe są te zasrane nacho?

Słysząc przekleństwo, jedna z dziewczynek zachichotała nerwowo.

Lesley pisała w swoim oficjalnym notesie. Kojarzycie, jak w pouczeniu padają słowa: „Wszystko, co powiesz, może zostać użyte przeciwko tobie"? No, to właśnie o takie sytuacje chodzi.

— Czy temu chłopcu nic się nie stało? — Spojrzała na mnie, oczekując zapewnienia. — Nie wiem, co we mnie wstąpiło. Chciałam tylko porozmawiać z kimś, kto porządnie mówi po angielsku. Zeszłego lata pojechałam na wakacje do Bawarii i wszyscy tam naprawdę dobrze mówili po angielsku. Zabieram dzieci na West End i wszyscy są cudzoziemcami. Nie rozumiem słowa z tego, co mówią.

Podejrzewam, że jakiś skończony łajdak z prokuratury mógłby zrobić z tego przestępstwo o podłożu rasowym. Rzuciłem spojrzenie Lesley, która westchnęła, ale przestała notować.

— Ja tylko chciałam pójść na film — powtórzyła pani Munroe.

Wybawienie zjawiło się pod postacią inspektora Nebletta, który rzucił nam jedno spojrzenie i powiedział: „Po prostu nie mogę was dwojga spuścić z oczu, co?". Nie oszukał mnie. Wiedziałem, że parę razy przećwiczył sobie tę kwestię.

Niemniej jednak całą gromadą wróciliśmy na komisariat, żeby doprowadzić do końca aresztowanie i zająć się robotą papierkową. A to oznaczało trzy godziny z mojego życia, których szybko sobie nie odbiję. I tak wylądowaliśmy, jak wszyscy gliniarze na nadgodzinach, w stołówce, gdzie popijaliśmy herbatę i wypełnialiśmy formularze.

— Gdzie jest zespół kontroli, kiedy jest potrzebny? — zapytała Lesley.

— Mówiłem, że powinniśmy byli pójść na *Siedmiu samurajów.*

— Nie uważasz, że w tym wszystkim było coś dziwnego?

— Dziwnego w jakim sensie?

— No wiesz, kobiecie w średnim wieku nagle całkiem odbija i atakuje kogoś w kinie na oczach dzieci. Na pewno nie wyczułeś żadnej...? — Pomachała palcami.

— Nie zwróciłem uwagi — odpowiedziałem.

Jednakże, oceniając sytuację z perspektywy czasu, może i coś wyczułem, jakby rozbłysk przemocy i śmiechu, ale potraktowałem to z podejrzliwością — jakbym wmawiał sobie coś po fakcie, przywoływał fałszywe wspomnienie.

Pan Munroe zjawił się z papugą i rodzicami pozostałych dzieci około dziewiątej i niecałą godzinę później jego żonę wypuszczono za kaucją. O wiele wcześniej, niż ja i Lesley skończyliśmy robotę papierkową. Do tego czasu byłem już za bardzo wykończony, żeby próbować czegokolwiek, co wymagało sprytu, więc pożegnałem się i załapałem na radiowóz interwencyjny, który podwiózł mnie na Russell Square.

Miałem nowiutki komplet kluczy, łącznie z tym, który otwierał wejście służbowe na tyłach. Dzięki temu nie musiałem przemykać się pod pełnym dezaprobaty spojrzeniem sir Isaaca. W głównym atrium panował półmrok, ale kiedy pokonałem pierwszy ciąg schodów, odniosłem wrażenie, że dostrzegłem bladą postać, która sunie po posadzce w dole.

*

Człowiek wie, że zatrzymał się w naprawdę wykwintnym miejscu, kiedy pokój, w którym podaje się śniadanie, jest zupełnie osobnym pomieszczeniem, i to bynajmniej nie tym samym, w którym podano kolację, tylko teraz przybranym inną porcelaną. Ten pokój wychodził na południowy wschód, żeby wyłapać odrobinę styczniowego światła, i był z niego widok na powozownię oraz stajnie. Chociaż jedliśmy tylko we dwóch z Nightingale'em, nakryto do wszystkich stołów i na wszystkich leżały śnieżnobiałe obrusy prosto z pralni. Można by tu usadzić pięćdziesiąt osób. I stosownie do tego na stole z bufetem pojawił się szereg srebrnych tac ze śledziami, jajkami, bekonem, kaszanką oraz misa pełna ryżu, groszku i kawałków łupacza, której zawartość Nightingale zidentyfikował jako *kedgeree*. Wyglądał na równie zaskoczonego ilością jedzenia jak ja.

— Myślę, że Molly nieco poniósł entuzjazm — powiedział i nałożył sobie *kedgeree*.

Ja spróbowałem po trochu wszystkiego, a Toby dostał kawałek kiełbasy, trochę kaszanki i miskę wody.

— Nie ma mowy, żebyśmy wszystko to zjedli — powiedziałem. — Co ona zrobi z resztkami?

— Nauczyłem się nie zadawać takich pytań — odparł Nightingale.

— A to dlaczego?

— Bo nie jestem pewien, czy chcę poznać odpowiedź.

*

Moja pierwsza prawdziwa lekcja magii odbyła się w jednym z laboratoriów na tyłach pierwszego piętra. Pozostałe laboratoria wykorzystywano niegdyś do badań, ale to służyło do nauczania i rzeczywiście wyglądało jak szkolna pracownia chemiczna. Stały tam ławki sięgające pasa, z kurkami palników Bunsena rozmieszczonymi w regularnych odstępach i białymi porcelanowymi zlewami wpuszczonymi w drewniane blaty.

Wisiał nawet plakat z układem okresowym, w którym brakowało, jak zauważyłem, wszystkich pierwiastków odkrytych po drugiej wojnie światowej.

— Najpierw musimy napełnić zlew — powiedział Nightingale.

Wybrał jeden i odkręcił kurek u podstawy długiej, wygiętej jak łabędzia szyja wylewki. Rozległo się odległe stukanie, szyja czarnego łabędzia zadygotała, a potem zakaszlała i splunęła strumieniem brązowej wody.

Obaj cofnęliśmy się o krok.

— Ile czasu minęło, odkąd korzystał pan z tego laboratorium? — zapytałem.

Dudnienie stało się głośniejsze i szybsze, a potem z kranu trysnęła woda — początkowo brudna, ale potem już czysta. Stukot powoli ucichł. Nightingale zatkał korkiem zlew i zaczekał, aż się napełni w trzech czwartych, po czym zakręcił kran.

— Kiedy będziesz próbował rzucić ten czar — powiedział — zawsze miej pod ręką misę z wodą, na wszelki wypadek.

— Wyczarujemy ogień?

— Tylko wtedy, jeśli popełnisz błąd — odparł Nightingale. — Za chwilę coś zademonstruję, a ty musisz bardzo uważać, jak wtedy, kiedy szukałeś *vestigia*. Rozumiesz?

— *Vestigia*, jasne.

Nightingale wyciągnął prawą rękę wnętrzem dłoni do góry i zacisnął pięść.

— Obserwuj moją rękę — powiedział i otworzył dłoń.

Nagle kilka centymetrów nad nią zawisła kula światła. Jasna, ale nie aż tak, żebym nie mógł na nią patrzeć.

Nightingale zamknął dłoń i kula zniknęła.

— Jeszcze raz? — zapytał.

Do tamtej chwili coś mi sugerowało, by zaczekać na racjonalne wyjaśnienie, ale kiedy zobaczyłem, z jaką łatwością Nightingale przywołuje ognik, zdałem sobie sprawę, że znam już racjonalne wyjaśnienie: magia działa. Następne pytanie brzmiało, rzecz jasna: w jaki sposób?

— Jeszcze raz — odpowiedziałem.

Otworzył dłoń i pojawiło się światełko. Kula była wielkości piłeczki golfowej i miała połyskującą perłowo powierzchnię. Pochyliłem się, ale nie potrafiłem powiedzieć, czy światło emanuje z wnętrza kuli, czy z jej powierzchni.

Nightingale zamknął dłoń.

— Uważaj — ostrzegł mnie. — Nie chcesz sobie uszkodzić oczu.

Zamrugałem i zobaczyłem fioletowe plamy. Miał rację, dałem się zwieść delikatności światła i patrzyłem na nie zbyt długo. Ochlapałem oczy wodą.

— Gotowy spróbować raz jeszcze? — zapytał Nightingale. — Postaraj skupić się na wrażeniu, kiedy to robię. Powinieneś coś poczuć.

— Coś?

— Magia jest jak muzyka — odpowiedział Nightingale. — Każdy inaczej ją słyszy. Fachowy termin na to brzmi *forma*, ale to nie jest znacznie bardziej pomocne niż „coś", prawda?

— Mogę zamknąć oczy?

— Ależ bardzo proszę.

Rzeczywiście „coś" poczułem — jakby drgnięcie ciszy w momencie tworzenia płomyka. Powtarzaliśmy ćwiczenie, aż byłem pewien, że sobie tego nie wyobrażam. Nightingale zapytał, czy mam jakieś pytania. Zapytałem, jak nazywa się to zaklęcie.

— Potocznie znane jest jako ognik.

— Można je rzucić pod wodą?

Nightingale zanurzył dłoń w zlewie i chociaż trzymał ją pod niewygodnym kątem, pokazał, że tworzy ognik bez większej trudności.

— Czyli to nie jest proces utleniania, tak?

— Skup się. Najpierw magia, potem nauka.

Spróbowałem się skupić, ale na czym?

— Za chwilę — powiedział Nightingale — poproszę cię, żebyś otworzył dłoń w taki sposób, jak ci zademonstrowałem. Kiedy ją otworzysz, chcę, żebyś uformował w umyśle kształt, który odpowiada temu, co wyczułeś, kiedy tworzyłem ognik. Myśl o tym jak o kluczu, który otwiera drzwi. Rozumiesz?

— Ręka — powiedziałem. — Kształt, klucz, zamek, drzwi.

— W rzeczy samej. Zaczynaj.

Odetchnąłem głęboko, wyciągnąłem rękę i otworzyłem dłoń. Nic się nie stało. Nightingale nie roześmiał się, chociaż wolałbym, żeby to zrobił. Znowu wziąłem wdech, spróbowałem „ukształtować" umysł, cokolwiek to znaczyło, i ponownie otworzyłem pięść.

— Pozwól, że pokażę ci to raz jeszcze — zaproponował Nightingale. — A potem ty spróbujesz.

Stworzył ognik, a ja badałem kształt *forma* i próbowałem go skopiować. Nadal nie udało mi się stworzyć własnego światełka, ale tym razem poczułem w umyśle echo owego *forma* niczym urywek muzyki z przejeżdżającego samochodu.

Powtórzyliśmy ćwiczenie kilka razy, dopóki nie zyskałem pewności, że wiem, jaki kształt ma *forma*, ale nie potrafiłem odnaleźć tego kształtu we własnym umyśle. Nightingale musiał znać ten proces, bo potrafił określić, na którym etapie się znajduję.

— Ćwicz przez kolejne dwie godziny — powiedział. — Potem zrobimy przerwę na lunch i znowu poćwiczymy ze dwie godziny. Później możesz wziąć sobie wolny wieczór.

— I to wszystko? Żadnego uczenia się starożytnych języków, żadnej teorii magii?

— To jest pierwszy krok — odparł Nightingale. — Jeśli nie opanujesz tego, cała reszta nie będzie miała znaczenia.

— Więc to sprawdzian?

— Na tym polega terminowanie — odpowiedział Nightingale. — Kiedy już opanujesz *forma*, obiecuję, że nie zabraknie ci nauki. Poznasz, rzecz jasna, łacinę, grekę, arabski i terminy techniczne po niemiecku. Już nie wspominając o tym, że przejmiesz wszystkie rutynowe czynności przy moich sprawach.

— Świetnie — odpowiedziałem. — Teraz poczułem się zmotywowany.

Nightingale się roześmiał i zostawił mnie, bym ćwiczył.

4.

NAD RZEKĄ

Istnieją pewne czynności, których człowiek nie chce wykonywać niecałe dziesięć minut po przebudzeniu, a jedna z nich to pędzenie sto pięćdziesiąt na godzinę po Great West Road. Nawet o trzeciej w nocy, z włączonym kogutem i na sygnale, żeby oczyścić sobie drogę, i przy ulicach tak pustych, jak to tylko w Londynie możliwe. Trzymałem się pasa, starając się nie myśleć o fakcie, że jaguar, przy wszystkich swoich przymiotach klasycznego auta względem stylu i jakości rzemiosła, niestety nie ma poduszki powietrznej ani nowoczesnej strefy kontrolowanego zgniotu.

— Naprawiłeś już radio? — zapytał Nightingale.

W pewnym momencie do jaguara wstawiono nowoczesne radio, a Nightingale radośnie się przyznał, że nie wie, jak je obsługiwać. Udało mi się je włączyć, ale zdekoncentrowałem się, kiedy skręciliśmy na Hogarth Roundabout z taką szybkością, że uderzyłem głową o szybę w drzwiach. Wykorzystałem względnie prosty kawałek drogi, żeby połączyć się z komendą w Richmond, gdzie, jak powiedział mi Nightingale, pojawiły się kłopoty. Złapaliśmy końcówkę raportu przedstawianego nieco zduszonym tonem, typowym dla osoby, która rozpaczliwie próbuje nie dać po sobie poznać, że stara się nie panikować. Mowa była o gęsiach.

— Tango Whiskey Jeden do Tango Whiskey Trzy: powtórz.

TW-1 to musiała być pani inspektor, oficer dyżurna z Richmond siedząca u siebie w dyspozytorni, a TW-3 to chyba jeden z dzielnicowych radiowozów patrolowo-interwencyjnych.

— Tango Whiskey Trzy do Tango Whiskey Jeden: jesteśmy przy „Białym Łabędziu" i atakują nas cholerne gęsi.

— „Biały Łabędź"? — zapytałem.

— To pub w Twickenham — wyjaśnił mi Nightingale. — Koło mostu przy Eel Pie Island.

Eel Pie Island znałem jako zbiorowisko stoczni jachtowych i domów znajdujących się na rzecznej wysepce mającej ledwie pięćset metrów długości. Rolling Stones zagrali tam kiedyś koncert, tak samo jak mój ojciec — stąd w ogóle ją kojarzyłem.

— A te gęsi? — zapytałem.

— Są lepsze od psów podwórzowych — odparł Nightingale. — Zapytaj Rzymian.

TW-1 nie była zainteresowana gęsiami, chciała usłyszeć o przestępstwie. Dwadzieścia minut wcześniej pojawiło się wiele zgłoszeń na numer alarmowy 999, mówiących o zakłóceniu porządku publicznego i prawdopodobnej bijatyce dwóch grup wyrostków, co, jak wynikało z mojego doświadczenia, mogło okazać się czymkolwiek: od babskiego wieczorku, który wyrwał się spod kontroli, do paru lisów, które poprzewracały kosze na śmieci.

TW-3 zgłosił, że zauważył grupę mężczyzn IC1 ubranych w dżinsy i fufajki, walczących z nieokreśloną liczbą kobiet IC3 przy Riverside Road. IC1 to kod oznaczający białych, a IC3 czarnych — na wypadek gdybyście się zastanawiali. Ja klasyfikuję się jako IC3 albo IC6 — Arabowie i mieszkańcy Afryki Północnej — zależnie od tego, ile ostatnio złapałem słońca. Walki białych i czarnych były nietypowe, ale nie niemożliwe, nigdy jednak nie słyszałem, żeby chłopcy walczyli z dziewczynami; podobnie jak TW-1, która zażądała wyjaśnienia.

— Kobiety — zgłosił TW-3. — Zdecydowanie kobiety, jedna z nich jest goła jak święty turecki.

— Tego się obawiałem — powiedział Nightingale.

— Znaczy czego?

Podmuch pustki owionął samochód, kiedy śmignęliśmy przez Chiswick Bridge. W górę od mostu Tamiza wygina się na północ pętlą wokół Kew Gardens, a my przecinaliśmy tę pętlę u podstawy i kierowaliśmy się w stronę Richmond Bridge.

— W pobliżu znajduje się ważna świątynia — rzekł Nightingale. — Myślę, że to o nią chodzi chłopcom.

— A dziewczyny jej bronią?

— Coś w tym guście — odparł Nightingale.

Inspektor był wyśmienitym kierowcą, skupionym w stopniu, który zawsze uspokajał mnie przy dużych prędkościach, ale nawet on musiał zwolnić, kiedy ulice się zwęziły. Jak wiele miejsc w Londynie, centrum Richmond powstało, kiedy planowanie miast było czymś, co przydarzało się tylko gdzie indziej.

— Tango Whiskey Cztery do Tango Whiskey Jeden: jestem na Church Lane przy rzece i mam tu pięciu albo sześciu mężczyzn IC1 wchodzących na łódź. Ruszam w pościg.

TW-4 to musiał być drugi radiowóz patrolowo-interwencyjny, co oznaczało, że rzucono do akcji właściwie wszystkich dostępnych ludzi.

TW-3 zgłosił, że nie ma śladu po kobietach IC3, nagich bądź nie, ale że widzi łódź, która kieruje się ku drugiemu brzegowi.

— Zgłoś się i powiedz im, że już jedziemy — powiedział Nightingale.

— Jaki jest nasz kod wywoławczy?

— Zulu Jeden.

Włączyłem mikrofon.

— Zulu Jeden do Tango Whiskey Jeden: uwzględnijcie nas w akcji.

Na chwilę zapadła cisza, kiedy TW-1 przetrawiała informację. Zastanawiałem się, czy inspektor dyżurna wie, kim jesteśmy.

— Tango Whiskey Jeden do Zulu Jeden: przyjęłam wiadomość.

Głos inspektor brzmiał beznamiętnie, neutralnie. W porządku, wiedziała, kim jesteśmy.

— Ostrzegam, że podejrzani najwyraźniej przepłynęli rzekę i mogą znajdować się teraz na południowym brzegu.

Próbowałem potwierdzić odbiór, ale gardło mi się zacisnęło, kiedy Nightingale skręcił pod prąd w jednokierunkową George Street, czego nie powinno się robić nawet na sygnale. Choćby dlatego, że ryzykuje się wtedy czołowe zderzenie z czymś ciężkim; i zaprojektowanym do czyszczenia ulic w środku nocy. Zaparłem się nogami, kiedy nasze przednie światła oświetliły dwumetrowej wysokości wiśniowe serce walentynkowe na wystawie Bootsa.

Zgłosił się TW-3:

— Uwaga, łódź podejrzanych płonie, widzę zeskakujących z niej ludzi.

Nightingale docisnął pedał gazu, ale na szczęście skręciliśmy i znowu jechaliśmy we właściwym kierunku. Po prawej mieliśmy Richmond Bridge, ale jaguar przeleciał prosto przez maleńkie rondko i śmignął ulicą ciągnącą się wzdłuż Tamizy. Słyszeliśmy TW-1 wzywającą łódź straży pożarnej, która znajdowała się co najmniej dwadzieścia minut stąd.

Nightingale skręcił w prawo tak, że nawet tego nie zauważyłem, i nagle pędziliśmy w ciemności choć oko wykol, telepiąc się wzdłuż torów kolejowych, aż żwir pobrzękiwał o podwozie. Nagły skręt w lewo i jechaliśmy dokładnie wzdłuż brzegu zgodnie z biegiem rzeki, która znowu wyginała się na północ. Wzdłuż przeciwległego brzegu ciągnęła się linia zacumowanych jachtów turystycznych, a za nimi dostrzegłem żółte płomienie — naszą płonącą łódź. Nie był to nowoczesny jacht, przypominała bardziej barkę z kanałów, chociaż była o połowę krótsza, taka jak te łodzie należące do homeopatów, co to podobno mają ręcznie malowane nadburcia i kota śpiącego na dachu. Jeśli jednak ta łódź też miała kota, to miałem nadzieję, że zwierzak potrafi pływać, bo stała w ogniu od dzioba do rufy.

— Tam — wskazał Nightingale.

Spojrzałem przed siebie i zobaczyłem postacie widoczne na obrzeżach plamy światła z naszych reflektorów. Zgłosiłem to TW-1:

— Potwierdzam obecność podejrzanych na południowym brzegu w okolicy... Gdzie my, u diabła, jesteśmy?

— Przy promie Hammertona — powiedział Nightingale, a ja przekazałem dalej namiary.

Nightingale zahamował i stanęliśmy na wysokości płonącej łodzi. W schowku były latarki, oblane gumą monstra ze staroświeckimi wolframowymi żarówkami. Kiedy wysiedliśmy z inspektorem w ciemność, moja okazała się krzepiąco ciężka.

Omiotłem światłem ścieżkę, ale podejrzani — zakładając, że to byli oni — dali drapaka. Nightingale sprawiał wrażenie bardziej zainteresowanego rzeką niż ścieżką. Oświetliłem sobie latarką wodę wokół barki, która dryfowała powoli w dół rzeki, ale nikogo nie zobaczyłem.

— Nie powinniśmy sprawdzić, czy nikt nie został na pokładzie? — zapytałem.

— Lepiej, żeby nikogo tam nie było — odpowiedział głośno Nightingale, jakby mówił raczej do rzeki, a nie do mnie. — I chcę, żeby ten ogień natychmiast zgasł.

Usłyszałem chichot w ciemnościach. Skierowałem latarkę w stronę, z której dobiegał, ale nie zobaczyłem niczego oprócz łodzi przycumowanych do odległego brzegu. Odwróciłem się i zobaczyłem, że płonąca łódź została zassana do rzeki, jakby ktoś złapał za dno i szarpnięciem wciągnął ją pod powierzchnię wody. Ostatnie płomienie zamigotały i zgasły, po czym łódź wyskoczyła na powierzchnię, kołysząc się jak gumowa kaczka, a pożar został całkowicie ugaszony.

— Co to było? — zapytałem.

— Rzeczne duchy — odpowiedział Nightingale. — Zostań tu chwilę, a ja sprawdzę coś kawałek stąd w górę rzeki.

Znowu usłyszałem śmiech niosący się po wodzie. I nagle bardzo wyraźnie i nie więcej niż trzy metry od miejsca, w którym stałem, usłyszałem, że ktoś — bez wątpienia kobieta, i to z Londynu — powiedział: „O, cholera!". A potem rozległ się zgrzyt rozdzieranego metalu.

Pobiegłem. W tym miejscu brzeg był błotnistym stokiem, który nie rozpadał się dzięki korzeniom drzew i fragmentom kamiennych umocnień. Kiedy się zbliżyłem, usłyszałem plusk i zdążyłem wycelować latarkę w samą porę, żeby zobaczyć lśniące krągłości znikające pod powierzchnią. Mógłbym pomyśleć, że to wydra, gdybym był na tyle głupi, by uważać, że wydry nie mają sierści i są wielkie jak ludzie. Tuż pod moimi stopami leżała sześcienna klatka z siatki ogrodzeniowej, część prac antyerozyjnych, jak się później dowiedziałem, której jeden bok rozdarto.

Nightingale wrócił z pustymi rękami i powiedział, że równie dobrze możemy poczekać, aż zjawi się łódź strażacka i weźmie na hol szczątki barki. Zapytałem go, czy istnieje coś takiego jak syreny.

— To nie była syrena — odpowiedział.

— Czyli syreny istnieją.

— Skup się, Peter — powiedział. — Jedna rzecz na raz.

— To był rzeczny duch?

— *Genius loci*. Duch miejsca, bogini rzeki, jeśli wolisz.

Chociaż nie bogini samej Tamizy, jak wyjaśnił mi Nightingale, ponieważ, biorąc bezpośredni udział w jakiejkolwiek rozróbie, pogwałciłaby porozumienie. Zapytałem, czy to jest to samo porozumienie co „porozumienie", o którym już słyszałem, czy też to całkiem inne porozumienie.

— Zawarto wiele porozumień — odpowiedział Nightingale. — W ogromnej mierze nasze zajęcie polega na pilnowaniu, żeby wszyscy ich przestrzegali.

— Czyli istnieje bogini rzeki — powiedziałem.

— Tak, Matka Tamiza — odparł cierpliwie. — Jest też bóg rzeki, Ojciec Tamiza.

— Są jakoś spowinowaceni?

— Nie. I to jest część problemu.

— To naprawdę są bogowie?

— Nigdy nie zawracam sobie głowy kwestiami teologicznymi — powiedział Nightingale. — Istnieją, mają moc i mogą zakłócić królewski ład, a to czyni z nich przedmiot zainteresowania policji.

Szperacz przeszył ciemność, omiótł rzekę raz, drugi, a potem powrócił do szczątków barki — zjawiła się londyńska straż pożarna. Poczułem smród spalin z diesla, kiedy łódź strażacka ostrożnie manewrowała koło barki, podczas gdy postacie w żółtych hełmach czekały z wężami i bosakami. W świetle szperacza było widać, że ogień strawił całą nadbudówkę, ale dostrzegłem, że kadłub był pomalowany na czerwono z czarnym wykończeniem. Słyszałem, jak strażacy gawędzą, wchodząc na łódź, i ją zabezpieczają. To wszystko było krzepiąco przyziemne. Co z kolei przywiodło mnie do kolejnej refleksji. Nightingale i ja wygrzebaliśmy się z łóżek, wsiedliśmy do wozu i ruszyliśmy na zachód, nim cokolwiek wskazało, że ten incydent będzie czymś więcej niż końcówką przeciętnej piątkowej nocy.

— Skąd pan wiedział, że to wezwanie dla nas? — zapytałem.

— Mam swoje źródła.

Jeden z radiowozów z Richmond nadjechał z panią inspektor na pokładzie i wszyscy pozwoliliśmy sobie na odrobinę biurokratycznego puszenia się, żeby ustalić wzajemnie naszą wiarygodność. Richmond wygrało na punkty, ale tylko dlatego, że jeden z tutejszych ludzi miał termos z kawą. Nightingale poinformował miejscowych, że to były porachunki gangów. Wyrostki IC1, niewątpliwie pijane, ukradły łódź, spłynęły z okolic śluzy Teddington i wdały się w rozróbę z miejscową grupą wyrostków IC3, wśród których znalazły się także kobiety. Podczas próby ucieczki gang z Teddington zdołał — przypadkiem — podpalić własną łódź. Chuligani opuścili pokład i uciekli pieszo ścieżką wzdłuż Tamizy.

Wszyscy kiwali głowami — to brzmiało jak typowa piątkowa noc w wielkim mieście. Nightingale powiedział, że jest pewien, że nikt się nie utopił, ale inspektor dyżurna zdecydowała, że na wszelki wypadek wezwie ekipę ratunkową.

A potem, kiedy inspektorzy oznaczyli swoje drzewka, rozeszliśmy się każdy w swoją stronę.

My pojechaliśmy w kierunku Richmond, ale zatrzymaliśmy się tuż przed mostem. Do świtu brakowało co najmniej godziny, a kiedy przeszedłem za Nightingale'em przez żelazną bramę, dostrzegłem, że droga, na której się znaleźliśmy, przecina opadające ku rzece miejskie ogrody. Przed nami była widoczna pomarańczowa poświata — na niskiej gałęzi platanu wisiała latarnia sztormowa i oświetlała rząd łuków z czerwonej cegły wbudowanych w umocnienia skarpy pod jezdnią. Wewnątrz tych sztucznych jaskiń dostrzegłem śpiwory, kartony i stare gazety.

— Pogawędzę tylko chwilę z tym trollem — powiedział Nightingale.

— Panie inspektorze, wydaje mi się, że powinniśmy mówić o nich „bezdomni".

— Ale nie o tym delikwencie. On jest trollem.

Dostrzegłem ruch w cieniach pod łukami, bladą twarz, potargane włosy, warstwy ubrań chroniące przed zimowym chłodem. Dla mnie wyglądał na bezdomnego.

— Troll, serio? — zapytałem.

— Nazywa się Nathaniel — odpowiedział Nightingale. — Kiedyś sypiał pod Hungerford Bridge.

— Dlaczego się przeprowadził?

— Najwyraźniej chciał mieszkać na przedmieściach.

Podmiejski troll, pomyślałem, czemu nie?

— To jest pańska wtyczka, co? — domyśliłem się. — To on dał panu cynk.

— Policjant jest tak dobry, jak dobrzy są jego informatorzy — odparł Nightingale.

Nie powiedziałem mu, że obecnie należy nazywać ich Poufnymi Osobowymi Źródłami Informacji.

— Zostań trochę z tyłu. On cię jeszcze nie zna.

Nathaniel dał nura z powrotem do swojego leża, kiedy Nightingale zbliżył się i uprzejmie przykucnął na progu jaskini. Przytupywałem i chuchałem w dłonie. Wykazałem się wystarczającym rozsądkiem, żeby włożyć sweter od umundurowania, ale nawet w nim i w kurtce po trzech godzinach w lutym nad rzeką byłem bliski zamarznięcia na sopel. Gdybym nie był tak zajęty utykaniem rąk pod pachy, może o wiele wcześniej zauważyłbym, że ktoś mnie obserwuje. Właściwie gdybym nie poświęcił ostatnich dwóch tygodni na naukę odróżniania *vestigium* od zwyczajnej paranoi, w ogóle niczego bym nie zauważył.

Zaczęło się od rumieńca, od zawstydzenia, jak wówczas, gdy na dyskotece w ósmej klasie Rona Tang przemaszerowała przez ziemię niczyją parkietu tanecznego i poinformowała mnie bez ogródek, że Funme Ajayi chce, żebym z nią zatańczył, ale ja za żadne skarby nie zatańczyłbym pod okiem bandy spiskujących nastolatek. To było to samo baczne spojrzenie — aroganckie, kpiące, zaciekawione. Najpierw zerknąłem za siebie, jak normalny człowiek, ale nie zobaczyłem niczego poza sodowymi lampami ulicznymi stojącymi wzdłuż drogi. Pomyślałem, że poczułem ciepły oddech na policzku, wrażenie kojarzące się ze światłem słonecznym, ściętą trawą i przypalonymi włosami. Odwróciłem się i zacząłem wpatrywać się w rzekę, i przez chwilę miałem wrażenie, że dostrzegam ruch, twarz, coś...

— Zobaczyłeś coś? — zapytał Nightingale i aż podskoczyłem.

— Jezu Chryste!

— Nie na tej rzece — odparł Nightingale. — Nawet Blake nie uważał, że to możliwe.

Wróciliśmy do jaguara i kapryśnych objęć jego systemu grzewczego z lat sześćdziesiątych. Kiedy dojechaliśmy do centrum Richmond, tym razem poruszając się we właściwym kierunku systemu jednokierunkowych uliczek, zapytałem Nightingale'a, czy troll Nathaniel okazał się pomocny.

— Potwierdził to, co podejrzewaliśmy — odpowiedział.

Czyli że chłopcy na łodzi byli zwolennikami Ojca Tamizy i zapuścili się w dół rzeki, żeby napaść na sanktuarium na Eel Pie Island, po czym zostali przyłapani przez zwolenniczki Matki Tamizy. Bez wątpienia byli nieźle zalani i prawdopodobnie rzeczywiście sami się podpalili w czasie próby ucieczki. W dolnym biegu Tamiza stanowiła suwerenną domenę Matki Tamizy, górny bieg należał do Ojca Tamizy. Linia podziału znajdowała się przy śluzie Teddington, dwa kilometry w dół rzeki od Eel Pie Island.

— Więc myśli pan, że Ojciec Tamiza próbuje poszerzyć swoje terytorium? — zapytałem. Przez ten dobór słów „bogowie" prezentowali się bardziej jak handlarze narkotykami.

Ruch wyraźnie się zwiększył w drodze powrotnej: Londyn się budził.

— Nie ma nic dziwnego w tym, że duchy miejsca okazują się wybitnie terytorialne — odparł Nightingale. — W każdym razie myślę, że możesz spojrzeć na tę sprawę z wyjątkowej perspektywy. Chcę, żebyś poszedł porozmawiać z Matką Tamizą.

— A co ja i moja wyjątkowa perspektywa mamy do powiedzenia pani Tamizie?

— Dowiedz się, na czym polega problem, i sprawdź, czy uda się załatwić sprawę polubownie.

— A jeśli się nie uda?

— Wtedy chcę, żebyś jej przypomniał, że niezależnie od tego, co mogą sobie myśleć niektórzy, królewski ład obowiązuje w całym Królestwie.

*

Nikomu nie wolno było prowadzić jaguara poza Nightingale'em, co dobrze rozumiałem. Gdybym miał taki wóz, też nikomu nie dałbym usiąść za kółkiem. Miałem jednak dostęp do dziesięcioletniego forda escorta w kolorze jaskrawoniebieskim, który aż krzyczał: „Byłem radiowozem". Nightingale kupował w tym samym komisie co Lesley. Zawsze można poznać stary samochód patrolowy, bo choćby człowiek nie wiadomo ile szorował, wóz nadal śmierdzi starym gliną.

*

Shoreditch, Whitechapel, Wapping — stary i nowy East End zostały zgniecione razem przez pieniądz i nieprzejednanie. Matka Tamiza mieszkała na wschód od White Tower w przebudowanym magazynie kawałek od basenu portowego Shadwell Basin. Tylko pochylnia dla statków dzieliła ją od stareńkiego pubu „Prospect of Whitby", swego czasu legendarnego miejsca dla wielbicieli jazzu. Mój ojciec siedział tutaj z Johnnym Keatingiem, ale jakoś zdołał, dzięki swojej finezyjnie dostrojonej umiejętności sabotowania własnej kariery, przegapić okazję zagrania z Litą Rozą — myślę, że wzięli na jego miejsce Ronniego Hughesa.

Magazyn stał zwrócony do głównej drogi niegdyś ślepą ścianą z londyńskiej cegły, teraz poprzebijaną nowoczesnymi oknami, za to od strony Tamizy dawne nabrzeże załadunkowe przekształcono w parking samochodowy. Zaparkowałem między pomarańczowym citroenem picasso i czerwonym jak wóz strażacki jaguarem XF z naklejką radia Urban Dance na przedniej szybie.

Wysiadłem i poczułem *vestigia* tak wyraźnie, jak jeszcze nigdy dotąd. Nagły aromat pieprzu i wody morskiej równie szybki i zaskakujący jak krzyk mewy. Nic dziwnego, zważywszy na to, że magazyn stanowił kiedyś część portu londyńskiego, najruchliwszego portu świata.

Lodowato zimny wiatr wiał w górę Tamizy, dlatego pośpiesznie ruszyłem do wejścia. Skądś dobiegała muzyka z basami tak podkręconymi, że stanowiło to naruszenie przepisów BHP. Melodii — zakładając, że jakaś istniała — nie dało się dosłyszeć, ale linię basu wyczuwałem aż w piersi. Nagle gdzieś w górze rozległ się trel kobiecego śmiechu — szelmowskiego i plotkarskiego. Neowiktoriańskiego holu wejściowego strzegł najdroższy model domofonu. Wcisnąłem numer podany przez Nightingale'a i czekałem. Już miałem ponownie spróbować, kiedy po drugiej stronie usłyszałem zbliżający się do drzwi klekot japonek na terakocie. Drzwi się otworzyły i moim oczom ukazała się młoda czarnoskóra kobieta o kocich oczach, nosząca o kilka rozmiarów za duży czarny T-shirt z nadrukowanymi z przodu słowami „WE RUN TINGZ".

— No dobra, o co chodzi? — zapytała.

— Jestem posterunkowy detektyw Grant — przedstawiłem się. — Przyszedłem porozmawiać z panią Tamizą.

Dziewczyna obrzuciła mnie spojrzeniem od stóp do głów, najwyraźniej oceniając mnie według jakichś teoretycznych standardów, skrzyżowała ręce na piersi i spiorunowała mnie wzrokiem.

— I co z tego?

— Nightingale mnie przysłał — powiedziałem.

Dziewczyna westchnęła i odwróciła się, żeby ryknąć w głąb korytarza:

— Przyszedł jakiś koleś i mówi, że jest od Czarodzieja!

Na plecach koszulki widniał napis „TINGZ NUH RUN WE”*.

— Wpuść go — dobiegł głos z głębi budynku.

Dało się wychwycić lekki, ale charakterystyczny nigeryjski akcent.

— Lepiej wejdź — powiedziała dziewczyna i odsunęła się na bok.

— Jak się nazywasz? — zapytałem.

— Nazywam się Beverley Brook — odpowiedziała i przechyliła głowę, kiedy ją mijałem.

— Miło mi cię poznać, Beverley.

W środku było gorąco jak w tropikach, niemalże parno, i natychmiast pot zlał mi twarz i plecy. Zobaczyłem, że drzwi do mieszkań wychodzące na ogólnodostępny korytarz są szeroko otwarte, a ciężkie basowe dudnienie szybuje w dół łączącą piętra klatką schodową z kutego żelaza. Albo panowały tu najbardziej dobrosąsiedzkie stosunki w historii Anglii, albo Matka Tamiza opanowała cały budynek.

---

* Napis na koszulce to kultowy cytat z jamajskiego filmu sensacyjnego *Third World Cop*.

Beverley zaprowadziła mnie do mieszkania na parterze, a ja starałem się oderwać wzrok od smukłych brązowych nóg wystających spod T-shirtu. W samym mieszkaniu było jeszcze goręcej. Od razu rozpoznałem zapach olejku palmowego i liści manioku. Doskonale znałem styl domu, w którym się znalazłem — począwszy od ścian pomalowanych na delikatny brzoskwiniowy odcień, a skończywszy na kuchni pełnej ryżu, kurczaka i markiz produkowanych dla sieci Morrisons.

Przystanęliśmy w progu salonu. Beverley skinęła na mnie, żebym się schylił, i mruknęła mi do ucha:

— Okaż teraz trochę szacunku.

Zaciągnąłem się zapachem masła kakaowego i włosów przypalonych prostownicą. Zupełnie jakbym znowu miał szesnaście lat.

W latach dziewięćdziesiątych, kiedy zatrudniono architekta, który przebudował ten magazyn, z pewnością powiedziano mu, że projektuje luksusowe apartamenty dla przebojowych młodych prawników i lekarzy. Bez wątpienia wyobrażał sobie eleganckie garnitury, szelki i ludzi, którzy urządzą mieszkania w ponurym minimalistycznym stylu rodem ze skandynawskiego kryminału. Nawet w najgorszym koszmarze nie rozważyłby możliwości, że właściciel mieszkania wykorzysta przestronność salonu jako pretekst, żeby upchnąć tam co najmniej cztery trzyczęściowe skórzane komplety wypoczynkowe. Nie wspominając już o telewizorze plazmowym, pokazującym właśnie mecz piłki nożnej z wyłączonym dźwiękiem, i ogromnej roślinie doniczkowej, w której rozpoznałem — i omal przy tym nie podskoczyłem ze zdumienia — drzewo mangrowe. Najprawdziwszy mangrowiec, którego guzowate korzenie przelały się ponad krawędziami donicy i wyruszyły na poszukiwania po włochatym dywanie. Spojrzałem w górę i zobaczyłem, że najwyższe gałęzie przebijają się przez sufit. Widziałem miejsca, w których odpadł biały tynk, odsłaniając sosnowe belki stropowe.

Na skórzanych sofach wyciągała się wspaniała kolekcja afrykańskich kobiet w średnim wieku, jakie można napotkać w Kościele zielonoświątkowym. Wszystkie otaksowały mnie takim samym spojrzeniem od stóp do głów, jak wcześniej Beverley. Rażąco na tym tle prezentowała się siedząca pośród nich chuda biała kobieta w różowym kaszmirowym bliźniaku i perłach, chociaż było widać, że czuje się w tym miejscu zupełnie jak u siebie — jakby zajrzała tu w drodze do miasta i nigdy już nie wyszła. Zauważyłem, że upał w ogóle jej nie przeszkadza. Przyjaźnie skinęła mi głową.

Ale nic z tego nie było istotne, ponieważ w tym pokoju znajdowała się także bogini Tamizy.

Zasiadała jak na tronie w najwspanialszym fotelu dyrektorskim. Włosy nosiła zaplecione, a warkocze poprzeplatano czarną bawełną i ozdobiono na końcach złotem, i sterczały jej nad czołem niczym korona. Twarz miała okrągłą i pozbawioną zmarszczek, skórę gładką i nieskazitelną jak u dziecka, usta pełne i bardzo ciemne. Miała takie same czarne, kocie oczy jak Beverley. Jej bluzkę i portfelową spódnicę uszyto z najdelikatniejszej złotej austriackiej koronki, a podkreślony srebrem i szkarłatem dekolt był wystarczająco szeroki, żeby odsłonić jedno gładkie i pulchne ramię oraz górną część bujnych krągłości piersi.

Jedną dłoń z pięknym manikiurem bogini oparła na niskim stoliku, koło którego stały worki i małe drewniane skrzynki. Kiedy podszedłem bliżej, poczułem zapach słonej wody i kawy, paliwa do diesla i bananów, czekolady i rybich wnętrzności. Nie potrzebowałem Nightingale'a, żeby mi powiedział, że wyczuwam coś nadnaturalnego — urok był tak potężny, że czułem się, jakby porwał mnie odpływ. W jej obecności nie dziwił mnie w najmniejszym stopniu fakt, że bogini rzeki jest Nigeryjką.

— Zatem ty jesteś chłopcem czarodzieja — powiedziała Mama Tamiza. — Myślałam, że zawarto porozumienie?

Odzyskałem głos.

— Wydaje mi się, że to była raczej umowa.

Walczyłem z chęcią, by paść na kolana, wsadzić twarz między jej piersi i zacząć bełkotać. Kiedy zaproponowała, żebym usiadł, byłem tak twardy, że siadanie okazało się bolesne.

Zauważyłem, że Beverley chichocze, zasłaniając usta ręką. Mama Tamiza również to dostrzegła i w te pędy odesłała małolatę do kuchni. To jedno wiedziałem na pewno: Afrykanki mają dzieci po to, żeby ktoś inny wykonywał za nie obowiązki domowe.

— Napijesz się herbaty? — zapytała Mama Tamiza.

Uprzejmie podziękowałem. Nightingale wyraził się bardzo jasno: niczego nie pij ani nie jedz pod jej dachem.

„Zrób to, a złapie cię w swoje szpony", ostrzegł.

Moja mama uznałaby taką odmowę za policzek, ale Mama Tamiza tylko skłoniła z wdziękiem głowę. Być może to także stanowiło część umowy.

— Twój Mistrz — powiedziała — dobrze się miewa?

— Tak, proszę pani.

— Wydaje się, że z wiekiem miewa się coraz lepiej, ten twój Mistrz Nightingale.

Zanim zdążyłem spytać, co ma na myśli, zapytała o moich rodziców:

— Twoja matka jest z ludu Fula, prawda?

— Tak, z Sierra Leone — odpowiedziałem.

— A twój ojciec już nie gra, jak mniemam?

— Zna pani mojego ojca?

— Nie — odpowiedziała i rzuciła mi znaczący uśmiech. — Chyba że tylko w takim sensie, że wszyscy muzycy Londynu należą do mnie, zwłaszcza jazzmani i bluesmani. To leży w naturze rzeki.

— Zatem utrzymuje pani kontakty z Missisipi? — zapytałem.

Mój ojciec zawsze przysięgał, że jazz, tak samo jak blues, narodził się w mętnych wodach Missisipi. Moja matka przysięgała, że brał się z butelki, jak wszystkie najwspanialsze dzieła diabła. Dalej robiłbym sobie jaja, gdyby nagle nie przyszło mi do głowy, że skoro istnieje Matka Tamiza, to dlaczego nie miałby istnieć bóg Missisipi, a skoro tak, to czy bogowie ze sobą rozmawiali? Odbywali długie rozmowy telefoniczne na temat zamulania, wododziałów i potrzeby lepszych zabezpieczeń przeciwpowodziowych w regionach pływowych? A może e-mailowali, pisali SMS-y albo ćwierkali na Twitterze?

Kiedy zszedłem na ziemię, zdałem sobie sprawę, że urok już słabiej na mnie działa. Mama Tamiza chyba też to wyczuła, bo rzuciła mi przenikliwe spojrzenie i skinęła głową.

— Tak — powiedziała. — Teraz rozumiem, jakim sprytem wykazał się twój Mistrz, wybierając ciebie, a proszę, mówią, że trudno zmienić stare przyzwyczajenia.

Dwa tygodnie równie hermetycznych uwag ze strony Nightingale'a sprawiły, że wypracowałem sobie finezyjny środek zaradczy przeciwko wszelkim gnomicznym wypowiedziom. Zmieniłem temat.

— Jak to się stało, że została pani boginią Tamizy? — zapytałem.

— Na pewno chcesz wiedzieć? — spytała, ale widziałem, że pochlebia jej moje zainteresowanie.

Stwierdzenie, że wszyscy uwielbiają mówić o sobie, to czysty truizm. W dziewięciu na dziesięć przypadków ludzie przyznają się do wszystkiego wyłącznie z powodu naturalnego ludzkiego odruchu, który każe im opowiedzieć historię swojego życia uważnemu słuchaczowi, nawet jeśli przy okazji zrelacjonują, jak zatłukli na śmierć swojego partnera od golfa. Mama Tamiza niczym się tu nie wyróżniała. Co więcej, zdałem sobie sprawę, że bogowie odczuwają jeszcze większą potrzebę wytłumaczenia się niż ludzie.

— Przybyłam do Londynu w tysiąc dziewięćset pięćdziesiątym siódmym roku — powiedziała Mama Tamiza. — Wtedy jednak nie byłam boginią. Byłam głupią wiejską dziewczyną o imieniu, którego zapomniałam. Przyjechałam uczyć się na pielęgniarkę, ale jeśli mam być szczera, to muszę przyznać, że nie byłam bardzo dobra w tym zawodzie. Nigdy nie lubiłam zbliżać się do chorych ludzi, a na moich zajęciach było za dużo dziewczyn z ludu Ibo. Z powodu tych kretyńskich pacjentów zawaliłam egzamin i wyrzucili mnie ze szkoły. — Mama Tamiza cmoknęła z niesmakiem na myśl o bezczelności dyrekcji szkoły. — Na ulicę, tak po prostu. I wtedy mój piękny Robert, który zalecał się do mnie przez trzy lata, mówi mi: „Nie mogę dłużej czekać, aż się zdecydujesz, i zamierzam ożenić się z białą irlandzką suką".

Znowu cmoknęła i odpowiedziało jej echem chóralne cmoknięcie wszystkich kobiet w pokoju.

— Miałam złamane serce — opowiadała Mama Tamiza — i chciałam się zabić. O, tak, do tego stopnia miałam złamane serce. Poszłam na Hungerford Bridge, żeby rzucić się do rzeki. Niestety, to most kolejowy, a stara kładka dla pieszych, która biegnie równolegle, była bardzo brudna w tamtych czasach. Najróżniejsze stworzenia żyły na tym moście, kloszardzi, trolle i gobliny. To nie jest miejsce, z którego chciałaby się rzucić przyzwoita nigeryjska dziewczyna. Kto wie, co mnie tam obserwowało? Poszłam więc na Waterloo Bridge, ale zanim tam dotarłam, zaczął się zachód słońca i gdziekolwiek spojrzałam, było tak pięknie, że pomyślałam, że nie jestem w stanie rzucić się z mostu. A potem nadszedł zmrok, więc wróciłam do domu na kolację. Następnego ranka wstałam wcześnie i złapałam autobus jadący na Blackfriars Bridge. Tyle że tam na północnym krańcu stoi ten cholerny posąg królowej Wiktorii i nawet jak patrzy w przeciwnym kierunku, myślisz sobie, jaka byłaby zakłopotana, gdyby się odwróciła i zobaczyła, że właśnie stoisz na balustradzie mostu.

Pozostałe kobiety w pokoju zgodnie pokiwały głowami.

— Za żadne skarby świata nie rzuciłabym się z Southwark Bridge — ciągnęła Mama Tamiza. — Zatem po kolejnym długim, bardzo długim spacerze, gdzie wylądowałam?

— Na London Bridge?

Mama Tamiza poklepała mnie po kolanie.

— To był jeszcze ten stary most, wkrótce potem sprzedano go temu miłemu amerykańskiemu dżentelmenowi. O, to był mężczyzna, który wie, jak zafundować rzece dobrą zabawę. Dwie beczki guinnessa i skrzynka rumu „Barbancourt", o, coś takiego to ja nazywam prawdziwą ofiarą.

Nastąpiła pauza, kiedy Mama Tamiza piła łyczkami herbatę. Beverley weszła z talerzykiem markiz i postawiła je w zasięgu ręki. Zanim zdałem sobie sprawę, co robię, trzymałem ciasteczko w ręce, ale zaraz je odłożyłem. Beverley prychnęła.

— Pośrodku starego London Bridge znajdowała się kaplica, poświęcona chyba Świętemu Birynowi, i pomyślałam, jak chrześcijanka od wielkiego dzwonu, że to dobre miejsce, żeby się rzucić. Stałam tam, patrząc na zachód, kiedy zaczął się odpływ. Londyn nadal był wtedy portem, umierającym, ale jak starzec, który przeżył długie, ekscytujące życie, pełne opowieści i wspomnień. Bał się, że będzie stary i słaby, a nie znajdzie się nikt, kto by się nim zaopiekował, bo nie ostało się żadne życie w rzece, żadnej oriszy, żadnego ducha, nikogo, kto by się zajął staruszkiem. Usłyszałam, jak rzeka woła do mnie po imieniu, którego zapomniałam, i mówi: „Widzimy twój ból, widzimy, że szlochasz jak dziecko z powodu jednego mężczyzny". A ja odpowiedziałam: „Och, Rzeko, przeszłam taką długą drogę, ale zawiodłam jako pielęgniarka i zawiodłam jako kobieta, to dlatego mój mężczyzna mnie nie kocha". A rzeka odparła: „Możemy uśmierzyć twój ból, możemy cię uszczęśliwić i dać ci wiele dzieci i wnucząt. Cały świat będzie składał dary u twych stóp". Cóż, to była kusząca propozycja, więc zapytałam: „Co mam zrobić? Czego chcesz ode mnie?". Rzeka odpowiedziała mi: „Nie chcemy niczego, czego już nie byłaś gotowa oddać". Więc skoczyłam do wody — plusk! Poszłam na samo dno i powiem ci, są tam rzeczy, w których istnienie byś nie uwierzył. Powiedzmy tylko, że rzekę należałoby przebagrować, i nie drążmy tematu.

Ospale machnęła ręką w stronę rzeki.

— Wyszłam z rzeki tam, przy schodach w Wapping, gdzie kiedyś topiono piratów. Od tej pory nie opuszczam tego miejsca. To najczystsza rzeka przemysłowa w Europie. Myślisz, że doszło do tego przypadkiem? Swingujący Londyn lat sześćdziesiątych, Cool Britannia lat dziewięćdziesiątych, zapora przeciwpowodziowa na Tamizie, myślisz, że to wszystko wydarzyło się przypadkiem?

— A Millenium Dome? — zapytałem.

— Teraz najpopularniejsze miejsce koncertowe w Europie — odparła. — Córy Renu składają mi wizyty, żeby zobaczyć, jak to jest zrobione.

Rzuciła mi znaczące spojrzenie, a ja zastanawiałem się, kim, u diabła, są Córy Renu.

— Być może Ojciec Tamiza widzi te sprawy inaczej.

— Papa Tamiza — powiedziała z niechęcią Mama. — Jako młody człowiek stał w tym samym miejscu, w którym ja stałam, na moście, i złożył tę samą obietnicę co ja. Jednak nie pojawił się poniżej śluzy Teddington od czasów Wielkiego Smrodu w tysiąc osiemset pięćdziesiątym ósmym roku. Nigdy nie wrócił, nawet po tym, jak Bazalgette zbudował sieć kanalizacyjną. Nawet po niemieckich nalotach w czasie drugiej wojny światowej, nawet kiedy miasto płonęło. A teraz mówi, że to jego rzeka.

Mama Tamiza usiadła prosto w fotelu, jakby pozowała do oficjalnego portretu.

— Nie jestem chciwa — powiedziała. — Niech sobie trzyma Henley, Oxford i Staines. Ja zatrzymam u swoich stóp Londyn i dary od całego świata.

— Nie możemy pozwolić, by wasi ludzie walczyli ze sobą — zauważyłem.

Królewskie „my" jest bardzo ważne w policyjnej pracy, przypomina osobie, z którą rozmawiasz, że stoi za tobą potężna instytucja, jaką jest policja stołeczna przyodziana w pełen majestat prawa i zdolna, jeśli wziąć pod uwagę jej stan liczebny, najechać na małe państwo. Możesz mieć tylko nadzieję, że kiedy posługujesz się owym „my", cały ten gmach patrzy akurat w tę samą stronę, co ty.

— To Papa Tamiza wtargnął na mój teren, przekraczając granicę na śluzie — odparła Mama Tamiza. — Nie ja muszę się wycofać.

— Porozmawiamy z Ojcem Tamizą — odparłem. — Oczekujemy jednak, że zapanujesz nad swoimi ludźmi.

Mama Tamiza przechyliła głowę i obrzuciła mnie przeciągłym spojrzeniem.

— Coś ci powiem. Daję wam czas do Wystawy Kwiatów w Chelsea, żebyście przemówili do rozumu Papie Tamizie. Potem weźmiemy sprawy w swoje ręce.

Posłużyła się królewskim „my" z o wiele większą pewnością siebie niż ja.

Rozmowa się skończyła, wymieniliśmy się uprzejmościami, a potem Beverley Brook odprowadziła mnie do drzwi. Kiedy weszliśmy do atrium, rozmyślnie otarła się o mnie biodrem i nagle zrobiło mi się gorąco, chociaż nie miało to nic wspólnego z centralnym ogrzewaniem.

Rzuciła mi spojrzenie spod uniesionej brwi i otworzyła drzwi.

— Pa, pa, Peter — powiedziała. — Do zobaczenia.

*

Kiedy wróciłem do Szaleństwa, zastałem Nightingale'a w czytelni na pierwszym piętrze. Stało tam sporo obitych zieloną skórą foteli, podnóżków i niskich stolików. Przeszklone mahoniowe regały z książkami ciągnęły się pod dwiema ścianami, ale Nightingale przyznał, że w dawnych czasach ludzie przychodzili tu głównie po to, żeby zdrzemnąć się po lunchu. Rozwiązywał krzyżówkę w „The Telegraph".

Podniósł wzrok, kiedy usiadłem naprzeciwko.

— I co myślisz?

— Z pewnością uważa się za boginię Tamizy — odparłem. — A jest nią?

— To nie jest szczególnie użyteczne pytanie — odparł Nightingale.

Molly zjawiła się bezszelestnie z kawą i talerzem markiz. Spojrzałem na ciasteczka i rzuciłem jej podejrzliwe spojrzenie, ale jak zwykle z jej twarzy nie dało się niczego wyczytać.

— Wobec tego skąd się bierze ich moc? — zapytałem.

— To już lepsze pytanie — odparł Nightingale. — Istnieje na ten temat kilka sprzecznych teorii: że ich moc płynie z wiary wyznawców, z samego miejsca albo z boskiego źródła znajdującego się poza śmiertelną dziedziną.

— A co uważał Isaac?

— Sir Isaacowi brakowało trochę obiektywizmu, jeśli idzie o boskość. Kwestionował nawet boskość Jezusa Chrystusa. Nie podobała mu się idea Trójcy Świętej.

— A to dlaczego?

— To był człowiek o niezwykle metodycznym umyśle.

— Czy ta moc płynie z tego samego miejsca co magia?

— Wyjaśnienie tego wszystkiego stanie się o wiele łatwiejsze, kiedy już opanujesz pierwszy czar — odparł Nightingale. — Myślę, że spokojnie wykroiłbyś dwie godziny na ćwiczenia przed popołudniową herbatką.

Oddaliłem się więc chyłkiem do laboratorium.

*

Śniło mi się, że dzieliłem łóżko z Lesley May i Beverley Brook. Leżały gibkie i nagie po moich dwóch stronach, ale sen nie był nawet w połowie tak erotyczny, jak być powinien, ponieważ nie śmiałem objąć jednej w obawie, że śmiertelnie urażę drugą. Właśnie opracowałem strategię polegającą na równoczesnym objęciu obu, kiedy Beverley zatopiła zęby w moim nadgarstku i obudziłem się ze straszliwym skurczem w prawej ręce.

Był tak mocny, że spadłem z łóżka i przez dwie minuty miotałem się, zachowując przy tym całkowicie bezużyteczny stoicyzm. Nic tak człowieka nie budzi jak przenikliwy ból, kiedy więc stało się jasne, że już nie zasnę, wyszedłem z pokoju i ruszyłem na poszukiwania czegoś do przegryzienia. Piwnice Szaleństwa stanowiły labirynt pomieszczeń, które ostały się z czasów, kiedy to miejsce szczyciło się kilkudziesięcioosobowym personelem, ale wiedziałem, że tylne schody kończą się koło kuchni. Nie chcąc przeszkadzać Molly, zszedłem po stopniach najciszej, jak potrafiłem, ale kiedy znalazłem się w suterenie, zobaczyłem, że w kuchni pali się światło. Gdy podszedłem, usłyszałem, że Toby warczy i szczeka, a potem rozległo się dziwne rytmiczne syczenie. Dobry gliniarz wie, kiedy nie należy uprzedzać o swojej obecności, więc podkradłem się do drzwi i zerknąłem.

Molly — nadal ubrana w strój pokojówki — przysiadła na brzegu podniszczonego dębowego stołu, który zdominował jedną część kuchni. Obok niej na stole stała beżowa ceramiczna misa do ucierania, a jakieś trzy metry przed nią kręcił się Toby. Ponieważ drzwi znajdowały się za jej ramieniem, Molly nie widziała, jak patrzę, kiedy zanurzyła rękę w misie i wyjęła kawałek siekanego mięsa — tak surowego, że jeszcze z niego kapało.

Toby szczekał podekscytowany, kiedy Molly drażniła się z nim przez chwilę kawałkiem mięsa, który potem rzuciła mu sprawnym ruchem nadgarstka. Toby wykonał popisowy skok z pozycji siedzącej i złapał kąsek w locie. Widząc Toby'ego pracowicie przeżuwającego i kręcącego się w kółeczko, Molly zaczęła się śmiać — to było owo rytmiczne syczenie, które wcześniej usłyszałem.

Podniosła kolejny kawałek mięsa i pomachała nim przed psem, który zatańczył z psiej niecierpliwości. Tym razem go zmyliła, sycząc na jego zakłopotane piruety, i kiedy była pewna, że Toby patrzy, wrzuciła krwawy ochłap do własnych ust. Toby szczeknął ze złością, ale Molly pokazała mu nienaturalnie długi i chwytny język.

Musiałem wydać z siebie zduszony okrzyk albo przeniosłem ciężar na drugą nogę i poruszyłem się, bo Molly zeskoczyła ze stołu i obróciła się do mnie. Wytrzeszczyła oczy i rozdziawiła usta, odsłaniając ostre jak igły zęby; krew, jasnoczerwona na tle bladej skóry, spływała jej po podbródku. Zaraz zasłoniła usta ręką i z wyrazem przerażenia i wstydu na twarzy wybiegła z kuchni. Toby warknął na mnie poirytowany.

— To nie moja wina — wytłumaczyłem mu. — Chciałem tylko coś przegryźć.

Nie wiem, na co narzekał — on dostał michę z mięsem, a ja tylko szklankę wody.

5. ODDZIAŁYWANIE NA ODLEGŁOŚĆ

Poza skurczem w ręce i zdecydowaną poprawą siły uścisku wysiłki zmierzające do stworzenia ognika przyniosły mi tylko frustrację. Co drugi ranek Nightingale demonstrował mi czar, a ja spędzałem do czterech godzin dziennie na otwieraniu dłoni w znaczący sposób. Na szczęście miałem przerwę w trzecim tygodniu lutego, kiedy z razem z Lesley May miałem złożyć zeznanie przeciwko Celii Munroe, sprawczyni napaści w kinie przy Leicester Square.

Tego ranka oboje grzecznie zjawiliśmy się w mundurach (sędziowie lubią, kiedy posterunkowi są w mundurach) o wymaganej godzinie dziesiątej, z pełnym i niezachwianym przekonaniem, że sprawa opóźni się najmarniej do drugiej. Jako przewidujący i ambitni posterunkowi przynieśliśmy ze sobą lektury — Lesley miała najnowsze wydanie *Podręcznika oficera śledczego*, a ja przyniosłem *Legendy z doliny Tamizy* Horacego Pitmana opublikowane w 1897 roku.

Sąd rozjemczy w Westminsterze znajduje się na tyłach dworca Victoria przy Horseferry Road. To nijaki klockowaty budynek wzniesiony w latach siedemdziesiątych. Uznano, że do tego stopnia jest pozbawiony wszelkich wartości architektonicznych, że rozważano, czy nie zamieścić go na liście zabytków, żeby przetrwał dla potomności jako ohydne ostrzeżenie. Poczekalnia wewnątrz stanowiła niespotykane połączenie ciasnoty, ruchu i jałowego okrucieństwa, stanowiącego triumf brytyjskiej architektury z drugiej połowy dwudziestego wieku.

Przed salą sądową stały dwie ławki. My siedzieliśmy na jednej, a oskarżona Celia Munroe, jej prawnik i przyjaciółka, którą przyprowadziła dla dodania sobie otuchy, siedzieli na drugiej razem z panem Ranatungą i jego bratem. Żadne z nich nie miało ochoty tam być i wszyscy obwiniali nas.

— Jakieś wieści z Los Angeles? — zapytałem.

— Brandon Coopertown znalazł się na krawędzi przepaści — powiedziała Lesley. — Najwyraźniej żadna z amerykańskich umów nie doszła do skutku, a jego firma produkcyjna miała się zwinąć.

— A ten dom?

— Był o krok od przeniesienia się na tamten świat — odpowiedziała Lesley. Spojrzałem na nią pytająco, nic nie rozumiejąc. — Coopertown zalegał z płatnościami hipotecznymi za sześć miesięcy — wyjaśniła. — A z dochodów w tym roku ledwie uskrobałby trzydzieści pięć tysięcy.

To było bite dziesięć patyków więcej, niż ja dostawałem jako prawdziwy posterunkowy — moje współczucie miało swoje granice.

— To zaczyna wyglądać jak klasyczny upadek rodziny — dodała Lesley, która poczytała sobie o psychologii kryminalnej. — Ojciec w obliczu katastrofalnej utraty pozycji nie może żyć z takim wstydem i uznaje, że bez niego życie żony i dziecka nie ma sensu. Załamuje się, załatwia znajomego z tej samej branży, załatwia rodzinę i załatwia siebie.

— Sprawiając, że twarz mu odpada? — zapytałem.

— Żadna teoria nie jest idealna. Zwłaszcza że nie potrafimy nawet znaleźć powodu, dla którego William Skirmish znalazł się tamtej nocy na West Endzie.

— Może szukał przygody — zasugerowałem.

— Nie szukał — zaprzeczyła Lesley. — I kto jak kto, ale ja to wiem.

Ponieważ analiza sekwencji działań ofiary, Williama Skirmisha, miała minimalne znaczenie dla sprawy, zadanie jej przeprowadzenia przypadło najmłodszemu stażem pracownikowi wydziału zabójstw, czyli Lesley. Ponieważ poświęciła tyle czasu i wysiłku na odtworzenie ostatnich godzin życia Williama Skirmisha, bardzo chętnie, a właściwie z radością, podzieliła się ze mną każdym najdrobniejszym szczegółem. Sprawdziła skłonności natury sercowej Williama Skirmisha i odkryła, że nie miał zwyczaju szukać seksu na West Endzie — był seryjnym monogamistą ten nasz William. Wszystkich swoich chłopaków poznał w pracy albo przez wspólnych znajomych. Wyśledziła też wszystkie co do jednej kamery monitoringu, które minął owej nocy, i o ile wiedziała, poszedł z domu na stację Tufnell Park, metrem pojechał na Tottenham Court Road i stamtąd udał się prosto do Covent Garden, zaliczając po drodze Mercer Street i śmiertelne w skutkach spotkanie z Coopertownem. Żadnych odstępstw i żadnego wahania — jakby szedł na umówione spotkanie.

— Prawie tak, jakby coś mu namieszało w głowie — podsumowała. — Prawda?

Powiedziałem jej więc o czarze *dissimulo* i teorii, że coś wtargnęło do umysłu Coopertowna, zmusiło go do zmiany twarzy i zabicia Williama Skirmisha, a potem rodziny. To, oczywiście, prowadziło do sprawozdania z wizyty u Mamy Tamizy, magicznych lekcji i pokojówki Molly, która Bóg jeden wie, czym była.

— Powinieneś mi o tym opowiadać? — zapytała Lesley.

— Nie widzę przeciwwskazań — odpowiedziałem. — Nightingale mi nie zabronił. Twój szef też wierzy w te rzeczy, po prostu za nimi nie przepada.

— Czyli coś namieszało Coopertownowi w głowie, zgadza się?

— Zgadza — przytaknąłem.

— I cokolwiek to było — kontynuowała myśl Lesley — mogło też namieszać w głowie Williamowi Skirmishowi. Mogło go zmusić do przyjścia na West End, żeby tam dać się pozbawić głowy. No bo skoro to coś mogło namieszać w głowie jednej osobie, to czemu nie drugiej? Czemu też nie tobie albo mnie?

Przypomniałem sobie grozę wypisaną na twarzy Coopertowna, kiedy rzucił się na mnie przez półpiętro, i zapach krwi.

— Dzięki za tę myśl — powiedziałem. — Będę ją hołubił do końca życia, najchętniej w środku nocy, kiedy będę próbował zasnąć.

Lesley zerknęła na siedzącą skromniutko Celię Munroe.

— Ona też dostała takiego nagłego napadu wściekłości — powiedziała. — A co, jeśli jej też ktoś namieszał w głowie?

— Twarz jej nie odpadła.

Celia Munroe zauważyła, że się jej przyglądamy, i wzdrygnęła się.

— A jeśli Coopertown był wielkim pluskiem, a ona tylko echem? — zasugerowała Lesley. — Mogło wydarzyć się wiele innych incydentów w całej okolicy, ale tak się składa, że my znaleźliśmy się akurat przy tym.

— Możemy sprawdzić zgłoszenia i zobaczyć, czy coś pasuje — powiedziałem. — Czy wychwycimy jakieś zagęszczenie.

— Chodzi o Westminster i Camden. To strasznie dużo przestępstw.

— Ogranicz to do rękoczynów i nienotowanych do tej pory sprawców — zaproponowałem. — Komputer powinien odwalić większość roboty.

— A czym ty się zajmiesz?

— Ja będę się uczył robić światło — odparłem wyniośle.

*

Dwa dni później Nightingale zawołał mnie na dół, akurat kiedy wyszedłem z łazienki. Ćwiczenia zostały odwołane i wyglądało na to, że śniadanie także. Miał na sobie coś, co rozpoznawałem już jako „strój służbowy" — dwurzędową marynarkę z jasnobrązowego tweedu w jodełkę ze skórzanymi łatami na łokciach.

Przez ramię przewiesił oryginalny trencz Burberry i trzymał laskę ze srebrną gałką — coś, czego do tej pory nie widziałem u niego za dnia.

— Jedziemy do Purley — oznajmił i ku mojemu zaskoczeniu rzucił mi kluczyki do jaguara.

— Co jest w Purley?

— Nie powiem ci. Wolę, żebyś sam wyrobił sobie zdanie.

— To sprawa dla policji czy dla ucznia czarodzieja?

— Jedno i drugie.

Usiadłem za kierownicą jaguara, przekręciłem kluczyk w stacyjce i dałem sobie chwilę, żeby porozkoszować się brzmieniem silnika. To bardzo ważne, by w życiu smakować dobre rzeczy.

— Kiedy tylko będziesz gotowy — odezwał się Nightingale.

Jaguara nie prowadziło się tak wspaniale, jak się spodziewałem, ale sposób, w jaki silnik reagował na moją nogę na pedale gazu, wynagradzał wszelkie inne niedoskonałości, łącznie z tym, że wóz był nadsterowny i od czasu do czasu z dmuchawy buchało mi prosto w twarz gorące, zatęchłe powietrze.

Pojechałem przez Lambeth Bridge. W dni powszednie Londyn zawsze potwornie się korkuje, więc jechaliśmy, przystając co chwila, wzdłuż stadionu brykietowego Oval, przez Brixton, aż do Streatham. Potem wjechaliśmy na południowe przedmieścia Londynu, hektary edwardiańskich piętrowych szeregowców przeplatanych ulicami. Czasem mijaliśmy nieregularne prostokąty zieleni, pozostałości starodawnych wiosek, które zrosły się w jedno jak plamy pleśni na płytce Petriego.

Trasa A23 przeszła w Purley Way i minęliśmy dwa wysokie kominy zwieńczone logo IKEA. Następnym przystankiem było Purley, znane miejsce. No Purley. Wiecie, co mam na myśli?

Czerwony volkswagen transporter ze strażackimi bajerami czekał na nas na parkingu przy dworcu w Purley. Kiedy zaparkowaliśmy, potężny mężczyzna wysiadł z volkswagena bocznymi drzwiami i uniósł rękę na powitanie. Miał około czterdziestu lat, złamany nos i włosy przycięte tak, że tworzyły ciemną czupryny. Nightingale przedstawił mi go jako Franka Caffreya.

— Frank pracuje w remizie w New Cross. To nasz człowiek w straży pożarnej.

— Człowiek od czego? — zapytałem.

— Od tego — powiedział Frank i podał mi płócienną torbę na ramię.

Okazała się ciężka i niemal ją upuściłem. W środku coś brzęknęło metalicznie.

— Ostrożnie — ostrzegł mnie Nightingale.

Podniosłem klapę i zajrzałem do środka. W torbie leżały dwa metalowe cylindry wielkości puszek aerozolowych, ale o wiele cięższe. Były białe i miały namalowany szablonem napis „No. 80 WP Gren". Na górze każdy miał sprężynową dźwignię zabezpieczoną wielką metalową zawleczką. Nie jestem specem od militariów, ale potrafię rozpoznać granat ręczny. Spojrzałem na inspektora, który poirytowany machnął ręką.

— Nie ruszaj ich — powiedział.

Zamknąłem torbę i ostrożnie przewiesiłem przez ramię.

Nightingale zwrócił się do Franka:

— Twoi ludzie są gotowi?

— Dwa wozy stoją w gotowości, na wszelki wypadek.

— Spisałeś się — powiedział Nightingale. — Powinniśmy załatwić sprawę w jakieś pół godziny.

Wsiedliśmy z powrotem do jaguara. Nightingale skierował mnie na dworcowy most i parę identycznych ulic, aż wreszcie powiedział: „To tutaj".

Znaleźliśmy miejsce do zaparkowania za rogiem i resztę drogi pokonaliśmy pieszo.

Grasmere Road biegła równolegle do torów i wyglądała zupełnie normalnie — ciąg domków i bliźniaków zbudowanych w latach dwudziestych, z fasadami udającymi architekturę z czasów Tudorów i wykuszowymi oknami. Nikogo nie było widać, dzieciaki siedziały w szkole, ich rodzice w pracy, a my szliśmy zupełnie zwyczajnie — a przynajmniej tak zwyczajnie, jak było to możliwe, kiedy dwa granaty obijały mi się o biodro. Każdy, kto by nas zobaczył, uznałby, że jesteśmy zdziczałymi agentami nieruchomości, którzy znaczą swoje terytorium.

Nightingale nagle skręcił w lewo, w bramę prowadzącą do jednego z domów, i podszedł do drewnianej furtki zamykającej boczne przejście. Nawet nie zwalniając, wyprostował prawą rękę i skierował ją wnętrzem dłoni do furtki. Zamek z cichym trzaskiem wyskoczył z drewna i z brzękiem spadł na ścieżkę.

Przeszliśmy przez otwartą furtkę i przystanęliśmy tak, żeby nie było nas widać z żadnego z domów. Nightingale skinął w stronę furtki, więc ją zamknąłem i podparłem wielką terakotową donicą, nadal napełnioną ziemią, z której wystawała wyschnięta, poczerniała łodyga. Sprawdziłem podobne donice stojące po słonecznej stronie ścieżki: we wszystkich rośliny były martwe. Nightingale schylił się, wziął garść ziemi i skruszył ją pod nosem. Poszedłem za jego przykładem, ale ziemia niczym nie pachniała, była sterylna, jakby zostawiono ją zbyt długo na parapecie.

— Są tu już od dłuższego czasu — powiedział Nightingale.

— Kto taki? — zapytałem, ale nie odpowiedział.

Dom stał tyłem do torów, więc musieliśmy się martwić sąsiedztwem tylko z dwóch stron. Ogród nie zamienił się w dżunglę, ale trawnik wyglądał, jakby nie był koszony od miesięcy, a niegdyś schludne rabaty były teraz równie martwe jak rośliny w donicach. Przeszklone drzwi, które prowadziły na patio z ogrodem, były zamknięte, a zasłony dokładnie zaciągnięte. Obeszliśmy dom, kierując się do kuchni. W domu spuszczono rolety w oknach, a drzwi zamknięto na zasuwkę od środka. Przyglądałem się uważnie, spodziewając się, że Nightingale powtórzy numer z zamkiem, ale on po prostu stłukł szybę laską. Sięgnął przez dziurę, odsunął zasuwkę i otworzył drzwi. Wszedłem za nim.

Nie licząc przyćmionego światła, była to najnormalniejsza podmiejska kuchnia. Szwedzkie blaty, gazowa kuchenka, piekarnik, mikrofalówka, udające kamionkowe słoje podpisane „cukier", „herbata" i „kawa". Zamrażarka była wyłączona, listy i rachunki przymocowano do drzwi lodówki magnesami. Najnowszy rachunek był sprzed sześciu miesięcy. Obok niego wisiała kartka z napisem: „Dziadek?", a pod spodem wisiał harmonogram odbioru dzieci ze żłobka.

— Tu mieszkają dzieci — powiedziałem.

Nightingale miał ponurą minę.

— Już nie. To jedna z rzeczy, które nas zaniepokoiły.

— To się nie skończy dobrze, co? — zapytałem.

Zakradliśmy się do przedpokoju. Nightingale gestem pokazał mi, żebym sprawdził piętro. Rozłożyłem pałkę i trzymałem ją w pogotowiu, wchodząc po schodach. Do okna nad schodami przyklejono taśmą klejącą czarny papier rysunkowy, żeby odciąć dopływ światła słonecznego. Na jednej kartce widniał dziecięcy rysunek przedstawiający dom — kwadratowe okna, zakręcony jak świński ogonek dym ulatujący z krzywego komina i patykowate postaci rodziców stojących dumnie z boku.

Kiedy wszedłem na mroczne półpiętro, jedno słowo pojawiło się w moim umyśle: trzy sylaby, zaczyna się na „W" i rymuje z „wciry". Zamarłem w pół kroku. Nightingale powiedział, że to wszystko prawda, przynajmniej do pewnego stopnia, a to musiało oznaczać też wampiry, prawda? Wątpiłem, żeby przypominały te z książek i telewizji, ale jedno było pewne — na pewno nie zabłysną w promieniach słońca.

Po lewej stronie były drzwi. Zmusiłem się, żeby przez nie przejść. Dziecięca sypialnia należąca do chłopca wystarczająco małego, żeby miał klocki Lego i figurki superbohaterów porozrzucane po podłodze. Łóżko schludnie zaścielono, poduszki i kołdrę obleczono w niebieskie i fioletowe powłoczki od kompletu. Chłopiec na tyle lubił Bena 10 i Chelsea FC, żeby powiesić ich plakaty na ścianach. Pachniało kurzem, ale nie stęchlizną ani wilgocią, które kojarzą mi się z opuszczonymi domami. Główna sypialnia była taka sama — łóżko schludnie pościelone, w powietrzu suchy kurz, ale żadnych pajęczyn w kątach przy suficie. Cyfrowy budzik koło łóżka stanął, chociaż nadal był podłączony do kontaktu. Kiedy go podniosłem, przez dolny spaw wysypał się biały proszek. Odstawiłem go ostrożnie i zanotowałem sobie w myślach, żeby go później obejrzeć.

Główny pokój na tyłach był pokojem dziecięcym dla malucha. Tapeta z rysunkami Beatrix Potter, łóżeczko dziecinne, kojec. Hipoalergiczna drewniana podwieszana karuzela z serii zabawek edukacyjnych od Galta zadygotała w przeciągu, kiedy otworzyłem drzwi. Tak jak w pozostałych pokojach, również tutaj nie było śladów walki ani nawet pośpiesznego opuszczenia domu. Wszystko schludnie uporządkowano. Nienaturalny stan w pokoju dziecięcym. Równie nienaturalny był brak pleśni przy prysznicu w łazience i nieświeżego zapaszku wody w rezerwuarze.

Ostatni pokój na najwyższym piętrze był czymś, co agent nieruchomości nazwałby „półsypialnią" — miejscem dobrym dla małych dzieci albo karłów cierpiących na agorafobię. Przerobiono go na minibiuro, w którym stał dwuletni pecet Della i, jak łatwo przewidzieć, szafka na dokumenty, biurko i lampka z IKEA. Kiedy dotknąłem komputera, wyczułem przebłysk kurzu i ozonu, *vestigium*, które poczułem już w głównej sypialni. Podważyłem bok obudowy i znalazłem w środku ten sam biały proszek. Roztarłem go w palcach. Był bardzo drobny, niemal jak pył, a jednak ziarnisty i przemieszany ze złocistymi drobinkami. Już miałem wyciągnąć płytę główną, kiedy w progu stanął Nightingale.

— Na co, u diabła, czekasz? — syknął.

— Sprawdzam komputer.

Zawahał się i odgarnął włosy z czoła.

— Zostaw to. Mamy jeszcze tylko jedno miejsce do sprawdzenia.

Będę musiał pamiętać, żeby wrócić tu z torbą na dowody i zgarnąć cały komputer.

W korytarzu były drzwi, za którymi znajdowały się wąskie schody prowadzące na dół. Stopnie zrobiono ze zniszczonych desek, które pewnie zostały wstawione tam przy budowie domu. Goła żarówka zwisała tuż za drzwiami, na wpół mnie oślepiając, i sprawiała, że mrok u podnóża schodów wydawał się gęstszy.

Piwnica, pomyślałem. Dlaczego nie byłem zdziwiony?

— No cóż — powiedział Nightingale — nie robimy się coraz młodsi.

Z radością puściłem go przodem.

Zadygotałem, kiedy schodziliśmy wąskimi schodami. Było zimno, jakbyśmy wchodzili do lodówki, ale, oddychając, zauważyłem, że z ust nie bucha mi para. Wsunąłem rękę pod pachę, ale nie wyczułem zmiany temperatury. To nie było fizyczne zimno, więc musiało to być swoiste *vestigium*. Nightingale przystanął, przeniósł ciężar z nogi na nogę, rozluźnił ramiona jak bokser szykujący się do walki.

— Czujesz? — zapytał.

— Tak — odpowiedziałem szeptem. — Co to jest?

— *Tactus disvitae* — odpowiedział. — Zapach antyżycia. Muszą być tam na dole.

Nie powiedział kto, a ja nie zapytałem. Znowu zaczęliśmy schodzić.

Piwnica była wąska i, ku mojemu zdumieniu, dobrze oświetlona przez jarzeniówkę, która biegła przez połowę jej długości. Ktoś zamontował półki na jednej ścianie i w przypływie optymizmu poniżej złożył warsztat. A całkiem niedawno na betonową podłogę rzucono stary materac — i na tym materacu leżały dwa wampiry. Wyglądały jak kloszardzi, kloszardzi w starym stylu, z rodzaju tych, którzy noszą liczne warstwy złachmanionych ubrań i warczą na ciebie z cienia. Wrażenie zimna nasiliło się, kiedy do nich podeszliśmy. Wampiry wyglądały tak, jakby spały, ale nie było słychać oddechów ani nie było czuć zaduchu, jaki pojawiłby się, gdyby ludzka istota spała w zamkniętym pomieszczeniu.

Nightingale podał mi oprawioną rodzinną fotografię, z pewnością zwiniętą z kominka w salonie, i przełożył laskę do prawej ręki.

— Potrzebuję, żebyś zrobił dwie rzeczy — powiedział. — Masz potwierdzić ich tożsamość i sprawdzić, czy mają puls. Dasz radę?

— A co pan będzie robił?

— Będę cię ubezpieczał. Na wypadek, gdyby się obudziły.

Zastanawiałem się chwilę.

— A istnieje szansa, że się obudzą?

— Zdarzało się już.

— Jak często?

— Im dłużej czekamy, tym bardziej to prawdopodobne — uciął Nightingale.

Przykucnąłem i ostrożnie odciągnąłem kołnierzyk płaszcza tego, który leżał bliżej. Bardzo uważałem, żeby nie dotknąć skóry. Zobaczyłem twarz mężczyzny w średnim wieku, bladą, o nienaturalnie gładkich policzkach i sinych ustach. Zerknąłem na fotografię i chociaż rysy były te same, nie przypominał tak naprawdę uśmiechającego się ojca ze zdjęcia. Przesunąłem się, żeby obejrzeć drugie ciało. Należało do kobiety, a jej twarz odpowiadała twarzy matki. Na szczęście Nightingale wybrał zdjęcie, na którym nie było dzieci. Wyciągnąłem rękę, żeby zbadać puls, ale się zawahałem.

— Na tych ciałach nie ma żadnego życia — powiedział Nightingale. — Nawet bakterii.

Docisnąłem palce do szyi mężczyzny. Jego skóra była naprawdę zimna i nie wyczułem pulsu. Z kobietą było to samo. Wstałem i się odsunąłem.

— Nic — odpowiedziałem.

— Wracaj na schody — powiedział Nightingale. — Pośpiesz się.

Nie pobiegłem, ale nie powiedziałbym też, że wróciłem na schody zwyczajnym krokiem. Za mną cofał się Nightingale, trzymając laskę w pogotowiu.

— Bierz granaty — powiedział.

Wyjąłem granaty z torby, a Nightingale wziął jeden i pokazał mi, co robić. Ręka mi się trochę trzęsła, a wyciągnięcie zawleczki okazało się trudniejsze, niż się spodziewałem — myślę, że to swoiste zabezpieczenie, jeśli idzie o granaty. Nightingale wyciągnął zawleczkę ze swojego i gestem wskazał schody piwniczne.

— Na trzy — powiedział. — I upewnij się, że spadnie na sam dół.

Odliczył i po „trzy" zrzuciliśmy granaty w dół schodów, a ja, jak ostatni głupek, stałem i patrzyłem, jak granat podskakuje, spadając aż na sam dół, dopóki Nightingale nie złapał mnie za rękę i nie odciągnął.

Nie dotarliśmy nawet do frontowych drzwi, kiedy usłyszałem podwójny łoskot pod nogami. Zanim opuściliśmy dom i wypadliśmy do ogrodu, biały dym buchał już kłębami z piwnicy.

— Biały fosfor — powiedział Nightingale.

Cieniutki krzyk podniósł się gdzieś w środku. Nie ludzki, ale niemal ludzki.

— Słyszał pan to? — zapytałem inspektora.

— Nie. I ty też nie.

Zaniepokojeni sąsiedzi nadbiegli zobaczyć, co się dzieje z wartością ich nieruchomości. Nightingale pokazał im legitymację policyjną.

— Proszę się nie martwić, upewniliśmy się, że nikogo w środku nie ma — powiedział. — Całe szczęście, że tędy przechodziliśmy, naprawdę.

Pierwszy wóz strażacki nadjechał trzy minuty później i od razu kazano nam odsunąć się od domu. Straż pożarna wyróżnia tylko dwa rodzaje ludzi przy pożarach: ofiary i przeszkody, jeśli więc nie chcesz należeć do żadnej z tych grup, lepiej się cofnij.

Frank Caffrey też się pojawił. Skinęli sobie z Nightingale'em głowami, a potem Frank podszedł zamaszystym krokiem do dowodzącego akcją strażaka, żeby zorientować się w sytuacji. Nightingale nie musiał mi tłumaczyć, jak to się potoczy: kiedy pożar zostanie ugaszony, Frank jako pożarniczy oficer dochodzeniowy zbada pogorzelisko, oznajmi, że pożar został spowodowany przez coś prawdopodobnego, i zajmie się wszelkimi dowodami, które świadczyłyby o czymś innym. Bez wątpienia równie dyskretnie zajmie się szczątkami ciał w piwnicy i cała sprawa zostanie uznana za jeszcze jeden przypadek pożaru w domu za dnia. Prawdopodobnie wina instalacji elektrycznej, na szczęście nikogo tam o tej porze nie było. Aż się człowiek zastanawia, czy nie założyć wykrywacza dymu, prawda?

I tak właśnie, panie i panowie, rozprawiamy się z wampirami w starym dobrym Londynie.

*

Trudno opisać, jakie to uczucie: odnieść sukces. Zanim zdołałem rzucić mój pierwszy czar, zaczynałem powoli zdawać sobie sprawę, że jestem coraz bliżej. Czułem, że za chwilę coś zaskoczy — jak silnik samochodowy uruchamiany w zimny ranek. Po godzinie ćwiczeń przerwałem, odetchnąłem głęboko i otworzyłem dłoń.

I oto ona — wielkości piłeczki golfowej i jasna jak poranne słońce: kula światła.

I wtedy odkryłem, dlaczego Nightingale upierał się, żebym podczas ćwiczeń miał pod ręką zlew napełniony wodą. W przeciwieństwie do jego kul światła moja była żółta i wydzielała ciepło. Mnóstwo ciepła. Wrzasnąłem, kiedy sparzyła mi dłoń, i wsadziłem rękę do wody. Kula zaskwierczała i zgasła.

— Poparzyłeś rękę, co? — odezwał się Nightingale.

Nie słyszałem, kiedy wszedł.

Wyciągnąłem rękę z wody i spojrzałem na nią. Miałem różowawy ślad na dłoni, ale nie wyglądało to jakoś poważnie.

— Udało mi się — powiedziałem.

Nie mogłem w to uwierzyć. Znałem prawdziwą magię. Nightingale nie pokazywał mi zwykłej teatralnej sztuczki.

— Zrób to jeszcze raz — polecił.

Tym razem trzymałem rękę bezpośrednio nad zlewem, uformowałem klucz w myślach i otworzyłem dłoń.

Nic się nie stało.

— Nie myśl o bólu — pouczył mnie Nightingale. — Znajdź klucz i zrób to znowu.

Poszukałem klucza, poczułem, jak silnik zaskakuje, i otworzyłem dłoń, żeby zwolnić sprzęgło.

Światło znowu mnie sparzyło, ale było zdecydowanie mniej gorące, a rękę miałem o wiele bliżej wody. Mimo wszystko, gdy sprawdziłem dłoń, wiedziałem, że teraz już na pewno zrobi się pęcherz.

— I jeszcze raz — powiedział Nightingale. — Zredukuj ciepło, zatrzymaj światło.

Zdziwiło mnie, jak łatwe okazało się wypełnienie jego polecenia. Klucz, moc, uwolnienie — więcej światła, mniej żaru. Tym razem było ciepłe, ale nie parzyło, żółte jak ze starej czterdziestowatowej żarówki.

Nightingale nie musiał mi nic mówić.

Otworzyłem rękę i stworzyłem idealną kulę światła.

— A teraz je utrzymaj — polecił Nightingale.

To przypominało balansowanie grabiami na dłoni — teoretycznie proste, w praktyce udaje ci się najwyżej przez pięć sekund. Moja piękna kula rozprysła się jak bańka mydlana.

— Dobrze — powiedział Nightingale. — Podam ci słowo i chcę, żebyś je wymawiał za każdym razem, gdy rzucasz ten czar. Ale to bardzo ważne, żeby efekt czaru był zawsze taki sam.

— Dlaczego?

— Zaraz ci wytłumaczę — odpowiedział Nightingale. — Słowo brzmi *lux*.

Znowu rzuciłem czar: klucz i silnik. Wypowiedziałem słowo przy puszczaniu sprzęgła. Kula istniała dłużej. To zdecydowanie stawało się coraz łatwiejsze.

— Chcę, żebyś poćwiczył ten czar — powiedział Nightingale — i tylko ten czar, jeszcze przez co najmniej tydzień. Będzie cię kusiło, żeby eksperymentować, sprawiać, by światło było jaśniejsze, żeby się poruszało…

— Mogę nim poruszać?

Nightingale westchnął.

— Nie przez następny tydzień. Masz ćwiczyć, aż słowo stanie się zaklęciem, a zaklęcie słowem. Żeby wypowiedzenie słowa *lux* czyniło światło.

— *Lux*? — powiedziałem. — Co to za język?

Inspektor spojrzał na mnie zaskoczony.

— To po łacinie znaczy światło. Nie uczą już łaciny w liceach ogólnokształcących?

— W moim nie uczyli.

— Nie martw się — stwierdził Nightingale. — Tego też mogę cię nauczyć.

Ale ze mnie szczęściarz, pomyślałem.

— Po co używać łaciny? — zapytałem. — Dlaczego nie posługiwać się angielskim albo nie wymyślać własnych słów?

— *Lux*, czar, który właśnie rzuciłeś, jest tym, co nazywamy formą — odpowiedział Nightingale. — Każda z podstawowych form, jakich się nauczysz, ma swoją nazwę: *Lux*, *Impello*, *Scindere* i inne. Kiedy już się zakorzenią, możesz łączyć różne formy do tworzenia skomplikowanych czarów, tak jak łączysz słowa do tworzenia zdań.

— Jak w notacji muzycznej? — zapytałem.

Nightingale wyszczerzył zęby w uśmiechu.

— Właśnie tak.

— To dlaczego nie posłużymy się zapisem nutowym?

— Bo w głównej bibliotece są tysiące książek szczegółowo opisujących, jak posługiwać się magią, i wszystkie posługują się standardowymi łacińskimi formami.

— Najpewniej to wszystko wymyślił sir Isaac?

— Oryginalne formy znajdują się w *Principia Artes Magicis* — odpowiedział Nightingale. — Jednak w ciągu lat nastąpiły pewne zmiany.

— Kto je wprowadził?

— Ludzie, którzy nie potrafili oprzeć się pokusie majstrowania przy tym — odparł Nightingale. — Ludzie tacy jak ty, Peter.

Zatem Newton jak wszyscy porządni siedemnastowieczni intelektualiści pisał po łacinie, bo to był międzynarodowy język nauki, filozofii i — jak dowiedziałem się później — ekskluzywnej pornografii. Zastanawiałem się, czy istnieją jakieś przekłady.

— Nie *Artes Magicis* — odpowiedział Nightingale.

— Nie chcielibyśmy, żeby pospólstwo uczyło się magii, prawda?

— W rzeczy samej.

— Proszę nie mówić: w pozostałych książkach nie tylko formy, ale wszystko jest zapisane po łacinie.

— Z wyjątkiem tego, co napisano w grece lub po arabsku — sprostował Nightingale.

— Ile potrzeba czasu, żeby nauczyć się wszystkich form?

— Dziesięciu lat. Jeśli się przyłożysz.

— To lepiej wezmę się do roboty.

— Ćwicz dwie godziny i zrób przerwę — powiedział Nightingale. — Nie rzucaj ponownie czaru, dopóki nie minie sześć godzin.

— Właściwie nie jestem zmęczony — odparłem. — Mogę ćwiczyć cały dzień.

— Jeśli przedawkujesz, będzie to miało swoje konsekwencje — ostrzegł mnie Nightingale.

To mi nie zabrzmiało przyjemnie.

— Jakiego rodzaju konsekwencje?

— Udary, wylewy do mózgu, tętniaki…

— Skąd wiadomo, kiedy się przesadziło?

— Kiedy masz udar, wylew do mózgu albo tętniaka — wyjaśnił Nightingale.

Przypomniałem sobie podobny do obkurczonego kalafiorka mózg Brandona Coopertowna oraz słowa doktora Walida: „Tak wygląda mózg po magii".

— Dzięki za przestrogę — powiedziałem.

— Dwie godziny — powtórzył Nightingale, stojąc już w progu. — Potem spotkamy się w gabinecie na lekcji łaciny.

Poczekałem, aż wyjdzie, zanim otworzyłem dłoń i szepnąłem: *Lux!*

Tym razem kula dawała przyćmione białe światło i nie więcej ciepła niż słoneczny dzień.

Ja pierdolę, pomyślałem. Potrafię czarować.

6.
POWOZOWNIA

W ciągu dnia, jeśli nie siedziałem w laboratorium, nie uczyłem się albo gdzieś nie wyszedłem, moim zadaniem było nasłuchiwanie dzwonka i otwieranie frontowych drzwi, kiedy już zadzwonił. To się zdarzało tak rzadko, że kiedy pierwszy raz rozległ się jego dźwięk, potrzebowałem minuty, żeby się zorientować, co to za hałas.

Okazało się, że to Beverley Brook w jaskrawoniebieskiej pikowanej kurtce, z kapturem na głowie.

— Nie śpieszyło ci się — powiedziała. — Tu jest lodowato.

Powiedziałem, żeby weszła, ale, nie patrząc mi w oczy, odparła, że nie może.

— Mama mówi, że mi nie wolno; mówi, że to nie służy ludziom naszego pokroju.

— Nie służy?

— No wiesz, te magiczne pola siłowe i takie tam — odpowiedziała.

To by miało sens, pomyślałem. Z pewnością wyjaśniałoby, dlaczego Nightingale był taki spokojny, jeśli idzie o bezpieczeństwo.

— To skąd się tu wzięłaś?

— No cóż — powiedziała Beverley — kiedy mamusia rzeka i tatuś rzeka bardzo się kochają…

— Zabawne.

— Mama mówi, że coś dziwnego dzieje się w szpitalu uniwersyteckim i powinniście to sprawdzić.

— W jakim sensie dziwnego?

— Mówiła, że było o tym w wiadomościach.

— Nie mamy telewizji.

— Nawet Freeview?

— Niczego — odpowiedziałem.

— Okrutne — uznała Beverley. — No to wychodzisz czy nie?

— Zobaczę, co na to inspektor.

Znalazłem Nightingale'a w bibliotece, gdzie wynotowywał coś, co — miałem silne podejrzenie — mogło być moją pracą domową z łaciny na jutro. Powiedziałem mu o Beverley, a on kazał mi to sprawdzić. Zanim wróciłem do holu, Beverley zaryzykowała i przekroczyła próg, ale trzymała się go tak blisko, jak się dało. Co dziwne, obok niej stała Molly i pochylały ku sobie głowy, jakby dzieliły się sekretami. Kiedy usłyszały, że idę, odsunęły się z budzącą podejrzenia szybkością. Poczułem, że uszy mi płoną. Molly minęła mnie pośpiesznie i zniknęła w głębinach Szaleństwa.

— Pojedziemy jaguarem? — zapytała Beverley, kiedy wkładałem kurtkę.

— A co, wybierasz się ze mną?

— Muszę. Mama kazała mi ułatwić.

— Ułatwić co?

— Kobieta, która nas powiadomiła, jest akolitką — wyjaśniła Beverley. — Nie zechce z tobą rozmawiać, jeśli mnie przy tym nie będzie.

— W porządku. Jedźmy.

— Weźmiemy jaguara?

— Nie wygłupiaj się. Szpital jest kawałek stąd.

— Och, ale chciałam się przejechać jaguarem.

Pojechaliśmy więc jaguarem i utknęliśmy w korku przy Euston Road, a potem przez kolejne dwadzieścia minut szukaliśmy miejsca do zaparkowania. Jak oceniałem, jazda zajęła nam dwa razy więcej czasu, niż potrzebowalibyśmy, żeby dojść na miejsce piechotą.

*

Szpital uniwersytecki zajmuje dwa kwartały zabudowy między Tottenham Court Road i Gower Street. Został ufundowany w dziewiętnastym wieku i jego głównym powodem do chwały był fakt, że jest kliniką University College of London i miejscem narodzin niejakiego Petera Granta, ucznia czarodzieja. Od tamtego pamiętnego dnia w połowie lat osiemdziesiątych szpital przekształcił się w połyskującą niebiesko-białą wieżę, która wyglądała, jakby kawałek Brasilii zwalił się w sam środek wiktoriańskiego Londynu.

Hol wejściowy stanowił szeroką, czystą przestrzeń z mnóstwem szkła i białej farby, naruszaną jedynie przez tłumy chorych ludzi kręcących się i powłóczących nogami. Funkcjonariusze policji spędzają mnóstwo czasu w izbie przyjęć, ponieważ albo pytają ludzi, gdzie zarobili rany cięte nożem, albo zajmują się pijanymi, którzy są agresywni, albo sami są zszywani. To jeden z powodów, dla których wielu policjantów żeni się z pielęgniarkami; poza tym pielęgniarki rozumieją niedorzeczny zmianowy system pracy.

Akolitka Beverley była bladą i chudą pielęgniarką o fioletowych włosach i australijskim akcencie. Patrzyła na mnie podejrzliwie.

— Kto to jest? — zapytała.

— Przyjaciel — odpowiedziała Beverley i położyła rękę na jej ramieniu. — Mówimy mu wszystko.

Kobieta rozluźniła się i uśmiechnęła do mnie z nadzieją. Wyglądała jak jedna z tych zielonoświątkowych nastolatek z przed-przedostatniego kościoła mamy.

— Czy to nie wspaniałe być częścią czegoś prawdziwego? — zapytała.

Zgodziłem się, że bycie częścią czegoś prawdziwego to rzeczywiście wspaniała sprawa, ale byłoby wręcz morowo, gdyby powiedziała mi, co widziała. Naprawdę użyłem słowa „morowo", a ona nawet się nie wzdrygnęła, co było niepokojące na zbyt wielu różnych poziomach.

Według niej karetka przywiozła kuriera rowerowego z wypadku i kiedy się nim zajmowano, chłopak kopnął lekarza w oko. Lekarz był bardziej zaszokowany niż poważnie zraniony, a kurier uciekł z ambulatorium, zanim ochrona zdążyła go zgarnąć.

— Dlaczego przyszłaś z tym do nas? — zapytałem.

— Przez ten śmiech — tłumaczyła pielęgniarka. — Wracałam do części zabiegowej, kiedy usłyszałam ten skrzekliwy śmiech jak u gwarka. A potem usłyszałam, jak Erie, to jest doktor Framline, ten poszkodowany lekarz… usłyszałam, jak klnie, a później kurier wybiegł z ambulatorium i coś było nie tak z jego twarzą.

— Nie tak w jakim sensie? — spytałem.

— Po prostu nie tak — odpowiedziała, demonstrując właśnie tę cechę, która czyniła naocznych świadków tak użytecznymi w każdym dochodzeniu policyjnym. — Minął mnie tak szybko, że niewiele zobaczyłam, ale wyglądał… nie tak jak trzeba.

Pokazała mi część zabiegową, w której doszło do incydentu, oddzieloną biało-beżową zasłoną przestrzeń z łóżkiem do badań. *Vestigium* — proszę zwrócić uwagę, że posługuję się liczbą pojedynczą — plasnęło mnie w twarz, kiedy tylko tam wszedłem. Przemoc, śmiech, oschły pot i wyprawiona skóra. Tak samo jak przy biednym Williamie Skirmishu, kiedy leżał w kostnicy; brakowało tylko denerwującego jazgotliwego psa.

Dwa miesiące wcześniej wszedłbym tutaj, zadrżał, pomyślał: „Dziwne", i od razu bym wyszedł.

Beverley wsadziła głowę za zasłonę i zapytała, czy coś znalazłem.

— Musisz mi pożyczyć telefon — powiedziałem.

— A co się stało z twoim?

— Wysadziłem go w powietrze podczas magicznego eksperymentu — odpowiedziałem. — Lepiej nie pytaj.

Beverley nadąsała się i wręczyła mi zaskakująco duży aparat Ericssona.

— Musisz go doładować — powiedziała.

Obudowa była uszczelniona lateksem, a przyciski duże i chronione przez warstwę przezroczystego plastiku.

— Jest tak zaprojektowany, żeby można go było zabrać pod wodę — powiedziała. — Lepiej nie pytaj.

— Możesz poprosić swoją akolitkę, żeby znalazła dla mnie adres doktora Framline'a?

Beverley wzruszyła ramionami.

— Pewnie. I pamiętaj, ty gadasz, ty płacisz!

Kiedy Beverley była zajęta swoim zadaniem, wyszedłem z jej telefonem na Beaumont Place, spokojną pieszą uliczkę pomiędzy starą i nową częścią szpitala, i zadzwoniłem do Nightingale'a. Opisałem incydent i *vestigium*, a on zgodził się, że warto przyśpieszyć poszukiwania kuriera.

— Chcę mieć oko na doktora — powiedziałem.

— Ciekawe. A dlaczego?

— Myślę o sekwencji wydarzeń w związku z zabójstwem Skirmisha — wyjaśniłem. — Toby gryzie Coopertowna w nos i wtedy wszystko się zaczyna. Tyle że Coopertown nie wścieka się od razu, ale dopiero kiedy wpada na Skirmisha w Covent Garden.

— Myślisz, że zaczęło się od przypadkowego spotkania?

— Właśnie — powiedziałem. — Lesley mówi, że ekipa od zabójstw nie znalazła przyczyny, dla której Skirmish wybrał się tamtej nocy do Covent Garden. Gość wsiada do autobusu jadącego na West End, spotyka Coopertowna i obrywa w łeb. Żadnych spotkań, żadnych przyjaciół, nic.

— Myślisz, że obie strony były pod wpływem? — spytał Nightingale. — Myślisz, że zewnętrzny czynnik sprawił, że się spotkali?

— A to możliwe?

— Wszystko jest możliwe — odparł. — Jeśli twój pies znalazł się pod wpływem razem ze swoim panem i Coopertownem, to tłumaczyłoby, dlaczego był tak wyczulony na *vestigia*.

Zauważyłem, że Toby awansował na mojego psa.

— Więc to możliwe?

— Tak — potwierdził Nightingale, chociaż wyczuwałem, że podchodzi do tego sceptycznie.

— A co, jeśli kurier odgrywa rolę Toby'ego, a doktor Coopertowna? — zapytałem. — Nie zaszkodzi, jeśli będziemy obserwować doktora do czasu złapania kuriera.

— Zajmiesz się tym?

— Nie ma sprawy.

— Dobrze — odpowiedział Nightingale i zaproponował, że zajmie się koordynacją poszukiwań kuriera.

Rozłączyłem się, kiedy Beverley Brook wyszła nieśpiesznie ze szpitala, przyciągając mój wzrok kołysaniem bioder. Wyszczerzyła zęby, gdy zauważyła, że patrzę, i podała mi świstek papieru: adres doktora Framline'a.

— Co teraz, szefie? — zapytała.

— Gdzie mogę cię podrzucić?

— Nie, nie, nie — odpowiedziała szybko. — Mama mówi, że mam ułatwiać.

— Już mi ułatwiłaś. Teraz możesz wracać do domu.

— Nie chcę wracać do domu. Mama ma całą świtę, Ty i Effrę, i Fleet, już nie wspominając o starszych paniach. Nie wiesz, jak to jest.

Właściwie to doskonale wiedziałem, ale nie zamierzałem jej tego mówić.

— Proszę, będzie fajnie — namawiała mnie, robiąc słodkie oczy. — Pozwolę ci pożyczyć mój telefon.

Poddałem się, zanim uciekłaby się do drżenia ust.

— Ale musisz robić, co ci każę.

Nie da się prowadzić dyskretnej obserwacji w klasycznym jaguarze, więc ku wielkiemu rozczarowaniu Beverley podjechaliśmy do Szaleństwa i przesiedliśmy się do byłego radiowozu. Garaż Szaleństwa znajduje się za domem i zajmuje cały parter przebudowanej powozowni. Ze stajni widać, gdzie oryginalne drzwi, wystarczająco szerokie i wysokie, żeby zmieścić powóz z czwórką koni, zostały zamurowane i zastąpione przez nowoczesne drzwi przesuwne. Jaguar i eksradiowóz stały zagubione w przestrzeni wystarczająco dużej, żeby pomieścić cztery powozy.

W przeciwieństwie do holu powozownia najwyraźniej nie przerażała Beverley.

— Co się stało z niesprzyjającym magicznym polem siłowym? — zapytałem.

— Tu go nie ma. Odrobina ochrony rzucona na drzwi do garażu i tyle.

Nightingale wyszedł, ale Molly czekała na mnie w holu z reklamówką z Tesco pełną kanapek zawiniętych w pergamin i związanych sznurkiem. Nie zapytałem, z czym są, ale wątpiłem, żeby były z kurczakiem tikka masala. Kiedy znalazłem się w powozowni, wrzuciłem torbę z kanapkami na tył eksradiowozu, upewniłem się, że Beverley zapięła pasy, i pojechałem nękać młodego lekarza.

*

Doktor Framline mieszkał w piętrowym wiktoriańskim szeregowcu przy Romford Road w Newham. Okolica znajdowała się dalej na wschód, niż lubię jeździć, ale sąsiedztwo nie było najgorsze. Znalazłem miejsce parkingowe z przyzwoitym widokiem na frontowe drzwi i wysiadłem. Wiedziałem, że żadna siła na ziemi nie zatrzyma Beverley w samochodzie, więc pozwoliłem jej pójść ze mną, pod warunkiem, że będzie trzymała buzię na kłódkę.

Był tylko jeden dzwonek, a mały ogródek przed frontem ustąpił miejsca żwirowi, pojemnikom na śmieci i paru pustym jasnoczerwonym donicom. Pomyślałem, że albo cały dom należy do doktora Framline'a, albo facet mieszka z przyjaciółmi. Przycisnąłem guzik dzwonka i radosny głos oznajmił: „Już idę". Głos należał do pulchnej kobiety o okrągłej twarzy, z rodzaju tych, które wyrabiają sobie dobry charakter, ponieważ w przeciwnym wypadku zostaje im tylko samobójstwo.

Pokazałem jej legitymację.

— Dzień dobry, nazywam się Peter Grant. Jestem z policji, a to moja koleżanka Beverley Brook*, która jest rzeczką w południowym Londynie.

Takie rzeczy uchodzą człowiekowi płazem, kiedy ma do czynienia z cywilami, ponieważ przy słowie „policja" obywatelom zacinają się umysły.

Tym razem jednak chyba przedobrzyłem, bo kobieta zmarszczyła brwi, patrząc na Beverley, i zapytała:

— Czy pan powiedział, że jest rzeką?

I dlatego właśnie nigdy nie należy popisywać się na służbie.

— To taki biurowy żarcik.

— Wydaje się trochę za młoda na policjantkę — zauważyła kobieta.

— Nieprawda. Jest na praktykach.

— Mogę raz jeszcze zobaczyć pańską legitymację?

Westchnąłem i podałem jej dokument.

Beverley zachichotała.

— Mogę podać pani numer do mojego zwierzchnika, jeśli pani chce — zaproponowałem. Zwykle to wystarcza, ponieważ obywatele są zazwyczaj bardziej leniwi niż podejrzliwi.

— Pan w sprawie tego, co wydarzyło się w szpitalu? — zapytała.

— Tak — przytaknąłem z ulgą. — Właśnie w tej sprawie przyjechaliśmy.

---

* Beverley Brook — dopływ Tamizy płynący przez południowo-zachodni Londyn.

— Tylko że Erie pojechał do miasta. Minęliście się z nim. Wyszedł piętnaście minut temu.

No oczywiście, pomyślałem, pojechał pewnie na miejsce, które znajdowało się mniej niż pięćset metrów od tego, z którego wyruszyliśmy z Beverley.

— Wie pani, dokąd pojechał?

— Dlaczego chce pan wiedzieć?

— Wydaje nam się, że dowiedzieliśmy się czegoś na temat człowieka, który go zaatakował — powiedziałem. — Musimy tylko potwierdzić kilka szczegółów. Jeśli załatwimy to szybko, może zdołamy aresztować go już dziś wieczorem.

To sprawiło, że się ożywiła i nie tylko podała mi nazwę pubu z restauracją, do którego wybierał się doktor Framline, ale też numer jego komórki. Beverley musiała truchtać, żeby nadążyć za mną, gdy ruszyłem do samochodu.

— Skąd ten pośpiech? — zapytała, kiedy wsiadaliśmy.

— Znam ten pub — powiedziałem. — Znajduje się na rogu Neal Street i Shelton. — Ruszyłem, nie czekając, aż Beverley zapnie pasy. — Naprzeciwko znajduje się deptak przed Urban Outfitters.

— Urban Outfitters, ech — westchnęła Beverley. — To tłumaczy koszulę od Dr Denima.

— Mama mi ją kupiła.

— I myślisz, że dzięki temu jest mniej żenująca?

Przegazowałem silnik eksradiowozu (a przynajmniej byłem tego tak bliski, jak to możliwe w przypadku dziesięcioletniego forda escorta) i przejechałem na kilku czerwonych światłach. Za mną rozległy się krzyki.

— Kurierzy rowerowi lubią się tam kręcić — powiedziałem. — Mają stamtąd blisko do większości swoich klientów, a w pobliżu nie brakuje pubów i kafejek.

Deszcz zaczął bębnić o szybę i musiałem trochę sobie odpuścić — jezdnie robiły się mokre. Ile czasu będzie potrzebował doktor Framline, żeby dotrzeć do Covent Garden transportem publicznym? Co najmniej godzinę, ale miał przewagę, a to był Londyn, gdzie metro często okazuje się szybsze od samochodu.

— Zadzwoń do doktora Framline'a — powiedziałem Beverley.

Zrzędząc, wybrała numer, posłuchała i odpowiedziała:

— Poczta głosowa. Pewnie jest w metrze.

Podałem jej numer do Lesley.

— Pamiętaj — zastrzegła — ty gadasz, ty płacisz.

— Tak to działa — odpowiedziałem.

Beverley trzymała mi telefon przy uchu, żebym obie ręce miał na kierownicy. Kiedy Lesley odebrała, usłyszałem w tle odgłosy z centrum koordynacyjnego w Belgravii — prawdziwa policyjna robota.

— Co się stało z twoim telefonem? — zapytała. — Cały ranek próbowałam się dodzwonić.

— Zepsułem go, czarując — odpowiedziałem. — Potrzebuję, żebyś zarezerwowała dla mnie airwave'a.

Airwave to wypasione, zaopatrzone we wszystkie bajery radio policyjne ze słuchawkami i mikrofonem.

— Nie możesz wziąć z własnego komisariatu? — zapytała.

— Żartujesz sobie! Wątpię, czy Nightingale zdążył już załapać, o co chodzi z airwave'ami. A nawet z radiami w ogóle, skoro już o tym mowa. Właściwie to podejrzewam, że nawet telefony są dla niego ciut tajemnicze.

Lesley zgodziła się spotkać z nami na Neal Street.

Krople zamieniły się w ścianę deszczu, kiedy podjechałem do przeznaczonego dla ruchu pieszego odcinka Earlham

Street i zatrzymałem się na rogu, skąd miałem dobry widok na pub i ulubione miejsce kurierów. Zostawiłem Beverley w samochodzie, a sam skoczyłem sprawdzić wnętrze pubu. Był opustoszały. Doktor Framline jeszcze się nie zjawił.

Kiedy wróciłem do samochodu, włosy miałem przemoczone, ale znalazłem ręcznik w torbie, którą zabrałem na obserwację, i wytarłem nim głowę. Z jakiegoś powodu Beverley uznała, że to przezabawne.

— Pozwól, że ja to zrobię — zaproponowała.

Podałem jej ręcznik, a ona pochyliła się ku mnie i zaczęła suszyć mi włosy. Jedną piersią napierała na moje ramię i musiałem zapanować nad chęcią objęcia jej w talii. Wsunęła mi palce we włosy.

— Nigdy ich nie czeszesz? — zapytała.

— Nie chce mi się. Po prostu co wiosnę ścinam je za zero.

Przesunęła dłonią po mojej głowie i oparła ją leciutko na moim karku. Czułem jej oddech na uchu.

— Naprawdę nie masz w sobie nic z ojca, co? — Beverley usiadła z powrotem na siedzeniu i rzuciła ręcznik do tyłu. — Twoja mama musiała się rozczarować. Założę się, że myślała, że będziesz nosił długie loki.

— Mogło być gorzej — odparłem. — Mogłem być dziewczyną.

Beverley nieświadomie dotknęła własnych włosów, wyprostowanych i uczesanych z przedziałkiem, tak że opadały na boki, sięgając ramion.

— Nie masz pojęcia, o czym mówisz — powiedziała. — I dlatego nie wyciągniesz mnie na to. — Skinęła głową na strugi deszczu.

— Skoro niby masz być boginią…

— Oriszą — poprawiła mnie Beverley. — Jesteśmy oriszami. Nie duchami, nie geniuszami opiekującymi się danym miejscem, ale oriszami.

— Dlaczego nie możesz zrobić czegoś z tą pogodą?

— Przede wszystkim — zaczęła, mówiąc przesadnie wolno — lepiej nie mieszać przy pogodzie. Po drugie, to północny Londyn i ten rewir należy do moich starszych sióstr.

Znalazłem wcześniej siedemnastowieczną mapę rzek w Londynie.

— Chodzi o Fleet i Tyburn? — zapytałem.

— Możesz mówić na nią Tyburn, jeśli przez resztę dnia chcesz zwisać ze stryczka — odpowiedziała Beverley. — Jeżeli kiedykolwiek ją spotkasz, lepiej zwracaj się do niej „lady Ty". Chociaż to wątpliwe, żebyś kiedykolwiek ją poznał. I żeby ona chciała poznać ciebie.

— Czyli nie bardzo się z nimi dogadujesz?

— Fleet jest w porządku, ale wścibska. Ty jest zwyczajnie nadęta. Mieszka w Mayfair, chadza na przyjęcia w wyższych sferach i zna ludzi, „którzy się liczą".

— Ulubienica mamy?

— Tylko dlatego, że załatwia różne sprawy z politykami — odpowiedziała Beverley. — Popija herbatkę na tarasie w Pałacu Westminsterskim. A ja siedzę w samochodzie z chłopcem na posyłki Nightingale'a.

— O ile pamiętam, to ty nie chciałaś wracać do domu.

Dostrzegłem samochód Lesley zatrzymujący się za nami. Zamrugała światłami i wysiadła. Szybko odchyliłem się, żeby otworzyć dla niej drzwi pasażera. Deszcz uderzył mnie w twarz z taką siłą, że się zakrztusiłem, a Lesley właściwie rzuciła się na tylne siedzenie.

— Myślę, że będzie powódź — powiedziała, łapiąc mój ręcznik i wycierając nim twarz i włosy. Skinęła głową w stronę Beverley. — Kto to?

— Beverley, to posterunkowa Lesley May. — Odwróciłem się do Lesley. — To Beverley Brook, duch rzeki i pięciokrotna z rzędu zwyciężczyni Regionalnych Otwartych Mistrzostw w Gadaniu Bez Przerwy.

Beverley uderzyła mnie pięścią w ramię. Lesley uśmiechnęła się do niej zachęcająco.

— Wiesz, jej matka to Tamiza.

— Serio? To kto jest twoim ojcem? — zaciekawiła się Lesley.

— To skomplikowane — odpowiedziała Beverley. — Mama mówi, że znalazła mnie, jak unosiłam się na strumieniu w Kingston Vale w pobliżu drogi szybkiego ruchu.

— W koszyku? — spytała Lesley.

— Nie, po prostu na wodzie.

— Została spontanicznie poczęta przez midichloriany — powiedziałem. Obie kobiety spojrzały na mnie skonsternowane. — Mniejsza z tym.

— Twój człowiek już się zjawił? — zapytała Lesley.

— Nikt się nie zjawił, odkąd przyjechaliśmy — odpowiedziałem.

— Wiesz, jak on wygląda? — spytała Lesley.

Zdałem sobie sprawę, że nie mam zielonego pojęcia, jak doktor Framline wygląda. Spodziewałem się, że przesłucham go, nim zacznę śledzić.

— Mam rysopis — odpowiedziałem.

Lesley rzuciła mi pogardliwe spojrzenie i wyciągnęła wydruk formatu A4 zdjęcia z prawa jazdy doktora Framline'a.

— Byłby z niego przyzwoity glina — powiedziała do Beverley — gdyby tylko był w stanie skupić się na szczegółach.

Podała mi coś, co wyglądało jak przysadziste, zmutowane potomstwo nokii i krótkofalówki — zestaw airwave. Schowałem go do kieszeni kurtki. Jest trochę cięższy od komórki, więc będę przez niego chodził przechylony.

— To on? — zapytała Beverley.

Zerknęliśmy przez ścianę deszczu i zobaczyliśmy parę nadchodzącą Neal Street od strony Covent Garden. Twarz mężczyzny odpowiadała tej z fotografii, nie licząc siniaka wokół lewego oka i torów wyklejonych z plastra przytrzymującego brzegi rozcięcia na policzku. Trzymał parasolkę nad sobą i towarzyszącą mu osobą — przysadzistą kobietą w krzykliwie pomarańczowym płaszczu przeciwdeszczowym. Oboje uśmiechali się i wyglądali na szczęśliwych.

Patrzyliśmy w milczeniu, jak dochodzą do pubu, przystają, żeby otrzepać parasolkę, i wchodzą do środka.

— Przypomnisz mi, dlaczego tu jesteśmy? — zapytała Lesley.

— Znaleźliście już kuriera? — odpowiedziałem pytaniem.

— Nie. I nie sądzę, żeby mojemu szefowi podobało się, że twój szef traktuje go jak chłopca na posyłki.

— Powiedz mu, że witamy w klubie.

— Sam mu powiedz — żachnęła się Lesley.

— To z czym są kanapki? — odezwała się Beverley.

Otworzyłem torbę z Tesco i rozwinąłem paczuszkę. Znalazłem chrupiący biały chleb z pieczoną wołowiną, marynowanymi warzywami i chrzanem — bardzo smakowite, ale raz dostałem na lunch smażony móżdżek cielęcy, więc nauczyłem się podchodzić do kanapek Molly z ostrożnością. Lesley, która je wszystko bez lęku i uważa węgorze w galarecie za przysmak, zabrała się do jedzenia, ale Beverley się zawahała.

— Jeśli zjem, nie uznasz, że mam wobec ciebie zobowiązania, co? — zapytała mnie.

— Nie martw się tym — odpowiedziałem. — Mam odświeżacz powietrza w torbie.

— Pytam serio. U mamy w apartamentowcu jest taki gość, który zjawił się w tysiąc dziewięćset dziewięćdziesiątym siódmym roku, żeby przejąć jakieś meble. Wystarczyła jedna filiżanka herbaty i herbatnik, żeby już nigdy nie odszedł. Nazwałam go „Wujek Komornik". Robi różne rzeczy w domu, a to coś naprawi, a to posprząta, a mama nigdy go nie wypuści. — Beverley dźgnęła mnie w pierś palcem. — Więc chcę wiedzieć, jakie masz intencje w związku z tą kanapką.

— Zapewniam cię, że mam jak najbardziej szlachetne zamiary — odpowiedziałem, ale sam myślałem o tym, jak niewiele brakowało, żebym zjadł markizę w mieszkaniu Mamy Tamizy.

— Przysięgnij na swoją moc — domagała się Beverley.

— Nie mam żadnej mocy.

— Racja — zgodziła się Beverley. — Przysięgnij na życie swojej mamy.

— Nie. To dziecinada.

— W porządku. Sama przyniosę sobie coś do jedzenia.

Wysiadła z samochodu i odmaszerowała, zostawiając otwarte drzwi. Zauważyłem, że zanim strzeliła focha, poczekała, aż deszcz trochę zelżeje.

— To prawda? — zapytała Lesley.

— A o co pytasz?

— Czary, jedzenie, zobowiązania, czarodzieje… I ten komornik — powiedziała Lesley. — Na miłość boską, Peter, to co najmniej bezprawne pozbawienie wolności.

— Część z tego to prawda — przyznałem. — Nie wiem, jak duża część. Myślę, że stawanie się czarodziejem to po części odkrywanie, co jest prawdziwe, a co nie.

— Jej mama naprawdę jest boginią Tamizy?

— Ona za taką się uważa, a ja poznałem ją osobiście i zaczynam myśleć, że rzeczywiście może być boginią. Ma prawdziwą moc, więc zamierzam traktować jej córkę jak prawdziwą córkę bogini, dopóki nie dowiem się, że jest inaczej.

Lesley przechyliła się przez oparcie siedzenia i spojrzała mi w oczy.

— Potrafisz czarować? — zapytała cicho.

— Znam jedno zaklęcie.

— Pokaż.

— Nie mogę. Jeśli rzucę je teraz, wysadzę airwave'a, stereo i najpewniej stacyjkę. W ten sposób załatwiłem sobie komórkę: miałem ją w kieszeni, kiedy ćwiczyłem.

Lesley przekrzywiła głowę i spojrzała na mnie chłodno.

Już miałem zaprotestować, kiedy Beverley zapukała w okno. Opuściłem szybę.

— Pomyślałam, że powinniście wiedzieć, że przestało padać — powiedziała. — A ulicą idzie kurier rowerowy.

Wyładowaliśmy się z Lesley z samochodu, co dowodziło, jak mało doświadczenia mamy w prowadzeniu inwigilacji, przypomnieliśmy sobie, że mamy się nie rzucać w oczy, i zaczęliśmy udawać, że prowadzimy zwyczajną pogawędkę. Na nasze usprawiedliwienie przypomnę, że dopiero co spędziliśmy dwa lata w mundurach, a rola mundurowego posterunkowego polega właśnie na tym, żeby rzucać się w oczy.

Beverley musiała mieć niezły wzrok, ponieważ kurier znajdował się przy bliższym Shaftesbury Avenue końcu Neal Street i nadchodził nieśpiesznym krokiem. Prowadził rower, co było podejrzane, a ja dopiero po chwili zauważyłem, że tylne koło jest wykrzywione. Ogarnął mnie głęboki niepokój, ale nie potrafiłem powiedzieć, czy chodziło o coś we mnie, czy coś zewnętrznego.

Kawałek od nas zaczął szczekać pies. Za nami matka zbeształa dziecko, które chciało, żeby wziąć je na ręce. Słyszałem, jak deszcz spływa do ścieków, i złapałem się na tym, że nadstawiam uszu — nie bardzo wiem po co. I wtedy usłyszałem: słaby, zduszony, piskliwy chichot, który niósł się z daleka.

Kurier wyglądał całkiem normalnie: ubrany w boleśnie obcisły strój z żółtej i czarnej lycry, z torbą na ramię, radiem przymocowanym do paska torby i niebiesko-białym kaskiem rowerowym. Miał wąską twarz i usta, które rysowały się cienką linią pod ostrym nosem, ale jego spojrzenie było niepokojąco puste. Nie podobał mi się sposób, w jaki szedł. Wykrzywione tylne koło przy każdym obrocie zgrzytało, trąc o ramę, a głowa kuriera nienaturalnie kiwała się na szyi w rytm tych zgrzytów. Uznałem, że lepiej nie pozwolić, by zbliżył się bardziej.

— Łajdak! — rozległ się za mną krzyk, a potem brzęk.

Odwróciłem się i niczego nie zauważyłem, dopóki Lesley nie wskazała na podwójne szklane drzwi sklepu odzieżowego Urban Outfitters. Ktoś pchnął chłopaka, który boleśnie uderzył o drzwi od środka. Szarpnięty zniknął mi z oczu i znowu walnął o szybę — wystarczająco mocno, żeby wyrwać jeden z zawiasów i zrobić szczelinę dość szeroką, by mógł się przez nią wymknąć. Wyglądał na turystę albo zagranicznego studenta, był dobrze ubrany, w europejskim stylu. Miał włosy koloru ciemny blond, przycięte tak, by wyglądały na należycie przydługie, i gratisowy niebieski plecak linii lotniczych Swissair przewieszony przez ramię. Pokręcił głową jakby zdumiony i wzdrygnął się, kiedy napastnik z trzaskiem otworzył drzwi i zamaszystym krokiem ruszył w jego stronę.

Był to niski, pulchny mężczyzna o rzednących, ciemnych włosach, w okrągłych okularach w drucianych oprawkach. Nosił białą koszulę z identyfikatorem kierownika przypiętym do kieszeni. Pocił się, błyszcząca twarz poczerwieniała mu ze złości.

— Kurwa mać, mam tego wyżej uszu! — wrzeszczał. — Próbowałem być uprzejmy, ale nie! Ty, w mordę kopany, musisz mnie traktować jak pieprzonego niewolnika!

— Policja! — krzyknęła Lesley. Podeszła do nich z legitymacją w lewej ręce, z prawą opartą na rączce rozkładanej pałki. — W czym problem?

— On mnie zaatakował — poskarżył się młody mężczyzna. Mówił z akcentem.

Niemieckim, pomyślałem.

Rozwścieczony kierownik sklepu zawahał się i odwrócił w stronę Lesley, mrugając za szkłami okularów.

— Rozmawiał przez telefon — wyjaśnił. Pragnienie przemocy go opuściło. — Kiedy był przy kasie. Nawet nikt do niego nie dzwonił, po prostu sam wybrał numer, gdy płacił. Spodziewam się uprzejmej i obustronnie korzystnej interakcji, a ten złamas mnie ignoruje i gdzieś sobie dzwoni!

Lesley weszła między mężczyzn i delikatnie przesunęła kierownika do tyłu.

— Może wejdziemy do sklepu — zaproponowała — gdzie pan będzie mógł mi o wszystkim opowiedzieć.

Obserwowanie jej przy pracy to była naprawdę czysta przyjemność.

— Ja się pytam czemu? — uskarżał się kierownik. — Co było tak ważne, że nie mogło zaczekać?

Beverley uderzyła mnie w rękę.

— Peter, tam!

Odwróciłem się i akurat zdążyłem zobaczyć, jak doktor Framline pędzi ulicą, trzymając kij długości połowy swojego ciała. Za nim wybiegła jego sympatia i skonsternowana wołała go po imieniu. Pobiegłem najszybciej, jak potrafiłem, mijając szybko kobietę, ale nie miałem szansy dopaść doktora Framline'a, zanim dotrze do celu.

Kurier nie podniósł nawet ręki w obronie przed ciosem, kiedy doktor Framline zdzielił go z całej siły w ramię. Zobaczyłem, jak prawa ręka kuriera szarpnęła się jak złamana; puścił rower, który zaczął się przewracać.

— Im więcej zbierzesz — wrzeszczał doktor, znowu unosząc kij — tym lepiej dla ciebie!

Uderzyłem go nisko, wbijając ramię w idealny punkt tuż nad biodrem, przez co przewrócił się na bok i jednocześnie zablokował mój upadek, a nie na odwrót. Usłyszałem, jak rower uderza o ulicę, a potem jak kij turla się po chodniku. Próbowałem przyszpilić doktora Framline'a, ale okazał się niesamowicie silny i wbił mi łokieć w pierś dostatecznie mocno, żeby mnie przytkało. Chciałem złapać go za nogi, ale oberwałem kolanem w twarz i aż zakląłem.

— Policja! — krzyknąłem. — Nie stawiaj oporu!

Wierzyć się nie chce, ale przestał się szamotać.

— Dziękuję — odpowiedziałem. Uznałem, że tak nakazuje grzeczność.

Próbowałem się podnieść, ale ktoś mi tak przyłożył, że wylądowałem twarzą na chodniku, zanim w ogóle zarejestrowałem, że oberwałem. W walce ulicznej, niezależnie od tego, jak mocno dostałeś, chodnik nie jest twoim przyjacielem, więc przeturlałem się i znowu spróbowałem wstać. Wtedy zobaczyłem, że kurier podnosi z ziemi nieproporcjonalnie wielki kij i zamierza się na doktora Framline'a. Lekarz szarpnął się, robiąc unik, ale i tak kij trafił go w górną część ręki. Poślizgnął się i upadł, nie mogąc z bólu złapać oddechu.

Zalała mnie fala emocji: uniesienie, podniecenie z nutą przemocy, jak w tłumie kibiców na meczu piłki nożnej, kiedy ich drużyna ma szansę strzelić gola.

Tym razem na własne oczy zobaczyłem działanie *dissimulo* — podbródek kuriera wybrzuszył się, usłyszałem wyraźny trzask pękających kości i zębów, kiedy broda wystrzeliła do przodu, stercząca i spiczasta. Usta wykrzywiły się w grymasie, a nos rozciągnął, aż stał się niemal tak długi jak broda. To nie była prawdziwa twarz, ale karykatura człowieka o twarzy jak sierp księżyca — żadna istota ludzka nie wygląda tak w rzeczywistości. Usta otworzyły się i zobaczyłem w środku czerwoną ruinę szczęki.

— Tak to się robi! — wrzasnął i uniósł kij.

Pałka Lesley trafiła go w potylicę. Zatoczył się, Lesley przyłożyła mu drugi raz i wtedy z bulgotliwym westchnieniem padł do przodu, lądując pod moim nosem. Podpełzłem i obróciłem go na plecy, ale było już za późno. Twarz zapadła mu się jak maska z papier mâché. Zobaczyłem, jak skóra pęka mu wokół nosa i brody, a potem wielki krwawy kawał oderwał się i zwisł z czoła. Próbowałem się zmusić do jakiegoś działania, ale nic z mojego szkolenia z pierwszej pomocy nie przygotowało mnie do sytuacji, w której czyjaś twarz otwiera się jak rozgwiazda.

Wsunąłem rękę pod płat skóry, wzdrygając się, gdy poczułem jej wilgoć, i próbowałem przyłożyć ją z powrotem do twarzy. Przeszło mi przez myśl, że powinienem przynajmniej spróbować zatamować krwawienie.

— Puśćcie mnie! — wrzeszczał doktor Framline.

Zerknąłem przez ramię i zobaczyłem, że Lesley zakuła go już w kajdanki.

— Puśćcie mnie — powtórzył. — Mogę mu pomóc.

Lesley się zawahała.

— Lesley — powiedziałem, a ona zaczęła rozkuwać lekarza.

Za późno. Kurier zesztywniał nagle, plecy wygięły mu się w łuk, fala krwi wezbrała z szyi i przedarła się pęknięciami w skórze i szczelinami między moimi palcami.

Doktor Framline dogramolił się do mnie i przycisnął palce do szyi kuriera. Ułożył je inaczej, szukając pulsu, ale widziałem po jego minie, że niczego nie wyczuł. Wreszcie pokręcił głową i powiedział mi, żebym puścił skórę. Twarz kuriera znowu się otworzyła.

Ktoś wrzeszczał i musiałem sprawdzić, czy to nie ja. Bo to mogłem być ja. Z pewnością chciało mi się krzyczeć, ale przypomniałem sobie, że jesteśmy z Lesley jedynymi obecnymi na miejscu zdarzenia gliniarzami, a obywatele nie lubią, gdy policjanci zaczynają wrzeszczeć — to pogłębia wrażenie, że sytuacja nie sprzyja zachowaniu porządku publicznego. Wstałem i zobaczyłem, że zgromadził się wokół nas tłum gapiów.

— Panie i panowie — powiedziałem — to sprawa policji. Proszę się odsunąć.

Tłum się odsunął — jak człowiek jest cały we krwi, to robi wrażenie.

*

Zabezpieczyliśmy miejsce przestępstwa i pilnowaliśmy go, dopóki nie zjawiło się wsparcie, ale dwie trzecie ludzi z tłumu miało telefony i robiło zdjęcia albo filmiki ze mną, Lesley i okaleczonymi szczątkami kuriera. Materiały trafiły do Internetu, zanim jeszcze przyjechała karetka i sanitariusze przykryli biedaka prześcieradłem. Dostrzegłem Beverley kręcącą się za plecami tłumu; kiedy zauważyła, że ją widzę, pomachała do mnie dyskretnie, odwróciła się i odeszła.

Znaleźliśmy sobie z Lesley miejsce pod sklepową markizą i poczekaliśmy na namiot techników z laboratorium, pobranie próbek i zastępcze kombinezony ochronne.

— Nie możemy tak dłużej — powiedziała Lesley. — Zaczyna mi brakować ubrań.

Roześmialiśmy się. Tak jakby. To nieprawda, że za drugim razem jest łatwiej, po prostu wtedy już wiesz, że kiedy się obudzisz kolejnego dnia, nadal będziesz tą samą osobą, która poprzedniego wieczoru kładła się spać.

Zjawiła się sierżant detektyw z wydziału zabójstw — przysadzista kobieta w średnim wieku o rozgniewanej twarzy i ciemnych włosach w strąkach, która wyglądała, jakby w ramach hobby walczyła z rottweilerami — i przejęła dowodzenie. To była legendarna sierżant detektyw Miriam Stephanopoulos, prawa ręka Seawolla i przerażająca lesbijka. Jedyny żart na jej temat brzmi tak:

— Wiesz, co się stało z ostatnim policjantem, który zażartował na temat sierżant detektyw Stephanopoulos?

— Nie, nie wiem.

— Nikt nie wie.

Powiedziałem, że to jedyny żart, a nie, że jest dobry.

Najwyraźniej jednak miała słabość do Lesley, tym razem więc zajęto się nami znacznie szybciej, ale kiedy tylko z nami skończyli, załadowali nas do nieoznakowanego wozu i zawieźli do Belgravii. Nightingale i Seawoll wysłuchali naszego sprawozdania w anonimowej sali konferencyjnej, gdzie nikt nie robił notatek, ale przynajmniej zaproponowano nam herbatę.

Seawoll piorunował Lesley wzrokiem; nie był zadowolony. Lesley piorunowała wzrokiem mnie; nie była zadowolona, że Seawoll nie jest zadowolony. Nightingale był tylko rozkojarzony; sprawiał wrażenie, jakby zainteresował go wyłącznie ten fragment, kiedy opowiadałem o wrażeniach, jakie odebrałem bezpośrednio przed atakiem. Po odprawie udaliśmy się całą gromadą do kostnicy w Westminsterze, gdzie ku mojemu zdziwieniu w sekcji wzięli udział także Seawoll i Stephanopoulos. Lesley i ja pilnowaliśmy się, żeby stać za ich plecami, mając nadzieję, że wtedy nas nie zauważą.

Kurier rowerowy leżał na stole, z twarzą otwartą w sposób, który stawał się przerażająco znajomy. Doktor Walid mówił właśnie w podsumowaniu, że w jakiś sposób nieznana osoba (lub osoby) zdołała przekonać ofiarę do przekształcenia twarzy za pomocą magii, a potem skłoniła ją do napaści na przypadkowych nieznajomych. Sierżant detektyw posłała Seawollowi ostre spojrzenie przy słowie „magia", ale jej szef tylko leciutko pokręcił głową, jakby mówił: „Później, nie tutaj".

— Nazywał się Derek Shampwell — powiedział doktor Walid. — Lat trzydzieści trzy, obywatel Australii, przebywał w Londynie od trzech lat, niekarany, analiza włosów wykazuje, że w ciągu ostatnich dwóch lat sporadycznie palił marihuanę.

— Wiemy, dlaczego go wybrano? — zapytał Seawoll.

— Nie — odpowiedział Nightingale. — Chociaż wydaje się, że wszystkie sprawy zaczynają się od poczucia krzywdy. Coopertown został ugryziony przez cudzego psa, Shampwell potrącony przez samochód, gdy jechał na rowerze.

Seawoll zerknął na Stephanopoulos.

— Wypadek na Strandzie w miejscu poza zasięgiem kamer, panie inspektorze, sprawca zbiegł.

— Jak to poza zasięgiem kamer? — zdziwił się Seawoll. — Na Strandzie?

— Szansa jedna na tysiąc — przyznała Stephanopoulos.

— May? — warknął Seawoll, nie odwracając się. — Uważasz, że te sprawy się łączą?

— Łącznie z incydentem, którego Grant i ja byliśmy świadkami w kinie, i tym, który nastąpił tuż przed śmiercią Shampwella, zidentyfikowałam piętnaście spraw, w których sprawcy wykazali nietypowy poziom agresji — powiedziała Lesley. — Wszyscy są nienotowani, bez przeszłości psychiatrycznej i znajdowali się w promieniu pół mili od Cambridge Circus.

— O ilu wiemy, że zostali rzeczywiście… — Seawoll zrobił pauzę — opętani?

— Tylko w przypadku tych, którym odpadły twarze — odpowiedział Nightingale.

— Żebyśmy się dobrze zrozumieli — powiedział Seawoll. — Komisarz chce, żebyśmy załatwili to po cichu, więc posterunkowa May współpracuje z posterunkowym Grantem na podstawowym poziomie, ale o wszystkich znaczących sprawach, o czymkolwiek znaczącym, rozmawiasz ze mną. Masz z tym jakiś problem, Thomasie?

— Absolutnie żadnego, Alexandrze — odparł Nightingale. — To w najwyższej mierze rozsądne rozwiązanie.

— Jego rodzice przylatują jutro — odezwał się doktor Walid. — Nie ma pan nic przeciwko temu, żebym pozszywał mu twarz?

Seawoll spiorunował wzrokiem ciało.

— Oż, kurwa.

Nightingale milczał w drodze do Szaleństwa, dopiero u stóp schodów odwrócił się do mnie i powiedział, żebym się dobrze wyspał. Zapytałem go, co zamierza zrobić, a on odpowiedział, że poszpera trochę w bibliotece i sprawdzi, czy zdoła zawęzić krąg istot, które mogą stać za morderstwami. Zapytałem, czy mogę pomóc.

— Przyłóż się do ćwiczeń — odparł. — Ucz się szybciej.

Kiedy szedłem na górę, napotkałem sunącą w dół Molly. Przystanęła i rzuciła mi pytające spojrzenie.

— Skąd mam wiedzieć? — odparłem. — Znasz go lepiej niż ja.

*

Człowiek nie mówi szefowi, że potrzebuje szerokopasmowego połączenia, najlepiej w kablówce, bo chce obejrzeć mecz. Mówi mu, że potrzebuje Internetu, żeby mieć bezpośredni dostęp do HOLMES-a, zamiast ciągle polegać na Lesley May. Transmisje z meczów, filmy na życzenie i gry konsolowe to tylko nieoczekiwane bonusy.

— Czy to wymagałoby rzeczywistego przeprowadzenia kabla przez Szaleństwo? — zapytał Nightingale, kiedy zagadnąłem go w tej sprawie podczas ćwiczeń w laboratorium.

— Dlatego właśnie nazywają to kablówką — odpowiedziałem.

— Lewa ręka — powiedział Nightingale, a ja posłusznie

wyprodukowałem ognik na lewej dłoni. — Podtrzymaj — polecił mi. — Nie możemy niczego wprowadzić do tego domu.

Doszedłem do momentu, kiedy byłem w stanie rozmawiać, podtrzymując ognik, chociaż musiałem się wysilić, żeby wypadło to naturalnie.

— Dlaczego?

— Wokół budynku utkano serię czarów ochronnych — wyjaśnił inspektor. — Po raz ostatni ustawiono je po założeniu nowych linii telefonicznych w tysiąc dziewięćset czterdziestym pierwszym roku. Jeżeli wprowadzimy nowe fizyczne połączenie ze światem zewnętrznym, stworzymy słaby punkt.

Przestałem się silić na naturalność i skupiłem na utrzymaniu zaklęcia. Poczułem ulgę, kiedy Nightingale kazał mi przestać.

— Dobrze — powiedział. — Myślę, że jesteś prawie gotowy, by przejść do następnej formy.

Wypuściłem ognik i wreszcie odetchnąłem. Nightingale podszedł do sąsiedniej ławki, gdzie rozmontowałem swoją starą komórkę i rozstawiłem mikroskop, który znalazłem w mahoniowej skrzynce w jednej z szafek w schowku.

Dotknął mosiężnej i polakierowanej na czarno tulei.

— Wiesz, co to jest? — zapytał.

— Oryginalny mikroskop Charlesa Perry'ego numer pięć — powiedziałem. — Sprawdziłem w Internecie. Skonstruowany w trzydziestym drugim roku.

Nightingale skinął głową, a potem pochylił się, żeby obejrzeć wnętrze mojego telefonu.

— Myślisz, że magia to zrobiła? — zapytał.

— Wiem, że to magia — odpowiedziałem. — Nie wiem tylko jak ani dlaczego.

Nightingale poruszył się zakłopotany.

— Peter — powiedział. — Nie jesteś pierwszym uczniem o dociekliwym umyśle, ale nie chcę, żeby to ci przeszkadzało w wypełnianiu obowiązków.

— Oczywiście, panie inspektorze. Zostawię to sobie na czas wolny.

— Chciałeś zasugerować powozownię — rzekł Nightingale.

— Tak, panie inspektorze?

— Odnośnie do tego połączenia kablowego — wyjaśnił. — Solidne czary ochronne niepokoiły konie, więc zaklęcia omijają powozownię. Jestem pewien, że to twoje połączenie kablowe okaże się bardzo użyteczne.

— Tak, panie inspektorze.

— Jeśli idzie o dostarczanie wszelkich form rozrywki — dokończył Nightingale.

— Panie inspektorze…

— A teraz — oznajmił Nightingale — następna forma: *Impello.*

*

Nie potrafię powiedzieć, czy powozownię od razu wybudowano z pierwszym piętrem dla lokajów czy kogo tam, przez które potem się przebito, czy też wstawiono dodatkowy sufit w powozowni już po zamurowaniu głównej bramy. W jakimś momencie ktoś przyśrubował piękne kręcone schody z kutego żelaza do ściany od strony dziedzińca. Kiedy pierwszy raz wszedłem na górę, zdziwiłem się, widząc, że bita jedna trzecia pochyłego dachu po południowej stronie jest przeszklona. Okna były brudne od zewnątrz, a niektóre szyby popękały, ale wpuszczały wystarczająco dużo światła dziennego, żeby oświetlić mieszaninę kształtów spowitych w pokrowce. W przeciwieństwie do tych w Szaleństwie te pokryły się futerkiem kurzu — nie sądzę, żeby Molly kiedykolwiek tu sprzątała.

Gdyby szezlong, chiński parawan, stoliki nie od kompletu i zbiór ceramicznych mis na owoce, które znalazłem pod pokrowcami, nie wystarczały jako wskazówka, znalazłem także sztalugi i pudełko pędzli z wiewiórczego włosia, zesztywniałego z powodu długiego nieużywania. Sądząc po pustych butelkach od piwa schludnie ustawionych pod południową ścianą, ktoś wykorzystywał to pomieszczenie jako pracownię. Pewnie uczeń jak ja… Albo czarodziej z poważnym problemem alkoholowym.

W kącie stały pieczołowicie zawinięte w szary papier i obwiązane sznurkiem stosy płócien z obrazami olejnymi. Obejmowały kilka martwych natur i dość amatorski portret młodej kobiety, której zakłopotanie było wręcz namacalne, mimo niechlujnego wykonania obrazu. Następny portret był o wiele bardziej profesjonalny — edwardiański dżentelmen rozparty w tym samym wiklinowym krześle, które znalazłem wcześniej pod pokrowcem. Mężczyzna trzymał laskę ze srebrną gałką i przez chwilę myślałem, że to może być Nightingale, ale sportretowany był starszy i miał intensywnie niebieskie oczy. Może Nightingale senior? Następny obraz, prawdopodobnie tego samego pędzla, przedstawiał akt o temacie tak szokującym, że wziąłem obraz do świetlika, by lepiej mu się przyjrzeć. Nie pomyliłem się. To była Molly, wyciągnięta na szezlongu, blada i naga, patrząca z płótna spod ciężkich powiek. Jedną ręką sięgała do misy z wiśniami stojącej na stoliku obok. Przynajmniej miałem nadzieję, że to wiśnie — portret wykonano w stylu impresjonistów, więc pociągnięcia pędzlem były śmiałe i sprawiały, że trudno było mieć pewność;

zawartość misy bez wątpienia była drobna i równie czerwona jak usta Molly.

Ostrożnie na powrót zawinąłem obrazy i odłożyłem tam, gdzie je znalazłem. Pobieżnie sprawdziłem, czy nie ma tu wilgoci, suchego murszu czy czego tam, co sprawia, że drewniane dźwigary stają się kruche i niebezpieczne. Odkryłem, że w pokoju od strony dziedzińca ostały się drzwi załadunkowe, a nad nimi belka dźwigu. Pewnie był tu stryszek na siano dla koni od powozów.

Kiedy wychyliłem się, by sprawdzić stan belki, zobaczyłem bladą twarz Molly w jednym z okien na piętrze. Nie wiedziałem, co było dziwniejsze — to, że ktoś przekonał ją, by zdjęła strój, czy fakt, że nie zmieniła się w ciągu ostatnich siedemdziesięciu lat. Odsunęła się od okna, najwyraźniej mnie nie zauważając. Odwróciłem się i rozejrzałem po pokoju.

To miejsce, pomyślałem, nada się wręcz znakomicie.

Większość krewnych mamy w takim czy innym momencie żyła ze sprzątania w biurach. Dla pewnego pokolenia afrykańskich emigrantów sprzątanie biur stało się częścią ich kultury, tak jak obrzezanie mężczyzn czy kibicowanie Arsenalowi. Moja mama też swoje odpracowała w ten sposób i często zabierała mnie ze sobą, żeby oszczędzić na opiekunce do dziecka. Kiedy afrykańska mama zabiera syna do pracy, to oczekuje, że syn będzie pracował, więc szybko nauczyłem się, jak używać szczotki do zamiatania i ścierki do okien. Wobec tego następnego dnia po ćwiczeniach wróciłem do powozowni z paczką gumowych rękawic i przemysłowym odkurzaczem od wuja Tito. Pozwólcie, że coś wam powiem: kiedy się sprząta pomieszczenie, tysiąc watów ssania wiele zmienia; jedyne, czym musiałem się martwić, to żeby nie naruszyć ciągłości czasoprzestrzeni naszego wszechświata. Znalazłem w sieci ludzi do mycia okien, zatem para sprzeczających się Rumunów wyszorowała świetliki, podczas gdy ja montowałem wielokrążek — zdążyłem tuż przed dostawą telewizora i lodówki.

Musiałem poczekać tydzień na podłączenie kabla, nadrobiłem więc zaległości w ćwiczeniach i zacząłem zawężać teren, próbując zlokalizować Ojca Tamizę.

— Znalezienie go będzie dla ciebie dobrym ćwiczeniem — powiedział Nightingale. — Zapewni ci solidne podstawy z dziedziny folkloru doliny Tamizy.

Poprosiłem o podpowiedź, powiedział mi więc, żebym pamiętał, że zgodnie z tradycją Ojciec Tamiza był duchem perypatetycznym, co według Google oznacza kogoś, kto lubi się przechadzać — trudno to uznać za szczególnie pomocne. Musiałem przyznać, że rzeczywiście poszerzyłem swoją znajomość legend z doliny Tamizy. Większość z nich była sprzeczna, ale okaże się niewątpliwie niezwykle użyteczna w następnym pubowym quizie, w którym wezmę udział.

Żeby zainaugurować mój powrót do dwudziestego pierwszego wieku, zamówiłem pizzę i zaprosiłem Lesley, żeby obejrzała mój, ehm, zbiór znaczków. Wymoczyłem się w porcelanowej wannie na łapach, która dominowała we wspólnej łazience na moim piętrze, i przysiągłem sobie, nie po raz pierwszy, że koniecznie zainstaluję w niej prysznic. Nie jestem elegantem, ale lubię czasem ubrać się tak, żeby zrobić wrażenie, chociaż jak większość gliniarzy nie noszę wielu błyskotek, zgodnie z zasadą, żeby nigdy nie mieć na szyi niczego, czym nie chciałbym zostać uduszony. Przygotowałem parę becksów, bo wiem, że Lesley woli piwo butelkowane, i zacząłem oglądać w telewizji sport, czekając, aż się zjawi.

Pośród wielu nowoczesnych nowinek, jakie wprowadziłem do powozowni, był domofon, który zainstalowałem na bocznych drzwiach do garażu. Kiedy więc Lesley przyszła, wystarczyło, że przycisnąłem przycisk, żeby ją wpuścić.

Otworzyłem drzwi i przywitałem ją u szczytu kręconych schodów. Nie przyszła sama.

— Przyprowadziłam Beverley — powiedziała.

— No jasne — odpowiedziałem.

Zaproponowałem im piwo.

— Chcę, żebyś jasno i wyraźnie powiedział, że cokolwiek tu zjem i wypiję, do niczego mnie to nie zobowiąże — oznajmiła Beverley. — I tym razem nie kpij sobie ze mnie.

— W porządku. Jedz i pij bez zobowiązań. Słowo harcerza.

— Przysięgnij na swoją moc — uparła się Beverley.

— Przysięgam na swoją moc.

Beverley porwała piwo, wskoczyła na sofę, znalazła pilota i zaczęła surfować po kanałach.

— Mogę zamówić sobie film? — zapytała.

Po tych słowach nastąpiła kłótnia na trzy głosy, którą ja przegrałem na samym początku, a Lesley wygrała na samym końcu, za pomocą prostego środka, jakim było zwinięcie pilota i przełączenie na jeden z programów filmowych.

Beverley właśnie zaczęła narzekać, że na żadnej pizzy nie ma pepperoni, kiedy drzwi uchyliły się odrobinę i do środka zajrzała blada twarz. To była Molly. Spojrzała na nas, a my na nią.

— Masz ochotę wejść? — zaproponowałem.

Molly wślizgnęła się bezszelestnie do pokoju i podpłynęła do sofy, gdzie usiadła obok Beverley. Zdałem sobie sprawę, że nigdy dotąd nie znalazłem się tak blisko niej; jej skóra była bardzo blada i równie nieskazitelna jak skóra Beverley. Podziękowała za piwo, ale niepewnie przyjęła kawałek pizzy. Kiedy jadła, odwracała twarz i trzymała rękę tak, żeby zasłaniać usta.

— Kiedy załatwisz sprawę z Ojcem Tamizą? — zapytała Beverley. — Mama zaczyna się niecierpliwić, a brygada z Richmond się niepokoi.

— Brygada z Richmond — powtórzyła Lesley i prychnęła.

— Najpierw musimy go znaleźć — odpowiedziałem.

— A jaka w tym trudność? — zapytała Beverley. — Musi być gdzieś blisko rzeki. Wynajmijcie łódź, popłyńcie w górę rzeki i zatrzymajcie się, kiedy będziecie na miejscu.

— A skąd będziemy wiedzieć, że jesteśmy na miejscu?

— Ja bym wiedziała.

— To czemu z nami nie popłyniesz?

— Za żadne skarby — odpowiedziała Beverley. — Nie zmusisz mnie do przekroczenia granicy na śluzie Teddington. Trzymam się wyłącznie wód pływowych.

Nagle Molly obróciła się do drzwi i chwilę potem ktoś do nich zapukał. Beverley spojrzała na mnie, ale tylko pokręciłem głową — nikogo się nie spodziewałem. Wyłączyłem dźwięk w telewizorze i wstałem, by otworzyć drzwi. To był inspektor Nightingale ubrany w niebieską koszulę polo i marynarkę, którą rozpoznałem jako odpowiednik swobodnego stroju najbliższy temu, jaki kiedykolwiek nosił. Przez chwilę gapiłem się na niego jak głupi, nim wreszcie zaprosiłem go do środka.

— Chciałem tylko zobaczyć, co zrobiłeś z tym miejscem — wyjaśnił.

Gdy Nightingale wszedł do pokoju, Molly zerwała się na równe nogi. Lesley wstała, bo był starszym rangą funkcjonariuszem, a Beverley podniosła się — albo w ramach szczątkowej grzeczności, albo szykując się do szybkiej ucieczki. Przedstawiłem ją, bo Nightingale poznał ją tylko przelotnie, kiedy miała dziesięć lat.

— Napije się pan piwa? — zapytałem.

— Chętnie — odpowiedział. — Proszę, mów mi Thomas.

Aha, nigdy w życiu. Podałem mu butelkę i wskazałem szezlong. Wyprostowany przysiadł ostrożnie na jednym końcu. Ja usiadłem na drugim, Beverley klapnęła pośrodku sofy, Lesley usiadła w pozycji ciut na baczność, a biedna Molly zakręciła się kilka razy i w końcu przycupnęła na samym brzeżku. Cały czas wzrok miała konsekwentnie spuszczony.

— To bardzo duży telewizor — zauważył Nightingale.

— To telewizor plazmowy — wyjaśniłem.

Nightingale skinął mądrze głową, a znajdująca się poza zasięgiem jego wzroku Beverley przewróciła oczami.

— Coś nie tak z dźwiękiem? — zapytał.

— Nie, tylko go wyłączyłem. — Znalazłem pilota i zaliczyliśmy dziesięć sekund *Beat the Rest*, zanim udało mi się zapanować nad poziomem głośności.

— Dźwięk jest niezwykle czysty. Zupełnie jakby się miało własne kino — powiedział Nightingale.

Przez chwilę siedzieliśmy w milczeniu i wszyscy, bez wątpienia, docenialiśmy kinową jakość przestrzennego systemu nagłośnienia.

Zaproponowałem Nightingale'owi kawałek pizzy, ale wyjaśnił, że już jadł. Zapytał Beverley o matkę, a ona odpowiedziała, że u mamy wszystko w porządku. Dopił piwo i wstał.

— Naprawdę muszę już iść — oznajmił. — Dziękuję za piwo.

Wszyscy wstaliśmy, a ja odprowadziłem go do drzwi. Kiedy wyszedł, usłyszałem, jak Lesley westchnęła i klapnęła na sofę. Prawie krzyknąłem, gdy Molly prześlizgnęła się nagle obok mnie z szelestem tkanin i wymknęła przez uchylone drzwi.

— Niezręczne to było — powiedziała Beverley.

— Nie myślisz chyba, że ona i Nightingale…? — zapytała Lesley.

— Fuj. — Beverley się skrzywiła. — To chore.

— Myślałem, że się z nią przyjaźnisz? — rzuciłem pytająco.

— No tak, ale to stworzenie nocy — powiedziała Beverley. — A on jest stary.

— Nie jest aż tak stary — sprzeciwiła się Lesley.

— Właśnie że jest — odpowiedziała Beverley, ale pomimo wszelkich rzucanych przeze mnie tego wieczoru aluzji nic więcej na ten temat nie powiedziała.

7.
TEATRZYK LALEK

Zaczęło się, kiedy, rozpoczynając ćwiczenia, nie wyjąłem telefonu z kieszeni marynarki. Kiedy formowałem ognik, zauważyłem nawet niewielki rozbłysk, wzrost intensywności światła, ale dopiero od dwóch dni regularnie udawało mi się rzucić ten czar, zatem nie uznałem tego za rzecz znaczącą. Dopiero później, kiedy próbowałem zadzwonić do Lesley i odkryłem, że telefon jest zepsuty, otworzyłem obudowę i zobaczyłem strużkę tego samego proszku, który zauważyłem w domu wampirów. Zabrałem komórkę do laboratorium i podważyłem mikroprocesor. Kiedy udało mi się go wyjąć, ten sam delikatny piaseczek wysypał się z plastikowej obudowy. Złote nóżki pozostały nietknięte, tak samo jak styki, ale rozpadł się fragment z krzemu, sam układ scalony. Szafki w laboratorium wypełniał zapach drewna sandałowego i najprzedziwniejszy zestaw starodawnego wyposażenia — między innymi mikroskop Charlesa Perry'ego. Wszystko zostało ułożone tak schludnie i z taką precyzją, że wiedziałem, że nie przyłożył do tego ręki żaden uczeń. Pod mikroskopem odkryłem, że proszek składa się głównie z krzemu z niewielką domieszką germanu albo arsenku galu, jak podejrzewałem.

Scalak odpowiedzialny za przetwarzanie częstotliwości przy pobieżnych oględzinach sprawiał wrażenie nietkniętego, ale miał mikroskopijne wgłębienia na całej powierzchni. Wzór przypominał mi mózg pana Coopertowna. Oto mój telefon pod wpływem magii, pomyślałem. Najwyraźniej nie mogłem jednocześnie czarować i nosić komórki ani stać w pobliżu komputera, iPoda czy innych najużyteczniejszych wytworów techniki, jakie wymyślono od czasu moich narodzin. Nic dziwnego, że Nightingale jeździł jaguarem z 1967 roku. Pytanie brzmiało: w jakiej odległości musi zostać rzucony czar? Planowałem pewne eksperymenty, by to zbadać, kiedy Nightingale odwrócił od nich moją uwagę, pokazując mi nową formę.

Usiedliśmy po przeciwnych stronach stołu laboratoryjnego, a Nightingale umieścił między nami przedmiot. Było to małe jabłko.

— *Impello* — powiedział i jabłko uniosło się w powietrzu.

Wisiało tak, powoli się obracając, podczas gdy ja szukałem drutów, prętów i wszystkiego innego temu podobnego, co przyszło mi na myśl. Szturchnąłem jabłko palcem, ale odniosłem wrażenie, że osadzono je w czymś litym.

— Widziałeś dość?

Skinąłem głową, a Nightingale wyciągnął koszyk jabłek — ni mniej, ni więcej, tylko wiklinowy koszyk z pałąkiem i serwetą w kratę. Położył przede mną drugie jabłko i nie musiał mi tłumaczyć, na czym polega następny krok. Sprawił, że jabłko zaczęło lewitować, ja chwilę nasłuchiwałem *forma*, skupiłem się na swoim jabłku i powiedziałem *Impello*.

Niespecjalnie się zdziwiłem, kiedy nic się nie stało.

— Z czasem to staje się łatwiejsze — pocieszył mnie Nightingale. — Tylko że staje się łatwiejsze bardzo powoli.

Spojrzałem na koszyk.

— Po co nam aż tyle jabłek?

— Mają tendencje do eksplodowania — wyjaśnił Nightingale.

Następnego ranka wyszedłem i kupiłem trzy zestawy okularów ochronnych i wytrzymałych fartuchów laboratoryjnych. Nightingale nie żartował, kiedy powiedział o wybuchających owocach, a ja przez całe popołudnie pachniałem sokiem jabłkowym i przez cały wieczór wybierałem pestki z ubrania. Zapytałem Nightingale'a, dlaczego nie ćwiczymy na czymś wytrzymalszym, takim jak kulki z łożyska, ale odpowiedział, że magia od początku wymaga wyćwiczenia precyzji.

— Młodych ludzi zawsze kusi wykorzystanie prymitywnej siły — powiedział wtedy. — To jak nauka strzelania z karabinu: ponieważ z natury rzeczy jest to niebezpieczne, uczysz się bezpieczeństwa, precyzji i szybkości, w tej właśnie kolejności.

Podczas pierwszej sesji przerobiliśmy mnóstwo jabłek. Sprawiałem, że unosiły się w powietrzu, ale prędzej czy później — plask! Przez krótką chwilę to było zabawne, potem stało się nudne. Po tygodniu ćwiczeń potrafiłem sprawić, że jabłko lewitowało i nie wybuchało przy dziewięciu na dziesięć prób. Nie byłem jednak małym szczęśliwym czarodziejem.

Nurtowało mnie, skąd się bierze moc. Nigdy nie orientowałem się najlepiej w elektryczności, dlatego nie wiedziałem, ile mocy trzeba do zrobienia ognika, ale lewitacja jednego małego jabłka wbrew grawitacji ziemskiej — to właściwie sprowadzało się do standardowej definicji jednostki siły, jednego niutona, i teoretycznie powinno w każdej sekundzie wymagać energii równej jednemu dżulowi. Prawa termodynamiki wyrażają się dość konkretnie na ten temat i mówią, że nigdy nie otrzymasz czegoś z niczego. Co oznaczało, że ten dżul skądś się bierze — ale skąd? Z mojego mózgu?

— Czyli to jest jak percepcja pozazmysłowa — powiedziała Lesley w trakcie jednej z wizyt w powozowni.

Oficjalnie zjawiła się w ramach współpracy przy sprawie, ale tak naprawdę wpadała ze względu na panoramiczny telewizor, jedzenie na wynos i nierozładowane napięcie seksualne. Poza tym, nie licząc kilku niepotwierdzonych przypadków, które zdarzyły się w tym samym czasie co atak na Neal Street, nic nie zwróciło naszej uwagi.

— Jak ten gość w programie, który potrafił przesuwać przedmioty — dodała.

— Nie odnoszę wrażenia, że przesuwam przedmioty siłą umysłu — odpowiedziałem. — To bardziej formowanie kształtów w umyśle, które wpływa na coś innego, co z kolei sprawia, że coś wydarza się na drugim końcu. Wiesz, co to jest eterofon?

— Taki dziwaczny instrument muzyczny z pętlą, rodem z fantastyki naukowej — odpowiedziała. — Zgadza się?

— Mniej więcej. Rzecz w tym, że to jedyny instrument muzyczny, którego tak naprawdę nie dotykasz. Kreślisz kształty rękami i otrzymujesz dźwięk. Kształty są zupełnie abstrakcyjne, dlatego musisz się nauczyć łączyć określony kształt z nutą i tonem, zanim sprawisz, że eterofon zagra melodię.

— A co mówi Nightingale?

— Mówi, że jeśli przestanę się rozpraszać, to może rzadziej będę miał na sobie kawałki jabłek.

*

Pod koniec marca zegary przesuwa się do przodu o godzinę i zaczynamy brytyjski czas letni. Obudziłem się późno i odkryłem, że Szaleństwo jest dziwnie puste, krzesła w pokoju śniadaniowym nadal stoją dosunięte do stołów, a bufetu jeszcze nie rozstawiono. Zastałem Nightingale'a czytającego „The Telegraph" z poprzedniego dnia w jednym z wyściełanych foteli na balkonie pierwszego piętra.

— To przez zmianę czasu — powiedział. — Dwa razy w roku bierze sobie dzień wolny.

— Dokąd idzie?

Nightingale wskazał na strych.

— Jak mniemam, pozostaje w swoim pokoju.

— Wybieramy się gdzieś? — zapytałem.

Nightingale miał na sobie sportową marynarkę i kremowy sweter z wełny. Jego rękawiczki i kluczyki od jaguara leżały na stoliku obok.

— To zależy — odparł. — Myślisz, że wiesz, gdzie dzisiaj przebywa Stary Tamiza?

— W Trewsbury Mead — odpowiedziałem. — Zjawił się tam około zrównania wiosennego, które wypadło w zeszłym tygodniu, i zostanie do prima aprilis.

— Skąd ten wniosek? — zapytał Nightingale.

— To źródła rzeki — powiedziałem. — Dokąd indziej udałby się na wiosnę?

Nightingale się uśmiechnął.

— Znam miłą samochodową kafejkę przy autostradzie M4, możemy tam zjeść śniadanie.

*

Trewsbury Mead wczesnym popołudniem pod błękitnym niebem. Według brytyjskiego urzędu kartograficznego tu bierze swój początek Tamiza, sto trzydzieści kilometrów w prostej linii na zachód od Londynu. Kawałek na północ stamtąd znajduje się grodzisko z epoki żelaza albo rzymskie obozowisko — z dokładnym określeniem natury tego miejsca czekamy do następnego odcinka archeologicznego programu *Time Team*. Można tam znaleźć podmokły obszar i kamień znaczący to miejsce, ma się również uczciwą szansę na to, że po szczególnie mokrej zimie uda się dostrzec jakąś wodę. Dojeżdża się tam drugorzędną drogą, która doprowadza do prywatnych domów i dalej przechodzi w żwirówkę. Linię rzeki zaznacza gęsta kępa drzew, a samo źródło Tamizy znajduje się nieco dalej.

Na rozciągających się za nim polach znajdował się Dwór Starego Tamizy. Usłyszeliśmy to miejsce, zanim je zobaczyliśmy — dudnienie dieslowskich generatorów, brzęk stali, piski dziewcząt, neony przebłyskujące ponad linią drzew i cały ten swojski dreszczyk wędrownego wesołego miasteczka. Nagle powróciło do mnie wspomnienie świątecznego dnia, kiedy w jednej ręce ściskałem dłoń ojca, a w drugiej bezcenną garść funtowych monet. Nigdy nie było ich dość i zawsze szybko się kończyły.

Zostawiliśmy jaguara na poboczu i resztę drogi pokonaliśmy pieszo. Za linią drzew widziałem wierzchołki diabelskiego młyna i tego ustrojstwa, na którym wyrzucają cię w powietrze na końcu liny — nigdy nie rozumiałem sensu tej zabawy. Droga przecinała łożysko strumienia, biegnąc po nowoczesnym betonowym przepuście, w którym niedawno pojawiły się rysy po przejeździe obładowanych ciężarówek. Na chwilę znaleźliśmy się w cieniu drzew.

Pierwsza linia zaparkowanych przyczep zaczęła się, gdy tylko wyszliśmy z powrotem na słońce. Większość z nich stanowiły staroświeckie przyczepy z wygiętym w łuk dachem i nędznymi, malutkimi drzwiami i okienkami. Stało też parę nowszych z pochyłymi frontami i pasami na lakierze jak u wozów wyścigowych. W gąszczu turystycznych butli gazowych, leżaków, linek od namiotów i śpiących rottweilerów dostrzegłem nawet podkowiasty dach drewnianego wozu cygańskiego — coś, co myślałem, że ostało się już tylko dla turystów. Chociaż wydawało się, że przyczepy parkują całkiem przypadkowo, uderzyło mnie spostrzeżenie, że jednak istnieje pewien wzorzec, ukryta struktura kryjąca się na granicach percepcji. Za to obrzeża obozu rysowały się całkiem wyraźnie, a zwalisty mężczyzna, który strzegł ich z progu przyczepy, nie pozostawiał żadnych złudzeń.

Miał gęste czarne włosy wyżelowane w czub nad czołem i długie bokobrody, które ostatnim razem były modne, kiedy mój tata grywał regularnie z Tedem Heathem pod koniec lat pięćdziesiątych. Miał także całkowicie nielegalną strzelbę kaliber dwanaście opartą o bok przyczepy.

— Dzień dobry. — Nightingale ukłonił się, nie zwalniając kroku. Mężczyzna skinął mu głową.

— Dzień dobry — odpowiedział.

— Macie doskonałą pogodę — rzucił Nightingale.

— Wygląda na to, że będzie ładnie — przytaknął mężczyzna, mówiąc z irlandzkim albo walijskim akcentem; nie potrafiłem się zorientować, ale niewątpliwie był celtycki.

Ciarki przeszły mi po karku. Londyński gliniarz nie lubi naruszać prywatności obozowiska pozbawiony rynsztunku bojowego z pełną ochroną ciała, bo może to zostać uznane za brak grzeczności.

Mieszkalne przyczepy tworzyły półkole wokół właściwego wesołego miasteczka. Tam głośne bestie jarmarcznego świata wyły, pobrzękiwały i ryczały melodię *I Feel Good* Jamesa Browna. Każdy gliniarz wie, że wesołe miasteczka w Wielkiej Brytanii są prowadzone przez Showmanów, zbiorowisko powiązanych ze sobą rodzin tak zamknięte, że oficjalnie stanowiło odrębną grupę etniczną. Ich nazwiska wymalowano na ciężarówkach z generatorami i na billboardach. Zliczyłem co najmniej sześć nazwisk na sześciu różnych karuzelach i kolejkach oraz kolejne pół tuzina, kiedy szedłem przez wesołe miasteczko. Wyglądało na to, że każda rodzina przywiozła ze sobą jedną atrakcję na wiosenny jarmark w Trewsbury Mead.

Chude dziewczynki przebiegły obok nas, za nimi niosły się wstęgi rudych włosów i śmiech. Ich starsze siostry paradowały w białych obcisłych szortach, górach od bikini i kozakach na wysokich obcasach, przyglądając się starszym chłopcom spod wymalowanych rzęs i zza obłoków dymu papierosowego. Chłopcy próbowali ukryć skrępowanie, odgrywając twardzieli albo obchodząc karuzele i kolejki z wystudiowaną obojętnością. Ich matki pracowały w budkach ozdobionych podobiznami gwiazd filmowych z ostatniej dekady oraz girlandami transparentów i ostrzeżeń z dziedziny BHP. Nie było widać, żeby ktokolwiek płacił za karuzele albo watę cukrową, co pewnie tłumaczyło, dlaczego dzieciaki są takie wniebowzięte.

Samo wesołe miasteczko tworzyło kolejny półokrąg, a jego centrum stanowiła z grubsza ociosana drewniana zagroda, jak te, które widuje się na westernach. Pośrodku niej biło źródło potężnej Tamizy. Dla mnie wyglądało to jak mały staw z kaczkami. A przy ogrodzeniu stał nie kto inny, tylko sam Stary Tamiza.

Kiedyś w Mead stał posąg Ojca Tamizy, ale przetransportowano go w okolice bardziej niezawodne, jeśli idzie o obecność wody — do Lechlade. Przedstawiał muskularnego starszego mężczyznę z brodą w stylu Williama Blake'a, wyciągniętego na postumencie z łopatą na ramieniu i ułożonymi u stóp skrzynkami i paczkami — owocami przemysłu i handlu. Nawet ja potrafię dostrzec imperialne skrzywienie, więc nie spodziewałem się, że Ojciec Tamiza rzeczywiście będzie tak wyglądał, ale myślę, że mimo wszystko miałem nadzieję na coś bardziej imponującego niż mężczyzna, którego zobaczyłem przy płocie.

Był niski; na jego mizernej twarzy dominował haczykowaty nos i miał mocne czoło. Wyglądał staro, na co najmniej siedemdziesiątkę, ale w jego ruchach był widoczny żylasty wigor, a oczy miał szare i błyszczące. Nosił staromodny dwurzędowy garnitur w kolorze grafitowym; marynarkę miał rozpiętą, popisując się kamizelką z czerwonego aksamitu, mosiężnym zegarkiem kieszonkowym i złożoną chusteczką w jasnożółtym kolorze wiosennego narcyza. Na głowę wcisnął wysłużony kapelusz, spod którego wymykały się pasemka siwych włosów. Z ust zwisał mu papieros. Stał, opierając się o ogrodzenie, z jedną nogą na niższej poprzeczce, i półgębkiem mówił coś do towarzysza, jednego z kilku przerażająco dziarskich starszych mężczyzn, którzy opierali się o płot razem z nim. To wskazywał na staw, to zaciągał się mocno papierosem.

Zerknął w naszą stronę, gdy się zbliżyliśmy, zmarszczył brwi na widok Nightingale'a i dopiero potem zwrócił uwagę na mnie. Poczułem, jak przyciąga mnie siła jego osobowości: wyczuwałem piwo i kręgle, zapach końskiego nawozu i powrót do domu z pubu w świetle księżyca, ciepłe miejsce przy kominku i nieskomplikowane kobiety. Dobrze, że przećwiczyłem to już z Mamą Tamizą i przygotowałem się mentalnie w czasie spaceru, bo inaczej podszedłbym prosto do niego i zaoferował zawartość swojego portfela. Mrugnął do mnie i skupił całą uwagę na Nightingale'u.

Zawołał coś na powitanie w języku, który, o ile wiem, mógł być językiem shelta, walijskim albo nawet autentycznym staroirlandzkim z czasów przed Rzymianami. Nightingale odpowiedział mu w tym samym języku, a ja zacząłem się zastanawiać, czy tego też będę musiał się nauczyć. Starsi goście przesunęli się wzdłuż płotu, żeby zrobić miejsce — szerokie tylko na jedną osobę, jak zauważyłem. Nightingale podszedł do Ojca Tamizy i uścisnęli sobie ręce. Przy swoim wzroście i w dobrym garniturze Nightingale wyglądał jak pan na włościach, który zadaje się z plebejuszami, ale w sposobie, w jaki Ojciec Tamiza zmierzył go wzrokiem, nie było szacunku.

Mówił głównie Ojciec Tamiza, podkreślając słowa drobnymi obrotami palców i prztyczkami. Nightingale oparł się o płot, celowo minimalizując różnicę wzrostu, kiwając głową i śmiejąc się, jak widziałem, we wszystkich właściwych momentach.

Rozważałem, czy przysunąć się chyłkiem, żeby lepiej rozumieć, co mówią, kiedy jeden z młodszych mężczyzn spod płotu przyciągnął moje spojrzenie. Był wyższy i szerszy w barach niż Ojciec Tamiza, ale miał te same długie, żylaste ręce i wąską twarz.

— Nie chcesz zawracać sobie tym głowy — powiedział. — Minie bite pół godziny, zanim skończą wymieniać uprzejmości. — Podał mi wielką, spracowaną dłoń. — Oxley — przedstawił się.

— Peter Grant.

— Chodź, poznasz moją żonę — zaproponował.

Żona okazała się ładną kobietą o zaokrąglonej twarzy i olśniewających czarnych oczach. Przywitała nas w progu skromnej przyczepy z lat sześćdziesiątych, którą zaparkowała na swoim kawałku przestrzeni na lewo od wesołego miasteczka.

— To moja żona Izyda — powiedział Oxley. — A to Peter, nowy uczeń.

Uścisnęła mi rękę. Skórę miała ciepłą i równie nierealnie idealną jak Beverley i Molly.

— Niezmiernie mi miło — powiedziała. Miała akcent wzięty żywcem z powieści Jane Austen.

Siedliśmy na składanych krzesełkach wokół stolika do kart o popękanym blacie z linoleum, ozdobionym pojedynczym narcyzem w smukłym wazonie z prążkowanego szkła.

— Napijesz się herbaty? — zapytała Izyda, a kiedy się zawahałem, dodała: — Ja, Anna Maria de Burgh Coppinger Izyda, uroczyście przysięgam na życie mojego męża (na co Oxley zareagował stłumionym śmiechem) oraz przyszłe szanse drużyny wioślarskiej z Oxfordu, że nic, czym uraczysz się w moim domu, nie obciąży cię żadnymi zobowiązaniami. — Zrobiła znak krzyża na sercu i uśmiechnęła się do mnie jak mała dziewczynka.

— Dziękuję — powiedziałem. — Chętnie napiję się herbaty.

— Widzę, że zastanawiasz się, jak się poznaliśmy — odezwał się Oxley.

A ja widziałem, że bardzo chce opowiedzieć tę historię.

— Przypuszczam, że wpadła do rzeki.

— I źle przypuszczasz, mój panie — odparł Oxley. — Swego czasu wielką miłością darzyłem teatr. Lubiłem się odszykować i powiosłować do Westminsteru na wieczorne przedstawienie. Niezły był wtedy ze mnie elegant i lubię myśleć, że przyciągałem wiele pełnych admiracji spojrzeń.

— Nic dziwnego, skoro się wybierał na podryw — wtrąciła Izyda, wracając z herbatą.

Filiżanki i imbryczek były z nowoczesnej porcelany o bardzo ładnym wzorze, ze stylowym platynowym paskiem przy krawędzi i bez najmniejszego odprysku. Podejrzewałem, że podjęto mnie z honorami; zastanawiałem się dlaczego.

— Pierwszy raz zobaczyłem Izydę w starym Theatre Royal przy Drury Lane; to był ten nowy budynek, który wkrótce potem spłonął. Ja siedziałem na jaskółce, a ona w loży z drogą przyjaciółką Anne. Zadurzyłem się, ale niestety ona już miała adoratora. — Przerwał, żeby nalać herbatę. — Chociaż muszę ci powiedzieć, że ogromnie się zawiódł.

— Nic już nie mów, kochanie — powiedziała Izyda. — Ten młody człowiek nie chce o tym słuchać.

Podniosłem filiżankę. Napar był bardzo blady i rozpoznałem aromat earl greya. Zawahałem się, mając już filiżankę przy ustach, ale ponieważ czasem trzeba komuś zaufać, wypiłem stanowczy łyk. To była naprawdę doskonała herbata.

— Ale ja jestem jak rzeka — opowiadał Oxley. — Może i w biegu, ale zawsze tu jestem.

— Chyba że trafi się posucha — rzuciła Izyda i zaproponowała mi kawałek ciasta Battenberg.

— Zawsze czaję się pod powierzchnią — odpowiedział Oxley. — Nawet wtedy się czaiłem. Jej przyjaciółka miała bardzo ładny dom w Strawberry Hill, piękne miejsce; w tamtych czasach nie otaczały go jeszcze pseudotudorskie bliźniaki. Gdybyś zobaczył ten dom, to wiedziałbyś, że zbudowano go jak zamek i że moja Izyda była księżniczką, którą uwięziono w najwyższej wieży.

— A ściślej mówiąc, spędzałam długi weekend w domu przyjaciółki — sprostowała Izyda.

— Nadeszła moja szansa, kiedy na zamku urządzono wielki bal maskowy — opowiadał Oxley. — Ubrałem się najpiękniej, twarz sprytnie ukryłem za maską łabędzia, wślizgnąłem się wejściem dla dostawców i wkrótce wmieszałem się w tłum wspaniałych gości.

Uznałem, że już wpakowałem się w kłopoty przez herbatę, więc równie dobrze mogę zjeść kawałek ciasta. Było kupione i bardzo słodkie.

— To był wspaniały bal — mówił Oxley. — Lordowie, damy i dżentelmeni, wszyscy w empirowych sukniach albo obcisłych bryczesach i aksamitnych kamizelkach, a każdy pełen niecnych myśli, ukryty bezpiecznie za maską. A największą szelmą była moja Izyda, zwłaszcza że nosiła maskę królowej Egiptu.

— Byłam Izydą — odparła Izyda. — Jak się pewnie domyślasz.

— Zatem śmiało podszedłem i wpisałem się w jej karnecie na wszystkie tańce — powiedział Oxley.

— Co było bardzo bezczelne i wymagało nie lada tupetu — dodała Izyda.

— Ocaliłem cię od wielokrotnego zdeptania przez dwie lewe nogi, moja miła — powiedział Oxley.

Położyła dłoń na jego policzku.

— Czemu nie mogę zaprzeczyć.

— O jednym należy pamiętać, jeśli idzie o maskarady: pod koniec wieczoru maski trzeba zdjąć — powiedział Oxley. —

A przynajmniej tak to bywa w dobrym towarzystwie, ale ja sobie pomyślałem...

— To u niego zawsze niepokojący znak — wtrąciła Izyda.

— Dlaczego bal maskowy ma się kończyć? — mówił Oxley. — I jak syn następuje po ojcu, tak ja pozwoliłem, by czyn nastąpił po myśli, i pochwyciłem moją ukochaną Izydę, przerzuciłem ją przez ramię i pomknąłem przez pole w stronę Chertsey.

— Oxley — powiedziała Izyda. — Ten biedny chłopiec jest przedstawicielem prawa. Nie możesz mu opowiadać, że mnie porwałeś. Będzie się czuł zobligowany do aresztowania ciebie. — Spojrzała na mnie. — To się odbyło całkowicie za moją zgodą, zapewniam — wyjaśniła. — Byłam dwukrotnie mężatką i matką, i zawsze miałam wyrobione poglądy.

— Z pewnością udowodniła, że jest doświadczoną kobietą — powiedział Oxley i mrugnął do mnie ku mojemu wielkiemu zakłopotaniu.

— Nie pomyślałbyś, że kiedyś był duchownym — wtrąciła Izyda.

— Byłem okropnym mnichem — przyznał Oxley. — Ale to było w innym życiu. — Zastukał w stół. — Teraz, kiedy już cię nakarmiliśmy, napoiliśmy i zanudziliśmy na śmierć, może pogadamy o interesach? Czego chce Wielka Dama?

— Rozumiesz, że w tej sprawie pełnię wyłącznie rolę pośrednika — odparłem.

W Hendon przeszliśmy kurs rozwiązywania konfliktów. Cały dowcip polegał na tym, żeby podkreślać swoją neutralność, a jednocześnie pozwalać myśleć każdej ze stron, że w sekrecie trzymasz właśnie z nią. Odgrywaliśmy na szkoleniu scenki i tak dalej; była to jedna z niewielu dziedzin, w których okazałem się lepszy od Lesley.

— Mama Tamiza odnosi wrażenie, że chcecie przenieść się w dół rzeki, poniżej śluzy Teddington.

— To wszystko jest jedna rzeka — odparł Oxley. — A on jest Starym Tamizą.

— Ona twierdzi, że porzucił wody pływowe w tysiąc osiemset pięćdziesiątym ósmym roku — odparłem.

A dokładnie w czasie Wielkiego Smrodu (proszę zwrócić uwagę na wielkie litery), kiedy Tamiza zgęstniała od ścieków w takim stopniu, że Londyn zalała fala potwornego smrodu, z powodu którego parlament rozważał nawet przeniesienie się do Oxfordu.

— Nikt, kto mógł się przenieść, nie został tamtego lata w mieście — odpowiedział Oxley. — To nie było miejsce ani dla człowieka, ani dla zwierzęcia.

— Matka Tamiza twierdzi, że nigdy nie wrócił. To prawda?

— To prawda. Szczerze mówiąc, Stary nigdy nie kochał miasta, zwłaszcza odkąd zabiło jego synów.

— O których synów chodzi?

— Och, wiesz, którzy to byli. Tyburn, Fleet i Effra. Tonęli w powodzi łajna i plugastwa, aż w końcu dobił ich z litości ten cwany łajdak, Bazalgette. To on zrobił kanalizację. Poznałem go, wiesz, bardzo wytworny mężczyzna. Najpiękniejsze bokobrody obok Williama Gladstone'a. Przywaliłem mu po tyłku, temu łachudrze, mordercy.

— Myślisz, że to on zabił rzeki?

— Nie, ale on je pochował. To jedno muszę przyznać córkom Wielkiej Damy: z pewnością okazały się twardsze od moich braci.

— Skoro nie chce miasta, to czemu prze w dół rzeki?

— Niektórym z nas nadal ckni się za światłami wielkiego miasta — powiedział Oxley i uśmiechnął się do żony.

— Ośmielę się powiedzieć, że byłoby miło znowu pójść do teatru — przyznała Izyda.

Oxley dolał mi herbaty. Za moimi plecami rozległ się trzeszczący głos z megafonu:

— Czas rozkręcić tę imprezę!

James Brown nadal czuł się świetnie.

— I chcecie walczyć o ten przywilej z córkami Mamy Tamizy?

— Myślisz, że są dla nas za straszne? — zapytał Oxley.

— Nie sądzę, żeby aż tak bardzo wam zależało — odparłem. — Poza tym jestem przekonany, że można się jakoś dogadać.

— Na przykład zorganizować wycieczkę autokarem? — rzucił Oxley. — Będziemy potrzebować paszportów?

Niezależnie od tego, co wyobrażacie sobie, że wiecie, większość ludzi nie chce walczyć, zwłaszcza gdy trafią na godnego siebie przeciwnika. Tłum rozerwie pojedynczego osobnika na strzępy, a wpatrzony w szlachetny cel mężczyzna z bronią z ogromną radością pozabija wiele kobiet i dzieci. Jednakże ryzykować w uczciwej walce — to już nie takie proste. To dlatego widzi się tych wściekłych, młodych ludzi, jak podrygują w tańcu „puśćcie mnie", a tak naprawdę mają rozpaczliwą nadzieję, że komuś zależy na nich wystarczająco mocno, żeby jednak ich nie puścić. Zawsze wszyscy są tacy zadowoleni, kiedy zjawia się policja, bo my, policjanci, musimy ratować im tyłki niezależnie od naszych sympatii.

Oxley nie był wściekłym młodym człowiekiem, ale widziałem, że tak samo pragnie znaleźć kogoś, kto go nie puści. Albo może swojego ojca?

— Twój ojciec… — zagadnąłem. — Czego on tak naprawdę chce?

— Tego, czego chce każdy ojciec — odpowiedział Oxley. — Szacunku ze strony swoich dzieci.

Prawie się wyrwałem ze słowami, że nie wszyscy ojcowie zasługują na szacunek, ale udało mi się utrzymać język za zębami. Poza tym nie każdy miał takiego ojca jak ja.

— Byłoby miło, gdyby wszyscy mogli na chwilę wyluzować — powiedziałem. — Zostawić sprawę w spokoju, podczas gdy inspektor i ja wszystko wyjaśnimy.

Oxley spojrzał na mnie ponad filiżanką.

— Jest wiosna — powiedział. — Powyżej Richmond aż się roi od przyciągających uwagę atrakcji.

— Pora jagnienia się — stwierdziłem. — I tak dalej.

— Nie jesteś taki, jak się spodziewałem — przyznał Oxley.

— A czego się spodziewałeś?

— Oczekiwałem, że Nightingale wybierze kogoś bardziej podobnego do siebie.

— Kogoś z wyższych sfer?

— Rzetelnego — odpowiedziała Izyda, uprzedzając męża. — Solidnego.

— Podczas gdy ty — dokończył Oxley — jesteś przebiegły.

— Bardziej przypominasz czarodziejów, jakich kiedyś znaliśmy — podsumowała Izyda.

— To dobrze? — zapytałem.

Oxley i Izyda wybuchnęli śmiechem.

— Nie wiem — odpowiedział Oxley. — Ale ciekawie będzie się dowiedzieć.

*

Opuszczenie jarmarku okazało się dziwnie trudne. Nogi miałem ciężkie, jakbym brodził w basenie. Dopiero kiedy wróciliśmy do jaguara i odgłosy wesołego miasteczka zaczęły przygasać, poczułem, że udało mi się uciec.

— Co to jest? — zapytałem Nightingale'a, gdy wsiadaliśmy do samochodu.

— *Seducere* — odpowiedział. — Przymus albo, jak mówią Szkoci, „urok". Według Bartholomew wiele nadnaturalnych stworzeń posługuje się nim jako formą samoobrony.

— A kiedy ja nauczę się nim posługiwać?

— Za jakieś dziesięć lat. O ile zwiększysz trochę tempo nauki.

Kiedy jechaliśmy znowu przez Cirencester do autostrady M4, opowiedziałem Nightingale'owi o moim spotkaniu z Oxleyem.

— On jest *consigliere* Starego, prawda? — zapytałem.

— Jeśli masz na myśli *consiliariusa*, doradcę — poprawił mnie Nightingale — to owszem. To pewnie drugi co do ważności człowiek w obozie.

— Wiedział pan, że ze mną porozmawia, prawda?

Nightingale przyhamował, żeby sprawdzić, czy nic nie jedzie, zanim wjechał na główną drogę.

— Jego zadaniem jest dbać o interesy Ojca Tamizy — odparł. — Poczęstowałeś się ciastem Battenberg, co?

— Powinienem był odmówić?

— Nie. Nie zastawiłby na ciebie pułapki, póki jesteś pod moją opieką, ale nie zawsze możesz oczekiwać zdrowego rozsądku, kiedy masz do czynienia z tymi ludźmi. To nie ma sensu, żeby Stary nagle zaczął przeć w dół rzeki. Teraz, kiedy poznałeś ich oboje, co o tym myślisz?

— Obydwoje mają najprawdziwszą moc — powiedziałem. — Chociaż inaczej się ją odbiera. Jej moc płynie zdecydowanie z morza, z portu i tak dalej. Jego moc pochodzi z ziemi, pogody, leprekaunów i kryształów, na ile się orientuję.

— To by tłumaczyło, skąd się wzięła granica na śluzie Teddington — stwierdził Nightingale.

Teddington to najwyższy punkt, do jakiego docierają pływy morskie. Rzeka poniżej tego punktu jest nazywana kanałem pływowym. To także ta część Tamizy, która podlega bezpośrednio administracji portu londyńskiego. Wątpiłem, żeby to był przypadek.

— Mam rację? — zapytałem.

— Uważam, że tak. Możliwe, że zawsze istniał rozziew między rzeką podlegającą pływom i rzeką ze słodką wodą. Może dlatego tak łatwo przyszło Ojcu Tamizie porzucić miasto.

— Oxley sugerował, że Stary tak naprawdę nie chce mieć nic do czynienia z miastem. Że po prostu zależy mu na szacunku.

— Być może zadowoli go ceremonia. Może hołd lenny.

— To znaczy?

— Przysięga feudalna. Wasal przysięga wierność i służbę swemu panu lennemu, a pan przysięga zapewniać mu ochronę. Tak były zorganizowane społeczeństwa w średniowieczu.

— I rzeczywiście wrócimy do średniowiecza, jeśli spróbuje pan zmusić Mamę Tamizę, żeby złożyła komukolwiek przysięgę wierności i służby — odpowiedziałem. — Już nie wspominając o Ojcu Tamizie.

— Jesteś pewien? To byłoby czysto symboliczne.

— To tylko pogarsza sprawę. Uznałaby to za utratę twarzy. Uważa siebie za panią najwspanialszego miasta na świecie i nie zamierza płaszczyć się przed nikim. A już na pewno nie przed jakimś kmiotkiem z przyczepy.

— Szkoda, że nie możemy doprowadzić do ich ślubu.

Obaj się zaśmialiśmy; akurat mijaliśmy Swindon.

Kiedy już znaleźliśmy się na M4, zapytałem Nightingale'a, o czym rozmawiał ze Starym Tamizą.

— Mój wkład do rozmowy to w najlepszym razie pobieżne wzmianki — powiedział Nightingale. — Większość dotyczyła kwestii technicznych: obniżenia poziomu wód gruntowych, tempa przesiąkania wody przez warstwy przepuszczalne i globalnych parametrów zlewni. Najwyraźniej to wszystko wpływa na to, ile wody trafi do rzeki latem.

— Gdybym cofnął się o dwieście lat i odbył tę samą rozmowę, o czym wtedy opowiadałby Stary?

— Jakie kwiaty kwitną — odpowiedział Nightingale. — Jakiego rodzaju zimę mieliśmy. Mówiłby o locie ptaków w wiosenny poranek.

— Czy to byłby ten sam Stary?

— Nie wiem. To był ten sam Stary w tysiąc dziewięćset czternastym roku, tyle mogę ci powiedzieć z całą pewnością.

— Skąd pan wie?

Nightingale zawahał się, a potem odpowiedział:

— Nie jestem tak młody, na jakiego wyglądam.

Mój telefon zadzwonił. Naprawdę chciałem udać, że go nie słyszę, ale zagrała melodyjka piosenki *That's Not My Name*, która oznaczała Lesley. Kiedy odebrałem, dopytywała się, gdzie, u diabła, się podziewam. Wyjaśniłem jej, że właśnie przejeżdżamy przez Reading.

— Kolejny przypadek — powiedziała.

— Bardzo źle?

— Bardzo.

Wystawiłem koguta na dach, a Nightingale docisnął pedał gazu i śmignęliśmy do Londynu z prędkością niemal dwustu kilometrów na godzinę, podczas gdy za naszymi plecami zachodziło słońce.

*

Trzy wozy strażackie parkowały przy Charing Cross Road, a samochody stały w korku aż po Parliament Square i Euston Road. Wylądowaliśmy na St. Martin's Court pośród zapachu dymu oraz skrzeku i pisku radiotelefonów. Lesley spotkała się z nami przy taśmie i podała nam kombinezony ochronne. Przebierając się, zauważyłem, że połowa frontonu baru „J. Sheekey's Oyster" spłonęła i że technicy rozstawili aż trzy namioty w zaułku. Co najmniej trzy ciała.

— Ile osób było w środku? — zapytał Nightingale.

— Nikogo — odpowiedziała Lesley. — Wszyscy wyszli tylnym wyjściem ewakuacyjnym. Tylko drobne obrażenia.

— Jest za co dziękować — uznał Nightingale. — Jesteś pewna, że to nasza sprawa?

Lesley skinęła głową i poprowadziła nas do pierwszego namiotu. W środku zastaliśmy doktora Walida, który dotarł na miejsce przed nami i teraz kucał obok ciała mężczyzny odzianego w charakterystyczne szafranowe szaty Hare Kryszna. Ciało leżało na plecach, tak jak padło, z wyprostowanymi nogami i rozłożonymi na boki rękami — zupełnie jakby facet brał udział w jednym z tych ćwiczeń na budowę zaufania w grupie, w którym padasz do tyłu, tyle że nie było nikogo, kto by go złapał. Jego twarz była taką samą krwawą ruiną jak twarze Coopertowna i kuriera rowerowego.

To była odpowiedź na nasze pytanie.

— To jeszcze nie jest najgorsze — powiedziała Lesley i przywołała nas do drugiego namiotu.

W tym leżały dwa ciała. Pierwsze należało do ciemnoskórego mężczyzny w czarnym surducie; włosy sterczały mu kępkami, posklejane i sztywne od krwi. Oberwał tak mocno, że czaszka mu pękła i odsłoniła fragment mózgu. Drugim zabitym był następny wyznawca Kryszny. Jakiś przypadkowy dobry samarytanin próbował mu pomóc, układając go w bezpiecznej pozycji, ale przy jego popękanej twarzy ten gest na niewiele się zdał.

Byłem świadom dudnienia w uszach i braku tchu. Krew, prawdopodobnie od ciosu zadanego drugiemu mężczyźnie, spryskała szaty wyznawcy Kryszny, tworząc nieregularne krwiste wzory na pomarańczowym materiale. W namiocie laboratoryjnym było duszno i zacząłem się pocić w kombinezonie ochronnym. Nightingale zapytał o coś, ale właściwie nie usłyszałem odpowiedzi Lesley. Wyszedłem z namiotu, zakrztusiłem się, przełknąłem ślinę i chwiejnym krokiem doczłapałem do taśmy, gdzie jakimś cudem zdołałem utrzymać ciasto w żołądku.

Otarłem usta o zimny plastikowy rękaw kombinezonu ochronnego i oparłem się o ścianę. Naprzeciwko mnie wisiał plakat teatru imienia Noëla Cowarda, w którym wystawiano farsę pod tytułem *Down With Kickers!*

Dwie ofiary bez połowy twarzy oznaczały, że „opętanie" dotknęło dwóch osób jednocześnie. A został jeszcze jeden namiot. Zapytałem się w duchu, czy może być jeszcze gorzej.

Głupie pytanie.

Trzecie ciało siedziało ze skrzyżowanymi nogami jak dziecko, nie jak jogin, chociaż ręce miało oparte na kolanach wnętrzem dłoni do góry. Szaty przesiąkły krwią, ramiona i górną część pleców pokrywały wstęgi czerwonej włóknistej materii. Głowy nie było, został tylko poszarpany kikut szyi. Pośród rozerwanych mięśni błyskało coś białego — domyślałem się, że to kręgosłup.

Seawoll czekał na nas w namiocie.

— Ktoś tu przegiął — mruknął, kiedy Lesley nas wprowadziła.

— Nasila się — powiedziałem.

Nightingale rzucił mi ostre spojrzenie, ale nic nie powiedział.

— Tylko co się nasila? — zapytała Lesley. — I dlaczego nie możemy tego powstrzymać?

— Ponieważ, posterunkowa May — odezwał się lodowatym tonem Nightingale — nie wiemy, co to jest.

*

Było mnóstwo świadków i podejrzanych, a także ludzi, którzy pomagali policji w dochodzeniu. Podzieliliśmy się na pary, żeby jak najszybciej zebrać zeznania. Ja pracowałem z Seawollem, a Nightingale z Lesley. Dzięki temu zawsze był w pokoju ktoś, kto mógłby zauważyć *vestigium*, gdyby uderzyło go prosto w twarz. Sierżant Stephanopoulos zajęła się zbieraniem dowodów materialnych i nagrań z kamer monitoringu.

W pewnym sensie to był przywilej zobaczyć Seawolla przy pracy. Nie był nawet w połowie tak przerażający w kontakcie ze świadkami jak z podwładnymi. Jego technika przesłuchania opierała się na łagodności — nigdy nie był poufały, zawsze oficjalny, ale ani razu nie podniósł głosu. Ja robiłem notatki.

Sekwencja wydarzeń, którą odtworzyliśmy, była rozpaczliwie znajoma, ale zakrojona na większą skalę niż to, z czym zetknęliśmy się wcześniej. Była niedziela, łagodne wiosenne południe, i na St. Martin's Court kręciło się trochę ludzi. Samo The Close jest pieszym zaułkiem z dostępem do trzech oddzielnych wejść dla aktorów i tylnych wyjść z restauracji „Brown's" i słynnego baru „J. Sheekeys Oyster". Tutaj pracownicy teatru przychodzili na kawę i na szybkiego, ukradkowego papieroska między przedstawieniami.

Bar „J. Sheekey's Oyster" to miejsce uczęszczane przez aktorów — nic dziwnego, skoro sprzedaje jedzenie do późna w nocy rzut kamieniem od jednego z najsłynniejszych teatrów West Endu. „Sheekey's" zatrudnia także odźwiernych w cylindrach i czarnych surdutach. I tu właśnie w to popołudnie zaczęły się kłopoty.

O czternastej czterdzieści pięć, mniej więcej w tym samym czasie, kiedy siedziałem przy herbatce z Oxleyem i Izydą, sześciu członków Międzynarodowego Towarzystwa Świadomości Kryszny weszło na The Close od strony Charing Cross Road. Bhaktowie, początkujący wyznawcy Boga, często wybierali tę trasę, gdy szli z Leicester Square do Covent Garden. Przewodził im Michael Smith (jego tożsamość potwierdzono później na podstawie odcisków palców), były kokainista, alkoholik, złodziej samochodów i podejrzany o gwałt, który prowadził się przykładnie, odkąd dziewięć miesięcy wcześniej dołączył do towarzystwa. Międzynarodowe Towarzystwo Świadomości Kryszny, jak lubi przedstawiać się ruch Hare Kryszna, zdaje sobie sprawę, jak cienka linia oddziela zwracanie na siebie uwagi od prowokowania otwartej wrogości ze strony przechodniów.

Chodzi o to, by poprzez publiczne tańce i śpiewy przyciągnąć do ruchu potencjalnych neofitów, ale nie sprowokować przy tym żadnych wściekłych konfrontacji. To wymaga precyzyjnej oceny, jak długo można pozostać w jednym miejscu, nim zaczną się kłopoty. Michael Smith okazał się szczególnie dobry w ocenianiu, co ujdzie wyznawcom Kryszny, i dlatego tego popołudnia przewodził szafranowemu korowodowi.

I dlatego — według Willarda Jonesa, byłego ratownika z Llandudno i szczęśliwca, który uszedł cało — wszyscy się zdziwili, kiedy wyznawcy zatrzymali się przed „J. Sheekey's" i Michael Smith powiedział, że chce, by narobili porządnego hałasu. Ponieważ wychodzili na ulice właśnie po to, żeby hałasować i przyciągać uwagę, wzięli się do roboty.

— Harmonijny hałas — mówił Willard Jones. — W tej epoce materializmu i hipokryzji żadna inna forma duchowego przebudzenia nie jest tak skuteczna jak śpiewanie wersów Maha Mantry. To jak najprawdziwszy krzyk dziecka za matką... — Gadał tak przez dłuższą chwilę.

Nieharmonijnie brzmiał za to krowi dzwonek. Willard Jones wiedział, że był to najprawdziwszy krowi dzwonek, ponieważ jego ojciec i bracia byli najprawdziwszymi podupadłymi farmerami z walijskich wzgórz.

— Jeżeli kiedykolwiek słyszeli panowie krowi dzwonek — powiedział Jones — to zdajecie sobie sprawę, że nie został stworzony do tego, by tworzyć harmonię.

Około czternastej pięćdziesiąt Michael Smith wyciągnął spod szat duży krowi dzwonek i zaczął nim potrząsać, wymachując zamaszyście rękami. Tego dnia na służbie w roli odźwiernego w uniformie stał Gurcan Temiz z Tottenhamu via Ankara. Jak każdy typowy londyńczyk, Gurcan miał wysoki próg tolerancji na przypadkową bezmyślność; w końcu, jeśli mieszkasz w wielkim mieście, nie ma sensu narzekać, że to wielkie miasto. Jednakże nawet taka tolerancja ma swoje granice, a nazwa tej granicy brzmi „przegięcie". Dzwonienie ogromnym krowim dzwonkiem przed restauracją i przeszkadzanie jej klientom było zdecydowanie przegięciem, więc Gurcan wyszedł do Michaela Smitha, żeby zaprotestować, a ten zlał go systematycznie po głowie i ramionach wspomnianym dzwonkiem. Według doktora Walida czwarty cios był śmiertelny. Kiedy już Gurcan Temiz leżał na ziemi, dwaj inni wyznawcy Kryszny, Henry MacIlvoy z Wellington w Nowej Zelandii i William Cattrington z Hemel Hempstead, podbiegli i zaczęli kopać ofiarę. Nie narobili tym takich szkód, jak by mogli, ponieważ obaj nosili sandały z miękkiego plastiku.

W tej samej chwili za barem wewnątrz „J. Sheekey's Oyster" wybuchła bomba zapalająca. Klientela — chociaż była to mieszanina aktorów i turystów — opuściła teren składnie, aczkolwiek pośpiesznie. Ci, którzy wyszli tylnym wyjściem ewakuacyjnym, rozproszyli się i oddalili w głąb Cecil Court; ci, którzy wyszli frontem, przechodzili tłumnie obok ciał nieżyjących już Gurcana Temiza, Henry'ego MacIlvoya i Williama Cattringtona. Większość zarejestrowała, że leżały jakieś ciała i była krew, ale szczegóły im umknęły. Tylko Willard Jones dobrze widział, co się stało z Michaelem Smithem.

— Po prostu usiadł — powiedział Jones. — A potem głowa mu wybuchła.

Istnieje kilka prozaicznych powodów, dla których człowiekowi może wybuchnąć głowa — na przykład trafienie z karabinu — więc ekipa od zabójstw poświęciła trochę czasu na wykluczenie wszystkich z dochodzenia. W tym czasie ja wymyśliłem, co było przyczyną wybuchu w „J. Sheekey's", i dobrze się stało, bo wokół sprawy zaczął już węszyć oddział antyterrorystyczny i kontrwywiad, a nikt ich tu nie chciał.

Odpowiedź przyszła z eksperymentów związanych z awarią mojego telefonu, które prowadziłem na wpół po kryjomu. Nie zamierzałem wykorzystać własnego laptopa ani nawet następnego telefonu w charakterze królika doświadczalnego, więc szybka wyprawa do Computers for Africa, gdzie odnawiano porzucone komputery i przekazywano je w darze za granicę, wyposażyła mnie w torbę pełną układów scalonych i płytę główną pochodzącą, jak podejrzewałem, z Atari ST. Za pomocą taśmy maskującej zaznaczyłem wzdłuż ławki odcinki co dwadzieścia centymetrów i kiedy w każdym oznaczonym punkcie umieściłem układ scalony, ostrożnie wyciągnąłem rękę i wywołałem ognik. W nauce cały dowcip polega na tym, żeby starać się manipulować tylko jedną zmienną naraz, ale uznałem, że panuję nad ognikiem w dostatecznym stopniu, żeby produkować za każdym razem światło o tej samej intensywności. Przez cały dzień wyczarowywałem światło, a potem szukałem pod mikroskopem uszkodzeń na każdym układzie scalonym. Wszystko na darmo, nie licząc tego, że udało mi się wkurzyć Nightingale'a, który powiedział, że skoro mam tyle wolnego czasu, to powinienem umieć wyjaśnić różnicę między konstrukcjami z akuzatywem i ablatiwusem.

A potem odwrócił moją uwagę od eksperymentów, ucząc mnie mojego pierwszego *Adjectivum*, to jest *forma*, która zmienia pewne aspekty innej *forma*. To *Adjectivum* nazywało się *Iactus*, a w połączeniu z *Impello* teoretycznie powinno pozwolić mi przemieszczać jabłko po całym pomieszczeniu. Po dwóch tygodniach wysadzania jabłek w powietrze doszedłem do momentu, kiedy niemal niezawodnie byłem w stanie śmignąć jabłkiem przez całą długość laboratorium, zachowując przy tym względną precyzję. Nightingale powiedział, że następnym krokiem będzie łapanie rzeczy, które rzucono w moją stronę, więc znowu wróciliśmy do wybuchających jabłek i przy nich właśnie byliśmy w dniu, w którym przesunięto zegary do przodu i złożyliśmy wizytę Ojcu Tamizie.

Siedziałem właśnie w pokoju przesłuchań i obserwowałem, jak Seawoll delikatnie wyłuskuje fakty z zeznań Willarda Jonesa, kiedy doznałem olśnienia. Otóż okazuje się, że magia jest zupełnie taka sama jak nauka — w tym sensie, że czasem chodzi o dostrzeżenie czegoś cholernie oczywistego. Tak jak Galileusz dostrzegł, że przedmioty niezależnie od swojej wagi przyśpieszają w stałym tempie pod wpływem ciążenia, tak ja zauważyłem, że wielka różnica między moją komórką i różnymi układami scalonymi, na których eksperymentowałem, polegała na tym, że komórka była podłączona do baterii, kiedy się usmażyła.

Podłączanie mojej kolekcji używanych chipów do baterii wprowadzało zbyt wiele zmiennych i było działaniem zbyt czasochłonnym, ale na szczęście można kupić dziesięć najzwyklejszych kalkulatorów za mniej niż piątaka — jeśli się wie, dokąd pójść. Potem to już była tylko kwestia położenia ich, rzucenia zaklęcia z ognikiem na pięć sekund i włożenia kalkulatorów pod mikroskop. Ten, który znajdował się dokładnie pod moimi rękami, usmażył się jak tost, a rozmiary zniszczeń stopniowo malały, w miarę jak zbliżaliśmy się do granicy leżącej dwa metry dalej. Czyżbym emitował energię odpadową, która niszczyła urządzenia elektroniczne, czy też wysysałem energię z kalkulatorów i w ten sposób je niszczyłem? I dlaczego uszkodzenia dotyczyły głównie układów scalonych, a nie innych części? Zasadniczo jednak, niezależnie od pozbawionych odpowiedzi pytań, oznaczało to, że mogę teraz nosić komórkę i czarować — pod warunkiem, że najpierw wyjmę baterię.

— Tylko co to wszystko znaczy? — zapytała Lesley.

Wypiłem łyk becka i machnąłem butelką w stronę telewizora.

— To znaczy, że właśnie wymyśliłem, od czego zaczął się pożar.

Następnego ranka Lesley przysłała mi e-mailem raport straży pożarnej. Przejrzałem go i namierzyłem sklep, który mógł dostarczyć dokładnie taką samą kasę, jakiej używano w barze „J. Sheekey's Oyster". Z powodu narzuconej przez Nightingale'a zasady „Żadnych gości w Szaleństwie z wyjątkiem powozowni" musiałem sam zatargać to cholerstwo od wejścia dla dostawców do laboratorium. Molly — kryjąc uśmiech za dłonią — patrzyła, jak zataczam się pod ciężarem kasy. Uznałem, że w tym wypadku Lesley nie liczy się jako gość, ale kiedy zadzwoniłem i zaprosiłem ją na demonstrację, powiedziała, że jest zajęta załatwianiem czegoś dla Seawolla. Kiedy już wszystko miałem na swoim miejscu, posłałem Molly, żeby poprosiła Nightingale'a do laboratorium.

Uprzątnąłem kącik z dala od kurków z gazem, umieściłem kasę na metalowym wózku i włączyłem do prądu. Kiedy Nightingale się zjawił, wręczyłem mu laboratoryjny fartuch i okulary ochronne, prosząc, żeby stanął na wyznaczonym miejscu sześć metrów od kasy. A potem, zanim cokolwiek zrobiłem, wyjąłem baterię z komórki.

— Jaki jest właściwie cel tego wszystkiego? — zapytał inspektor.

— Jeśli okaże pan trochę cierpliwości, za chwilę wszystko stanie się jasne.

— Skoro tak mówisz, Peter — powiedział i skrzyżował ręce. — Powinienem też założyć kask?

— To prawdopodobnie nie jest niezbędne, panie inspektorze. Odliczę od trzech i przy zerze chciałbym, żeby rzucił pan najsilniejszy czar, zachowując warunki bezpieczeństwa.

— Najsilniejszy? — zapytał Nightingale. — Jesteś pewien?

— Tak, panie inspektorze. Gotowy?

— Oczywiście.

Odliczyłem i przy zerze Nightingale wysadził laboratorium w powietrze — a przynajmniej tak to odebrałem. Kula płonącego ognia, jakby ktoś straszliwie spartaczył przywoływanie ognika, pojawiła się nad wyciągniętą dłonią inspektora. Zalała mnie fala żaru i poczułem smród przypalanych włosów. Omal nie rzuciłem się za ławkę, kiedy zdałem sobie sprawę, że ciepło nie jest fizyczne.

Nie mogło być, bo inaczej Nightingale już by się zapalił. Jakimś cudem cały żar ograniczał się do kuli nad jego dłonią — to, co poczułem, to były *vestigia* na wielką skalę.

Nightingale spojrzał na mnie i spokojnie uniósł brew.

— Jak długo mam to podtrzymywać?

— Nie wiem. A jak długo pan może?

Roześmiał się. Kątem oka dostrzegłem ruch, więc się odwróciłem i zobaczyłem w progu Molly; jej oczy lśniły odbitym ogniem, gdy patrzyła na Nightingale'a.

Odwróciłem się w samą porę, żeby zobaczyć, jak kasa wybucha. Góra po prostu odleciała i buchnęła fontanną płonącego plastiku, czarny dym wzniósł się kłębami i popędził pod sufitem. Molly pisnęła z zachwytu, a ja pobiegłem z gaśnicą i psikałem dwutlenkiem węgla tak długo, aż płomień zgasł. Nightingale zgasił kulę płonącej śmierci i włączył wyciąg, o którego istnieniu w laboratorium nawet nie wiedziałem.

— Dlaczego eksplodowała? — zapytał.

— Gwałtowny rozpad komponentów uwalnia wybuchowy gaz, wodór albo coś takiego — powiedziałem. — Proszę pamiętać, że miałem tylko tróję z chemii. Gaz miesza się z powietrzem wewnątrz obudowy, pojawia się iskra elektryczna i bum! Pytanie, na które potrzebuję od pana odpowiedzi, brzmi: czy rzucanie czaru wysysa magię z przedmiotu, czy też go nią napełnia?

Odpowiedź brzmiała, rzecz jasna: jedno i drugie.

— Normalnie porusza się ten temat dopiero po opanowaniu wszystkich podstawowych *forma* — powiedział Nightingale.

Według niego magię generowało życie. Czarodziej mógł korzystać z własnej magii albo z magii, którą zmagazynował za pomocą zaklęcia, co brzmiało interesująco, ale nie odnosiło się do eksplodujących kas. Jednakże życie broni się i im bardziej jest złożone, tym więcej magii produkuje, ale też tym trudniej z niej korzystać.

— Nie sposób czerpać z magii drugiego człowieka — powiedział Nightingale. — Ani nawet z psa, skoro już o tym mowa.

— Wampiry — przypomniałem sobie. — One wyssały życie ze wszystkiego w domu, prawda?

— Wampiry ewidentnie żerują na życiu, ale nie wiemy, jak to robią. Tak samo jak nie wiemy, w jaki sposób ludzie w rodzaju twojej przyjaciółki Beverley Brook czerpią moc z otoczenia.

— To w domu wampirów pierwszy raz zaobserwowałem ten wpływ na układy scalone.

— Podejrzewam, że w miarę jak maszyny zaczęły upodobniać się do ludzi — powiedział Nightingale — zaczęły też wytwarzać własną magię. Tyle że nie bardzo wiem, w czym to nam pomaga.

Postarałem się nie krzywić, słysząc te pseudonaukowe wywody, i uznałem, że to nie jest właściwa chwila, by drążyć temat.

— Po pierwsze — odparłem — wiemy, że cokolwiek tu działa, zasysa ogromne ilości mocy, a po drugie, poszerza to pole naszych poszukiwań.

*

Co nie znaczy, że cokolwiek znaleźliśmy. W tym czasie ekipa od zabójstw Seawolla została odesłana do wyjątkowo bezsensownego przypadku napadu z użyciem noża w pubie w okolicy Piccadilly Circus. Poniuchałem w okolicy, ale nie wyczułem żadnych *vestigia* ani też durnego, ale zrozumiałego motywu.

— Zdrada — wyjaśniła Lesley pewnego wieczoru, kiedy wpadła pooglądać DVD.

Pierwszy chłopak poznaje dziewczynę, dziewczyna sypia z drugim chłopakiem, pierwszy chłopak dźga drugiego i ucieka.

— Podejrzewamy, że ukrywa się w Walthamstow — dodała.

Wielu powiedziałoby, że to już wystarczająca kara.

Morderstwa przed „Sheekey's" przypisano Michaelowi Smithowi, który rzekomo zabił trzy osoby z nielegalnej broni palnej, a potem strzelił z niej do siebie. Media być może bardziej zainteresowałyby się tą sprawą, gdyby nie fakt, że akurat przyłapano gwiazdkę opery mydlanej, jak zabawiała się z równie słynnym piłkarzem w toalecie klubu w Mayfair. Szał w mediach, jaki z tego wynikł, wyparł wszelkie prawdziwe wiadomości na dwa tygodnie i wydarzył się zdecydowanie w zbyt dogodnym momencie, by uznać to za przypadek.

Przez cały kwiecień ćwiczyłem *forma*, łacinę i eksperymentowałem z nowymi sposobami wysadzania mikrochipów. Każdego popołudnia zabierałem Toby'ego na spacer w okolice Covent Garden i Cambridge Circus, żeby zobaczyć, czy któryś z nas nie złapie tropu, ale nic z tego. Zadzwoniłem parę razy do Beverley Brook, ale powiedziała, że matka zabroniła jej zadawać się ze mną, dopóki nie zrobię czegoś w związku z Ojcem Tamizą.

Maj zaczął się typowo dla dni wolnych od pracy — dwoma dniami deszczu i trzema mżawki, aż wreszcie przyszła jasna i piękna niedziela. W taki dzień jak ten umysł młodego człowieka zwraca się ku miłości, lodom i przedstawieniom lalkowym z Punchem i Judy.

To był dzień Jarmarku Majowego w Covent Garden, na którym świętuje się pierwsze udokumentowane przedstawienie z Punchem i Judy w rolach głównych. Odbywa się parada orkiestry dętej, specjalna kukiełkowa msza w Kościele Aktorów i tyle przedstawień z Punchem i Judy, ile da się wcisnąć na teren kościelny. Kiedy byłem posterunkowym na okresie próbnym w komisariacie przy Charing Cross, zawsze tego dnia trafiałem do oddziałów prewencji, więc zadzwoniłem do Lesley zapytać, czy nie chciałaby zobaczyć, jak święto wygląda z punktu widzenia cywila. Kupiliśmy sobie lody i coca-colę w Tesco Metro i lawirowaliśmy wśród turystów, aż doszliśmy do frontowego portyku kościoła. Jedną „profesorską" budkę ustawiono niecałe pół metra od miejsca, w którym biedny staruszek William Skirmish stracił głowę.

— Cztery miesiące temu — powiedziałem.

— Nie były to nudne miesiące — zauważyła Lesley.

— Bo nie musiałaś się uczyć łaciny — odparłem.

Rozłożono maty dla dzieci, żeby miały gdzie usiąść, podczas gdy dorośli stali z tyłu. Mężczyzna w stroju błazna wyszedł naprzód i rozgrzał publiczność. Wyjaśnił, że w ciągu wieków powstało wiele wersji opowieści o Punchu i Judy, ale dziś, dla naszej edukacji i rozrywki, szanowny Profesor Phillip Pointer przedstawi *Tragiczną komedię tudzież komiczną tragedię o Punchu i Judy*, tak jak Giovanni Piccini opowiedział ją Johnowi Payne Collierowi w 1827 roku.

Historia zaczynała się od tego, że pies Toby ugryzł Puncha w nos.

8.
WERSJA DLA DZIECI

Pies Toby gryzie w nos Puncha, który tłucze na śmierć pana Scaramoucha, właściciela Toby'ego. Potem wraca do domu, wyrzuca dziecko przez okno i tłucze na śmierć swoją żonę, Judy. Spada z konia i kopie lekarza w oko. Lekarz atakuje go kijem, ale tamten mu go wyrywa i tłucze doktora. Na śmierć. Dzwoni owczym dzwonkiem przed domem bogacza, a kiedy służący bogacza protestuje, Punch tłucze go na śmierć. Do tego momentu lody już się roztopiły i zachlapały mi buty.

Tragiczna komedia tudzież komiczna tragedia o Punchu i Judy, tak jak Giovanni Piccini opowiedział ją Johnowi Payne Collierowi w 1827 roku. Nie tak trudno to dorwać, jak już wiesz, czego szukać. Po przedstawieniu pokazaliśmy Profesorowi* nasze legitymacje policyjne, a on z radością wręczył nam wydruk scenariusza. Zabraliśmy scenariusz do Roundhouse na rogu New Row i Garrick Street i zasiedliśmy do czytania w towarzystwie dwóch podwójnych wódek.

---

* Profesorem nazywa się lalkarza odgrywającego historię Puncha i Judy.

— To nie może być zbieg okoliczności — powiedziałem.

— Myślisz? Coś wykorzystuje prawdziwych ludzi, żeby odgrywali durne przedstawienie lalkowe.

— Twojemu szefowi to się nie spodoba — uznałem.

— Cóż, ja mu tego nie powiem — odparła Lesley. — Niech twój szef powie mojemu szefowi, że pieprzony duch pana Puncha usuwa ludzi ze swojej drogi.

— Myślisz, że to duch?

— A skąd mam wiedzieć? Od tego są magiczni policjanci.

*

W Szaleństwie znajdują się trzy biblioteki: o istnieniu numeru jeden nie miałem wtedy pojęcia, numer dwa był biblioteką magiczną, gdzie trzymano traktaty poświęcone zaklęciom, *forma* i alchemii, wszystkie napisane po łacinie, dla mnie więc była to chińszczyzna, a biblioteka numer trzy, ogólna, znajdowała się na pierwszym piętrze obok czytelni. Podział pracy był od początku jasny: Nightingale szukał w magicznej bibliotece, a ja zabrałem się do książek spisanych w królewskiej angielszczyźnie.

W głównej bibliotece było tyle mahoniu, że można by nim zalesić całe dorzecze Amazonki. Na jednej ze ścian regały ciągnęły się pod sufit i do najwyższych półek sięgało się z drabiny, która przesuwała się po lśniących mosiężnych relingach. Rząd prześlicznych szafek z orzecha zawierał katalogi, najbliższy odpowiednik wyszukiwarki, jaki znajdował się w tej bibliotece. Kiedy wysuwałem szufladki, poczułem woń starej tektury i stęchlizny i pocieszyła mnie myśl, że Molly nie zapędziła się tak daleko, żeby regularnie je otwierać i sprzątać w środku. Karty ponumerowane według tytułów uporządkowano tematycznie.

Zacząłem szukać odniesień do Puncha i Judy, ale niczego nie znalazłem. Nightingale podsunął mi jeszcze jeden termin do szukania: rewenant. Po paru pomyłkach przy wyszukiwaniu dotarłem wreszcie do *Rozważań nad kwestiami życia i śmierci* doktora Johna Polidoriego, które według kolofonu opublikowano w 1819 roku. Na tej samej stronie co frontyspis eleganckim i ozdobnym charakterem pisma napisano po łacinie „*Vincit qui se vincit*, sierpień 1821". Zastanawiałem się, co to znaczy.

Według Polidoriego rewenant to niespokojny duch, który powraca zza grobu, żeby siać zamęt wśród żywych, zwykle w odwecie za zniewagę lub niesprawiedliwość, prawdziwą bądź urojoną, jakiej doświadczył za życia.

— Z pewnością pasuje to do naszego profilu — powiedziałem Nightingale'owi przy lunchu: polędwica à la Wellington, gotowane ziemniaki i pasternak sauté. — Te drobne poczucia krzywdy, które wyrwały się spod kontroli. To pasuje do pomysłu Lesley, że wielkie wydarzenia mają swoje drobniejsze echa.

— Myślisz, że duch ich zaraża?

— Myślę, że to efekt polowy, jak promieniowanie albo światło z żarówki — odpowiedziałem. — Uważam, że ludzie-echa lądują w obrębie pola, ich mózgi zostają naładowane negatywnymi emocjami i wtedy im odbija.

— Czy wobec tego nie powinno ulec temu wpływowi więcej ludzi? — zapytał Nightingale. — W holu kinowym znajdowało się co najmniej dziesięć innych osób, w tym ty i posterunkowa May, a jednak podziałało to tylko na matkę.

— A może to wzmacnia gniew, który już jest w człowieku? — odpowiedziałem pytaniem. — Albo działa jak katalizator? Naukowe udowodnienie tego nie byłoby proste.

Nightingale się uśmiechnął.

— O co chodzi? — zapytałem.

— Przypominasz mi czarodzieja, którego znałem, nazywał się David Mellenby — odpowiedział. — Miał tę samą obsesję.

— I co się z nim stało? Zostawił jakieś notatki?

— Obawiam się, że zginął w czasie wojny. Nigdy nie miał szansy przeprowadzić połowy wymarzonych eksperymentów. Miał taką teorię działania *genii locorum*, która z pewnością by do ciebie przemówiła.

— Jak brzmiała jego teoria?

— Chyba uzależnię opowiedzenie ci o niej od tego, czy opanujesz następną *forma* — odparł inspektor. — Zauważyłem jednak rozbieżności pomiędzy scenariuszem i działaniami pana Puncha. Myślę o Pięknej Polly.

Jak to napisano w *Tragicznej komedii*, po zabiciu żony i dziecka pan Punch podśpiewuje radośnie o korzyściach z zabicia żony, a potem zaleca się do Pięknej Polly. Ona zaś jest postacią, która nic nie mówi, ale robi wrażenie „ochoczej", kiedy nasz radosny seryjny morderca zaczyna ją całować.

— Nie wiemy, czy trzyma się akurat tego scenariusza — odparłem.

— Racja — przyznał Nightingale. — Piccini opierał się na ustnej tradycji, a ta niezmiernie rzadko bywa wiarygodnym źródłem.

Według prawdopodobnie niewiarygodnego Picciniego następną ofiarą miał być ślepy żebrak, który kaszlnie panu Punchowi w twarz i zostanie zrzucony ze sceny z powodu swojej bezczelności. Scenariusz nie precyzował, czy wyjdzie żywy z tej przygody, czy nie.

— Jeśli nasz rewenant Pulcinella trzyma się scenariusza, to najprawdopodobniejszym celem będzie puszkarz z Instytutu Niewidomych.

— Kto to jest puszkarz?

— Osoba, która trzyma puszkę — odparłem i potrząsnąłem wyimaginowaną puszką. — Ludzie wrzucają do niej drobne.

— Niewidomy żebrzący o pieniądze — powiedział Nightingale. — Bardziej przydałoby się dowiedzieć, kim był rewenant i gdzie został pochowany.

— Prawdopodobnie, gdybyśmy wiedzieli, kim on jest, moglibyśmy zająć się jego problemem i zapewnić mu wieczny odpoczynek.

— Albo wykopalibyśmy jego kości, zmielili je na proszek, wymieszali z solą kamienną i rozsypali na morzu.

— To by podziałało?

— Victor Bartholomew twierdzi, że tak to się załatwia. — Nightingale wzruszył ramionami. — Napisał książkę na temat radzenia sobie z duchami i rewenantami. Radzenia sobie jak najdosłowniej.

— Możliwe, że przegapiamy najbardziej oczywiste źródło informacji.

— Doprawdy?

— Nicholasa Wallpenny'ego. Wszystkie ataki zaczynały się od okolic Kościoła Aktorów, co moim zdaniem oznacza, że nasz rewenant znajduje się gdzieś w pobliżu. Nicholas może go znać, możliwe nawet, że się z nim kumpluje.

— Nie jestem pewien, czy duchy „kumplują" się tak, jak to sobie wyobrażasz — powiedział Nightingale, po czym szybko zerknął, czy Molly nie patrzy, i wsunął pod stół talerz z połową niedojedzonej porcji. Ogon Toby'ego uderzał mnie w nogę, kiedy psiak wsuwał jedzenie.

— Potrzebujemy większego psa — stwierdziłem. — Albo mniejszych porcji.

— Sprawdź, czy nie pogada z tobą dziś wieczorem — polecił Nightingale. — Tylko pamiętaj, że nasz Nicholas nie był wiarygodnym świadkiem za życia i wątpię, czy jego prawdomówność poprawiła się od czasu zejścia z tego świata.

— W jaki sposób zmarł? — zapytałem. — Wie pan?

— Z przepicia — odpowiedział Nightingale. — Bardzo radosna śmierć.

*

Ponieważ Toby został naszym oficjalnym psem na duchy i ponieważ zaczął się niepokojąco ciężko kolebać przy chodzeniu, wziąłem go na przechadzkę. Z Russell Square i Szaleństwa idzie się pół godziny spacerem do Covent Garden. Kiedy już miniesz księgarnię „Forbidden Planet" i przejdziesz przez Shaftesbury Avenue, droga wiedzie prosto Neal Street, gdzie zginął kurier. Pomyślałem jednak, że jeśli zacznę omijać pewne ulice tylko dlatego, że ktoś na nich umarł, będę musiał przeprowadzić się do Aberystwyth.

Był późny i niezbyt ciepły wieczór, ale przed pubem nadal stał tłum piwoszy. Londyn dość późno dojrzał do idei kafejek pod gołym niebem i nie pozwalał, żeby odrobina chłodu przeszkodziła mu teraz w jej realizacji — zwłaszcza odkąd palenie w pomieszczeniach stało się niezgodne z prawem.

Toby zatrzymał się w pobliżu miejsca, w którym doktor Framline zaatakował kuriera, ale tylko po to, żeby obsikać pachołek.

Nawet kiedy wszystko już zamykano, w Covent Garden nadal było tłoczno. Wychodzący z Opery Królewskiej tłum szukał miejsca, żeby coś przekąsić i się pokazać, podczas gdy grupki młodzieży z wycieczek sponsorowanych przez szkoły z całej Europy wykorzystywały swoje odwieczne prawo do blokowania chodnika na całej jego szerokości.

Kiedy w końcu kawiarenki, restauracje i puby w hali targowej zamknięto, plac szybko opustoszał i wkrótce ludzi było tak mało, że mogłem zaryzykować i popolować na duchy.

Istniała rozbieżność zdań wśród autorytetów na temat prawdziwej natury duchów. Polidori upierał się, że duchy to oderwane dusze zmarłych, które uczepiły się kurczowo pewnej okolicy. Teoretyzował, że żerują na własnej duchowej esencji i że bez uzupełnienia jej za pomocą magii w końcu rozpłyną się w nicość. Richard Spruce w opublikowanej w 1860 roku *Uporczywości fantasmagorii w Yorkshire* w znacznej mierze zgadzał się z Polidorim, ale dodawał, że duchy mogą czerpać z magii swojego otoczenia w podobny sposób, w jaki mech wyciąga substancje odżywcze z kamienistego podłoża. Peter Brock, pisząc w latach trzydziestych, sugerował, że duchy to jedynie zapisy wytrawione w magicznej materii otoczenia, tak samo jak muzyka zapisana na winylowych dyskach. Osobiście uważałem, że to schematyczne kopie osobowości zmarłego, trwające w uproszczonej formie w swoistej magicznej matrycy, gdzie pakiety „informacji" były przekazywane z jednego magicznego węzła do drugiego.

Ponieważ oba moje spotkania z Nicholasem zaczęły się w portyku Kościoła Aktorów, od tego miejsca zacząłem. Gliniarze nie patrzą na świat tak samo jak zwykli ludzie. Można rozpoznać policjanta po tym, jak rozgląda się po pokoju. To chłodne, podejrzliwe spojrzenie, po którym od razu można go rozszyfrować — jeśli tylko się wie, czego szukać. Dziwne jest to, jak szybko człowiek to podłapuje. Pracowałem dopiero od miesiąca, i to raptem w służbach wspomagających regularną policję, kiedy odwiedziłem rodziców i zdałem sobie sprawę, że nawet gdybym nie wiedział już wcześniej, że mój ojciec jest uzależniony, zorientowałbym się w chwili, w której stanąłem w progu. Musicie wiedzieć, że moja matka jest fanatyczką sprzątania — w jej salonie można jeść z dywanu — ale mimo to dało się dostrzec oznaki, jeśli człowiek wiedział, czego szukać.

Tak samo było z *vestigia*. Kiedy położyłem rękę na wapiennych blokach portyku, wrażenie zimna, mgliste odczucie obecności i zapach w nozdrzach, który mógł być drewnem sandałowym, pozostały te same, ale teraz, jak gliniarz czytający w tłumie na ulicy, miałem pewne podejrzenia, co one oznaczają. Spodziewałem się także, że będą dużo mocniejsze. Próbowałem powrócić myślami od ostatniego razu, kiedy dotknąłem kamieni. Czy wrażenia były takie same?

Sprawdziłem, czy nikt nie patrzy.

— Nicholas! — zawołałem do ściany. — Jesteś tu?

Poczułem coś przez rękę, jakby wibracje od przejeżdżającego w oddali pociągu metra. Toby zaskamlał i cofnął się, stukając pazurkami o bruk. Zanim sam zdążyłem się odsunąć, pojawiła się przede mną twarz Nicholasa, blada i przezroczysta.

— Pomocy — powiedział.

— Co się stało?

— On mnie zżera — powiedział Nicholas i jego twarz została zassana z powrotem w ścianę.

Przez chwilę czułem dziwne ciągnięcie w potylicy i gwałtownie rzuciłem się do tyłu. Toby warknął raz, a potem odwrócił się i czmychnął w stronę Russell Square. Wylądowałem ciężko na plecach, zabolało, przez chwilę więc leżałem i czułem się jak idiota, zanim wreszcie wstałem. Ostrożnie podszedłem do kościoła i niepewnie znowu położyłem rękę na kamieniu.

Był zimny i chropowaty, ale nie wyczułem niczego więcej. Jakby *vestigia* zostały wyssane z kamienia tak samo, jak w domu wampirów. Zabrałem szybko rękę i cofnąłem się. *Piazza* było ciemne i ciche. Odwróciłem się i ruszyłem przez noc, po drodze rozglądając się za Tobym.

Pobiegł aż do Szaleństwa. Znalazłem go w kuchni zwiniętego na kolanach Molly. Pocieszała go, a mnie rzuciła surowe spojrzenie.

— Powinien stawiać czoło niebezpieczeństwu — powiedziałem. — Skoro zostaje, to ma pracować.

*

Fakt, że miałem niezakończoną sprawę, nie oznaczał jeszcze, że mogę przerwać ćwiczenia. Przekonałem Nightingale'a, żeby pokazał mi czar z pociskiem ogniowym, który okazał się — żadna to niespodzianka — wariantem *Lux* z dodatkiem *Iactus* do poruszania.

Kiedy inspektor nabrał przekonania, że mogę wykonać pierwszą część, nie parząc sobie ręki, zeszliśmy do strzelnicy w piwnicy, żeby poćwiczyć. Oczywiście, do tamtej chwili nawet nie wiedziałem, że mamy strzelnicę. U podnóża tylnych schodów skręca się w lewo, a nie w prawo, przechodzi przez kilkoro wzmacnianych drzwi, o których zawsze myślałem, że znajduje się za nimi składzik na węgiel, i wchodzi do pokoju długiego na pięćdziesiąt metrów, z murem z worków z piaskiem na jednym końcu i rzędem metalowych szafek na drugim. Sznur hełmów typu Brodie z pierwszej wojny światowej wisiał na kołkach nad rzędem masek przeciwgazowych w kolorze khaki. Obok wisiał plakat z białymi literami na krwistoczerwonym tle: „Keep Calm and Carry On"*, co uznałem za dobrą radę. Na końcu strzelnicy stał stos kartonowych sylwetek — rozpadały się ze starości, ale nadal dało się rozpoznać w nich niemieckich żołnierzy w hełmach jak wiadra na węgiel i z bagnetami na broni. Zgodnie ze wskazówkami Nightingale'a rozstawiłem rząd postaci przy workach z piaskiem, a potem pobiegłem truchtem do linii, z której się strzela. Nim zaczęliśmy, upewniłem się, że nie mam przy sobie mojej nowiutkiej komórki.

— Patrz uważnie — powiedział Nightingale.

A potem zamachnął się, pojawił się rozbłysk, rozległ się trzask rozdzieranego prześcieradła i pierwszy cel z lewej rozpadł się na płonące strzępy.

Odwróciłem się, słysząc podekscytowane oklaski, i ujrzałem Molly posykującą z zachwytu i wspinającą się na palce jak małe dziecko w cyrku.

— Nie powiedział pan nic po łacinie — zauważyłem.

— To zaklęcie od początku ćwiczymy w milczeniu. To nasza broń. Ma jeden cel i jest nim zabijanie. Kiedy już je opanujesz, będą cię dotyczyły te same zobowiązania co każdego innego uzbrojonego posterunkowego, więc sugeruję, żebyś zapoznał się z obecnymi wytycznymi odnośnie do użycia broni palnej.

Molly ziewnęła, zasłaniając usta ręką, żeby nie było widać, jak szeroko je otworzyła. Nightingale rzucił jej beznamiętne spojrzenie.

— On musi żyć wśród ludzi — dodał.

---

* „Keep Calm and Carry On" — „Zachowaj spokój i rób swoje" — brytyjski plakat propagandowy z początku drugiej wojny światowej.

Molly wzruszyła ramionami, jakby mówiła „jak sobie chcesz".

Inspektor przeprowadził raz jeszcze demonstrację z jedną czwartą poprzedniej prędkości, a ja spróbowałem go naśladować. Pocisk ogniowy już opanowałem, ale kiedy przyszło do zastosowania *Iactus*, miałem wrażenie, że pocisk mi się wyślizguje, jakby nie było czego się chwycić — to go różniło od jabłek. Gdy wziąłem stosownie dramatyczny zamach, mój pocisk podryfował spokojnie przez strzelnicę, wypalił małą dziurkę w celu i utknął w worku paskiem.

— Musisz go wypuścić, Peter, bo inaczej nie wybuchnie.

Uwolniłem czar i za celem rozległ się stłumiony łoskot. Smużka dymu uniosła się ku sufitowi. Molly zachichotała za moimi plecami.

Ćwiczyliśmy przez godzinę, pod koniec której byłem w stanie cisnąć pociskiem ogniowym przez całą strzelnicę z zawrotną prędkością trzmiela, który zebrał swoją normę pyłku i teraz miał chwilę, żeby nacieszyć się widokami.

Zrobiliśmy przerwę na poranną herbatę, a ja wspomniałem o swoim pomyśle odzyskania Nicholasa — zakładając, że zostało jeszcze dość ducha (po tym, jak „coś" go „pożarło"), by było co odzyskiwać.

— Polidori wspomina o zaklęciu, którym można wezwać duchy — powiedziałem. — To działa?

— To bardziej rytuał niż zaklęcie — odpowiedział Nightingale.

Żeby powstrzymać Molly od zasypywania nas jedzeniem, postanowiliśmy wypijać herbatę w kuchni. Pomyśleliśmy, że skoro nie będzie wtedy musiała nakrywać do sześciu stołów w pokoju śniadaniowym, dostaniemy tylko dwie porcje. Udało się, ale porcje były ogromne.

— Na czym polega różnica?

— Cały czas zadajesz mi pytania z rodzaju tych, które nie powinny padać jeszcze przez następny rok albo coś koło tego.

— No to tylko podstawy, uproszczona wersja dla dzieci.

— Zaklęcie to ciąg *forma* powiązanych ze sobą w celu uzyskania określonego efektu, podczas gdy rytuał jest tym, co sugeruje sama nazwa: sekwencją *forma* zaaranżowanych w rytuał obejmujący określone parafernalia, które wspomagają przebieg procesu. Zwykle są to starsze zaklęcia, z pierwszej połowy osiemnastego wieku.

— Ta część rytualna jest naprawdę ważna?

— Szczerze mówiąc, nie wiem. Nieczęsto używa się tych czarów, bo w przeciwnym wypadku zostałyby uaktualnione na początku dwudziestego wieku.

— Może mi pan pokazać, jak to się robi?

Toby zauważył, że smaruję bułeczkę masłem, i przysiadł wyczekująco. Odłamałem dla niego kawałek.

— Jest jeszcze jeden problem. Rytuał jako taki wymaga ofiary ze zwierzęcia.

— Cóż — odparłem — Toby wygląda na zadbanego i wypasionego.

— Współczesne społeczeństwo, a w szczególności współczesny Kościół, krzywo patrzy na takie zachowania, a tak się składa, że właśnie na terenie kościoła musielibyśmy przeprowadzić rytuał.

— Po co ta ofiara?

— Według Bartholomew w chwili śmierci wrodzona magia zwierzęcia staje się dostępna i można nią „nakarmić" ducha, pomagając mu przenieść się do wymiaru materialnego.

— Czyli wykorzystuje się esencję życia zwierzęcia jako magiczne paliwo? — zapytałem.

— Tak.

— Można złożyć w ofierze ludzi? I odebrać im magię?

— Tak, ale istnieje pewien haczyk.

— Jaki?

— Będziesz wtedy tropiony do końca istnienia świata, aż wreszcie zostaniesz stracony.

Nie zapytałem, kto zostanie wezwany do tropienia i przeprowadzenia egzekucji.

Toby szczeknął, domagając się kiełbasek.

— Jeśli potrzebujemy jedynie źródła magii — powiedziałem — to myślę, że dysponuję zadowalającym substytutem.

*

Według Bartholomew im bliżej grobu ducha się znajdujesz, tym lepiej, więc poświęciłem kilka godzin na przekopanie się przez dokumenty parafialne, podczas gdy Nightingale przekonywał proboszcza, że zamierzamy ująć wandali kościołów. To bardzo dziwny kościół — wielka prostokątna stodoła z kamienia zaprojektowana przez Inigo Jonesa. Wschodni portyk, gdzie pierwszy raz spotkałem Nicholasa Wallpenny'ego, był zwodniczy — prawdziwe wejście znajdowało się przy zachodnim końcu kościoła i otwierało na cmentarz przykościelny, który przerobiono na ogrody. Wchodziło się tam przez podwójną wysoką bramę z kutego żelaza przy Bedford Street. Nightingale zdołał namówić proboszcza, żeby pożyczył nam klucze.

— Jeżeli planujecie obserwację — powiedział proboszcz — to czy nie powinienem tu zostać, tak na wszelki wypadek?

— Obawiamy się, że mogą księdza śledzić — odpowiedział inspektor. — Chcemy, żeby uznali, że teren jest czysty, bo wtedy przyłapiemy ich na gorącym uczynku.

Ogrody były z trzech stron ograniczone ceglanymi plecami i zatrzaśniętymi oknami szeregowców, które zbudowano w tym samym czasie co resztę *piazza*. Odcięte od ulicznego ruchu tworzyły spokojną zieloną przestrzeń, której strzegł prawdziwy kościelny portyk. Wzdłuż alejki posadzono drzewka wiśniowe, różowe od kwiatów w majowym słońcu. Było to, jak stwierdził Nightingale, bez mała najładniejsze miejsce w Londynie. Szkoda, że miałem wrócić tu nocą, żeby dokonać nekromanckiego rytuału.

Parafialne archiwa pogrzebowe były zdawkowe i zdołałem zlokalizować grób Wallpenny'ego z dokładnością, która pozwalała mi jedynie stwierdzić, że znajduje się gdzieś w północnej części ogrodów, bliżej środka. Ponieważ Nicholas nie raczył się pokazywać, kiedy Nightingale był w pobliżu, inspektor zamierzał stacjonować koło bramy przy Bedford Street, pozostając w zasięgu wołania o pomoc. Kiedy po północy zjawiłem się na cmentarzu, rozlegały się jeszcze pojedyncze ptasie trele. Noc była bezchmurna, ale smog skutecznie przesłaniał gwiazdy. Żelazna brama była zimna w dotyku, kiedy zamknąłem ją za sobą i ruszyłem w stronę grobu. Miałem kanadyjską latarkę-czołówkę do czytania ściągawki, którą napisałem sobie w standardowym notesie pochodzącym z policyjnego wyposażenia.

Nie da się narysować pentagramu w miękkiej, sprężystej darni czymś innym niż motyką, a ja w żadnym wypadku nie zamierzałem niszczyć takiego pięknego trawnika. Zamiast tego wysypałem gwiazdę i okrąg pyłem węglowym, posługując się workiem z obciętym rogiem — zupełnie jak przy lukrowaniu ciasta. Narysowałem pentagram wyraźnie i ładnie. Polidori miał sporo do powiedzenia na temat niebezpieczeństw związanych z przerwaniem pentagramu, kiedy przyzywa się ducha. Wyrwanie duszy z ciała i zawleczenie jej wrzeszczącej do piekła to tylko początek listy.

W każdym kardynalnym punkcie pentagramu umieściłem jeden z moich kalkulatorów. Zasugerowałem, że na wszelki wypadek, gdyby substytut się nie sprawdził, wezmę ze sobą Toby'ego, ale kiedy nadszedł czas opuścić Szaleństwo, psa nigdzie nie było. W pobliskim sklepie turystycznym kupiłem opakowanie światełek chemicznych; teraz umieściłem je tam, gdzie według ściągawki miały stać świece. Wzywający, czyli w tym wypadku ja, miał scedować część swojej esencji — tak w magicznych traktatach z końca osiemnastego wieku pisano o „oddaniu części magii" — na krąg wokół pentagramu. Stworzono do tego celu specjalną *forma*, ale nie miałem czasu, żeby się jej nauczyć. Zamiast tego Nightingale zasugerował, żebym po prostu stworzył ognik we wnętrzu pentagramu.

Odetchnąłem głęboko, przywołałem ognik i posłałem go na środek pentagramu. Poprawiłem latarkę i zacząłem na głos odczytywać z notatnika wezwanie. Oryginał ciągnął się przez cztery strony rękopisu, ale udało nam się z Nightingale'em trochę go skrócić.

— Nicholasie Wallpenny — zacząłem. — Usłysz mój głos, przyjmij me dary, powstań i przemów.

I nagle stał przede mną, z tak samo rozbieganymi oczkami jak zawsze.

— Kiedy tylko pana zobaczyłem, wiedziałem, że jest pan wyjątkowy — powiedział. — Pańskiego szefa nie ma w pobliżu, co?

— Jest tam, za bramą.

— I lepiej, żeby tam został. Miałem rację co do jegomościa mordercy, nie?

— Myślimy, że to duch Pulcinelli.

— Co takiego? Pana Puncha? Chyba wysuszył pan jednego za dużo. Wracajże, człowieku, na melinę.

— Zeszłej nocy prosiłeś mnie o pomoc.

— Czyżby? — zapytał Nicholas. — Wtedy wyszłoby na to, że się pruję i jestem sprzedawczyk, a nikt nigdy nie powiedział o Nicholasie Wallpennym, że wystawił swojaka łapsom, bo a nuż przysłano by wtedy do niego rzeźników.

Rzucił mi znaczące spojrzenie. „Pruć się" oznaczało w dawnej gwarze londyńskiej donosić, a „rzeźnik" w tych samych kręgach oznaczał człowieka, którego wynajęto, by kogoś pobił (pewnie od rzezi, jaką po sobie zostawiał).

— To prawdziwa ulga — odparłem. — Jak... ci służy śmierć?

— Obleci — powiedział Nicholas. — Nie mogę narzekać. Z pewnością mamy tu o wiele mniejszy tłok, niż to bywało kiedyś. Jako że to Kościół Aktorów i w ogóle, nigdy nie brakuje nam wieczornych rozrywek. Miewamy nawet czasem artystów na gościnnych występach dla naszej głębszej podbudowy moralnej. Był u nas ten słynny Henry Pyke, Pyke przez „Y", zwracam uwagę. Osobliwa to postać. Ze względu na swój długi nos ma niezwykłe wzięcie u pań.

Nie podobało mi się to, jak wyglądał Nicholas — spięty, nerwowy, jakby miał zlać się potem, gdyby tylko nadal się pocił. Zastanawiałem się, czy się nie wycofać, ale okrutna prawda jest taka, że informatorzy, martwi czy żywi, są po to, by z nich korzystać, kiedy to konieczne.

— Ten... Henry Pyke planuje dłuższe występy?

— Najlepiej byłoby powiedzieć, że kupił cały teatr.

— A, to doskonale. Mam jakąś szansę załapać się na występ?

— Cóż, panie posterunkowy, aż tak bym się nie wyrywał, żeby trafić na listę płac — odparł Nicholas. — Pan Pyke potrafi być przedziwnie surowy dla reszty gwiazdorskiej obsady, a śmiem twierdzić, że obmyślił już dla pana rolę.

— Mimo wszystko chętnie poznałbym... — zacząłem mówić, ale Nicholas nagle zniknął.

Pentagram był pusty, pośrodku płonął tylko mój ognik. Zanim zdążyłem go zgasić, poczułem, jak coś łapie mnie za głowę i dosłownie wciąga do pentagramu. Spanikowałem, zacząłem się zapierać i rozpaczliwie wykręcać, próbując się wyrwać. Nightingale niezwykle kategorycznie przestrzegł mnie, żebym nie wchodził do pentagramu, a ja nie zamierzałem sprawdzać dlaczego. Szarpnąłem głową do tyłu, ale czułem, że ciągnięty do przodu — w stronę pentagramu — piętami skrobię o darń. I wtedy to zobaczyłem: pod moim ognikiem w centrum pentagramu majaczył mroczny cień, niczym wylot jamy wykopanej w ziemi. Widziałem korzenie trawy i robaki rozpaczliwie wijące się i próbujące wcisnąć się z powrotem w ściany jamy, warstwy gleby i londyńskiej gliny rozmywające się w ciemności.

Znalazłem się niemal na krawędzi, kiedy zdałem sobie sprawę, że cokolwiek mnie ciągnie, działa poprzez mój własny czar. Spróbowałem zgasić ognik, ale on nadal płonął, przybierając teraz posępny żółty odcień. Odchyliłem się tak bardzo do tyłu, że bez mała leżałem w bliskiej pionu pozycji, ale moje pięty nadal orały trawnik, przesuwając się do przodu.

Usłyszałem krzyk Nightingale'a i obejrzałem się przez ramię. Zobaczyłem, że biegnie do mnie ile sił w nogach. Miałem okropne przeczucie, że nie zdąży na czas. Zdesperowany mogłem zrobić jeszcze jedno. Niełatwo się skoncentrować, kiedy coś człowieka ciągnie w otchłań nicości, ale zmusiłem się do głębokiego wdechu i wykonałem prawidłową *forma*. Nagle ognik zapłonął ognistą czerwienią. Wykonałem w umyśle kształt, który, jak miałem nadzieję, doleje magii, ale nie wiedziałem, czy mi się udało. Moje pięty orały już obrzeża pentagramu, a ja poczułem gorączkę podniecenia, głód przemocy, cały ocean wstydu i upokorzenia oraz pragnienie zemsty.

Pchnąłem ognisty pocisk o pół metra i wypuściłem go.

Rozległ się rozczarowująco cichy łoskot, jaki mógłby wydać upadający na ziemię ciężki słownik. A potem grunt uniósł się pod moimi nogami i mnie przewrócił, aż przekoziołkowałem do tyłu. Uderzyłem w gałęzie wiśni za mną i dostrzegłem w przelocie kolumnę ziemi strzelającą w górę niczym pociąg towarowy opuszczający tunel, zanim spadłem z drzewa i grunt dołożył swoje pięć groszy do moich siniaków.

Nightingale złapał mnie za kołnierz i odciągnął, kiedy wokół nas spadał deszcz kwiatów wiśni i grudek ziemi. Wielka bryła wylądowała mi na głowie i rozprysła się, przez co strużka ziemi wsypała mi się za kołnierz.

A potem zapadła cisza. Nie było słychać nic prócz odległego ruchu ulicznego i wycia alarmu samochodu w pobliżu. Czekaliśmy pół minuty, żeby złapać oddech, na wypadek gdyby miało wydarzyć się coś jeszcze.

— Nie zgadnie pan! — powiedziałem. — Mam imię i nazwisko.

— Masz cholerne szczęście, że nadal masz głowę — odparł Nightingale. — Jak się nazywa?

— Henry Pyke.

— Pierwsze słyszę.

Zgodnie z przewidywaniami moja latarka zdechła, więc Nightingale zaryzykował przywołanie ognika. Tam, gdzie znajdowała się dziura, teraz była płytka niecka mająca trzy metry średnicy. Trawnik został całkiem zniszczony, zmielony na mieszankę martwej trawy i startej na proch gleby. Coś krągłego i brudnego leżało obok moich stóp. To była czaszka. Podniosłem ją.

— To ty, Nicholasie? — zapytałem.

— Odłóż to, Peter — zbeształ mnie Nightingale. — Nie wiadomo, gdzie to leżało.

Rozejrzał się po bałaganie, którego narobiliśmy w ogrodzie.

— Proboszcz nie będzie tym zachwycony.

Odłożyłem czaszkę, a wtedy zauważyłem coś jeszcze, co utknęło w ziemi. To był cynowy znaczek z tańczącym szkieletem. Rozpoznałem, że „nosił" go Nicholas Wallpenny. Musiał zostać z nim pochowany.

— Powiedzieliśmy mu przecież, że polujemy na wandali — przypomniałem.

Podniosłem znaczek i poczułem ledwie wyczuwalny rozbłysk — dym papierosowy, piwo i konie.

— Być może, ale wątpię, żeby zaakceptował to jako wytłumaczenie.

— Może wyciek gazu?

— Nie ma przewodu gazowego pod kościołem — odparł Nightingale. — Nabierze podejrzeń.

— Nie nabierze, jeśli powiemy mu, że historyjka z wyciekiem gazu to przykrywka, a tak naprawdę wykopaliśmy niewypał.

— Niewybuch? Po co tak to komplikować?

— Bo wtedy będziemy mogli wrócić z koparką i porządnie przeszukać okolicę. Sprawdzić, czy nie uda nam się ekshumować tego Henry'ego Pyke'a i zmielić go na grobową mączkę.

— Szelma z ciebie, Peter — powiedział Nightingale.

— Dziękuję, panie inspektorze. Staram się, jak mogę.

Poza tym, że byłem szelmą, byłem też poobijany — miałem siniaka wielkości talerza na plecach i parę podobnych piękności na piersi i nogach. Powiedziałem lekarzowi, do którego trafiłem na pogotowiu, że pokłóciłem się z drzewem. Spojrzał na mnie dziwnie i odmówił przepisania mi czegokolwiek silniejszego na ból od nurofenu.

*

Mieliśmy więc imię i nazwisko: Henry Pyke. Nicholas dał mi do zrozumienia, że Pyke'a nie pochowano na cmentarzu Kościoła Aktorów, ale na wszelki wypadek sprawdziliśmy archiwa. Nightingale zadzwonił do Centralnego Urzędu Stanu Cywilnego w Southport, a ja szperałem w poszukiwaniu Pyke'a na Genepool, Familytrace i innych dostępnych w Internecie stronach do badań genealogicznych. Żaden z nas nie zaszedł zbyt daleko, ustaliliśmy tylko, że to bardzo popularne imię i przedziwnie powszechne nazwisko w Kalifornii, Michigan i stanie Nowy Jork. Spotkaliśmy się w powozowni, żebym ja mógł korzystać z Internetu, a Nightingale oglądać rugby.

— Nicholas wspomniał, że to artysta związany ze sceną — powiedziałem. — Możliwe, że to nawet człowiek od Puncha i Judy, „profesor". Scenariusz Picciniego opublikowano w tysiąc osiemset dwudziestym siódmym roku, ale Nicholas powiedział, że Pyke to starszy duch, więc obstawiałbym, że chodzi o koniec osiemnastego, początek dziewiętnastego wieku. Tyle że archiwa z tego okresu są całkiem bezużyteczne.

Nightingale patrzył, jak All Blacks przewalają się przez obrońcę Lions i zdobywają punkt. Sądząc po jego smutnej minie, szanse na zwycięstwo były znikome.

— Gdybyś tylko mógł porozmawiać z jakimiś wielbicielami teatru z tego okresu — powiedział.

— Chce pan przywołać więcej duchów?

— Myślałem o kimś, kto nadal żyje — odrzekł. — W pewnym sensie.

— Mówi pan o Oxleyu?

— I jego drogiej konkubinie, Izydzie, znanej także jako Anna Maria de Burgh Coppinger, metresa Johna Montagu, czwartego hrabiego Sandwich, i stała kochanka słynnego szekspirologa Henry'ego Irelanda. Opuściła ten padół łez w tysiąc osiemset drugim roku, prawdopodobnie dla zieleńszych pastwisk Chertsey.

— Chertsey?

— Tam płynie rzeka Oxley.

*

Skoro miałem znowu zobaczyć się z Oxleyem, pomyślałem, że równie dobrze mogę upiec dwie pieczenie na jednym ogniu. Zadzwoniłem do Beverley na jej wodoodporną komórkę i zapytałem, czy ma ochotę na wycieczkę. Na wypadek gdyby zakaz narzucony przez jej mamę nadal obowiązywał, zamierzałem wytłumaczyć, że chodzi o „załatwienie sprawy" z Ojcem Tamizą, ale nie miałem nawet okazji, żeby to powiedzieć.

— Pojedziemy jaguarem? — zapytała. — Bez urazy, ale twój drugi samochód śmierdzi.

Powiedziałem, że tak, i już kwadrans później dzwoniła domofonem. Najwyraźniej czaiła się gdzieś w okolicach West Endu.

— Mama kazała mi powęszyć w okolicy — powiedziała, wsiadając do jaguara. — Poszukać twojego rewenanta.

Miała na sobie czarne haftowane bolerko narzucone na czerwony golf, a do tego czarne leggínsy.

— Poznałabyś rewenanta, gdybyś go zobaczyła?

— Nie wiem, ale zawsze jest ten pierwszy raz.

Chciałem patrzeć, jak wsuwa pod deskę rozdzielczą długie nogi, ale uznałem, że temperatura jest już wystarczająco wysoka. Ojciec powiedział mi kiedyś, że sekret szczęśliwego życia polega na tym, żeby nigdy nie zaczynać z dziewczyną, jeżeli nie jest się gotowym pójść na całość, niezależnie od tego, dokąd to cię zawiedzie. To najlepsza rada, jakiej mi udzielił, i pewnie powód, dla którego się urodziłem. Skupiłem się na tym, żeby wyprowadzić jaguara z garażu, ruszyłem na południowy zachód i ponownie na niewłaściwą stronę rzeki.

W 671 roku założono opactwo na wyżej położonych terenach na południe od Tamizy, gdzie obecnie znajduje się Chertsey. To była typowa anglosaska placówka, na wpół ośrodek naukowy, na wpół centrum gospodarcze i schronienie dla tych synów arystokratów, którzy uważali, że w życiu chodzi o coś więcej niż tylko przeszywanie ludzi mieczem. Dwieście lat później wikingowie, którym przeszywanie ludzi mieczem nigdy się nie nudziło, splądrowali i spalili opactwo. Odbudowano je, ale mieszkańcy musieli czymś wkurzyć króla Edgara Spokojnego, ponieważ w 964 roku wykopał ich stamtąd i zastąpił benedyktynami. Ten zakon wierzył w życie wypełnione kontemplacją, modlitwą i naprawdę ogromnymi posiłkami, a ponieważ benedyktyni lubili jeść, oznaczało to, że nie było takiego kawałka ziemi uprawnej, którego nie chcieliby ulepszyć. Jednym z ich ulepszeń, zaprowadzonym gdzieś w XI wieku, było wykopanie osobnego kanału dla Tamizy z Penton Hook do Chertsey Weir, żeby zapewnić sobie wodę do napędzania młynów. Oczywiście to nie mnisi go wykopali, tylko zagonili do ciężkiej harówki jakichś chłopów. Ten sztuczny odpływ Tamizy jest zaznaczony na mapach jako Abbey River, ale kiedyś był znany jako Oxley Mills Stream.

Nie powiedziałem Beverley, dokąd jedziemy, ale sama się zorientowała, kiedy tylko zjechaliśmy z Clockhouse Roundabout i ruszyliśmy London Road w kierunku wspaniałego Staines.

— Nie mogę tam jechać — powiedziała. — To nie moje tereny.

— Spokojnie — odpowiedziałem. — Mamy pozwolenie.

To dziwne, że chociaż urodziłem się i wychowałem w Londynie, istnieją spore połacie miasta, których nigdy nie widziałem. Staines było jedną z nich, chociaż teoretycznie to już nie jest Londyn i dla mnie wygląda jak rustykalne miasteczko o niskiej zabudowie. Kiedy przejechaliśmy przez Staines Bridge, znalazłem się na anonimowym odcinku drogi okolonym wysokimi żywopłotami i parkanami, które zasłaniały mi widok z obu stron. Zwolniłem, dojeżdżając do ronda, i pożałowałem, że nie zainwestowałem w system GPS.

— Skręć w lewo — powiedziała Beverley.

— Dlaczego?

— Szukasz jednego z Synów Starego?

— Oxleya.

— No to skręć w lewo.

Skręciłem w pierwszy zjazd, mając to dziwne wrażenie dezorientacji, typowe, gdy prowadzi się samochód według cudzych wskazówek. Zobaczyłem przystań po lewej — kołyszące się rzędy białych i niebieskich jachtów motorowych, których monotonię przerywała od czasu do czasu łódź wiosłowa.

— To tu? — zapytałem.

— Nie bądź głupi, to Tamiza. Jedź prosto.

Przejechaliśmy po krótkim, współczesnym moście nad czymś, co — jak zapewniła mnie Beverly — było rzeką Oxleya, i dojechaliśmy do małego, dziwnego rondka. Zupełnie jakbyśmy wjechali do krainy karzełków, posiadłości o małych uliczkach, wzdłuż których stały otynkowane na różowo niskie domki. Skręciliśmy w prawo, równolegle do rzeki. Jechałem powoli na wypadek, gdyby jakiś mały gnojek miał wypaść na środek drogi i zacząć śpiewać.

— Tutaj — powiedziała Beverley, więc zaparkowałem wóz.

Wysiadłem, ale ona została w samochodzie.

— Myślę, że to kiepski pomysł.

— To naprawdę mili ludzie — przekonywałem ją.

— Jestem pewna, że są kulturalni i w ogóle, ale Ty się to nie spodoba.

— Beverley, twoja mama powiedziała, żebym to załatwił, i właśnie zamierzam to zrobić. A ty mi to ułatwiasz. Tyle że nic z tego nie wyjdzie, jeśli nie wysiądziesz z samochodu.

Beverley westchnęła, odpięła pasy i wysiadła. Przeciągnęła się i wygięła plecy, sprawiając, że jej piersi niepokojąco naparły na sweter. Przyłapała mnie na tym, że się gapię, i mrugnęła porozumiewawczo.

— Właśnie szykuję się do rozwiązywania problemów — powiedziała.

Nightingale powiedział, że zjedzenie ciasta Izydy było kiepskim pomysłem, więc tym bardziej wątpiłem, żeby zaaprobował fakt, że bratam się z nimfami lokalnych wód. Patrzyłem zatem na krągłą pupę Beverley i starałem się myśleć tylko o sprawach zawodowych. Poza tym była jeszcze Lesley, a ściśle rzecz biorąc, mglista nadzieja na Lesley w jakiejś bliżej nieokreślonej przyszłości.

Zadzwoniłem do drzwi i odsunąłem się grzecznie.

Usłyszałem, jak Izyda woła ze środka:

— Kto tam?!

— Peter Grant.

Otworzyła drzwi i rozpromieniła się na mój widok.

— Peter — powiedziała. — Co za miła niespodzianka.

Dostrzegła Beverley za moimi plecami i chociaż nie przestała się uśmiechać, w jej oczach błysnęła rezerwa.

— A to kto? — spytała.

— To Beverley Brook — wyjaśniłem. — Pomyślałem, że najwyższy czas, żebyśmy poznali się, jak należy. Beverley, to Izyda.

Beverley ostrożnie wyciągnęła rękę, a Izyda ją uścisnęła.

— Miło mi cię poznać, Beverley. Siedzimy na tyłach, lepiej przejdźmy przez dom.

I chociaż Izyda nie zrobiła czegoś równie uwłaczającego godności jak puszczenie się biegiem, przeszła przez dom szybkim krokiem żony, która jest zdecydowana dotrzeć do męża z szokującą wiadomością, zanim uczynią to goście. Nim wyszliśmy przez drzwi kuchenne, dostrzegłem w przelocie małe, schludne pokoiki z kwiecistą tapetą i perkalem.

Teren za parterowym domkiem wychodził prosto na rzekę, a Oxley wybudował sobie drewniany pomost wychodzący w głąb rzecznego rozlewiska. Dwie wspaniałe wierzby płaczące przy obu końcach basenu osłaniały go od zewnątrz. Panowało tu takie samo wrażenie chłodu i bezczasowości jak w wioskowym kościele. Oxley stał nago w basenie, brązowa woda ochlapywała mu uda. Wyszczerzył zęby do Izydy, która rozpaczliwie machała rękami z krawędzi pomostu, jakby mówiła: „Zachowuj się!". Spojrzał poza nią na nadchodzącą Beverley i mnie.

— Co to jest? — zapytał.

Zauważyłem napięcie pojawiające się w jego ramionach i przysięgam, że słońce schowało się za chmurą — chociaż to mógł być po prostu zbieg okoliczności.

— To jest — odparłem — Beverley Brook. Powiedz „dzień dobry", Beverley.

— Dzień dobry — powiedziała.

— Pomyślałem, że najwyższy czas, żebyście poznali drugą stronę — dodałem.

Oxley przestąpił z nogi na nogę, a Beverley za moimi plecami zrobiła krok w tył.

— Prawda, że to bardzo miłe? — rzuciła promiennie Izyda. — Może napijemy się po filiżance dobrej herbaty?

Oxley otworzył usta, jakby chciał coś powiedzieć, ale poszedł po rozum do głowy i odwrócił się do żony, mówiąc:

— Herbata to świetny pomysł.

Odetchnąłem, Beverley zachichotała nerwowo, a słońce wyszło zza chmury. Wziąłem Beverley za rękę i pociągnąłem przed siebie. Oxley miał szczupłą sylwetkę robotnika o twardych, żylastych mięśniach — Izyda najwyraźniej lubiła twardych facetów. Beverley, co ciekawe, bardziej zainteresowała się wodą.

— Ładnie tu — stwierdziła.

— Masz ochotę wejść? — zapytał Oxley.

— Bardzo chętnie — powiedziała i ku mojemu bezgranicznemu zdumieniu jednym gładkim ruchem ściągnęła z siebie golf i bolerko, wyskoczyła z legginsów i w niezapomnianym rozbłysku nagich brązowych członków rzuciła się do wody.

Rozważnie cofnęliśmy się z Izydą, żeby uniknąć zachlapania. Oxley mrugnął do mnie i spojrzał na żonę.

— Ty też wskakujesz, kochana?

— Mamy jeszcze drugiego gościa — odparła sztywno Izyda. — Niektórzy z nas nie zapomnieli o manierach.

Beverley wypłynęła na powierzchnię i stanęła w wodzie po pas, z bezczelnym uśmiechem i nagimi piersiami. Jej sutki — nie mogłem tego nie zauważyć — były wielkie i sztywne. Spojrzała na mnie dwuznacznie spod ciężkich powiek. O ile jej matka była jak wciągający prąd podpowierzchniowy, o tyle Beverley nie można było się oprzeć, jak bystrej, czystej rzece w gorące letnie popołudnie.

Już zacząłem rozpinać koszulę, kiedy poczułem na ramieniu rękę Izydy.

— Naprawdę jesteś nadzwyczaj łatwowiernym młodym człowiekiem — powiedziała. — Co my, u licha, z tobą poczniemy?

Oxley zanurkował. Beverley z chytrym uśmieszkiem na ustach spojrzała na mnie, przekrzywiła głowę i wślizgnęła się pod wodę.

Izyda zaproponowała, żebym usiadł przy plastikowym ogrodowym stole, a potem, mrucząc pod nosem, zebrała rozrzucone ubrania Beverley, złożyła je schludnie i przerzuciła przez poręcz do suszenia prania przy tylnych drzwiach. Oxleya i Beverley nie było widać już od minuty. Spojrzałem na Izydę, która robiła wrażenie nieporuszonej.

— Nie będzie ich jeszcze co najmniej pół godziny — powiedziała i przygotowała nam herbatę.

Patrzyłem na wodę, kiedy Izyda się krzątała, ale nie było widać nawet bąbelków powietrza. Powiedziałem sobie, że musieli popłynąć poza basen i wynurzyć się gdzieś za drzewami, ale nie brzmiało to przekonująco nawet dla mnie samego. Izyda wypowiedziała standardowe zapewnienie, gdy nalewała mi herbatę, i zaproponowała kawałek cytrynowego ciasta, ale grzecznie odmówiłem. Zapytałem, czy pamięta Henry'ego Pyke'a. Przyznała, że to nazwisko brzmi znajomo.

— Jestem pewna, że był aktor o tym nazwisku — powiedziała. — Tyle że zawsze było tylu aktorów, tylu pięknych mężczyzn. Moja dobra przyjaciółka Anne Seymour miała lokaja mulata, który mógłby być twoim bratem. Był postrachem wszystkich podkuchennych. — Pochyliła się i spojrzała mi w oczy. — Czy ty też jesteś postrachem podkuchennych?

Pomyślałem o Molly.

— Muszę przyznać, że nie — odpowiedziałem.

— Nie, rzeczywiście, widzę to — przyznała Izyda i usiadła prosto. — Został zamordowany — dodała nagle.

— Lokaj?

— Henry Pyke. A przynajmniej krążyła taka plotka. Kolejna ofiara niesławnego Charlesa Macklina.

— Kto to był?

— Najstraszliwszy Irlandczyk — powiedziała Izyda. — Za to wyśmienity aktor. Zabił już wcześniej człowieka w Theatre Royal w czasie kłótni o perukę. Dźgnął go laską w oko.

— Cudownie.

— Sam rozumiesz, miał prawdziwy irlandzki temperament.

Macklin odniósł w młodości sukces jako aktor i odszedł z zawodu w kwiecie wieku, żeby zająć się handlem dżinem, szybko jednak wypadł z interesu. Zmuszony wrócić na scenę stał się nieodmiennie lubianym stałym elementem Theatre Royal przy Drury Lane.

— Uwielbiano go tam — powiedziała Izyda. — Zawsze można było go zobaczyć na jego ulubionym miejscu w kanale dla orkiestry, tuż za muzykami. Pamiętam, że Anne lubiła go pokazywać.

— I zabił Henry'ego Pyke'a?

— Według plotki tak, chociaż tuzin świadków mówił, że nie.

— Czy ci świadkowie byli przyjaciółmi Macklina?

— I wielbicielami.

— Wie pani, gdzie pochowano Henry'ego Pyke'a?

— Przykro mi, ale nie. Wtedy prawie wybuchł wokół tego skandal. Ale spodziewałabym się, że u Świętego Pawła, bo to powinna być jego parafia.

Oczywiście miała na myśli kościół św. Pawła w Covent Garden, Kościół Aktorów. Ciągle wracaliśmy do tego jednego, cholernego punktu.

Rozległ się plusk i Beverley wybiegła na pomost, jakby pod wodą były ukryte schody. Była ciemna, gładka i naga jak foka; moglibyście strzelić mi z karabinu koło ucha, a i tak bym nie spojrzał. Odwróciła się do rzeki i podskakiwała jak dziecko.

— Pokonałam cię — cieszyła się.

Oxley wyszedł z rzeki z taką godnością, jakiej można się spodziewać po nagim białym mężczyźnie w średnim wieku.

— Szczęście nowicjuszki — odparł.

Beverley rzuciła się na krzesło obok mnie. Oczy jej błyszczały, a woda perliła się na rękach, gładkiej skórze ramion i pagórkach piersi. Uśmiechnęła się do mnie, a ja próbowałem patrzeć jej w twarz. Oxley podbiegł chyłkiem, usiadł na krześle naprzeciwko i bez żadnego wstępu, ignorując spojrzenia Izydy, wziął sobie kawałek ciasta.

— Przyjemnie się pływało? — zapytałem.

— Tam w dole są rzeczy, jakich sobie nawet nie wyobrażasz, Peter — powiedziała Beverley.

— Masz mokre włosy.

Dotknęła wyprostowanych włosów, które już zaczynały się skręcać. Nadal patrzyłem, aż nagle przypomniała sobie, że jest całkiem naga.

— O, cholera — zaklęła i rzuciła Izydzie spanikowane spojrzenie. — Przepraszam.

— Ręczniki są w łazience, skarbie — odpowiedziała pani domu.

— Na razie — rzuciła Beverley i pobiegła do tylnych drzwi.

Oxley zaśmiał się i sięgnął po następny kawałek ciasta. Izyda uderzyła go w rękę.

— Idź i włóż coś na siebie — powiedziała. — Ty okropny staruchu.

Oxley westchnął i poszedł do domu, a Izyda popatrzyła za nim z czułością.

— Zawsze są tacy po pływaniu — powiedziała.

— Pani też pływa?

— O, tak — odpowiedziała i zarumieniła się odrobinę. — Jednakże nadal jestem stworzeniem nadrzecznym. Oni zachowują w sobie równowagę pomiędzy wodą i lądem; im więcej czasu spędzają z nami, tym bardziej stają się do nas podobni.

— A im więcej czasu pani spędza z nimi?

— Nie śpiesz się z wejściem do wody — powiedziała Izyda. — To nie jest decyzja, którą podejmuje się pochopnie.

*

Beverley milczała, kiedy wracaliśmy na zachód. Zapytałem, czy chce, żeby gdzieś ją podrzucić.

— Możesz zawieźć mnie do domu? — poprosiła. — Myślę, że muszę porozmawiać z mamą.

Musiałem więc przejechać przez całe miasto do cudownego Wapping w towarzystwie Beverley zbyt przygaszonej, żeby odezwać się słowem, co już samo w sobie było niepokojące. Kiedy podwiozłem ją pod apartamentowiec, zawahała się, wysiadając, i powiedziała mi, żebym uważał. Zapytałem, na co mam uważać, ale ona wzruszyła ramionami i zanim zdążyłem ją powstrzymać, pocałowała mnie w policzek. Patrzyłem, jak wysiada z samochodu, a rąbek swetra opina się na jej tyłku, i zastanawiałem się, co tu, u diabła, jest grane.

Nie zrozumcie mnie źle, podobała mi się Beverley Brook, ale byłem nieco podejrzliwy, zwłaszcza że obie z matką najwyraźniej potrafiły wywołać erekcję nawet u mchu, jeśli tylko miały taki kaprys. Ostrzeżenie Izydy, żeby nie wchodzić do wody z kimś, kto nie jest w stu procentach człowiekiem, dopełniało miary.

Zaczynały się godziny szczytu, kiedy jechałem z powrotem do Szaleństwa. Zachmurzyło się i deszcz zabębnił o przednią szybę. Byłem przekonany, że Oxley i Beverley przypadli sobie do gustu. Kiedy widziałem ich, jak stali ramię w ramię w rzece, stwarzali wrażenie… swobodnych w swoim towarzystwie, to chyba najlepsze słowo, albo nawet zżytych jak kuzyni. Bartholomew, który potrafił zanudzić na śmierć, pisząc na temat *genii locorum*, obstawał, że „duchy natury", jak je nazywał, zawsze przejmują coś z charakteru miejsca, które reprezentują. Ojciec i Mama Tamiza byli duchami tej samej rzeki — gdybym zdołał zbliżyć ich do siebie, ich prawdziwa natura wzięłaby w nich górę.

A jeśli to oznaczało kilka dni patrzenia na Beverley w rzece, to byłem gotów zapłacić tę cenę.

Zastanawiałem się, czy nie odezwać się do Lesley, ale jednak zamknąłem garaż i przeszedłem przez park do stacji metra przy Russell Square. Kupiłem kwiaty w stoisku przy metrze i bez widocznego powodu złapałem pociąg zmierzający w zupełnie inne miejsce.

9.
PRZYNĘTA

Pojechałem metrem aż do Swiss Cottage i przeszedłem jedną czwartą Fitzjohn's Avenue, kiedy zacząłem się zastanawiać, co robię. Nie chodziło tylko o to, że porzuciłem samochód na rzecz transportu publicznego, ale też o to, że wchodziłem na jedno z najbardziej stromych wzgórz Londynu, chociaż mogłem złapać pociąg do Hampstead i po prostu zejść ze wzgórza. Nadal było jasno i popołudniowe słońce przebijało się przez szpary między drzewami rosnącymi wzdłuż alei. Kwiaty w mojej ręce to były róże, fioletowa odmiana tak ciemna, że wydawały się niemal czarne. Zastanawiałem się, dla kogo mogą być.

Było wystarczająco ciepło, żebym odpiął krawat i schował go do kieszeni marynarki. Nie chciałem zjawić się spocony, więc dałem sobie czas i szedłem spacerowym krokiem w cieniu platanów posadzonych wzdłuż chodnika. To był jeden z tych dni, kiedy nie możesz się uwolnić od melodii i cały czas ją nucisz. Tym razem chodziło o stare wspomnienie, *Digging Your Scene* Blow Monkeys. Zważywszy na to, że płytę z tym kawałkiem wydano, kiedy jeszcze byłem w pieluchach, cud, że znałem słowa. Śpiewałem, że „znowu chcę być sobą" z trzeciego refrenu, kiedy dotarłem na miejsce. Dom okazał się wysoką gotycką konstrukcją z pseudowieżami w każdym narożniku i otwieranymi pionowo oknami o białych framugach. Wyłożone marmurem schody prowadziły do imponujących drzwi frontowych, ale zignorowałem je i wszedłem boczną furtką — wiedziałem, dokąd idę. Poprawiłem marynarkę, otarłem czubki butów o łydki, po czym usatysfakcjonowany pchnąłem furtkę i wszedłem.

Boczną ścianę domu obsadzono kapryfolium, tworząc w ten sposób słodko pachnący korytarz, który wychodził na szeroki, słoneczny ogród. Schludnie przystrzyżony trawnik okalały eleganckie rabaty z surfiniami, nagietkami i tulipanami. Dwie ogromne terakotowe donice pękające w szwach od wiosennych kwiatów strzegły schodów prowadzących na słoneczne patio, pośrodku którego popołudniowe słońce rozlewało się wokół fontanny. Nawet ja widziałem, że to nie jest rzecz ze sklepu ogrodniczego albo jakiegoś hipermarketu. To było delikatne marmurowe poidełko dla ptaków z posągiem pośrodku — nagą postacią niosącą wodę. Włoski renesans, być może — miałem za mało zajęć z historii sztuki, żeby wiedzieć na pewno. Fontanna była wiekowa i podniszczona, marmur poodpryskiwał w wielu miejscach, a od ramienia do pachwiny nimfy rysowała się przebarwiona strużka od wody wypływającej z tykwy.

Woda pachniała słodko i kusząco — idealna rzecz po moim długim, powolnym spacerze pod górę. Przystojna kobieta w średnim wieku czekała na mnie koło fontanny. Miała na sobie żółtą bawełnianą sukienkę, słomkowy kapelusz i sandały z odkrytymi palcami. Kiedy podszedłem bliżej, zobaczyłem, że ma oczy matki — czarne i skośne jak u kota, ale skórę jaśniejszą niż Beverley i ładny, prosty, fotogeniczny nos.

W pobliżu obecnego Marble Arch znajdowały się kiedyś szubienice, na których wieszano przestępców ze starego Londynu. Szubienice nazwano od wioski, której mieszkańcy tak wspaniale zarabiali na makabrycznych widowiskach, że zbudowali trybuny, by przyciągnąć klientów. Samą wioskę nazwano z kolei od przepływającej przez nią rzeki. Rzeka ta nazywała się Tyburn. Powieszono tu biedną Elizabeth Barton, Jacka Dżentelmena (chociaż wcześniej cztery razy zdołał uciec) i wielebnego Jamesa Hackmana za zamordowanie pięknej Marthy Ray. Wiedziałem o tym wszystkim, ponieważ po tym, jak Beverley wspomniała imię siostry, mówiąc o niej jako tej, która „zna ludzi, którzy się liczą", postanowiłem poszperać trochę na jej temat.

— Pomyślałam, że najwyższy czas, żebyśmy sobie pogawędzili — oznajmiła Tyburn.

Dałem jej kwiaty, a ona przyjęła je, śmiejąc się z zachwytem. Przyciągnęła moją głowę i pocałowała mnie w policzek. Pachniała cygarami, skórą siedzeń w nowych autach, końmi, pastą do polerowania mebli, stiltonem, belgijskimi czekoladkami, a pod tym wszystkim wyczuwało się konopny sznur, tłum i ostatni spadek w nicość.

Wyśledziłem źródła wszystkich zaginionych rzek Londynu — przynajmniej tyle, ile zdołałem. Niektóre, jak w przypadku Beverley Brook, Lea albo Fleet, były łatwe do znalezienia, ale lokalizacja źródła Tyburn, legendarnego Shepherd's Well, zaginęła w czasie szaleńczej, napędzanej parą wiktoriańskiej ekspansji Londynu w drugiej połowie dziewiętnastego wieku. Fontanna ewidentnie stała nad źródłem, ale podejrzewałem, że wcześniej została skradziona przez przedsiębiorczego urzędnika w ostatnich dniach Imperium.

Byłem spragniony, chętnie bym się czegoś napił.

— O czym chciałaby pani porozmawiać? — zapytałem.

— Na początek chciałabym się dowiedzieć, jakie są twoje intencje względem mojej siostry.

— Moje intencje? — W ustach całkiem mi zaschło. — Moje intencje są jak najuczciwsze.

— Doprawdy? — powiedziała i przykucnęła, żeby wyjąć zza fontanny wazon. — To dlatego zabrałeś ją na spotkanie z łazęgami?

„Łazęga" to nie jest słowo, jakiego powinien używać dobrze wychowany młody policjant.

— Chodziło tylko o wstępne rozpoznanie — odpowiedziałem. — A Oxley i Izyda nie są łazęgami.

Tyburn przeciągnęła grzbietem dłoni po plecach marmurowej nimfy i strużka z tykwy zamieniła się w mocny strumień, który napełnił wazon.

— Mimo wszystko — powiedziała, rozpakowując kwiaty — nie są to ludzie, z którymi chciałoby się, żeby zadawała się siostra.

— Nie możemy wybierać sobie rodziny — odparłem radośnie. — Na szczęście możemy wybierać sobie przyjaciół.

Tyburn posłała mi ostre spojrzenie i zaczęła układać róże. Wazon był zwyczajny, o płaskim dnie jak laboratoryjna kolba pomiarowa, wykonany z włókna szklanego polakierowanego na zielono — z rodzaju tych, które sprzedaje się za pięćdziesiąt pensów z samochodu.

— Nie mam nic przeciwko Staremu i jego ludziom, ale mamy dwudziesty pierwszy wiek i to jest moje miasto, a ja nie wypruwałam sobie flaków po to, żeby jakiś „wędrujący dżentelmen" wprowadził się z powrotem i zabrał to, co moje.

— A co pani uważa za swoje?

Udała, że nie słyszy. Ułożyła ostatnie róże i postawiła wazon na murku patio w pobliżu. Kiedy kupowałem kwiaty, róże już się kończyły i zaczynały więdnąć. Gdy tylko Tyburn włożyła je do wazonu, odżyły, rozwinęły się pięknie i nawet pociemniały.

— Peter — powiedziała — widziałeś organizację w Szaleństwie, a raczej jej brak. Wiesz, że rząd oficjalnie nie zajął żadnego stanowiska, a związek Szaleństwa z policją stołeczną opiera się całkowicie na zwyczaju, praktyce i, Boże dopomóż, tradycji. To wszystko trzyma się w kupie na ślinę, wosk i dzięki starym znajomościom, to typowa brytyjska mieszanina. Ten jeden raz, kiedy poproszono, żeby Szaleństwo dało coś z siebie, straszliwie zawiodło. Mam dostęp do dokumentów, o których istnieniu nawet nie wiesz, na temat miejsca w Niemczech zwanego Ettersburg. Powinieneś zapytać o nie swojego mentora.

— Formalnie rzecz biorąc, to mój Mistrz — odpowiedziałem. — Złożyłem przysięgę jako jego uczeń.

Język miałem kołkowaty i wysuszony, jakbym przez całą noc spał z otwartymi ustami.

— Nie mam nic więcej do dodania — orzekła Tyburn. — Wiem, że to niezgodne z narodowym charakterem, ale nie żałujesz, że nie jesteśmy trochę bardziej zorganizowani w tych kwestiach, odrobinę bardziej dorośli? Zabiłoby nas, gdybyśmy mieli oficjalną sekcję w rządzie zajmującą się zjawiskami nadnaturalnymi?

— Ministerstwo Magii? — zapytałem.

— Ha, ha, ha, bardzo zabawne.

Chciałem się dowiedzieć, dlaczego nie zaproponowała mi herbaty. Przyniosłem kwiaty i uważałem, że w zamian mogłem spodziewać się przynajmniej filiżanki herbaty, piwa albo choćby łyku wody. Odchrząknąłem i zabrzmiało to nieco chrapliwie. Zerknąłem na fontannę i wodę wlewającą się do misy.

— Podoba ci się? — zapytała Tyburn. — Misa to raczej nieudolna podróbka siedemnastowiecznego włoskiego wzoru, ale rzeźbę wykopano, kiedy budowano stację metra Swiss Cottage. — Oparła rękę na twarzy posągu. — Marmur pochodzi z Belgii, ale archeolodzy zapewniali mnie, że rzeźbę wykonano tu, na miejscu.

Nie mogłem pojąć, dlaczego nie chcę napić się wody. Piłem już kiedyś wodę, kiedy zabrakło pod ręką piwa, kawy albo dietetycznej coli. Piłem wodę z butelki, a czasem z kranu. Kiedy byłem dzieckiem, stale piłem kranówę. Wbiegałem do mieszkania cały spocony i zgrzany po zabawie i nawet nie nalewałem jej sobie do szklanki, po prostu odkręcałem kran i wsuwałem pod niego usta. Jeżeli mama mnie na tym przyłapywała, dostawałem zwykle burę, ale tata mówił tylko, że muszę uważać. „A co, jeśli wyskoczy ryba?", mawiał. „Połknąłbyś ją, zanimbyś się zorientował". Tata zawsze mówił takie rzeczy i dopiero jako siedemnastolatek zrozumiałem, że to dlatego, że chodził wiecznie nawalony.

— Przestań — wymamrotałem.

Uśmiechnęła się do mnie ślicznie.

— Co takiego?

Nie mam specjalnych oporów, jeśli idzie o upijanie się, ale zawsze nadchodzi taki moment wieczorem, kiedy łapię się na tym, że patrzę, jak wpadam na różne rzeczy, i myślę sobie: mam już tego dość i czy mógłbym odzyskać panowanie nad własnym mózgiem, bardzo proszę? Tak samo zaczęło mnie irytować nagłe pragnienie przywiezienia kwiatów do Hampstead i napicia się wody z dziwnej fontanny. Próbowałem zrobić krok do tyłu, ale udało mi się ledwie szurnąć nogami.

Uśmiech Tyburn zgasł.

— Czemu się nie napijesz? — zapytała.

Za bardzo się zapędziła i wiedziała o tym. I wiedziała, że ja wiem, że ona wie. Jakikolwiek wpływ wykorzystała przeciwko mnie, była to moc zbyt subtelna, by poradzić sobie z tak oczywistą sugestią. Poza tym zawsze się zastanawiałem nad tą rybą w kranie.

— Dobry pomysł — odparłem. — Przy drodze jest pub. Chodźmy tam.

— Ty cwany łajdaku — powiedziała, a ja podejrzewałem, że nie mnie miała na myśli. Pochyliła się i spojrzała mi w oczy. — Wiem, że jesteś spragniony. Napij się wody.

Coś gwałtownie szarpnęło moim ciałem w stronę fontanny. To był odruch, jak skurcz w nodze albo czkawka, ale tym razem całe ciało dążyło do celu, który nie był moim celem — to było przerażające. Zdałem sobie sprawę, że Stary Tamiza i Mama Tamiza nie próbowali tak naprawdę zapanować nade mną, a gdyby chcieli, mogliby mnie zmusić do fikania po całym pokoju. Ta moc musiała mieć jakieś ograniczenia, bo inaczej co by powstrzymywało Mamę Tamizę albo Starego przed pójściem na Downing Street i podyktowaniem warunków? Myślę, że ludzie zauważyliby, gdyby do tego doszło — przede wszystkim Tamiza byłaby czystsza.

To musiał być Nightingale, zdałem sobie nagle sprawę. Przeciwwaga, ludzki równoważnik nadnaturalnego. A to oznaczało, że nie mogli go kontrolować. Jedyną rzeczą, która odróżniała inspektora od zwykłego gościa, była jego magia, a to znaczyło, że magia musi stanowić obronę. To było naciągane wnioskowanie, ale niełatwo jest myśleć, kiedy personifikacja historycznej londyńskiej rzeki próbuje nad tobą zapanować.

Chciałem zyskać na czasie, więc spróbowałem rzucić się do tyłu. Nie zadziałało, ale powstrzymało następne szarpnięcie w stronę fontanny. Nightingale nie nauczył mnie jeszcze, jak blokować magię, więc zamiast tego skorzystałem z *Impello*. Stworzenie *forma* w umyśle okazało się o wiele łatwiejsze, niż się spodziewałem (potem zastanawiałem się, czy to, co robiła Tyburn, cokolwiek to było, nie zadziałało na instynktowną część mojego umysłu, zamiast na jego „wyższe" funkcje), więc trochę mnie poniosło.

— *Impello* — powiedziałem i spróbowałem podnieść posąg z piedestału.

Tyburn wytrzeszczyła oczy, słysząc trzask pękającego marmuru. Obróciła się gwałtownie, odrywając ode mnie wzrok. Nagle wolny zatoczyłem się do tyłu. Kształt w umyśle wymknął mi się spod kontroli i głowa posągu rozpadła się w grad marmurowych odłamków. Poczułem uderzenie w ramię, ostre cięcie na twarzy i kawałek marmuru wielkości małego psa uderzył w terakotę na patio koło moich stóp.

Poidełko dla ptaków też pękło i woda wyciekała z niego, rozlewając się po patio jak krwawa plama. Tyburn odwróciła się i spojrzała na mnie. Miała rozcięcie na czole, a jej letnia sukienka była rozerwana nad biodrem.

Stała się bardzo cicha, i to nie był dobry znak. Zetknąłem się już z takim milczeniem — w przypadku mojej mamy i kobiety, której brata właśnie potrącił pijany kierowca. Ludzie zostali uwarunkowani przez media i myślą, że czarne kobiety zawsze wrzeszczą, potrząsają głowami, zawodzą i krzyczą: „Nie, niemożliwe!", a jeśli nie są butne, to zachowują się z godnością mimo poniewierania, nie poddają się i mówią: „Nie rozumiem, dlaczego ludzie nie mogą się ze sobą dogadać". Jeżeli jednak widzisz, jak czarna kobieta milknie, tak jak teraz

Tyburn, z błyszczącymi oczami, zaciśniętymi ustami i twarzą jak maska pośmiertna, to właśnie dorobiłeś się wroga na całe życie: koniec, kropka i cześć pieśni.

Nie stój i nie próbuj o tym rozmawiać — zaufaj mi, nic dobrego z tego nie wyniknie. Posłuchałem własnej rady i wycofałem się. Tyburn nie spuszczała ze mnie spojrzenia czarnych oczu, patrząc, jak wychodzę, a kiedy tylko znalazłem się bezpieczny w bocznym przejściu, odwróciłem się i dałem nogę najszybciej, jak mogłem. Nie zbiegłem ze wzgórza do metra, ale zszedłem naprawdę pośpiesznym krokiem. W pobliżu podnóża stała budka telefoniczna, której potrzebowałem, ponieważ podczas niszczenia posągu miałem baterię w komórce. Zadzwoniłem do operatora, podałem numer identyfikacyjny i zostałem przełączony na komórkę Lesley. Chciała wiedzieć, gdzie się podziewałem, bo najwyraźniej beze mnie wszystko się pochrzaniło.

— Uratowaliśmy niewidomego gościa — powiedziała. — Chociaż nie dzięki tobie.

Nie chciała podać żadnych szczegółów, ponieważ „twój szef chce cię tu widzieć, najlepiej już wczoraj". Zapytałem, co to znaczy „tu", a ona wyjaśniła, że chodzi o kostnicę w Westminsterze. Wściekłem się, bo może i uratowaliśmy niewidomego, ale jakiś biedny sukinkot mimo to stracił twarz. Powiedziałem, że przyjadę jak najszybciej.

Dałem się podwieźć lokalnym radiowozem do stacji Swiss Cottage i wskoczyłem do pociągu na linii Jubilee, żeby dojechać do miasta. Wątpiłem, czy Lady Ty ma dość ludzi albo w ogóle zamierza obstawić wszystkie stacje, a jednym z plusów rozwalenia sobie telefonu był fakt, że nie można było się pod niego podpiąć, tak samo jak nie działałyby też żadne pluskwy, które mogła mi podrzucić. Naprawdę nie jestem paranoikiem, ale teraz takie rzeczy można kupić przez Internet.

Godziny szczytu osiągnęły pełnię, kiedy wsiadłem do pociągu. Tłum w wagonie był na granicy między stanem, w którym człowiek jest gotów zapomnieć o swojej przestrzeni osobistej, i chwilą, kiedy wszyscy stoją upakowani jak sardynki w puszce. Zauważyłem, że niektórzy pasażerowie zerkają na mnie, gdy zająłem miejsce plecami do drzwi łączących jeden wagon z następnym. Wysyłałem mieszane sygnały: garnitur i uspokajający wyraz mojej twarzy wskazywały jedno, a fakt, że ewidentnie dopiero co wdałem się w bójkę i byłem mieszanej rasy, drugie. To mit, że londyńczycy nie dostrzegają się wzajemnie w metrze — jesteśmy doskonale świadomi obecności innych i przez cały czas przerabiamy w myślach scenariusze „co by było, gdyby" oraz stosowne do nich strategie działania. Co by było, gdyby ten elegancki, przystojny, lecz egzotycznej urody młodzieniec poprosił mnie o pieniądze? Dam czy odmówię? Jeśli zażartuje, czy zareaguję, a jeżeli tak, to czy będzie to nieśmiały uśmiech, czy rechot? A jeżeli został raniony w walce, to czy potrzebuje pomocy? A co, jeśli, pomagając mu, dam się wciągnąć w groźną sytuację, w przygodę albo dziki romans z przedstawicielem innej rasy? Czy spóźnię się na kolację? A jeżeli rozepnie marynarkę i wrzaśnie: „Bóg jest wielki!", to czy zdążę rzucić się na podłogę w drugim końcu wagonu?

Przez cały czas większość z nas opracowywała strategie pozwalające uniknąć tarć, aby chronić pokój w obecnych czasach, w naszym wagonie i — na miłość boską — przynajmniej dopóki nie dojadę do domu. Ludzie powyżej sześćdziesiątki nazywają to zwykłą uprzejmością i chodzi w niej o to, żebyśmy się nawzajem nie pozabijali. To było jak *vestigia*: człowiek nie jest świadom ich istnienia, ale odruchowo dostosowuje zachowanie do zgromadzonej wokół niego magii. To dzięki temu duchy trwają, zdałem sobie sprawę — żyły z *vestigia* jak dioda z baterii alkaicznej, maksymalnie oszczędzając energię. Przypomniałem sobie martwą przestrzeń, jaką był dom wampirów z Purley. Według Nightingale'a wampiry były zwykłymi ludźmi, którzy zostali „zainfekowani" (nikt do końca nie wiedział, w jaki sposób ani dlaczego) i zaczęli się żywić magicznym potencjałem otoczenia, włącznie z *vestigia*.

— Ale to nie wystarczy żywej istocie do przetrwania — powiedział wtedy Nightingale. — Więc ruszają na łowy i szukają magii.

Według Isaaca Newtona najlepszym jej źródłem byli ludzie, ale nie da się ukraść magii istocie ludzkiej ani żadnej innej formie życia bardziej skomplikowanej od śluzorośli z wyjątkiem chwili śmierci, a nawet wtedy nie jest to łatwe. Zadałem oczywiste pytanie: po co picie krwi? Inspektor powiedział, że tego nie wie nikt. Spytałem, dlaczego nikt nie przeprowadził eksperymentów, a on rzucił mi dziwne spojrzenie.

— Przeprowadzono pewne eksperymenty — przyznał po dłuższej puazie. — W czasie wojny. Jednak efekty uznano za nieetyczne i zaplombowano dokumentację.

— Zamierzaliśmy wykorzystać wampiry w czasie wojny? — zapytałem.

Zaskoczyły mnie niekłamana uraza i gniew na twarzy Nightingale'a.

— Nie — odparł ostro, a potem już nieco powściągliwiej dodał: — Nie my, tylko Niemcy.

Czasem, kiedy ktoś ci mówi, żeby nie pchać gdzieś nosa, lepiej tego nie robić.

Genii locorum, takie jak Beverley, Oxley i reszta dysfunkcjonalnej rodziny Tamizy, na pewnym poziomie także były żywymi istotami i też czerpały moc z otoczenia. Zarówno Bartholomew, jak i Polidori sugerowali, że pobierają pożywienie ze „wszystkich najprzeróżniejszych i niezliczonych form życia i magii w obrębie swoich domen". Podchodziłem do tego sceptycznie, ale byłem skłonny zaakceptować fakt, że żyją w symbiozie ze swoimi „domenami", podczas gdy wampiry są ewidentnie pasożytami. A jeśli duchy odzwierciedlały ten podział? Jeżeli Nicholas Wallpenny był w jakimś stopniu częścią *vestigia*, które zamieszkiwał i z których czerpał moc jak symbiont, to wtedy rewenant mógłby być pasożytem, duchem-wampirem. To by tłumaczyło mózgi ofiar wyglądające jak skurczone kalafiory — wyssano z nich całą magię.

Co oznaczało, że wezwanie, którego dokonałem za pomocą kalkulatorów, nie dało nic poza tym, że zaspokoiło apetyt Henry'ego Pyke'a na magię. Zastanawiałem się też, czy nie dałoby się przyciągnąć rewenanta, rozsypując magię jak zgniłe resztki, kiedy wabi się rekina. Zanim pociąg stanął przy Baker Street, zacząłem już układać plan działania.

Metro to dobre miejsce do tego typu olśnień, bo o ile nie masz czegoś do czytania, nie znajdziesz tu niczego innego do roboty.

*

Tym razem, kiedy zjawiłem się w kostnicy w Westminsterze, nie musiałem nawet pokazywać legitymacji. Strażnicy od razu mnie przepuścili. Nightingale czekał na mnie w szatni. Zakładając na siebie cały rynsztunek, opowiedziałem mu pokrótce o moim spotkaniu z Tyburn.

— Zawsze chodzi o dzieci — powiedział Nightingale. — Im nigdy nie wystarcza status quo.

— Jak ocalił pan ślepca? — zapytałem.

— Okazuje się, że to nie są „ślepcy" — odpowiedział Nightingale — tylko „niewidomi". Niezwykle energiczna młoda dama wyjaśniła mi to bardzo obszernie, kiedy czekaliśmy w szpitalu.

— To jak ocalił pan niewidomego?

— Żałuję, że nie mogę sobie przypisać żadnej zasługi. To był pies przewodnik. Kiedy tylko doszło do sekwestracji…

— Sekwestracji?

Najwyraźniej takie pojęcie wymyślił doktor Walid, żeby opisać, co się dzieje z normalną istotą ludzką przejętą przez naszego rewenanta. To prawniczy termin określający zajęcie majątku danej osoby na poczet spłaty długu albo z racji tego, że uznano, iż został zdobyty niezgodnie z prawem. W tym wypadku zajętym majątkiem było ciało człowieka.

— Kiedy rozpoczęła się sekwestracja, pies przewodnik, który, jak mniemam, nazywał się Malcolm, wpadł w szał i odciągnął potencjalną ofiarę. Inspektor Seawoll już rozstawił swoich ludzi w miejscach zbiórek i jeden z nich interweniował, zanim nasz biedny zasekwestrowany Punch rzuciłby się za niewidomym.

— Kolejny triumf dobrze poinformowanej policji — zauważyłem.

— Rzeczywiście — przyznał Nightingale. — To twoja przyjaciółka, posterunkowa May, pierwsza zjawiła się na miejscu zdarzenia.

— Lesley? Założę się, że nie była tym zachwycona.

— Cytuję jej słowa: „Dlaczego to się zawsze przytrafia właśnie mnie, do kurwy nędzy?".

— Więc kim była nasza zasekwestrowana ofiara za życia?

— A kto mówi, że ona nie żyje? — zdziwił się Nightingale.

Poprowadził mnie korytarzem, do miejsca, gdzie znajdowała się sala wyposażona jak mobilny oddział intensywnej opieki, co jest — jak się nad tym zastanowić — niepokojącą rzeczą w kostnicy. Lesley siedziała zgarbiona na krześle w kącie pokoju. Kiedy weszliśmy, uniosła rękę na powitanie. Łóżko stało w otoczeniu maszynerii, która syczała, popiskiwała albo bezgłośnie mrugała. W łóżku leżał Terrence Pottsley, lat dwadzieścia siedem, z Sedgefield, hrabstwo Durham, kierownik zaopatrzenia w Tesco; najbliżsi krewni z pewnością nie zostali jeszcze poinformowani. Z twarzy wyrastał mu gąszcz stali nierdzewnej — medyczne rusztowanie, tak to nazywano. Doktor Walid miał nadzieję, że umożliwi udaną operację rekonstrukcji twarzy, kiedy już rozwiążą kwestię sekwestracji pana Pottsleya.

— A ja narzekałam, kiedy nosiłam aparat na zębach — powiedziała Lesley.

— Jest przytomny? — zapytałem.

— Podobno utrzymują go w stanie, który nazywają „śpiączką farmakologiczną" — odpowiedział Nightingale. — Oxley wiedział, z kim mamy do czynienia?

— Izyda wiedziała. Pamiętała Henry'ego Pyke'a jako kiepskiego aktora zamordowanego przez Charlesa Macklina, który odniósł o wiele większy sukces w zawodzie.

— To tłumaczyło urazę — przyznał Nightingale.

— Został aresztowany? — zapytała Lesley.

— Archiwa są niepełne — powiedziałem. — Możliwe, że Pyke'a aresztowano…

— Nie Pyke — przerwała mi Lesley. — Macklin. Fakt, że upiecze ci się jedno morderstwo, może być kwestią przypadku, ale żeby dwa... To wydaje się cholernie mało prawdopodobne. Już nie wspominając o tym, że niesprawiedliwe.

— Macklin dożył sędziwego wieku — powiedział Nightingale. — Był stałym elementem życia w Covent Garden. Wiedziałem o pierwszym morderstwie, ale nigdy nie słyszałem o Henrym Pyke'u.

— Możemy porozmawiać o tym gdzie indziej? — poprosiła Lesley. — Przy tym gościu robię się nerwowa.

Ponieważ byliśmy (w większości) gliniarzami, „gdzie indziej" oznaczało pub albo stołówkę. Stołówka znajdowała się bliżej. Zanim przedstawiłem mój plan, poczekałem, aż dołączy do nas doktor Walid.

— Mam pomysł — oznajmiłem.

— Lepiej, żeby to nie był „szczwany plan" — powiedziała Lesley.

Nightingale spojrzał na nią pytająco, ale przynajmniej doktor Walid się zaśmiał.

— W gruncie rzeczy — odrzekłem — to jest szczwany plan.

Nightingale miał przy sobie wydruk scenariusza Picciniego. Otworzyłem go i zwróciłem ich uwagę na scenę, która następuje po tym, jak Punch pozbył się niewidomego żebraka. Pojawia się wtedy posterunkowy, żeby zaaresztować Puncha za zabicie żony i dziecka.

— Będę posterunkowym z następnej sceny.

— Zgłaszasz się na ochotnika do strącenia głowy kijem? — zapytał doktor Walid.

— Gdy przeczyta pan scenariusz, przekona się pan, że posterunkowy wychodzi żywy ze spotkania. Tak samo jak funkcjonariusz, który pojawia się chwilę później.

— Domyślam się, że to będę ja — odezwał się Nightingale.

— No, chyba że ja — wtrąciła Lesley.

— Nie bardzo widzę, jak to ma zadziałać — wahał się Nightingale. — Henry Pyke nie ma powodu, żeby zaaranżować spotkanie z nami, niezależnie od tego, jak dobrze pasujemy do jego małego przedstawienia.

Doktor Walid położył palec na scenariuszu i powiedział:

— Punch pyta: „Kto po pana posłał?", na co posterunkowy odpowiada: „Posłano mnie po pana". Punch nie ma wyboru, dopada go własne przeznaczenie. „Nie chcę posterunkowego", mówi.

— Myślę, że zupełnie opacznie rozumiecie Puncha — odezwała się Lesley. — Zakładacie, że jest jak nadnaturalny seryjny morderca, który ugrzązł w odgrywaniu przedstawienia o Punchu i Judy. A jeśli jest czymś innym?

— Na przykład? — zapytałem.

— Na przykład manifestacją społecznego trendu, uosobieniem występku i nieporządku, takim superdresiarzem. Duch rozruchów i rebelii wśród londyńskiego motłochu.

Spojrzeliśmy na nią zdumieni.

— Zapomniałeś, że ja też zdawałam maturę — dodała Lesley.

— Masz jakiś inny plan? — zapytałem.

— Nie. Chodzi mi tylko o to, żebyś był ostrożny. To, że myślisz, że wiesz, co robisz, nie znaczy, że rzeczywiście wiesz, co robisz.

— Cieszę się, że to sobie wyjaśniliśmy.

— Nie ma sprawy. Nawet jeśli dorwiecie Henry'ego, co wtedy?

To było dobre pytanie. Spojrzałem na Nightingale'a.

— Mogę śledzić jego ducha — powiedział. — Jeśli zbliżę się wystarczająco, mogę dotrzeć do jego starych kości.

— A wtedy co? — zapytała Lesley.

Znów spojrzałem na Nightingale'a.

— Wykopiemy go, zmielimy kości na proch, wymieszamy z solą kamienną i wysypiemy do morza.

— I to podziała? — zdziwiła się Lesley.

— Do tej pory działało — odparł doktor Walid.

— Będziecie potrzebowali nakazu — zauważyła Lesley.

— Nie w przypadku ducha — powiedziałem.

Lesley wyszczerzyła zęby i podsunęła mi pod nos scenariusz. Popukała łyżeczką w stronę, więc przeczytałem linijkę: „Posterunkowy: «Co pan nie powie. Popełnił pan morderstwo i mam nakaz aresztowania pana»".

— Jeśli chcesz zagrać tę rolę, będziesz potrzebował wszystkich rekwizytów.

— Nakaz aresztowania ducha — powiedziałem.

— To przynajmniej nie nastręczy większych trudności — orzekł Nightingale. — Chociaż oznacza, że będziemy musieli odłożyć operację schwytania na późniejszą porę dziś wieczorem.

— Naprawdę zamierza pan to przeprowadzić? — zapytała Lesley.

Spojrzała na mnie z niepokojem. Posłałem jej swoje najlepsze niefrasobliwe spojrzenie, ale podejrzewam, że wyglądało raczej jak bezpodstawny optymizm.

— Uważam, posterunkowa May, że to nasza jedyna opcja — odpowiedział Nightingale. — Byłbym niezwykle wdzięczny, gdyby poinformowała pani o wszystkim inspektora Seawolla i poprosiła go, żeby stawił się w gotowości w Covent Garden o jedenastej wieczór.

— Aż tak późno? — spytałem. — Henry Pyke może nie czekać tak długo.

— Nakaz dostaniemy najwcześniej o jedenastej — powiedział Nightingale.

— A jeśli się nie uda?

— To przyjdzie kolej Lesley, żeby wymyślić lepszy plan — odparł.

Wróciliśmy do Szaleństwa, gdzie Nightingale zniknął w magicznej bibliotece (prawdopodobnie po to, żeby pozakuwać zaklęcia do namierzania rewenanta), a ja poszedłem na górę do swojego pokoju, żeby wyjąć z szafy mundur. Musiałem poszukać hełmu i w końcu znalazłem go pod łóżkiem razem ze srebrnym gwizdkiem w środku — absurdalną, acz nadal obecną częścią współczesnego umundurowania. Ponieważ mój najnowszy telefon nie przeżył fontanny Tyburn, wyjąłem z biurka policyjnego airwave'a i włożyłem do niego baterie. Kiedy spakowałem zestaw razem z kurtką od munduru do torby, zdałem sobie sprawę, że mój pokój nadal wygląda jak nieużywany, miejsce, w którym pomieszkuję, dopóki nie trafi się nic lepszego.

Przerzuciłem torbę przez ramię, a kiedy się odwróciłem, zobaczyłem Molly stojącą w progu. Przechyliła głowę.

— Nie wiem — powiedziałem. — Ale zjemy na mieście.

Zmarszczyła brwi.

— To ja będę nadstawiał tyłek — powiedziałem, ale to nie zrobiło na niej wrażenia. — Jemu nic się nie stanie.

Rzuciła mi sceptyczne spojrzenie, po czym odpłynęła bezszelestnie. Gdy wyszedłem z pokoju, nigdzie już jej nie było widać. Zszedłem na parter i poczekałem na Nightingale'a w czytelni. Pojawił się pół godziny później ubrany w „roboczy" garnitur i z laską w ręku. Zapytał, czy jestem gotowy, a ja odpowiedziałem, że owszem.

Był piękny wiosenny wieczór, dlatego, zamiast wziąć jaguara, przeszliśmy spacerkiem koło British Museum, przecięliśmy Museum Street i weszliśmy w Drury Lane. Chociaż szliśmy nieśpiesznie, nadal zostało nam trochę wolnego czasu, więc w pobliżu Theatre Royal wpadliśmy na curry do knajpki o obiecującej nazwie „House of Bengal".

Kiedy oglądałem menu — szczęśliwie pozbawione ziemniaków, zapiekanek o grubej, przypieczonej skórce, puddingów z dodatkiem łoju i zagęszczonych sosów — zdałem sobie sprawę, dlaczego Nightingale lubi jeść na mieście.

Inspektor wziął sobie jagnięcinę z dziką pomarańczą, a ja zadowoliłem się kurczakiem po madrasku, tak ostrym, że Nightingale'owi napłynęły łzy do oczu. Dla mnie był ciut za łagodny. Indyjskie jedzenie niczym nie przeraża chłopca, który wychował się na kurczaku z orzeszkami ziemnymi i ryżem *jelof*. Motto kuchni z Afryki Zachodniej mówi, że jeśli obrus nie zapala się od potrawy, kucharz oszczędzał na pieprzu. Tak naprawdę takie motto nie istnieje — po prostu mojej mamie w głowie się nie mieści, że ktokolwiek zechciałby jeść coś, co nie wypala mu ust.

Czekając, zamówiliśmy piwo, a Nightingale zapytał, jak idą moje dyplomatyczne zabiegi.

— Pomijając twoje drobne ścięcie z Tyburn.

Opowiedziałem mu o wizycie nad rzeką Oxleya i reakcji Beverley. Pominąłem cały wątek z moją ochotą wskoczenia do wody. Powiedziałem, że moim zdaniem poszło dobrze i że strony przypadły sobie do gustu.

— To już coś, na czym możemy budować.

— Rozwiązywanie konfliktów — powiedział Nightingale. — Tego teraz uczą w Hendon?

— Tak, panie inspektorze. Ale proszę się nie martwić, uczą nas też, jak pobić człowieka książką telefoniczną, i pokazują dziesięć najlepszych sposobów podłożenia dowodów.

— Dobrze wiedzieć, że nadal kultywuje się stare umiejętności ważne dla rzemiosła.

Napiłem się piwa.

— Tyburn nie jest wielką fanką dawnego porządku rzeczy.

— Peter, że też ze wszystkich dzieci Matki Tamizy musiałeś pokłócić się akurat z Lady Ty. — Nightingale machnął widelcem. — To dlatego nie rzucamy czarów, dopóki nie ukończymy szkolenia.

— A co miałem robić?

— Mogłeś z nią porozmawiać, przekonać ją — odpowiedział. — Za kogo ją wziąłeś, za gangstera? Myślałeś, że prześle ci kulkę między oczy? Przycisnęła cię, żeby zobaczyć, jak daleko się posuniesz, a ty zawaliłeś sprawę.

Jedliśmy przez chwilę curry. Miał rację, spanikowałem.

— Mówi się „pośle ci kulkę" — powiedziałem. — Nie prześle, tylko pośle.

— Aha.

— Nie wygląda na to, żeby się pan tym specjalnie zmartwił, panie inspektorze — powiedziałem. — Tą sprawą z Lady Ty.

Nightingale przełknął kęs jagnięciny i odpowiedział:

— Peter, zamierzamy właśnie okpić potężnego rewenanta, który, o ile mi wiadomo, zabił ponad dziesięć osób. — Pogrzebał w ryżu. — Nie będę się martwił Lady Ty, dopóki nie przeżyjemy tej przygody.

— Jeśli dobrze pamiętam, to ja robię za przynętę jako „posterunkowy” ze scenariusza. A zważywszy na to, że to ja nadstawiam tyłek, to czy jest pan pewien, że zdoła go pan namierzyć?

— Nic nie jest pewne, ale zrobię, co w mojej mocy.

— A jeśli nie znajdziemy jego grobu? Mamy jakiś plan B?

— Molly zna się na hemomancji — powiedział Nightingale. — To naprawdę robi wrażenie.

Przewertowałem swój skromny zasób greki.

— Wróżenie z krwi?

Nightingale pożuł w zamyśleniu i przełknął.

— Może nie jest to najlepsze określenie — powiedział. — Molly potrafi rozszerzyć twoje wyczucie *vestigia* na znaczną odległość.

— Jak znaczną?

— Dwóch do trzech mil. Robiłem to tylko raz, więc trudno mi powiedzieć.

— Jak to jest?

— Jak wejście w świat duchów. Z tego, co wiem, to może rzeczywiście wchodzi się do świata duchów. Możliwe, że w ten sposób uda się znaleźć Henry'ego Pyke'a.

— Dlaczego od razu nie możemy załatwić tego w ten sposób?

— Ponieważ istnieje prawdopodobieństwo pięć do jednego, że nie przeżyjesz tego doświadczenia.

— No tak — przyznałem — w takim razie lepiej nie załatwiać tego od razu w ten sposób.

*

Gdyby można było powiedzieć, że mój zawód — łapacza złodziei, nie czarodzieja — miał swój początek gdzieś w Londynie, to chodziłoby o Bow Street i Henry'ego Fieldinga, sędziego, autora powieści satyrycznych i założyciela organizacji znanej jako Gońcy z Bow Street. Jego dom znajdował się tuż obok Opery Królewskiej, która wtedy była po prostu Teatrem Królewskim w Covent Garden, a Macklin, grywając w nim, dorabiał sobie do zysków ze sprzedaży dżinu. Wiem o tym wszystkim, ponieważ Channel 4 nakręcił film na ten temat. Występował w nim gość, który grał imperatora w *Gwiezdnych wojnach*. Kiedy Henry Fielding zmarł, jego stanowisko sędziego przejął niewidomy młodszy brat, John, który wzmocnił Gońców z Bow Street, ale najwidoczniej nie dość solidnie, żeby powstrzymać Macklina przed zatłuczeniem Henry'ego Pyke'a na śmierć, właściwie tuż pod ich nosem. Nic dziwnego, że Henry się wściekł. Ja na pewno bym się wkurzył.

Tu powstał pierwszy prawdziwy posterunek policji w Londynie, który w dziewiętnastym wieku przeniesiono na drugą stronę ulicy i przekształcono w sąd przy Bow Street, pewnie najsłynniejszy sąd w Brytanii po Old Bailey. To tutaj skazano Oscara Wilde'a za zakłócenie porządku publicznego. To stąd William Joyce, czyli sam Lord Haw-Haw, zaczął swój krótki spacer do stryczka. Bliźniacy Kray siedzieli w tutejszym areszcie śledczym po zamordowaniu Jacka McVitiego. W 2006 roku sprzedano budynek magnatowi ziemskiemu, który przerobił go na hotel, bo chociaż historia i tradycja mają dużo w Londynie do powiedzenia, to jednak pieniądz przemawia słodko i kusząco niczym syrena.

Oryginalny budynek został z kolei zastąpiony przez kryty bazar kwiatowy o łukowatym dachu z żelaza i szkła. Eliza Doolittle, którą zagrała Audrey Hepburn w *My Fair Lady*, mogłaby kupować tam swoje fiołki, zanim ruszała w miasto, żeby popisać się najgorzej zagraną londyńską gwarą, nie licząc Dicka Van Dyke'a. Kiedy w latach dziewięćdziesiątych przebudowano Operę Królewską, pochłonęła ona większość sąsiedztwa, w tym także bazar kwiatowy. I dlatego właśnie znaleźliśmy się w okolicach wejścia prowadzącego za kulisy Opery, gdzie Nightingale spodziewał się spotkać gościa, który wpuści nas do środka.

To było nie tyle wejście dla aktorów, ile raczej podjazd dla ciężarówek. Widziałem magazyny o mniejszych zatoczkach do załadunku, a tu w dodatku stał przemysłowych rozmiarów dźwig do przenoszenia ogromnych palet scenicznych z piętra na piętro. Terry, łysiejący drobny mężczyzna w beżowym rozpinanym swetrze — człowiek Nightingale'a — powiedział, że ważą powyżej piętnastu ton i że kiedy nie są używane, przechowuje się je w magazynie w Walii. Nie wyjaśnił, dlaczego akurat w Walii.

— Przyszedłem zobaczyć się z Sędzią — powiedział Nightingale.

Terry z powagą skinął głową i poprowadził nas ciągiem wąskich, pomalowanych na biało korytarzy i przez rozliczne zalecane przez przepisy BHP drzwi przeciwpożarowe, które niemiło kojarzyły mi się z westminsterską kostnicą. Wylądowaliśmy w niskim magazynie, który kiedyś, jak zapewnił nas Nightingale, był parterem bazaru kwiatowego.

— Dokładnie tam, gdzie kiedyś znajdował się salon domu pod numerem cztery — powiedział i odwrócił się do naszego przewodnika. — Nie martw się, Terry, trafimy do wyjścia.

Terry pomachał nam wesoło i wyszedł. Ściany były zastawione brzydkimi półkami ze stali i płyty pilśniowej, zawalonymi kartonowymi pudłami i hurtowymi opakowaniami serwetek, wykałaczek i tuzinów tac. Środek pomieszczenia pozostał pusty i tylko kilka rys zdradzało, że stały tam kiedyś regały. Próbowałem wyczuć *vestigia*, ale początkowo trafiałem tylko na kurz i połamany plastik. A potem coś wyczułem, dosłownie na skraju percepcji... pergamin, stary pot, wyprawiona skóra i rozlane porto.

— Sąd duchów — powiedziałem. — Żeby zdobyć nakaz aresztowania ducha?

— Symbole mają władzę nad duchami — powiedział Nightingale. — Często wywołują większy efekt niż wszystko, czego możemy użyć ze świata materialnego.

— A to dlaczego?

— Szczerze mówiąc, Peter — powiedział Nightingale — pamiętam zajęcia, na których uczyliśmy się o tym, i wiem, że czytałem stosowne fragmenty z Bartholomew, możliwe nawet, że pisałem na ten temat esej, ale niech mnie diabli, jeśli pamiętam jakiekolwiek wyjaśnienie.

— Jak zamierza mnie pan tego nauczyć, jeśli sam pan nie wie?

Nightingale popukał się lekko laską w pierś.

— Zamierzałem odświeżyć sobie pamięć, zanim dojdziemy do tej części twojej edukacji — odparł. — Wiem, że co najmniej dwóch moich Mistrzów tak postępowało, a w tamtych czasach mieliśmy wyspecjalizowanych nauczycieli.

Nagle zdałem sobie sprawę, że Nightingale chce, żeby mu dodać otuchy, co uznałem za niezwykle niepokojący objaw.

— Po prostu niech pan się pilnuje, żeby cały czas być przede mną — powiedziałem. — Jak znajdziemy Sędziego?

Nightingale się uśmiechnął.

— Musimy tylko zwrócić na siebie jego uwagę.

Odwrócił się i odezwał do pustego środka pokoju:

— Kapitan Nightingale przyszedł spotkać się z pułkownikiem.

Zapach starego potu i rozlanego wina nasilił się i przed nami pojawiła się postać. Ten duch był bardziej przezroczysty od mojego starego przyjaciela Wallpenny'ego, szczuplejszy i bardziej widmowy, ale oczy mu zabłysły na nasz widok. Sir John Fielding nosił czarną przepaskę na niewidzących oczach, a Nightingale zwrócił się do pułkownika, więc zgadywałem, że był to pułkownik sir Thomas de Veil, człowiek tak słynący z korupcji, że zdołał zaszokować społeczeństwo osiemnastowiecznego Londynu, a historycy powszechnie uważali go za najbardziej skorumpowanego człowieka w historii Wysp Brytyjskich.

— Czego chcesz, kapitanie? — zapytał de Veil.

Głos miał słaby i odległy, a wokół niego bardziej wyczuwałem, niż widziałem, mgliste zarysy mebli: biurka, krzesła, biblioteczki. Legenda głosiła, że de Veil miał specjalny prywatny gabinet, w którym przeprowadzał „sądowe przesłuchiwania" oskarżonych i świadków płci żeńskiej.

— Potrzebuję nakazu aresztowania — odpowiedział Nightingale.

— Na tych samych warunkach co zawsze? — zapytał de Veil.

— Oczywiście.

Inspektor wyjął z kieszeni marynarki rulon grubego papieru i wręczył go de Veilowi. Duch wyciągnął przezroczystą rękę i wyjął rulon z palców Nightingale'a. Chociaż zrobił to jak gdyby nigdy nic, byłem przekonany, że wysiłek związany z przemieszczeniem materialnego przedmiotu co nieco go kosztował. Prawa termodynamiki ewidentnie tu działały — wszystkie długi trzeba spłacić w całości.

— A którego szubrawca zamierzamy aresztować? — zapytał, kładąc papier na przezroczystym biurku.

— Henry'ego Pyke'a, Wysoki Sądzie — odpowiedział Nightingale. — Który znany jest pod imieniem Puncha, a także Pulcinelli.

Oczy de Veila zabłysły, a usta zadrżały.

— Zatem teraz aresztujemy lalki, kapitanie?

— Powiedzmy raczej, że lalkarza, Wysoki Sądzie.

— A zarzut?

— Zamordowanie żony i dziecka.

De Veil przekrzywił głowę.

— Była sekutnicą?

— Słucham, Wysoki Sądzie?

— Daj spokój, kapitanie — żachnął się de Veil. — Żaden mężczyzna nie uderzy żony niesprowokowany. Była sekutnicą?

Nightingale się zawahał.

— Straszliwą — powiedziałem. — Proszę wybaczyć, Wysoki Sądzie. Jednakże dziecko było niewinne.

— Język kobiety może doprowadzić mężczyznę do najstraszliwszych czynów — orzekł de Veil. — Co sam mogę poświadczyć. — Mrugnął do mnie, a ja pomyślałem: pięknie, nigdy nie zapomnę tego obrazu. — Jednakże dziecko było niewinne i z tego powodu Pyke musi zostać aresztowany i doprowadzony przed równych sobie.

Pióro pojawiło się w widmowej ręce de Veila, który zamaszystym gestem wypisał dla nas nakaz.

— Ufam, że pamiętasz, jakie są warunki wstępne?

— Mój posterunkowy zajmie się formalnościami — odpowiedział Nightingale.

To była dla mnie nowina. Spojrzałem na Nightingale'a, który prawą ręką wykonał gest *Lux*. Skinąłem głową, dając znać, że zrozumiałem.

De Veil ostentacyjnie dmuchnął na atrament, by go osuszyć, zanim zwinął nakaz w rulon i oddał z powrotem Nightingale'owi.

— Dziękuję, Wysoki Sądzie — powiedział inspektor. — Kiedy będzie pan gotowy, posterunkowy — dodał do mnie.

Stworzyłem ognik i posłałem do de Veila, który ujął go delikatnie w prawą dłoń. Chociaż nadal podtrzymywałem czar, światełko przygasło; domyśliłem się, że de Veil wysysa z niego magię. Trwało to z minutę, dopóki Nightingale nie machnął ręką. Wtedy zakończyłem czar. De Veil westchnął, gdy światełko zgasło, i w podzięce skinął w moim kierunku głową.

— Tak malutko — rzucił tęsknie i zniknął.

Nightingale podał mi rulon papieru.

— Teraz zostałeś należycie zaopatrzony — powiedział.

Rozwinąłem papier i bez szczególnego zdziwienia zobaczyłem, że karta nadal jest pusta.

— Chodźmy i aresztujmy Henry'ego Pyke'a — rzucił Nightingale.

Kiedy już wyszliśmy z magazynu, włożyłem baterie z powrotem do airwave'a i skontaktowałem się z Lesley.

— Nami się nie martw — powiedziała. — Całkiem przyjemnie nam się czeka, aż wreszcie ruszysz tyłek.

W tle słyszałem głosy, brzęk kieliszków i najnowszy singiel Duty Small. Nie współczułem jej ani trochę — siedziała w pubie. Zasugerowałem, że chyba nadszedł najwyższy czas, żeby ona i reszta wsparcia zajęli swoje miejsca w gotowości.

Praca policyjna opiera się na systemach, procedurach i planowaniu — nawet gdy polujesz na istotę nadnaturalną. Kiedy już ja, Nightingale, Seawoll, Stephanopoulos i Lesley wzięliśmy się za opracowanie szczegółów operacji, zabrało nam to mniej niż piętnaście minut, ponieważ odwalaliśmy standardową identyfikację, powstrzymanie, namierzenie i aresztowanie. Moim zadaniem było zidentyfikowanie najnowszej ofiary Henry'ego Pyke'a. Kiedy już to zrobię, Nightingale rzuci czar i namierzy ducha Henry'ego aż po sam grób. Ludzie Seawolla zajmą się powstrzymaniem go, gdyby wszystko się pochrzaniło, podczas gdy doktor Walid będzie czekał w pogotowiu z mobilnym zespołem urazowym, żeby pomóc każdemu nieszczęśnikowi, który będzie miał tego pecha, że odpadnie mu twarz. W tym czasie sierżant detektyw Stephanopoulos siedziała w pogotowiu z mikrobusem pełnym budowlańców najętych za półtorej stawki godzinowej i — jak odkryłem później — minikoparką, żeby wykopać grób, gdziekolwiek zostanie zlokalizowany. Miała też drugi mikrobus, pełen mundurowych, żeby pilnowali tłumu, na wypadek gdyby się okazało, że Henry'ego Pyke'a pochowano w jakimś niewygodnie ludnym miejscu, takim jak pub albo kino. Teoretycznie całą akcją zawiadywał Seawoll, co — jestem pewien — wprawiło go w szampański humor.

Wszyscy powinni znajdować się na swoich miejscach, kiedy Nightingale i ja wyszliśmy z Opery Królewskiej tylnymi drzwiami i wynurzyliśmy się z powrotem na Bow Street. Zważywszy na to, że Henry Pyke został pobity na śmierć przez Charlesa Macklina niecałe dziesięć metrów w górę ulicy, obaj uznaliśmy, że to idealne miejsce do rozpoczęcia naszych małych łowów. Niechętnie otworzyłem torbę i przywdziałem kurtkę mundurową oraz ten swój cholerny, idiotyczny hełm. Nawiasem mówiąc, wszyscy w policji nie cierpimy tego kretyńskiego hełmu, który jest bezużyteczny w walce, a człowiek wygląda w nim jak niebieski długopis ze skuwką. Nosimy go nadal tylko dlatego, że wszystkie inne projekty uznano za jeszcze gorsze. Z drugiej strony, jeżeli miałem odegrać rolę posterunkowego, powinienem wyglądać tak jak on.

Dochodziła północ. Niedobitki wielbicieli opery wysypywały się tego wieczoru z gmachu i kierowały do stacji metra albo na postój taksówek. Bow Street była cicha i pusta jak żadna inna ulica w centrum Londynu.

— Na pewno potrafi pan go namierzyć? — zapytałem.

— Ty zrób swoje, a ja zajmę się moją robotą.

Poprawiłem pasek hełmu i skontaktowałem się przez airwave'a. Tym razem odebrał Seawoll, który powiedział mi, żebym skończył z głupotami i wziął się do roboty. Odwróciłem się, żeby zapytać, czy wyglądam stosownie do swojej roli, i spojrzałem prosto na mężczyznę w eleganckim garniturze, kiedy wyszedł z cienia przy tylnym wyjściu opery i strzelił Nightingale'owi w plecy.

10.
POZA KADREM

Był to mężczyzna w średnim wieku, ubrany w szyty na miarę garnitur — dobrej jakości, ale poza tym zupełnie nijaki. W prawej ręce trzymał coś, co wyglądało na pistolet, a w lewej przewodnik operowy Kobbégo. W butonierce nosił biały goździk.

Nightingale szybko padł. Po prostu osunął się na kolana, a potem poleciał na twarz. Wypuścił laskę, która zastukała o chodnik.

Mężczyzna w eleganckim garniturze spojrzał na mnie; oczy miał blade, bezbarwne w świetle sodowych lamp. Mrugnął porozumiewawczo.

— Tak to się robi — powiedział.

Można uciec przed człowiekiem z krótką bronią palną, zwłaszcza przy kiepskim oświetleniu, pod warunkiem, że pamiętasz, by biec zygzakiem, i jesteś w stanie wystarczająco szybko się oddalić. Nie powiem, że ta perspektywa mnie nie kusiła, ale gdybym wtedy odbiegł, nic nie powstrzymałoby napastnika przed podejściem i strzeleniem Nightingale'owi w głowę. Nauczono mnie, jak uspokajać człowieka z bronią, cofając się jednocześnie. Rozmowa pozwala nawiązać kontakt i sprawia, że podejrzany skupia się na funkcjonariuszu, a cywile mogą się wtedy ulotnić. Widzieliście kiedyś *The Blue Lamp* z Jackiem Warnerem i Dirkiem Bogarde'em? W czasie szkolenia w Hendon kazali nam oglądać scenę, w której posterunkowy Dixon, grany przez Warnera, zostaje zastrzelony.

Scenariusz napisał były gliniarz, który znał się na rzeczy. Dixon ginie, ponieważ jest dinozaurem, który jak dureń podchodzi do uzbrojonego podejrzanego. Nasi instruktorzy jasno mówili: nie napierać, nie grozić, mówić i cofać się; podejrzany musi być wyjątkowo głupi, zaangażowany politycznie albo — jak to się zdarzyło w jednym pamiętnym przypadku — chroniony immunitetem dyplomatycznym, by pomyśleć, że zabicie funkcjonariusza policji poprawi jego sytuację. W ten sposób zyskasz przynajmniej na czasie, dzięki czemu zdąży nadjechać uzbrojona ekipa i odstrzelić durnemu sukinkotowi łeb.

Uznałem jednak, że tym razem wycofywanie się nie wchodzi w grę. To była jedna z zasekwestrowanych marionetek Henry'ego Pyke'a i nie zawahałaby się zastrzelić mnie albo Nightingale'a niezależnie od tego, jak spokojnie bym przemawiał.

Szczerze mówiąc, w ogóle nie myślałem. Mój mózg powtarzał tylko: „Nightingale padł — broń — czar!".

— *Impello!* — powiedziałem najspokojniej, jak umiałem, i kazałem lewitować lewej stopie mężczyzny; uniosła się metr w powietrze.

Mężczyzna krzyknął, kiedy jego ciało zostało katapultowane w górę i na prawo. Musiałem stracić koncentrację, bo usłyszałem wyraźny trzask kości pękającej w stawie skokowym. Broń wypadła napastnikowi z dłoni, a on sam zamachał rękami, padając na ziemię. Podszedłem, odkopnąłem broń, a potem kopnąłem gościa raz w głowę, mocno, tak dla pewności.

Powinienem był go skuć, ale Nightingale leżał za mną na ulicy i oddychał z bulgotaniem. Nazywają taką ranę w piersi „świszczącą" i bynajmniej nie jest to metaforyczne określenie. Rana wlotowa znajdowała się dziesięć centymetrów poniżej prawego ramienia, ale przynajmniej, kiedy go delikatnie obróciłem na bok, nie mogłem znaleźć rany wylotowej. Moje przygotowanie z pierwszej pomocy było jednoznaczne, jeśli idzie o świszczącą ranę w piersi: każda sekunda, jaką poświęcisz na głupoty, to sekunda opóźniająca przyjazd karetki.

Wiedziałem, że grupa wsparcia nie mogła usłyszeć strzału, bo inaczej już by tu była, a ja wysadziłem airwave'a w diabły, kiedy lewitacją ściąłem strzelca z nóg. Wtedy przypomniałem sobie o srebrnym gwizdku w górnej kieszeni munduru. Wygrzebałem go, włożyłem od ust i zagwizdałem ze wszystkich sił.

Policyjny gwizdek na Bow Street. Przez chwilę czułem bliskość, jak *vestigium*, z nocą, ulicami, gwizdkiem, zapachem krwi i własnym strachem, ze wszystkimi innymi mundurowymi w Londynie na przestrzeni wieków, którzy zastanawiali się, co, u diabła, robią w mieście o tej porze. A może po prostu spanikowałem — wtedy łatwo o pomyłkę.

Oddech Nightingale'a słabł.

— Oddychaj — powiedziałem. — To nie jest nałóg, z którym chcesz zrywać.

Usłyszałem zbliżające się syreny. To był przepiękny dźwięk.

*

Kłopot ze znajomościami polega na tym, że nigdy nie masz całkowitej pewności, czy w danej chwili je uruchomiono, czy też nie, a także czy działają na korzyść twoją, czy raczej innego „kumpla". Zacząłem podejrzewać, że nie działają na moją korzyść, kiedy przyniesiono mi kubek kawy i herbatniki do pokoju przesłuchań. Kolegom policjantom, których przesłuchuje się na przyjacielskiej stopie, pozwala się pójść do stołówki i przynieść sobie kawę. Możesz liczyć na obsługę tylko wtedy, gdy jesteś podejrzany. Wylądowałem z powrotem na Charing Cross, więc dobrze znałem drogę do stołówki.

Inspektor Nightingale nadal żył, tyle mi powiedzieli, zanim posadzili mnie po niewłaściwej stronie stołu do przesłuchań. Został przewieziony na nowiutki oddział urazowy szpitala uniwersyteckiego w stanie określonym jako „stabilny", pod którym to terminem kryło się zatrzęsienie paskudnych szczegółów.

Sprawdziłem godzinę. Była trzecia nad ranem, niecałe cztery godziny po tym, jak Nightingale został postrzelony. Gdy popracujesz przez pewien czas w dużej instytucji, zaczynasz instynktownie wyczuwać jej biurokratyczne odpływy i przypływy. Czułem spadający na mnie młot, a zważywszy na to, że pracowałem jako glina raptem dwa lata, fakt, że czułem jego bliskość, oznaczał, że młot musi być naprawdę ogromny. Coś mi podpowiadało, kto go wprawił w ruch, ale nie mogłem zrobić niczego ponad to, że siedziałem po niewłaściwej stronie stołu w pokoju przesłuchań z kubkiem kiepskiej kawy i dwoma czekoladowymi herbatnikami.

Czasem trzeba zamrzeć w bezruchu i przyjąć pierwszy cios. Dzięki temu możesz się zorientować, co przeciwnik ma w zanadrzu, odkryć jego intencje i — jeśli to ma dla ciebie znaczenie — opowiedzieć się jednoznacznie po właściwej stronie prawa. A jeśli cios okaże się tak mocny, że padniesz? Cóż, to jest ryzyko, które podejmujesz.

Wybór właśnie tego, a nie innego tępego narzędzia zaskoczył mnie, jednakże postarałem się zachować neutralny wyraz twarzy, kiedy Seawoll i sierżant detektyw Stephanopoulos weszli do pokoju przesłuchań i siedli naprzeciwko mnie. Stephanopoulos położyła z hukiem akta na stole. Były zdecydowanie za grube jak na wygenerowane w ciągu ostatnich paru godzin, więc to musiało być czyste wodolejstwo. Uśmiechnęła się, zrywając folię z kaset, które włożyła następnie do podwójnego magnetofonu. Jedna z tych kaset była dla mnie albo mojego reprezentanta prawnego, by zapobiec cytowaniu moich wypowiedzi wyrwanych z kontekstu. Druga była dla policji, żeby ta mogła udowodnić, że przyznałem się do winy bez bicia po plecach, udach i pośladkach skarpetami napełnionymi łożyskami kulkowymi. Obie te taśmy były zbyteczne, ponieważ siedziałem w miejscu idealnie mieszczącym się w wizjerze kamery umieszczonej tuż nad drzwiami. Obraz na żywo szedł do pokoju obserwacyjnego w końcu korytarza, w którym, zgadując po teatralnym wejściu Seawolla i Stephanopoulos, oglądał nas ktoś w randze co najmniej młodszego podkomisarza.

Włączono magnetofon, Seawoll podał moją tożsamość, swoją oraz Stephanopoulos jako obecnych w pokoju i przypomniał mi, że nie jestem aresztowany, ale jedynie pomagam policji w dochodzeniu. Teoretycznie mogłem po prostu wstać i wyjść w dowolnej chwili, o ile nie miałem nic przeciwko pożegnaniu się z karierą w policji. Nie myślcie, że mnie nie kusiło.

Seawoll poprosił mnie, abym do protokołu określił naturę operacji, którą przeprowadzaliśmy z Nightingale'em, kiedy ten został postrzelony.

— Naprawdę chce pan to mieć nagrane? — zapytałem.

Seawoll skinął głową, więc opowiedziałem szczegółowo: o naszej teorii, że Henry Pyke jest rewenantem, duchem-wampirem pragnącym zemsty, który odgrywa historię Puncha i Judy, używając prawdziwych ludzi jak marionetek, i że wspólnie opracowaliśmy plan umieszczenia siebie w tej historii, dzięki czemu Nightingale mógłby wytropić kości Henry'ego Pyke'a i je zniszczyć. Stephanopoulos nie potrafiła powstrzymać się od grymasu, kiedy mówiłem o magicznych aspektach sprawy. Twarz Seawolla pozostała nieprzenikniona. Kiedy doszliśmy do strzelaniny, zapytał mnie, czy rozpoznałem napastnika.

— Nie. Kto to jest?

— Nazywa się Christopher Pinkman — powiedział Seawoll — i zaprzecza, jakoby kogokolwiek postrzelił. Twierdzi, że wracał do domu z opery, kiedy dwóch mężczyzn zaatakowało go na ulicy.

— Jak wytłumaczył obecność broni?

— Twierdzi, że nie było żadnej broni — odparł Seawoll. — Powiedział, że ostatnie, co pamięta, to jak wychodzi z opery, a w następnej chwili kopałeś go w głowę.

— Pamiętał kopniaki oraz straszliwy ból spowodowany pękniętymi kośćmi w dolnej części nogi — dodała Stephanopoulos. — Nie wspominając o poważnych stłuczeniach i krwiakach po tym, jak rzucono nim o ziemię.

— Czy sprawdzono obecność prochu na jego ubraniu?

— Uczy chemii w Westminster School — powiedziała Stephanopoulos.

— Niech to szlag — wyrwało mi się.

Badania na obecność pozostałości prochu słynęły z tego, że okazywały się niewiarygodne, jeśli podejrzany miał zawodowo do czynienia z chemikaliami, i żaden technik kryminalistyki nie zeznałby w sądzie, że to prawdopodobne (już nie mówiąc o tym, że to pewne), iż podejrzany strzelał. W mojej głowie zaczynało się formować straszliwe podejrzenie.

— Znaleźliście broń, prawda? — zapytałem.

— Nie znaleziono żadnej broni na miejscu przestępstwa — odpowiedziała Stephanopoulos.

— Odkopnąłem ją na chodnik.

— Nie znaleziono żadnej broni palnej — powtórzyła powoli.

— Widziałem ją. To był jakiś pistolet.

— Niczego nie znaleźliśmy.

— Więc z czego postrzelono Nightingale'a? — spytałem.

— Mieliśmy nadzieję — odezwał się Seawoll — że na to pytanie ty nam odpowiesz.

— Sugerujecie, że ja do niego strzeliłem?

— A strzeliłeś? — zapytała Stephanopoulos.

W ustach mi zaschło.

— Nie — odpowiedziałem. — Nie strzeliłem do niego, a skoro nie ma broni, to niby z czego miałbym do niego strzelić?

— Najwyraźniej potrafisz wprawiać przedmioty w ruch siłą umysłu — odparła Stephanopoulos.

— Nie siłą umysłu.

— To czym? — zapytała pani sierżant.

— Magią.

— No dobrze, więc magią — zgodziła się.

— Jak szybko potrafisz poruszać przedmiotami? — zapytał Seawoll.

— Nie tak szybko, jak leci pocisk.

— Ach tak — wtrąciła Stephanopoulos. — A jak szybko leci pocisk?

— Trzysta pięćdziesiąt metrów na sekundę — odpowiedziałem. — Z nowoczesnego pistoletu. Szybciej z karabinu.

— Ile to będzie na stare? — zapytał Seawoll.

— Nie wiem, ale jeśli pożyczy mi pan kalkulator, policzę.

— Chcemy ci wierzyć — powiedziała Stephanopoulos, odgrywając rolę najmniej prawdopodobnego „dobrego gliny" w historii policji.

Zmusiłem się do pauzy i odetchnąłem głęboko. Nie robiłem żadnych zaawansowanych kursów z przesłuchiwania, ale znałem podstawy i — jak do tej pory — przesłuchanie prowadzono niechlujnie. Zerknąłem na Seawolla, który posłał mi spojrzenie pod tytułem „nareszcie się obudził", tak kochane przez nauczycieli, starszych detektywów i matki z wyższej warstwy klasy średniej.

— W co chcecie uwierzyć? — zapytałem.

— Że magia naprawdę istnieje — powiedział Seawoll i rzucił mi znaczący uśmiech. — Możesz nam coś zademonstrować?

— To nie najlepszy pomysł — powiedziałem. — Mogą się pojawić efekty uboczne.

— Jak dla mnie to trochę zbyt wygodna wymówka — odparła Stephanopoulos. — Jakiego rodzaju efekty uboczne?

— Najprawdopodobniej zniszczę wasze komórki, palm pilota, laptopa i inne wyposażenie elektroniczne w tym pokoju.

— A magnetofon? — zapytał Seawoll.

— Też.

— A kamerę?

— Tak samo jak magnetofon — odpowiedziałem. — Możecie ochronić telefony, wyjmując z nich baterie.

— Nie wierzę ci — powiedziała Stephanopoulos i agresywnie pochyliła się ku mnie, zgrabnie ukrywając przed kamerą fakt, że wyjmuje baterię ze swojej bardzo kobiecej nokii.

— Myślę, że jednak zażyczymy sobie demonstracji — orzekł Seawoll.

— Chcecie zobaczyć coś dużego? — zapytałem.

— Pokaż nam, na co cię stać, chłopcze — odpowiedział inspektor.

To był naprawdę długi dzień i byłem wykończony, więc sięgnąłem po jedyną *forma*, na której mogłem polegać w kryzysowej formie — zrobiłem ognik. Był blady i słaby w świetle jarzeniówki. Na Seawollu nie zrobił wrażenia, ale na ciężkiej twarzy Stephanopoulos rozkwitł tak szeroki uśmiech najczystszego zachwytu, że przez chwilę widziałem ją jako dziewczynkę w różowym pokoju pełnym wypchanych jednorożców.

— Jakie to piękne — zachwyciła się.

Jedna taśma rozwijała się bezwładnie w magnetofonie, a druga się zatrzymała. Wiedziałem dzięki eksperymentom, że muszę wzmocnić ognik, żeby załatwić kamerę. Chciałem uzyskać jaśniejsze światło, kiedy coś poszło nie tak z „kształtem" w moim umyśle i nagle uzyskałem kolumnę światła uderzającego w sufit. Miało jasnoniebieski kolor i było skupione. Kiedy poruszyłem dłonią, promień tańczył na ścianach — jakbym miał własny reflektor.

— Miałem nadzieję na coś trochę subtelniejszego — powiedział Seawoll.

Zgasiłem światło i spróbowałem zapamiętać nowy „kształt", ale to było jak przypominanie sobie snu — wspomnienie wymyka się, kiedy po nie sięgasz. Wiedziałem, że będę musiał spędzić sporo czasu w laboratorium, próbując uchwycić go z powrotem, ale jak powiedział mi na samym początku Nightingale, świadomość, że *forma* istnieje, oznacza, że masz już połowę bitwy za sobą.

— Załatwiłeś też kamerę? — zapytał Seawoll.

Skinąłem głową, a on westchnął z ulgą.

— I tak, kurwa, mamy mniej niż minutę — powiedział. — Nie widziałem takiego szamba, odkąd został postrzelony de Menezes, więc radzę ci, synu, znajdź najgłębszą dziurę, w jaką zdołasz wpełznąć, i siedź tam, dopóki ten pierdolnik się nie uspokoi i całe gówno nie opadnie warstwą grubą i równą.

— A co z Lesley?

— Nie martwiłbym się o Lesley — odpowiedział Seawoll. — Ja za nią odpowiadam.

Co oznaczało, że interweniował jako jej przełożony i dał jasno do zrozumienia, że jeśli ktoś spróbuje zrobić jej kuku, to najpierw będzie miał z nim do czynienia. Ponieważ mój szef leżał właśnie na szpitalnym łóżku i oddychał przez rurkę, nie mógł zrobić tego samego dla mnie. Chciałbym wierzyć, że Seawoll pomógłby i mnie, gdyby mógł, ale nigdy nie zyskam pewności. Nie powiedział mi, że powinienem na siebie uważać, bo to było oczywiste.

— W mordę kopane… Co teraz? — zapytał.

— Pan mnie pyta?

— Nie, kurwa, stół pytam.

— Nie wiem — odpowiedziałem. — Panie inspektorze. Jest mnóstwo rzeczy, których nie wiem.

— Więc lepiej zacznij się dokształcać, posterunkowy — odparł Seawoll. — Bo nie wiem jak ty, ale ja wątpię, żeby pan Henry Pyke się teraz wycofał. Nie uważasz?

Skinąłem głową.

Stephanopoulos odchrząknęła i popukała w zegarek.

— Wyciągnę cię stąd — powiedział inspektor — bo musimy zamknąć to pierdolone duchowe szambo, zanim jakiś przydupas z góry spanikuje i postanowi sprowadzić tu arcybiskupa Canterbury.

— Zrobię, co w mojej mocy — odpowiedziałem.

Seawoll rzucił mi spojrzenie sugerujące, żeby lepiej moja moc okazała się wystarczająco mocna.

— Kiedy zaczniemy znowu, chcę, żebyś pamiętał o uruchomieniu mózgownicy, nim zaczniesz wrzucać biegi jadaczką. Tak jak po Hampstead, jasne?

— Jak słońce.

Drzwi do pokoju przesłuchań otworzyły się z hukiem i do środka zajrzał mężczyzna. Był w średnim wieku, szpakowaty, miał szerokie ramiona i nadzwyczajnie krzaczaste brwi. Nawet gdybym go nie rozpoznał z profilu w sieci, wiedziałbym, że młodszy podkomisarz Richard Folsom jest jedną z grubszych zwierzyn w tej dżungli. Skinął palcem na Seawolla i powiedział:

— Alex, proszę na słówko.

Seawoll spojrzał na zniszczony magnetofon.

— Przesłuchanie zawieszone — powiedział i podał czas.

Potem wstał i potulnie wyszedł za Folsomem z pokoju. Stephanopoulos bez przekonania posłała mi nędzną wersję swojego słynnego piorunującego spojrzenia, a ja zastanawiałem się, czy wciąż ma swoją kolekcję różowych kucyków.

Seawoll wrócił i powiedział, że będziemy kontynuować przesłuchanie w sąsiednim pokoju, gdzie sprzęt monitorujący nadal działa. Tam nawiązaliśmy do uświęconej tradycji bezczelnego kłamania w żywe oczy, mówiąc prawdę i tylko prawdę. Powiedziałem im, że mieliśmy z Nightingale'em powód wierzyć, otrzymawszy cynk od najzwyklejszego w świecie informatora, że grupa (bo musiała to być więcej niż jedna osoba), która dopuściła się serii bezsensownych ataków na West Endzie i w okolicy, ma swoją bazę na Bow Street i że sprawdzaliśmy trop, kiedy wpadliśmy w zasadzkę zorganizowaną przez nieznanych napastników.

— Podkomisarz Folsom w szczególności martwi się, czy nic nie grozi Operze Królewskiej — powiedział Seawoll.

Najwyraźniej zrobił się z niego koneser, odkąd po awansie w poczet starszych oficerów zapoznał się z Verdim. Nagły atak snobizmu kulturalnego to powszechna przypadłość pośród policjantów określonej rangi i w określonym wieku; to jak kryzys wieku średniego, tyle że z większą liczbą żyrandoli i obcych języków.

— Naszym zdaniem aktywność przestępcza może ogniskować się na Bow Street — odparłem. — Jednakże na razie nasze śledztwo nie odkryło żadnego namacalnego powiązania z Operą Królewską.

Do godziny szóstej zakończyliśmy sprawozdanie z wydarzeń, które Seawoll mógł sprzedać Folsomowi. Zasypiałem na krześle. Spodziewałem się zawieszenia albo przynajmniej ostrzeżenia, że grożą mi kary dyscyplinarne lub dochodzenie przeprowadzone przez Niezależną Komisję ds. Skarg na Policję, ale właśnie dochodziła siódma, kiedy mnie wypuszczono.

Seawoll zaproponował, że mnie podwiezie, ale podziękowałem. Przeszedłem St. Martin's Lane, roztrzęsiony z napięcia i braku snu. Pogoda zmieniła się w ciągu nocy. Pod brudnoszarym niebem wiał chłodny wiatr. Godziny szczytu w sobotę zaczynają się późno, więc na ulicach zachowało się jeszcze nieco spokoju wczesnego poranka, kiedy przechodziłem przez New Oxford Street i kierowałem się do Szaleństwa. Spodziewałem się najgorszego i nie zawiodłem się. Zauważyłem przynajmniej jeden nieoznakowany wóz policyjny, który parkował po drugiej stronie ulicy. Nie widziałem nikogo w środku, ale na wszelki wypadek pomachałem w jego kierunku.

Wszedłem drzwiami frontowymi, ponieważ lepiej od razu stawić czoło problemowi; zresztą i tak byłem zbyt wykończony, by obejść dom do stajni na tyłach. Spodziewałem się policji, ale w środku zastałem dwóch żołnierzy w mundurach polowych i z wojskowymi karabinami. Nosili panterki z leśnym maskowaniem i czerwone berety z odznakami pułku spadochroniarzy. Ci dwaj blokowali mi przejście obok szatni, podczas gdy dwaj następni kryli się po obu stronach głównych drzwi, gotowi przechwycić każdego, kto będzie miał w sobie dość z samobójcy, żeby zaatakować dwóch pierwszych w pełni uzbrojonych komandosów.

Ktoś bardzo poważnie traktował fizyczne bezpieczeństwo Szaleństwa.

Komandosi nie unieśli karabinów, żeby zablokować mi przejście, ale promieniowali tą groźną nonszalancją, która musiała ogromnie ożywiać ulice Belfastu w latach przed porozumieniem pokojowym. Jeden z nich skinął głową w stronę wnęki, w której w elegantszych czasach czekałby odźwierny, na wypadek gdyby okazał się potrzebny. Rezydował tam następny komandos z belkami sierżanta, z kubkiem herbaty w jednej ręce i egzemplarzem „Daily Mail" w drugiej. Poznałem go. To był Frank Caffrey, człowiek Nightingale'a w straży pożarnej; skinął przyjaźnie głową i przywołał mnie. Sprawdziłem naszywki na jego ramionach: Czwarty Batalion Pułku Spadochronowego, o którym wiedziałem, że stanowi część ochotniczej rezerwy Królewskich Sił Zbrojnych. Frank musiał być rezerwistą, co z pewnością tłumaczyło, skąd wytrzasnął granaty fosforowe. Podejrzewałem, że znowu w ruch poszły znajomości, ale tym razem miałem pewność, że Frank to człowiek Nightingale'a. Nie widziałem w pobliżu żadnego oficera. Podejrzewałem, że siedzą w koszarach i przymykają oko, podczas gdy wszystkim zajmują się podoficerowie.

— Nie mogę cię wpuścić — powiedział Frank. — Nie, dopóki twój szef nie wydobrzeje albo nie zostanie wyznaczony oficjalny zastępca.

— Z czyjego upoważnienia działasz?

— Och, to wszystko część porozumienia — odparł. — Nightingale i nasz pułk znają się od dawna; można by rzec, że zostały pewne długi do spłacenia.

— Ettersburg? — zgadywałem.

— Niektórych długów nigdy nie da się spłacić. I są zadania, które po prostu trzeba wykonać.

— Muszę wejść. Potrzebuję skorzystać z biblioteki.

— Przykro mi, synu. Porozumienie mówi jasno: żadnego nieautoryzowanego wejścia na teren główny.

— Teren główny — powtórzyłem.

Frank próbował coś mi powiedzieć, ale brak snu całkiem mnie ogłupił. Musiał powtórzyć, zanim zdałem sobie sprawę, że daje mi do zrozumienia, że garaż nie należy do terenu głównego.

Wyszedłem z powrotem na blade słońce, okrężną drogą trafiłem do garażu i wszedłem do środka. Przed garażem stał zdezelowany renault espace z tak ewidentnie podrabianymi tablicami rejestracyjnymi, że wiedziałem, że może należeć tylko do komandosów. Upewniłem się jeszcze, że jaguar jest zamknięty, zanim wyciągnąłem pokrowiec spod stołu warsztatowego i przyrzuciłem nim wiekowe auto. Powlokłem się zmęczony po schodach do powozowni tylko po to, żeby się przekonać, że Tyburn mnie ubiegła.

Szperała w kufrach i innych starociach, które zrzuciłem na stos na drugim końcu pomieszczenia. Portrety Molly i mężczyzny, który — jak się domyślałem — był ojcem Nightingale'a, stały oparte o ścianę. Patrzyłem, jak Tyburn klęka i sięga pod sofę, żeby wyciągnąć kolejną skrzynię.

— Nazywano je kiedyś kuframi podróżnymi — powiedziała, nawet się nie odwracając. — Robiono je na tyle niskie, żeby dało się je wsunąć pod łóżko. Dzięki temu człowiek mógł osobno spakować rzeczy potrzebne do podróży.

— Albo, co prawdopodobniejsze, mógł mu je spakować służący — sprostowałem. — Lub pokojówka.

Tyburn wyjęła z kufra precyzyjnie złożoną lnianą marynarkę i odłożyła na sofę.

— Większość ludzi nie miała służących — odpowiedziała. — Większość musiała radzić sobie sama.

Znalazła to, czego szukała, i wstała. Nosiła eleganckie włoskie spodnium z czarnej satyny i praktyczne czarne pantofle. Nadal miała ślad na czole po rozcięciu odpryskiem marmuru. Pokazała mi swoją zdobycz — burą kartonową okładkę zawierającą coś, co rozpoznałem jako płytę przeznaczoną do odtwarzania z prędkością siedemdziesięciu ośmiu obrotów na minutę.

— Duke Ellington i Adelaide Hall, *Creol Love Call*, oryginalne nagranie Black and Gold dla wytwórni Victor — wyjaśniła. — A on to upchnął do kufra w nieużywanym pokoju.

— Zamierzasz sprzedać to na eBayu? — zapytałem.

Posłała mi chłodne spojrzenie.

— Przyszedłeś po swoje rzeczy?

— Jeśli nie masz nic przeciwko temu.

Zawahała się.

— Nie krępuj się — powiedziała w końcu.

— Jakaś ty uprzejma.

Większość moich ubrań została w Szaleństwie, ale ponieważ Molly nigdy nie sprzątała w powozowni, zdołałem wyszperać bluzę i dżinsy, które wylądowały za sofą. Laptop leżał tam, gdzie go zostawiłem, na stosie czasopism. Musiałem rozejrzeć się za etui do niego. Tyburn przez cały czas obserwowała mnie chłodno. Czułem się, jakby matka przyglądała mi się w czasie kąpieli.

Czasem, jak zauważył Frank, trzeba zrobić pewne rzeczy niezależnie od kosztów. Wyprostowałem się i spojrzałem Tyburn prosto w twarz.

— Słuchaj — zacząłem — przepraszam za fontannę.

Przez chwilę myślałem, że może się uda. Przysięgam, że coś dostrzegłem w jej oczach, jakby zmiękła, zrozumiała... Ale to zaraz zniknęło, zastąpione przez wcześniejszy beznamiętny gniew.

— Sprawdziłam cię — powiedziała. — Twój ojciec jest ćpunem, i to od trzydziestu lat.

Nie powinno mnie ranić to, że ludzie mówią mi takie rzeczy. Od dwunastego roku życia wiem, że mój ojciec jest uzależniony. Podszedł do sprawy całkiem rzeczowo, kiedy się dowiedziałem, i z dużym zapałem upewnił się, że rozumiem, co to znaczy — nie chciał, żebym poszedł w jego ślady. Był jednym z nielicznych ludzi w Wielkiej Brytanii, którzy nadal dostawali heroinę na receptę, a to dzięki uprzejmości lekarza pierwszego kontaktu, wielkiego fana największego nieudacznika wśród londyńskich legend jazzu.

Ojciec nigdy nie przestał ćpać, ale zawsze był pod kontrolą, i nie powinno mnie ranić to, że ludzie nazywają go ćpunem. A jednak raniło.

— Niech to szlag — powiedziałem. — Naprawdę świetnie się z tym krył. Jestem zaszokowany.

— Sprawianie zawodu to wasza cecha rodzinna, co? Twój nauczyciel chemii był tak tobą rozczarowany, że napisał o tym list do „Guardiana". To ty byłeś jego beniaminkiem.

— Wiem. Mój ojciec trzyma ten wycinek w swoim albumie z pamiątkami.

— Kiedy cię wyleją za poważne wykroczenie, też zachowa sobie wycinek na ten temat?

— Młodszy podkomisarz Folsom — powiedziałem. — To twój chłopaczek, prawda?

Tyburn rzuciła mi kwaśny uśmiech.

— Lubię mieć na oku wschodzące gwiazdy.

— Owinęłaś go sobie wokół małego palca? — zapytałem. — To niesamowite, czego ludzie nie zrobią za małe bara-bara.

— Dorośnij, Peter. Tu chodzi o władzę i obopólne korzyści. To, że ty nadal myślisz głównie genitaliami, nie znaczy, że wszyscy wokół także.

— Cieszę się, że to słyszę, bo ktoś musi mu powiedzieć, żeby przystrzygł sobie brwi — powiedziałem. — Broń była od ciebie?

— Nie wydurniaj się.

— To w twoim stylu: załatwić problem cudzymi rękami. Machiavelli byłby z ciebie dumny.

— Czytałeś kiedykolwiek Machiavellego? — zapytała. Zawahałem się, a ona wyciągnęła z tego prawidłowe wnioski. — A ja owszem. W oryginale.

— Po co?

— Do dyplomu. Na Oxfordzie. St. Hilda's College, historia i język włoski.

— Podwójna specjalizacja, rzecz jasna.

— Oczywiście. Rozumiesz więc, dlaczego sfatygowana dystynkcja Nightingale'a nie robi na mnie najmniejszego wrażenia.

— Więc dostarczyłaś broń czy nie? — zapytałem.

— Nie. Nie musiałam osobiście ukartować tej porażki. To była tylko kwestia czasu, kiedy w końcu Nightingale coś spieprzy. Chociaż nawet ja nie spodziewałam się, że okaże się tak głupi, żeby dać się postrzelić. Mimo wszystko nie ma tego złego…

— Dlaczego nie jesteś teraz w środku? — zapytałem. — Dlaczego ugrzęzłaś w powozowni? To naprawdę imponujący dom, nie uwierzyłabyś, jaką ma bibliotekę. Zarobiłabyś fortunę, wynajmując go wytwórniom filmowym jako budynek z epoki.

— Wszystko w swoim czasie.

Wygrzebałem klucze z kieszeni.

— Masz, pożyczę ci moje klucze. Na pewno przekonasz komandosów, żeby cię wpuścili.

Odwróciła się od mojej wyciągniętej ręki.

— Jedna dobra rzecz, która z tego wyniknie — powiedziała — to fakt, że teraz będziemy mieli szansę racjonalnie zadecydować, jak zajmiemy się tymi kwestiami.

— Nie możesz tam wejść, co?

Pomyślałem o Beverley Brook i jej „niesprzyjających polach siłowych".

Posłała mi spojrzenie księżnej — spojrzenie dziedziców starych fortun, którego nigdy nie opanują żony piłkarzy; przez chwilę zapachniało ściekami, pieniędzmi i umowami zawieranymi przy brandy i cygarach. Tyle że od Tyburn, jako osoby nowoczesnej, było też czuć cappuccino i suszone pomidory.

— Masz już to, po co przyszedłeś? — zapytała.

— Telewizor jest mój — odpowiedziałem.

Odparła, że mogę go zabrać, kiedy będę chciał.

— Co on w tobie zobaczył? — zapytała i pokręciła głową. — Co sprawia, że właśnie ty masz być strażnikiem tajemnego płomienia?

Zastanawiałem się, czym, u diabła, jest ten tajemny płomień.

— Pewnie miałem szczęście — odparłem.

Nie raczyła na to odpowiedzieć. Odwróciła się do mnie plecami i wróciła do grzebania w kufrach. Zastanawiałem się, czego tak naprawdę szuka.

Kiedy wychodziłem i szedłem przez dziedziniec przed powozownią, usłyszałem stłumione szczekanie za plecami, więc się odwróciłem. Blada, zasmucona twarz obserwowała mnie z okna drugiego piętra — Molly, mocno tuląca do piersi Toby'ego. Stanąłem i pomachałem do niej, mając nadzieję, że wyglądało to uspokajająco, a potem ruszyłem sprawdzić, czy Nightingale nadal żyje.

*

Przed salą inspektora stał uzbrojony policjant. Pokazałem mu legitymację policyjną, a on kazał mi zostawić torby na zewnątrz. Nowoczesny oddział intensywnej terapii potrafi być zaskakująco cichy — sprzęt monitorujący robi hałas tylko wtedy, kiedy coś jest nie tak, a ponieważ Nightingale oddychał samodzielnie, respirator nie poświstywał jak Darth Vader.

Nightingale wyglądał staro i nie na miejscu wśród poliestrowej, szeleszczącej pościeli w łatwych do prania pastelowych kolorach. Jedną bezwładną rękę odsłonięto i podłączono do niej pół tuzina kabli i rurek. Twarz miał ściągniętą i szarą, oczy zamknięte. Oddychał jednak mocno, równo i bez żadnej pomocy. Na stoliku obok łóżka stała misa winogron, a do wazonu upchnięto — trochę bez pomyślunku, jak zauważyłem — bukiet niebieściutkich chabrów.

Przez chwilę stałem obok łóżka, zastanawiając się, czy nie powinienem czegoś powiedzieć, ale nic nie przychodziło mi do głowy. Upewniwszy się, że nikt mnie nie zobaczy, uścisnąłem mu dłoń — była zaskakująco ciepła. Wydało mi się, że coś poczułem: mgliste wrażenie wilgotnej sosny, dymu drzewnego i płócien, ale było to tak ulotne, że nie potrafiłem powiedzieć, czy to rzeczywiście *vestigia*. Złapałem się na tym, że chwieję się na nogach, tak bardzo byłem zmęczony. W kącie sali stał szpitalny fotel. Mebel z laminowanej płyty wiórowej i poliestrowej tapicerki na niepalnej piance wyglądał na zdecydowanie zbyt niewygodny, żeby się w nim przespać. Usiadłem, pozwoliłem, żeby głowa opadła mi na bok, i odpłynąłem w niecałe trzydzieści sekund.

Obudziłem się na chwilę i zobaczyłem doktora Walida i dwie pielęgniarki kręcące się przy łóżku Nightingale'a. Patrzyłem na nich nieprzytomnie, aż doktor Walid zauważył mnie i powiedział, żebym spał dalej — a przynamniej tak mi się wydawało.

Obudziłem się znowu, czując zapach kawy. Doktor Walid przyniósł mi tekturowy kubek latte i tyle wąziutkich saszetek z cukrem, że znacząco uszczuplił mój budżet na jedzenie.

— Co z nim? — zapytałem.

— Został postrzelony w pierś — odpowiedział doktor Walid. — Tego typu sprawy muszą człowieka przystopować.

— Nic mu nie będzie?

— Przeżyje, nie potrafię jednak powiedzieć, czy w pełni dojdzie do siebie. Ale to dobry znak, że sam oddycha.

Wypiłem łyk latte; sparzyłem sobie język.

— Nie wpuszczają mnie do Szaleństwa.

— Wiem — powiedział doktor Walid.

— Może mnie pan tam wprowadzić?

Lekarz się roześmiał.

— Nie ja — odparł. — Jestem tylko cywilnym doradcą z odrobiną wiedzy ezoterycznej. Póki Nightingale jest niezdolny do pracy, póty o otwarciu Szaleństwa decyduje komisarz, jeśli nie ktoś wyżej.

— Minister Spraw Wewnętrznych?

Doktor Walid wzruszył ramionami.

— Co najmniej. Wiesz, co teraz zamierzasz zrobić?

— Ma pan dostęp do Internetu?

*

W klinikach uniwersyteckich takich jak ta, jeśli człowiek przejdzie przez odpowiednie drzwi, szpital przestaje być szpitalem, a staje się laboratorium medycznym i centrum administracyjnym. Doktor Walid miał w tej części gabinet i — jak ze zdumieniem stwierdziłem — studentów.

— Nie uczę ich niczego ezoterycznego — wyjaśnił, ale przyznał, chociaż nie chciał się tym chełpić, że jest światowej sławy gastroenterologiem. — Każdy potrzebuje jakiegoś hobby.

— Moim będzie szukanie pracy — odparłem.

— Na twoim miejscu wziąłbym najpierw prysznic — poradził mi — jeżeli planujesz rozmowy w sprawie pracy.

Gabinet doktora Walida był niewygodnie wąskim pomieszczeniem z oknem w krótszej ścianie i półkami całkowicie zasłaniającymi dłuższe ściany. Na każdej wolnej powierzchni wznosiły się stosy teczek, fachowych pism, kompendiów i informatorów. Na jednym końcu wąskiej półki, która służyła jako biurko, komputer kołysał się chwiejnie w morzu wydruków. Rzuciłem torby i podłączyłem laptop do kontaktu, żeby naładować baterię. Modem był ukryty za stosem czasopism „GUT: An International Journal of Gastroenterology and Hepatology". Zawadiacki podtytuł informował, że „GUT" zwyciężył w głosowaniu gastroenterologów z całego świata na najlepsze pismo poświęcone gastroenterologii. Nie wiedziałem, czy powinienem się martwić, czy uspokoić płynącym z tego faktu wnioskiem, że istnieje znacznie więcej czasopism poświęconych płynnemu funkcjonowaniu moich wnętrzności. Wyjście do modemu wyglądało na podejrzaną prowizorkę i zdecydowanie nie było standardowym gniazdkiem szpitalnym. Kiedy zapytałem o to doktora Walida, powiedział tylko, że woli dbać o bezpieczeństwo pewnych plików.

— Przed kim pan je chroni?

— Przed innymi badaczami. Wiecznie próbują spiracić moje prace.

Wyglądało na to, że najgorsi są hepatolodzy.

— Czego się spodziewać po ludziach, którzy mają tyle do czynienia z żółcią? — dodał doktor Walid i wyglądał na zawiedzionego, kiedy nie zrozumiałem żartu.

Zadowolony, że da się tu pracować, pozwoliłem się zaprowadzić do łazienki dla personelu na końcu korytarza. Tam wziąłem prysznic w kabinie wystarczająco dużej i stosownie wyposażonej, żeby dobrze czuł się w niej paraplegik, jego wózek inwalidzki i pielęgniarka środowiskowa z własnym psem przewodnikiem. Było tam mydło, zwyczajna bakteriobójcza kostka o cytrynowym zapachu, wystarczająco żrąca, żeby usunąć mi wierzchnią warstwę naskórka.

Biorąc prysznic, myślałem o okolicznościach postrzelenia Nightingale'a. Wbrew krwawym fantazjom drukowanym w „Daily Mail" nie można po prostu wejść do przypadkowego pubu i kupić krótkiej broni palnej, a już w szczególności nowoczesnego pistoletu z wyższej półki, jak ten, którym tak niewprawnie posłużył się w nocy Christopher Pinkman. Co oznaczało, że za żadne skarby Henry Pyke nie zdążyłby wysłać Pinkmana we właściwe miejsce w czasie między naszym przybyciem do Opery Królewskiej i wyjściem tylnymi drzwiami niecałe dwadzieścia minut później. Henry Pyke musiał wiedzieć, że planujemy zastawić na niego pułapkę na Bow Street, a to zostawiało trzy możliwości: przewidywał przyszłość, czytał komuś w myślach albo ktoś, kto znał plan, był jedną z jego zasekwestrowanych marionetek.

Z miejsca odrzuciłem prekognicję. Nie dość, że jestem wielkim fanem zwyczajności, to jeszcze Henry Pyke nigdy nie zrobił niczego, co sugerowałoby znajomość przyszłości. Z moich poszukiwań w prozaicznej bibliotece w Szaleństwie wynikało, że nie istnieje coś takiego jak czytanie w myślach, a przynajmniej nie w takim sensie, że słyszy się czyjeś myśli, jakby to była narracja w telewizji. Nie, ktoś zdradził nasz plan Henry'emu Pyke'owi albo komuś, kto został przez niego zasekwestrowany. Nightingale tego nie zrobił. Ja też nie. Zostawała więc ekipa od zabójstw. Zważywszy na to, że Stephanopoulos i Seawoll niechętnie rozmawiali o magii z tymi, którzy oficjalnie ją praktykowali, nie wyobrażam sobie, żeby rozmawiali o niej ze swoimi ludźmi, a Lesley poszłaby za ich przykładem.

Wyszedłem spod prysznica, czując się przyjemnie wyszorowany, i wytarłem się ręcznikiem, który był tyle razy prany, że uzyskał fakturę papieru ściernego. Ubrania, które zabrałem z powozowni, nie były właściwie świeże, ale były czystsze od tego, co przedtem miałem na sobie. Po kilku omyłkowych zakrętach w nijakich korytarzach wreszcie odnalazłem gabinet doktora Walida.

— Jak się czujesz? — zapytał.

— Jak człowiek.

— Wystarczy — uznał.

Potem wskazał mi, gdzie znajduje się automat do kawy, i zostawił mnie, żebym mógł spokojnie pracować.

Odkąd rodzaj ludzki przestał wędrować bez celu i zaczął uprawiać pożywienie, społeczeństwo zaczęło się komplikować. Kiedy tylko przestaliśmy sypiać z kuzynami i zbudowaliśmy mury, świątynie i parę przyzwoitych klubów nocnych, społeczeństwo stało się zbyt skomplikowane, żeby jedna osoba ogarnęła je całe naraz, i tak narodziła się biurokracja. Biurokracja rozkłada złożoność na serię zazębiających się systemów. Nie musisz wiedzieć, jak te systemy mają się do siebie ani nawet jaką funkcję spełnia twój kawałek systemu, po prostu robisz swoje i cała maszyneria działa, skrzypiąc przeraźliwie, ale działa. Im bardziej różnorodne funkcje spełnia dana organizacja, tym bardziej skomplikowane stają się zazębiające się systemy i podsystemy. Jeśli odpowiadasz (tak jak policja stołeczna) za zapobieganie atakom terrorystycznym, łagodzenie rodzinnych awantur i pilnowanie, żeby motocykliści nie zabijali przypadkowych osób, systemy są naprawdę bardzo skomplikowane.

Jedną z części systemu jest wymóg, by każdy zespół operacyjny miał dostęp do baz danych HOLMES 2 i CRIMINT, albo poprzez specjalne terminale, albo dzięki specjalnemu oprogramowaniu zainstalowanemu na autoryzowanych laptopach. Zajmuje się tym Zarząd Informacji, który — ponieważ odpowiada tylko za swój kawałeczek systemu — nie rozróżnia zespołu zajmującego się przestępczością poważną i zorganizowaną od Szaleństwa, które także uznano za zespół operacyjny, bo nikt nie wiedział, jak inaczej włączyć je do policji stołecznej. To co prawda nic nie znaczyło dla inspektora Nightingale'a, ale dla niżej podpisanego oznaczało, że nie tylko mogłem zainstalować legalną kopię HOLMES-a 2 na swoim laptopie, ale też miałem takie same przywileje, jeśli idzie o dostęp, jak szef wydziału zabójstw i przestępstw ciężkich.

I dobrze się składało, ponieważ jednym z moich podejrzanych był nadinspektor Seawoll, a to jest cel, do którego nie mierzysz, jeśli nie masz pewności, że padnie przy pierwszym uderzeniu. Sierżant detektyw Stephanopoulos, która także wiedziała z wyprzedzeniem o naszej operacji, była równie trudnym celem, jeżeli nie chciałem stać się żartem numer dwa:

— Wiesz, co się stało z posterunkowym detektywem, który oskarżył Stephanopoulos o to, że jest mimowolnym narzędziem wrednego rewenanta?

Doktor Walid był podejrzanym numer cztery, dlatego nie powiedziałem mu, co zamierzam. Lesley była podejrzanym numer pięć, a podejrzanym numer sześć — tym, który najbardziej mnie przerażał — byłem, rzecz jasna, ja sam. Nie miałem jak tego udowodnić, ale rozsądek podpowiadał mi, że między zabiciem Williama Skirmisha i wyrzuceniem dziecka przez okno Brandon Coopertown w najmniejszym stopniu nie podejrzewał, że stał się kimś innym niż człowiek, którym był do tej pory.

Niczego nie wyczułem ze strony Lesley. Czy da się zatuszować sekwestrację? Albo — co prawdopodobniejsze —

może nie byłem aż tak wyczulony, jak sobie wyobrażałem. Nightingale zawsze mi powtarzał, że nauka odróżniania *vestigia* od kaprysów zmysłów to zadanie na całe życie. Już raz pochopnie oceniłem, komu można zaufać — nie zamierzałem powtarzać tego błędu.

Po prysznicu przez chwilę gapiłem się na swoją twarz w lustrze, zbierając się na odwagę, żeby otworzyć usta i zajrzeć do środka. W końcu zamknąłem oczy i wbiłem palce w policzki. Nigdy w życiu nie ucieszyłem się tak bardzo z wymacania zęba przedtrzonowego. To znaczyło, że Henry Pyke z pewnością nie rozciągnął mi twarzy — na razie.

Załadowałem HOLMES-a i wpisałem swój kod dostępu i hasło. Teoretycznie obie te informacje należały do inspektora Nightingale'a i teoretycznie powinny zostać zablokowane, kiedy wylądował w szpitalu, ale najwyraźniej jeszcze nikt się tym nie zajął — inercja to kolejna kluczowa cecha cywilizacji i biurokracji. Zacząłem od początku, od morderstwa Williama Skirmisha w Covent Garden dwudziestego szóstego stycznia.

Znalazłem to, czego szukałem, trzy godziny i dwie kawy później, kiedy przeglądałem sprawę Framline'a. Atak zaczął się od kuriera rowerowego, który został potrącony na Strandzie i przewieziony na leczenie do szpitala uniwersyteckiego, gdzie zaatakował doktora Framline'a. Okazało się, że mundurowy posterunkowy spisał zeznanie kuriera już na miejscu wypadku, kiedy czekali na przyjazd karetki. Kurier twierdził, że kierowca wyprzedzał go i celowo zepchnął z drogi. Lesley powiedziała mi, że wypadek wydarzył się w jednym z nielicznych miejsc na Strandzie znajdujących się poza polem widzenia kamer monitoringu, ale według wstępnego raportu kurier został zepchnięty z drogi przed dworcem Charing Cross. Przed żadnym londyńskim dworcem kolejowym nie było punktu nieobjętego monitoringiem od czasu, kiedy w latach dziewięćdziesiątych IRA ogłosiła dworce celem swoich ataków. Zacząłem grzebać we wnętrznościach archiwum HOLMES-a, gdzie jakaś obłąkana dusza z ekipy od zabójstw załadowała stosowne nagrania z każdej działającej kamery od Trafalgar Square po Old Bailey. Żadne nagranie nie było dobrze opisane, więc potrzebowałem bitej godziny, żeby znaleźć film, którego szukałem. Kurier rowerowy nie podał marki samochodu, który doprowadził do wypadku, nie było jednak wątpliwości, że to kierowca zdezelowanej hondy accord celowo zepchnął go z drogi. Rozdzielczość nagrania była za niska, by rozpoznać kierowcę albo numery rejestracyjne, ale zanim jeszcze wyśledziłem hondę na nagraniach kamer wysokiej rozdzielczości monitorujących ruch drogowy przy Trafalgar Square, wiedziałem, do kogo należy.

To miało sens. Była obecna przy tym, jak Coopertown zabił żonę i dziecko, w czasie wypadku w kinie i podczas ataku na doktora Framline'a. Była z nami, kiedy planowaliśmy operację pod Operą Królewską, i zjawiła się ze wsparciem wystarczająco szybko, żeby zabrać zaginiony pistolet.

Moim podejrzanym była Lesley May. Brała w tym udział, została zasekwestrowana przez Henry'ego Pyke'a do szalonej sztuki o okrucieństwie i zemście. Zastanawiałem się, czy siedziała w tym od samego początku, od pierwszej nocy, kiedy William Skirmish stracił głowę, a ja spotkałem Nicholasa Wallpenny'ego. I wtedy przypomniałem sobie Piękną Polly ze scenariusza Picciniego — milczącą dziewczynę uwodzoną przez Puncha po tym, jak zabił żonę i dziecko. On całuje ją bardzo głośno, a ona „robi wrażenie ochoczej". Potem on śpiewa: „Nawet gdybym miał wszystkie żony króla Salomona, zabiłbym je dla mojej Polly, tak piękna jest ona".

*

Była raz matka, która zgubiła syna w Covent Garden, kobieta bardzo angielska w tradycyjnym rozumieniu tego słowa: miała dobrej jakości sukienkę z drukowanego materiału i ładną torebkę, wybrała się na zakupy na West Endzie i wizytę w Londyńskim Muzeum Transportu. Na chwilę zagapiła się na wystawę i kiedy się odwróciła, odkryła, że jej sześcioletni syn zniknął.

Doskonale pamiętam, jak wyglądała, kiedy nas znalazła. Pozory opanowania, tradycyjne brytyjskie trzymanie fasonu, ale oczy ją zdradziły — strzelała nimi na boki i walczyła z pokusą, żeby pobiec we wszystkie strony naraz. Starałem się ją uspokoić, gdy Lesley zgłosiła zaginięcie i zaczęła organizować poszukiwania. Nie wiem, co mówiłem, jakieś kojące słowa, ale kiedy ją uspokajałem, zauważyłem, że trzęsie się prawie niedostrzegalnie, i zdałem sobie sprawę, że patrzę na istotę ludzką, która rozpada się na moich oczach. Sześciolatek znalazł się niecałą minutę później, przyprowadzony przez uprzejmego mima z jednego ze znajdujących się na niższym poziomie podwórzy *piazza*. Patrzyłem właśnie na matkę, kiedy syn wrócił. Zobaczyłem ulgę malującą się na jej twarzy i sposób, w jaki strach został zassany z powrotem w głąb, aż została tylko energiczna i pragmatyczna kobieta w letniej sukience i praktycznych sandałach.

Teraz rozumiałem ten strach — lęk nie o siebie, lecz o kogoś innego. Lesley została zasekwestrowana — Henry Pyke siedział w jej głowie i znajdował się w niej od co najmniej trzech miesięcy. Próbowałem przypomnieć sobie ostatni raz, kiedy ją widziałem. Czy jej twarz wyglądała inaczej? I wtedy przypomniałem sobie jej uśmiech — szeroki, w którym pokazywała mnóstwo zębów. Czy uśmiechała się do mnie ostatnio? Pomyślałem, że chyba tak. Jeżeli Henry Pyke rzucił na nią *dissimulo* i przerobił ją na Pulcinellę, nie było mowy, żeby ukryła zniszczone zęby. Nie wiedziałem, w jaki sposób wyciągnąć Henry'ego Pyke'a z jej głowy, ale gdybym dorwał ją, zanim rewenant sprawi, że twarz jej odpadnie, to może przynajmniej zdołałbym temu zapobiec.

Zanim doktor Walid wrócił do gabinetu, miałem już plan.

— Co zamierzasz? — zapytał.

Powiedziałem mu. On też uznał, że to fatalny pomysł.

11.
ZAMIESZKI Z KLASĄ

Pierwszym zadaniem było odnalezienie Lesley. Dokonałem tego prostą metodą — dzwoniąc do niej na komórkę i pytając, gdzie jest.

— Jesteśmy w Covent Garden — odpowiedziała.

My, to znaczy ona, Seawoll i jakaś połowa ekipy od zabójstw, bo nadinspektor odwołał się do uświęconej policyjnej tradycji: kiedy masz wątpliwości, skieruj do pracy jak najwięcej ludzi. Mieli przeczesać *piazza*, a potem pośpiesznie sprawdzić siedzibę Opery Królewskiej.

— Co ma nadzieję w ten sposób uzyskać? — zapytałem.

— Po pierwsze, chce zapobiec wszelkim problemom — odpowiedziała Lesley. — Poza tym czekamy na ciebie, zapomniałeś?

— Możliwe, że rozgryzłem tę sprawę — powiedziałem. — Ale to ważne, żebyś nie zrobiła niczego głupiego.

— Ej, mówisz do mnie.

Gdyby tylko to była prawda.

Następną rzeczą, której potrzebowałem, był wóz, więc zadzwoniłem do Beverley na jej wodoodporną komórkę, mając nadzieję, że nie pływa w kółko pod Tower Bridge, czy czym tam się zajmują rzeczne nimfy, kiedy mają wolne. Odebrała po drugim dzwonku i ostrym tonem zapytała, co zrobiłem jej siostrze.

— Nie jest zadowolona — powiedziała.

— Mniejsza o twoją siostrę — odpowiedziałem. — Muszę pożyczyć samochód.

— Pod warunkiem, że ja też mogę jechać — odrzekła. Spodziewałem się tego, właściwie na to liczyłem. — Albo możesz iść pieszo.

— Dobrze — powiedziałem, udając, że zgadzam się niechętnie.

Obiecała, że zjawi się za pół godziny.

Trzecie na liście było dorwanie jakiegoś mocnego leku, co okazało się zaskakująco trudne, zważywszy na to, że znajdowałem się w sporym szpitalu. Kłopot w tym, że mój oswojony lekarz miał skrupuły.

— Oglądałeś za dużo telewizji — powiedział doktor Walid. — Nie ma czegoś takiego jak strzałki ze środkiem usypiającym.

— A właśnie że jest. W Afryce ciągle ich używają.

— Pozwól, że ujmę to inaczej i powiem bardzo powoli — odparł. — Nie ma czegoś takiego jak bezpieczna strzałka ze środkiem usypiającym.

— To nie musi być strzałka — odpowiedziałem. — W każdej minucie, kiedy zostawiamy Lesley zasekwestrowaną, istnieje możliwość, że Henry Pyke sprawi, że odpadnie jej twarz. Żeby czarować, umysł musi pracować. Wystarczy wyłączyć świadomą część mózgu i jestem gotów się założyć, że Henry nie będzie mógł rzucić swojego czaru, a twarz Lesley pozostanie taką, jaką stworzył ją Bóg.

Widziałem po minie doktora Walida, że uważa, że mam rację.

— Ale co potem? — zapytał. — Nie możemy w nieskończoność trzymać jej w śpiączce.

— Zyskamy nieco na czasie. Żeby Nightingale się obudził, żebym ja wrócił do biblioteki w Szaleństwie, żeby Henry Pyke umarł ze starości... Czy co tam robią nieumarli, kiedy odchodzą.

Doktor Walid wyszedł, mrucząc coś pod nosem, i wrócił chwilę później z dwiema sterylnie zapakowanymi jednorazowymi strzykawkami w opakowaniach ze znaczkiem ostrzegawczym i napisem „Przechowywać w miejscu niedostępnym dla dzieci".

— Roztwór chlorowodorku etorfiny — powiedział. — Wystarczy tego, żeby uśpić kobietę o wadze około sześćdziesięciu pięciu kilogramów.

— Szybko to działa?

— Tego używa się do usypiania nosorożców — odpowiedział i wręczył mi drugą paczkę z kolejnymi dwiema strzykawkami. — A to jest środek działający przeciwnie, narkan. Jeśli niechcący wstrzykniesz sobie etorfinę, to od razu, nim wezwiesz karetkę, podaj sobie narkan, a potem upewnij się, że sanitariusze dostaną tę kartę.

Podał mi kartę, jeszcze ciepłą, prosto z maszyny do laminowania. Wypisał na niej schludnymi, dużymi literami: „Uwaga. Byłem na tyle głupi, żeby wstrzyknąć sobie chlorowodorek etorfiny", a potem wypisał listę procedur, które powinni wykonać sanitariusze. Większość dotyczyła reanimacji i heroicznych wysiłków, by utrzymać pracę serca i oddech.

Nerwowo poklepywałem marynarkę, zjeżdżając windą do recepcji i powtarzając pod nosem, że środek usypiający jest w lewej kieszeni, a przeciwnie działający w prawej.

Beverley czekała na mnie w miejscu, gdzie obowiązywał zakaz zatrzymywania się, ubrana w bojówki khaki i przycięty czarny T-shirt z napisem „WINE BACK HERE" na piersiach.

— Ta-dam! — powiedziała i pokazała mi samochód.

To był kanarkowożółty kabriolet marki BMW Mini, model Cooper S z turbodoładowaniem i oponami odpornymi na przebicie. Najbardziej rzucający się w oczy samochód, jakim można jeździć po centrum Londynu i nadal zmieścić się na standardowym miejscu parkingowym. Z radością pozwoliłem jej prowadzić — nadal mam pewne zasady.

Było gorąco jak na koniec maja, doskonały dzień na jazdę kabrioletem nawet w przesyconych spalinami godzinach szczytu. Beverley była kierowcą fatalnym w stopniu przeciętnym — czyli dokładnie takim, jak można się spodziewać po kimś, kto zdał egzamin na prawo jazdy w ostatnich dwóch latach. Dobrą stroną ruchu ulicznego w Londynie jest to, że przeciętny kierowca nie zdoła rozpędzić się na tyle, żeby popełnić śmiertelny w skutkach błąd. Zgodnie z przewidywaniami ugrzęźliśmy w korku przy końcu Gower Street i stanąłem przed starym jak świat dylematem podróżnego w Londynie — wysiąść i iść pieszo czy czekać i mieć nadzieję.

Znowu zadzwoniłem do Lesley, ale połączyłem się od razu z pocztą głosową. Zadzwoniłem na komisariat w Belgravii i poprosiłem, żeby przełączyli mnie na airwave'a Stephanopoulos. Na wypadek gdyby ktoś nasłuchiwał na tym kanale, ostrzegła mnie, jak należało, żebym wracał do domu i czekał na instrukcje, zanim dała mi do zrozumienia, że widziała Seawolla i Lesley, jak kierowali się do Opery Królewskiej. Odpowiedziałem, że posłusznie jadę do domu — w sposób, który nie przekonałby ani Stephanopoulos, ani hipotetycznych słuchaczy, ale na stenogramie z rozmowy przedstawionym w sądzie wyglądałby całkiem dobrze.

Ulice wreszcie się odkorkowały i minęliśmy New Oxford Street. Kazałem Beverley jechać w kierunku Endell Street.

— Kiedy dojedziemy na miejsce, masz się nie zbliżać do Lesley — powiedziałem.

— Myślisz, że sobie z nią nie poradzę?

— Myślę, że mogłaby wyssać całą twoją magię.

— Serio?

Tylko zgadywałem, ale *genii locorum* takie jak Beverley czerpały skądś magię i dla takiego rewenanta jak Henry Pyke musiały być atrakcyjnymi ofiarami. Możliwe też, że w jakiś naturalny sposób były odporne na tego typu upiory i niepotrzebnie się martwiłem, ale uważałem, że nie warto ryzykować.

— Serio — odpowiedziałem.

— O w mordę. Myślałam, że jesteśmy przyjaciółkami.

Chciałem ją jakoś pocieszyć, ale słowa uwięzły mi w gardle, kiedy wystrzeliła z jednokierunkowej ulicy koło centrum sportowego Oasis i skręciła w Endell Street — nie zwracając, o ile dobrze zauważyłem, najmniejszej uwagi na pozostałych użytkowników drogi. Właściwie to nie uwzględniła nawet ich istnienia.

— Lesley jest twoją przyjaciółką — zgodziłem się — ale nie Henry Pyke.

Świętujący koniec tygodnia tłum wylał się z pubów i kawiarni na chodniki i na kilka godzin Londyn zyskał prawdziwą kulturę uliczną, o którą dopraszają się ludzie posiadający wille w Toskanii. Zwężająca się ulica i perspektywa potrącenia pieszego sprawiły, że nawet Beverley na chwilę zdjęła nogę z gazu.

— Uważaj na ludzi — powiedziałem.

— Ha — żachnęła się — ludzie nie powinni pić i chodzić jednocześnie.

Skręciliśmy z minirondka w Long Acre, zwolniliśmy ze względu na kolejny podchmielony tłum przed pubem „Kemble's Head" na rogu i przyśpieszyliśmy, jadąc Bow Street. Nie widziałem żadnych wozów policyjnych, straży pożarnej ani innych oznak wypadku przed Operą Królewską, uznałem więc, że może dojechaliśmy na czas. Beverley zaparkowała na miejscu dla niepełnosprawnych naprzeciwko gmachu opery.

— Nie gaś silnika — powiedziałem, wysiadając.

Tak naprawdę nie planowałem szybkiej ucieczki, ale uznałem, że dzięki temu Beverley zostanie w samochodzie i nie wpakuje się w żadne kłopoty.

— Gdyby policja próbowała cię przesunąć z tego miejsca, podaj im moje nazwisko i powiedz, że wszedłem do środka w sprawie służbowej.

— Jasne, bo to na pewno zadziała — żachnęła się, ale została w kabriolecie, a o to właśnie chodziło.

Przebiegłem przez ulicę do głównego wejścia i wszedłem przez jedne z mahoniowych, przeszklonych drzwi. W atrium przy wejściu panował chłód i półmrok przez kontrast ze słońcem na zewnątrz; w szklanych gablotach przy drzwiach stały manekiny odziane w kostiumy z poprzednich przedstawień. Wchodząc przez kolejne, wewnętrzne drzwi do foyer, napotkałem ludzi idących śpiesznie w przeciwnym kierunku. Rozejrzałem się szybko za przyczyną ich wyjścia, ale chociaż szli raźno i z wyraźnym pośpiechem, nie wyczuwało się żadnej paniki. I nagle zrozumiałem: zaczęła się przerwa, a to byli palacze, którzy wychodzili przed gmach na papierosa.

I rzeczywiście, tłumy ludzi wylewały się zza drzwi widowni na parterze i kierowały na lewo, prawdopodobnie w stronę toalet i baru, najpewniej w tej właśnie kolejności. Zostałem na swoim miejscu i pozwoliłem ludziom przechodzić obok mnie — przynajmniej Seawolla, z racji samych jego rozmiarów, powinienem wypatrzyć bez trudu. Jeśli idzie o elegancję, to się zawiodłem: wszyscy nosili drogie, ale niezobowiązujące ciuchy, tylko czasem błysnęła suknia wieczorowa, wnosząc urozmaicenie do nudy. Spodziewałem się czegoś lepszego po lepszych ode mnie. Tłum się przerzedził, więc przyłączyłem się do niego i dałem mu się pociągnąć w lewo, obok szatni i schodów prowadzących do głównego baru. Według tabliczki była to „Balconies Restaurant"; wyglądało na to, że powstała poprzez wrzucenie kilku ton sosnowego drewna do wiktoriańskiej szklarni z kutego żelaza. Zaprojektowana tak, by służyć tłumom podczas antraktów, kiedy tysiąc lekko podchmielonych klientów wpadnie do środka utopić arie w dżinie z tonikiem; miała wielkie, otwarte przestrzenie i proste, wyściełane meble o mosiężnych okuciach. Pod sklepionym dachem ze szkła i białego żeliwa wyglądało to tak, jakby wynajęto IKEA do wyposażenia dworca St. Pancras. Gdyby Parowóz Tomek był Szwedem, tak pewnie wyglądałby jego salon.

Chociaż wtedy pewnie byłby o wiele mniej radosnym parowozem.

Sześć metrów wyżej, wokół całego pomieszczenia ciągnął się balkon, wystarczająco szeroki, żeby stały tam krzesła i stoły nakryte białym płótnem i srebrem. Na górze było mniej ludzi — pewnie większość szła prosto do baru i wypijała tyle dżinu, ile zdołała, zanim muzyka znowu zacznie grać. Ruszyłem do najbliższych schodów, mając nadzieję, że z góry będę miał lepszy widok. Byłem w połowie stopni, kiedy zdałem sobie sprawę, że nastrój w pomieszczeniu się zmienia.

To nawet nie było wrażenie — bardziej jakbym usłyszał psa szczekającego późną nocą gdzieś daleko.

— Niech ta suka się odpieprzy — rozległ się przenikliwy kobiecy głos gdzieś na dole.

To samo wrażenie napięcia miałem na Neal Street tuż przed tym, jak doktor Framline oszalał i rzucił się na kuriera rowerowego. Ktoś upuścił tacę, metal brzęknął na drogiej drewnianej podłodze, stłukło się kilka kieliszków. W pobliżu rozległy się ironiczne wiwaty.

Dotarłem na poziom balkonu, wszedłem między dwa puste stoliki i spojrzałem na tłum poniżej.

— Ty palancie — powiedział mężczyzna gdzieś w dole — ty pieprzony palancie.

Dostrzegłem wysportowanego mężczyznę dobrze po czterdziestce, o szpakowatych włosach i z charakterystycznymi krzaczastymi brwiami, ubranego w konserwatywny garnitur. To był młodszy podkomisarz Folsom — tak jakby moje życie nie było jeszcze wystarczająco skomplikowane. Odsunąłem się od poręczy balkonu i wtedy zobaczyłem, że o balustradę naprzeciwko opiera się Lesley i patrzy prosto na mnie. Wyglądała normalnie — aktywna, szczęśliwa, ubrana w spodnie i skórzaną kurtkę, którą nosiła na służbie. Pomachała do mnie wesoło i skinęła w stronę głównego baru, gdzie Seawoll kupował sobie drinka.

Głos z głośników oznajmił, że przedstawienie rozpocznie się ponownie za trzy minuty.

Na dole w głównym barze mężczyzna w tweedowej marynarce ze skórzanymi łatami uderzył jednego ze swoich rozmówców. Ktoś krzyknął, Lesley zerknęła w dół, a ja popędziłem przez cały balkon, spychając z drogi szacownych obywateli. Zerknąłem na Lesley, która gapiła się na mnie zaszokowana, kiedy skręciłem pierwszy raz i pędziłem teraz balkonem, który ciągnął się przez całą szerokość sali. Ktokolwiek myślał w tej chwili w głowie Lesley — ona czy Henry Pyke — nie spodziewał się, że będę się przepychał przez tłum odstawionych ważniaków. A ja właśnie na to liczyłem. Niełatwo jest wyciągnąć z kieszeni ampułkostrzykawkę ze środkiem usypiającym, kiedy przepychasz się przez tłum protestujących wielbicieli opery, ale jakimś cudem udało mi się przygotować wszystko, zanim skręciłem ostatni raz i popędziłem prosto do Lesley.

Patrzyła na mnie z cichym rozbawieniem, przechylając lekko głowę, a ja pomyślałem: możesz być sobie tak wyluzowana, jak tylko zechcesz, bo i tak za chwilę będziesz spała. Teraz już ludzie sami schodzili mi z drogi i ostatnie pięć metrów przebiegłem bez przeszkód. A raczej przebiegłbym, gdyby Seawoll nie wszedł po schodach i nie uderzył mnie w twarz. Zupełnie jakbym wpadł na nisko wiszącą belkę sufitową — wywróciłem się na plecy i złapałem się na tym, że kontempluję rozmazany widok dachu.

Niech to szlag, ten facet potrafił się szybko poruszać, kiedy zechciał.

Najwyraźniej Henry Pyke potrafił też wpływać na innych ludzi, nawet takich zatwardziałych realistów jak Seawoll. To nie mogło znaczyć nic dobrego.

— Szczerze mówiąc, mam to gdzieś! — ryknęła kobieta gdzieś po mojej prawej. — Kurwa, przecież to tylko faceci śpiewający o facetach!

Głos oznajmił, że przedstawienie zacznie się ponownie za niecałą minutę i żeby wszyscy wracali na swoje miejsca. Młody mężczyzna o rumuńskim akcencie i w stroju kelnera powiedział mi, że powinienem zostać tam, gdzie leżę, i że zaraz zostanie wezwana policja.

— Ja jestem z policji, tumanie — odpowiedziałem, ale zabrzmiało to słabo, bo miałem wrażenie, że szczęka wyskoczyła mi z zawiasów.

Znalazłem legitymację policyjną i pomachałem nią kelnerowi. Trzeba przyznać, że chłopak pomógł mi wtedy wstać. Bar opustoszał, nie licząc sprzątającej obsługi. Ktoś nadepnął na strzykawkę i ją zmiażdżył. Obmacałem sobie twarz. Nadal miałem zęby, więc Seawoll musiał się powstrzymywać. Zapytałem, dokąd poszedł ten wielki facet, na co obsługa powiedziała mi, że zszedł razem z blondynką.

— Do teatru? — zapytałem.

Niestety nie wiedzieli.

Zbiegłem po schodach i złapałem się na tym, że zagapiłem się na długi marmurowy kontuar szatni. Dobre w Seawollu jest to, że trudno go przegapić i równie trudno zapomnieć: szatniarz powiedział, że poszedł w stronę drzwi widowni na parterze. Wróciłem do foyer, gdzie uprzejma młoda dama próbowała zagrodzić mi przejście. Powiedziałem jej, że muszę się zobaczyć z kierownikiem, a kiedy po niego poszła, wślizgnąłem się na widownię.

Najpierw uderzyła mnie muzyka — potężną mroczną falą, a potem ogrom teatru. Wielgachna podkowa wznosiła się kolejnymi warstwami złoceń i czerwonego aksamitu. Przede mną morze głów opadało ku kanałowi orkiestry i dalej, aż do sceny. Scenografia ukazywała rufę żaglowca, chociaż w przesadzonej skali, przez co krawędzie burt wznosiły się ponad śpiewakami. Wszystko pomalowano w chłodne odcienie błękitów, szarości i brudnej bieli — statek zdany na łaskę wzburzonego oceanu. Muzyka była równie ponura i naprawdę przydałby się jej rytm albo jeśli nie to, to chociaż dziewczyna w minispódniczce. Mężczyźni w mundurach i trójgraniastych kapeluszach śpiewali do siebie, podczas gdy blondyn w białej koszuli spozierał wzrokiem łani. Miałem zabawne przeczucie, że to nie skończy się dobrze dla blondyna. Ani dla widowni, skoro już o tym mowa. Właśnie domyśliłem się, że tenor gra kapitana, kiedy basowi grającemu czarny charakter załamał się głos. W pierwszej chwili myślałem, że to część sztuki, ale pomruk, który przebiegł przez widownię, jasno wskazywał, że się mylę. Śpiewak spróbował raz jeszcze, ale nie mógł sobie przypomnieć roli. Tenor chciał pomóc i coś zaimprowizować, ale jemu też załamał się głos. Z wyrazem najczystszej paniki na twarzy spojrzał ze sceny w stronę kulis. Widownia zaczęła zagłuszać orkiestrę, która wreszcie, zorientowawszy się, że coś się kroi, gwałtownie zamilkła.

Ruszyłem przejściem w stronę kanału orkiestry, chociaż nie miałem pojęcia, jak się dostanę na scenę. Parę osób na widowni wstało i wyciągało szyje, żeby zobaczyć, co się dzieje. Doszedłem do brzegu kanału, zerknąłem w dół i stwierdziłem, że muzycy nadal siedzą z instrumentami w gotowości. Znalazłem się tak blisko, że mogłem dotknąć pierwszego skrzypka. Trząsł się i miał szklisty wzrok. Dyrygent zastukał batutą w pulpit i muzycy znowu zaczęli grać. Rozpoznałem muzykę — to była pierwsza melodia śpiewana przez pana Puncha w scenariuszu Picciniego — francuska piosenka ludowa *Malbrough s'ev va-t-en guerre*, znana w anglojęzycznej części świata jako *For He's a Jolly Good Fellow*.

Tenor grający kapitana pierwszy podjął refren:

Pan Punch to facet morowy,
Co kaftan ma kolorowy.

Bas i baryton szybko dołączyli, a za nimi reszta zespołu. Śpiewali, jakby mieli przed sobą tekst piosenki:

Z natury cokolwiek nerwowy
Wśród kumpli aniołem jest.

Śpiewacy przytupywali do rytmu. Widzowie siedzieli w fotelach jak przykuci. Nie wiedziałem nawet, czy są oszołomieni, zahipnotyzowani czy po prostu zbyt zbulwersowani, żeby się ruszyć. I nagle pierwszy rząd na parterze zaczął klaskać i przytupywać do rytmu. Sam poczułem przymus, falę wrażeń: piwo, gra w kręgle, zapiekanki wieprzowe, taniec i lekceważenie tego, co pomyślą sobie inni.

Czupurny dla każdej dzierlatki
Uwielbia opływać w dostatki.

Klaskanie i tupanie ogarniało kolejne rzędy, przesuwając się w głąb widowni. Dzięki doskonałej akustyce sali tupot był głośniejszy niż w tłumie kibiców na Highbury i równie zaraźliwy. Musiałem zablokować kolana, żeby nie zacząć ruszać stopami.

Dopiero stuk Śmierci kołatki
Komedii wyznaczy kres.

Na scenę wyszła Lesley, z niesłychanym tupetem wspięła się po schodach, które wyprowadziły ją na nieproporcjonalnie wielką rufówkę, i odwróciła się do widowni. Zobaczyłem wtedy, że w lewej ręce trzyma laskę ze srebrną gałką. Poznałem ją — ten drań ukradł ją Nightingale'owi. Reflektor przeszył ciemność i oblał Lesley ostrym, białym światłem. Muzyka i śpiew urwały się, tupanie powoli ucichło.

— Panie i panowie! — zawołała Lesley. — Chłopcy i dziewczęta! Mam zaszczyt przedstawić wam dzisiaj najtragiczniejszą komedię i najkomiczniejszą tragedię pana Puncha, tak jak przedstawiono ją wielkiemu talentowi i impresario panu Henry'emu Pyke'owi.

Poczekała na oklaski, a kiedy się nie rozległy, mruknęła coś pod nosem i machnęła laską. Poczułem, jak zalewa mnie przymus, a na widowni wybuchł powszechny aplauz.

Lesley skłoniła się łaskawie.

— Cudownie być tu z wami — powiedziała. — Rety, ależ ten teatr rozrósł się od moich czasów. Czy jest tu ktoś jeszcze z lat dziewięćdziesiątych osiemnastego wieku?

Z jaskółki wyrwał się pojedynczy okrzyk, udowadniając, że w tłumie zawsze znajdzie się jakiś prawdziwek.

— To nie tak, że panu nie wierzę, ale cholerny z pana kłamca — powiedziała Lesley. — Ten stary kabotyn w końcu się tu pojawi. — Spojrzała poza światła na widownię na parterze, szukając czegoś. — Wiem, że tu jesteś, ty czarny irlandzki psie.

Pokręciła głową.

— Chcę tylko powiedzieć, że miło być tutaj w dwudziestym pierwszym wieku — powiedziała nagle. — Jest tyle rzeczy, za które można być wdzięcznym: instalacja wodno-kanalizacyjna w domach, powozy bez koni… Przyzwoita średnia długość życia.

Nie było ewidentnego przejścia z parteru na scenę. Kanał orkiestry był głęboki na dwa metry, a rampa sceny naprzeciwko wznosiła się wyżej, niż zdołałby dosięgnąć jakikolwiek człowiek.

— Dziś wieczór, panie i panowie, chłopcy i dziewczęta, dla waszej rozrywki przedstawię wam moją interpretację tragicznej sceny z historii pana Puncha — ciągnęła Lesley. — Mam na myśli, rzecz jasna, jego uwięzienie i, niestety, nieuchronną egzekucję.

— Nie! — wrzasnąłem.

Czytałem scenariusz. Wiedziałem, co będzie potem.

Lesley spojrzała wprost na mnie i się uśmiechnęła.

— Ależ oczywiście — powiedziała. — Przedstawienie jest najważniejsze.

Rozległ się trzask pękającej kości i jej twarz się przekształciła. Nos zamienił się w zakrzywione ostrze, a głos przeszedł w przenikliwy, zawodzący pisk.

— Tak to się robi! — wrzasnęła.

Spóźniłem się, ale mimo to rzuciłem się do kanału orkiestry. Opera Królewska nie wygłupia się z kwartetem i perkusją elektroniczną — tu masz prawdziwą orkiestrę z siedemdziesięcioma muzykami i kanał zbudowany z myślą o takiej właśnie liczbie ludzi. Wylądowałem pośród waltornistów, którzy nie byli aż tak oszołomieni przymusem narzuconym przez Henry'ego Pyke'a, żeby nie zaprotestować. Przepchnąłem się między skrzypkami, ale nic z tego — nawet podskakując, nie miałem szansy dosięgnąć sceny. Jeden ze skrzypków zapytał, co mi, do cholery, odpierzyło. Poparł go kontrabasista, który zagroził, że przykopie mi w łeb. Obaj mieli to pijane, wredne spojrzenie typowe dla piątkowego wieczoru, które zaczynałem kojarzyć z Henrym Pyke'em. Złapałem pulpit, żeby utrzymać ich na dystans, kiedy orkiestra znowu zaczęła grać. Gdy tylko rozległy się dźwięki, obaj żywiący mordercze zamiary muzycy zignorowali mnie, chwycili instrumenty, zajęli swoje miejsca i z niezwykłą godnością (zważywszy na to, że właśnie przeżyli epizod psychotyczny) zaczęli grać. Słyszałem, jak to coś, co nosiło ciało Lesley, śpiewa ohydnym, piskliwym głosem:

Punch bez swojej ukochanej
Wciąż śpiewa smutną pieśń.

Nie widziałem, co Lesley robi, ale sądząc po piosence, odgrywała scenę, w której Punch patrzy przez okno więzienia, jak szykują dla niego szubienicę. Na obu końcach kanału dla orkiestry znajdowały się drzwi — muzycy musieli mieć jakieś przejście za kulisy. Przepchnąłem się między muzykami ku najbliższym drzwiom, zostawiając za sobą trop w postaci jazgotu, brzdęknięć, pisków i łoskotu. Drzwi prowadziły do kolejnego wąskiego korytarza z pustaków, od którego na prawo i lewo odchodziły podobne przejścia. Ponieważ wyszedłem na lewo od sceny, domyślałem się, że kolejny skręt w lewo wyprowadzi mnie za kulisy. Miałem rację, tyle że Opera Królewska nie miała kulis, ale prawdziwy hangar — ogromne, wysokie pomieszczenie co najmniej trzy razy większe od głównej sceny, w którym można by zaparkować zeppelina.

Wszyscy inspicjenci, suflerzy, i kto tam jeszcze czai się na uboczu w czasie przedstawień, tłoczyli się za kulisami zahipnotyzowani tą samą mocą, którą Henry Pyke posłużył się wobec widzów. Z dala od tego wpływu zdołałem nieco ochłonąć i pomyśleć. Lesley już stała się krzywda i jeśli teraz ją uśpię, twarz jej odpadnie. Wtargnięcie na scenę nic nie pomoże — z tego, co się orientowałem, moja nieudolność stanowiła część scenariusza Henry'ego Pyke'a. Przemknąłem obok maszynistów teatralnych i spróbowałem zbliżyć się do sceny, na ile mogłem, nie pokazując się.

Nie zbudowano szubienicy. Zamiast niej stryczek zwieszał się z góry, jakby z rei. Albo Henry Pyke był bardziej zorganizowany, niż myślałem, albo oryginalne przedstawienie operowe wiązało się z powieszeniem kogoś. Prawdopodobnie po długich śpiewach.

Lesley, nadal w roli Puncha, odgrywała smutek za kratami w oknie. Już nie trzymała się scenariusza Picciniego, tylko raczyła widzów historią życia Henry'ego Pyke'a, aktora z ambicjami, poczynając od skromnych początków w małej wiosce w hrabstwie Warwickshire aż po rozkwitającą karierę na londyńskiej scenie.

— Oto ja — deklamowała — już nie młodzieniec, ale doświadczony aktor. Dane mi przez Boga talenty zostały powiększone przez lata doświadczeń z trudem zdobytych na twardych i bezlitosnych scenach Londynu.

Fakt, że nikt pośród inspicjentów nawet nie zachichotał, ukazywał siłę przymusu, pod którym się znaleźli. Ponieważ Nightingale nie zaczął jeszcze ze mną omawiać „przymusu dla początkujących", nie wiedziałem, ile magii potrzeba, żeby zaczarować ponad dwa tysiące ludzi, ale obstawiałem, że mnóstwo, i wtedy uznałem, że pewnie lepiej będzie dla Lesley, jeśli odpadnie jej twarz, niż wyschnie mózg. Rozejrzałem się. Gdzieś tu w pobliżu musiała znajdować się apteczka pierwszej pomocy. Doktor Walid powiedział, że będę potrzebował roztworu soli fizjologicznej i bandaży, żeby owinąć głowę Lesley, jeżeli mam ją utrzymać przy życiu do czasu przyjazdu karetki. Dostrzegłem apteczkę na ścianie nad gaśnicami, zapakowaną w imponująco dużą walizkę z wściekle czerwonego plastiku, która dodatkowo nada się jako broń w walce. Przygotowałem ostatnią strzykawkę i z apteczką w drugiej ręce przemknąłem chyłkiem za kulisy. Kiedy znowu zobaczyłem scenę, Lesley —

nie byłem w stanie zmusić się, żeby myśleć o niej jako Punchu albo Henrym Pyke'u — ze szczegółami przedstawiała listę rozczarowań Henry'ego. Za większość obwiniał Charlesa Macklina, który — jak twierdził Henry — zwrócił się przeciwko niemu z czystej zawiści, a kiedy rzucono mu wyzwanie, tu, przed tym właśnie teatrem, okrutnie zaatakował Henry'ego.

— Powinien za to zawisnąć — powiedziała Lesley. — Tak jak powinien zawisnąć za biednego Thomasa Halluma, którego zabił w Theatre Royal. Ale miał szczęście Irlandczyka i gadane.

I wtedy zdałem sobie sprawę, na co czeka Henry Pyke. Aż do śmierci Charles Macklin regularnie odwiedzał Operę Królewską. Według legendy wielokrotnie widziano ducha Macklina na jego ulubionym miejscu na parterze. Henry Pyke próbował go przyciągnąć, ale wątpiłem, żeby się zjawił. Lesley krążyła po rufówce, zerkając na parter.

— Ukaż się, Macklinie! — zawołała.

Pomyślałem, że teraz dało się usłyszeć niepewność w jej głosie. Rufówka znajdowała się powyżej reszty sceny i miała za wysokie boki, żebym się tam wspiął. Można było na nią wejść tylko po schodach od frontu — nie miałem szansy podkraść się do Lesley. Będę musiał zrobić coś głupiego.

Wyszedłem śmiało na scenę, a potem popełniłem błąd i spojrzałem na widownię. Niewiele widziałem oślepiony światłami rampy, ale wystarczająco dużo, żeby dostrzec ogromną masę ludzi gapiących się na mnie z wielopiętrowej ciemności. Potknąłem się o własne stopy i musiałem złapać się armaty.

— A cóż to?! — wrzasnęła piskliwie Lesley.

— Jestem Jack Ketch — odpowiedziałem zdecydowanie zbyt cicho.

— Niech Bóg mnie broni przed głupcami i amatorami — mruknęła pod nosem Lesley, a głośniej dodała: — A cóż to?

— Jestem Jack Ketch — powtórzyłem i tym razem poczułem, że słowa poniosły się ku widowni.

Odebrałem falowanie *vestigia*, nie od ludzi, ale z samej widowni. Teatr pamiętał Jacka Ketcha, kata z czasów Karola II, człowieka, który zasłynął jako tak zatwardziały fuszer w swym fachu, że opublikował kiedyś pamflet, w którym obwiniał swoją ofiarę, lorda Russella, o to, że nie potrafił nieruchomo klęczeć, kiedy on brał zamach toporem. Przez następny wiek Ketch stał się synonimem kata, mordercy i samego diabła; jeżeli kiedykolwiek istniało imię, którym można było wezwać szatana, to brzmiało właśnie Jack Ketch. To tłumaczyło rolę Jacka w historii Puncha i Judy i wyjaśniało, dlaczego to była moja jedyna szansa, żeby zbliżyć się do Lesley i użyć strzykawki.

— Dziękuję panu bardzo, panie Ketch, ale mnie tu jest całkiem wygodnie — odparła Lesley.

Nie zawracałem sobie głowy uczeniem się scenariusza na pamięć, ale znałem go dostatecznie, żeby zaimprowizować:

— Jednak musisz wyjść — powiedziałem. — Wyjdź i zawiśnij.

— Nie będziesz aż tak okrutny — odpowiedziała.

Wiem na pewno, że przekomarzanie się powinno trwać o wiele dłużej, ale ponieważ nie pamiętałem kwestii, postanowiłem przejść do czynów.

— Wobec tego sam muszę cię przyprowadzić — orzekłem i wszedłem po schodach na rufówkę.

Trudno mi było patrzeć na ruinę, w jaką zamieniła się twarz Lesley, ale nie mogłem ryzykować i zaatakować z zaskoczenia. Twarz Puncha wykrzywiła się w irytacji, pewnie dlatego, że opuściłem parę linijek, ale Lesley grała dalej — tak jak miałem nadzieję. To była scena, w której Jack Ketch łapie Puncha i wlecze go do stryczka, a ten chytry żonobójca przekonuje podstępem kata, żeby sam założył sobie na szyję stryczek i się powiesił. Nie, proszę pana, teraz już nie tworzy się podobnych wzorców osobowych dla dzieci.

Przygotowałem strzykawkę.

Lesley kuliła się ze strachu, gdy się zbliżałem.

— Litości, litości — piszczała. — Nigdy więcej tego nie zrobię.

— To jedno jest pewne — powiedziałem, ale zanim zdążyłem jej wbić strzykawkę, obróciła się i zdzieliła mnie w twarz laską Nightingale'a.

Mięśnie w plecach i ramionach miałem sparaliżowane i jedyne, co mogłem zrobić, to utrzymać równowagę.

— Wiesz, co to jest? — zapytała Lesley, wymachując laską.

Próbowałem odpowiedzieć „laska", ale mięśnie żuchwy miałem unieruchomione, podobnie jak całą resztę.

— Tak jak Prospero miał swoją księgę i kostur — tłumaczyła Lesley — tak i twój mistrz ma obie te rzeczy, ale ja potrzebuję z nich jedynie kostura. Gdy jest się duchem, świat daje ci owo *je ne sais quoi*, jeśli idzie o magię, ale temu, kto pozbawiony jest cielesności, brakuje iskry witalności niezbędnej do realizacji jego pragnień.

Co przynajmniej potwierdzało, że Henry Pyke nie ma własnej magii. Uznałbym to spostrzeżenie za o wiele ciekawsze, gdybym nie był sparaliżowany i zdany na jego łaskę.

— Oto źródło mocy twojego mistrza — mówiła dalej Lesley. — A dysponując jego mocą, mogę… Cóż, mogę zrobić właściwie wszystko, co tylko zechcę. — Rozciągnęła usta w szerokim uśmiechu, pokazując potrzaskane zęby. — Twoja kwestia brzmi: „A teraz, panie Punch, ruszajmy bez zwłoki".

— A teraz, panie Punch, ruszajmy bez zwłoki — powiedziałem i wskazałem na stryczek. — Wsadź głowę w tę pętlę.

Najdziwniejsze było to, że tym razem wyczuwałem przymus niemal tak, jakby to była *forma*, kształt znajdujący się w moim umyśle, ale zarazem niewymyślony przez mój umysł.

— W tę pętlę — powiedziała Lesley, mrugając do publiczności. — A po co?

— A owszem, tu właśnie — odparłem.

Znowu to wyczułem i tym razem miałem pewność: idea kształtu znajdowała się poza mną, ale sam kształt formował mój własny umysł. To było jak hipnoza, bardziej sugestia niż rozkaz.

— Po co? Nie wiem jak — powiedziała Lesley i przybrała pozę ogromnej rozpaczy.

— To bardzo łatwe — odparłem, łapiąc stryczek. Lina drapała mnie w dłonie. — Po prostu wsuń tu głowę.

Lesley pochyliła się i, nie trafiając głową w dziurę, zapytała:

— Co? Tak właśnie?

— Nie, nie — powiedziałem i wskazałem stryczek. — O, tędy.

A jeśli to sugestia, pomyślałem, to powinienem być w stanie ją odeprzeć.

Lesley znowu teatralnym gestem nie trafiła w pętlę.

— Więc tak? — zapytała.

Starałem się wypchnąć kształt z umysłu, ale złapałem się na tym, że mówię:

— Nie tak, ty głupcze! — I odgrywam irytację.

Działanie na siłę nie było dobrym rozwiązaniem, a ja musiałem coś wymyślić, bo za mniej niż dwie linijki postać Jacka Ketcha miała wsadzić swój durny łeb w pętlę i dać się powiesić, a razem z nią zawisłbym i ja.

— Uważaj sobie, kogo nazywasz głupcem. Sam spróbuj i zobacz, czy potrafisz — pisnęła Lesley i zrobiła pauzę, żeby widownia mogła zachichotać, wiedząc, co zaraz się stanie. — Pokaż mi tylko jak, a ja od razu to zrobię.

Poczułem, jak moje ciało przygotowuje się do wsunięcia głowy w pętlę. I wtedy pomyślałem, że skoro nie mogę się pozbyć przymusu, może zdołam go zmienić na tyle, by go przełamać. Zastosowałem metodę antyhałasu, kiedy kasujesz jedną falę dźwiękową, emitując inną falę dźwiękową w odwrotnej fazie — to bardzo cwana rzecz i bardzo nieintuicyjna, ale działa. Miałem nadzieję, że dziwaczna wersja tej metody w mojej głowie zadziała, bo kiedy tylko zacząłem tworzyć kształt w myślach, moje usta powiedziały:

— Dobrze więc, pokażę ci.

Moja *forma* zderzyła się z przymusem jak dwa niewłaściwe tryby zgrzytające o siebie w skrzyni biegów. Pomyślałem, że wręcz czuję, jak kawałki *forma* w moim mózgu wirują i odbijają się wewnątrz czaszki bolesnymi rykoszetami, ale możliwe, że tylko poniosła mnie wyobraźnia. To nie miało znaczenia. Czułem, jak moje ciało się odblokowuje. Wyszarpnąłem głowę z pętli i spojrzałem na Lesley triumfalnie.

— Albo i nie — powiedziałem.

Ogromne ramię zacisnęło się na mojej piersi od tyłu, wielka dłoń złapała mnie za głowę i wepchnęła ją w pętlę. Wyczułem zapach wielbłądziej wełny i wody po goleniu „Chanel" — Seawoll musiał zajść mnie od tyłu, kiedy poczułem się taki cwany.

— Albo jednak tak — odparła Lesley.

Wykręciłem się, ale chociaż zdarzają się potężnie zbudowani mężczyźni, którzy okazują się zaskakująco słabi, Seawoll do nich nie należał. Wbiłem więc strzykawkę w jego odsłoniętą rękę i dałem mu całą dawkę. Niestety, dawka została obliczona na Lesley, która była dwa razy mniejsza od Seawolla. Siła nacisku ani odrobinę nie osłabła, dopóki Lesley nie wrzasnęła:

— Ciągnijcie, chłopcy!

I wzniosłem się w powietrze ciągnięty za szyję.

Życie uratowało mi to, że powieszono mnie na teatralnym stryczku, z konieczności pomyślanym tak, by — zgodnie z przepisami BHP — nie udusić przypadkiem atrakcyjnego chorwackiego barytona, którego szyja powinna była w nim wylądować. Węzeł był oszukańczy, a w środek liny wsunięto drut, żeby pętla zachowała swój kształt. Z pewnością gdzieś było oczko, żeby wpiąć w nie linę od niewątpliwie przemyślnie ukrytej uprzęży, którą nosił przystojny baryton, wyśpiewując pożegnalną arię. Niestety, ja nie miałem uprzęży, więc to cholerstwo na wpół mnie udusiło, zanim zdołałem wyjąć głowę z pętli, przy okazji zdzierając sobie skórę z podbródka. Wsunąłem łokieć w stryczek, żeby móc się wesprzeć, ale mimo to poczułem przeszywający ból w plecach.

Zerknąłem szybko w dół i zobaczyłem, że wiszę bite pięć metrów nad sceną. Nie zamierzałem puszczać się stryczka w najbliższym czasie.

Pode mną Lesley ponownie zwróciła się do publiczności.

— To tyle, jeśli idzie o posterunkowego — oznajmiła.

Za nią Seawoll padł ciężko na schody i pochylił się jak zmęczony biegacz — chlorowodorek etorfiny w końcu zaczął działać.

— Widzicie — powiedziała Lesley — jeden przedstawiciel prawa zaraz kopnie w kalendarz, drugi pada na twarz niewątpliwie ogłupiały od alkoholu. I tak my, dobrzy ludzie Anglii, pokładamy zaufanie w świniach ledwie różniących się od złoczyńców, których rzekomo mają ścigać. Jak długo, panie i panowie, chłopcy i dziewczęta, gotowi jesteście to znosić? Dlaczego porządni ludzie płacą podatki, podczas gdy obcokrajowcy nie płacą nic, a jednak spodziewają się swobód będących przywilejem, na który Anglicy ciężko sobie zapracowali?

Coraz trudniej było mi się utrzymać, ale nie zamierzałem się puszczać. Po obu stronach sceny wisiały ogromne kurtyny. Zastanawiałem się, czy zdołałbym rozkołysać się tak, żeby złapać się jednej. Teraz trzymałem się pętli już obiema rękami, więc zacząłem przesuwać ciężar i napinać mięśnie, żeby się rozbujać.

— Bo kto jest bardziej uciskany?! — wykrzyknęła Lesley. — Ci, którzy nie oczekują niczego poza uprawnieniami dla siebie, czy ci, którzy domagają się wszystkiego: ubezpieczenia społecznego, zasiłków na mieszkanie, rent inwalidzkich, a za nic nie płacą?

Jedną z rzeczy, które rzeczywiście przerobiłem na historii, była reforma ustaw o opiece nad ubogimi, wiedziałem więc, że Henry Pyke albo wykorzystywał wiedzę z głowy Lesley, albo czytywał „Daily Mail" przez ostatnie dwieście lat.

— I czy są wdzięczni? — zapytała. Widzowie mruknęli w odpowiedzi. — Oczywiście, że nie. Ponieważ nauczyli się traktować to wszystko jak coś, co im się należy.

Nie było łatwo powstrzymać linę przed kołysaniem się w stronę kanału orkiestry. Próbowałem poprawić kierunek i skończyło się na tym, że zakreślałem ósemkę. Nadal brakowało mi kilku metrów do rampy na rusztowaniu, więc napiąłem plecy i uniosłem nogi, żeby przeskoczyć przerwę.

Nagle tłum ryknął i poczułem falę frustracji i gniewu wznoszącą się wokół mnie niczym wody wybijające z zalanej studzienki. Zdekoncentrowałem się w kluczowym momencie i walnąłem w kurtynę. Skoczyłem, desperacko chwytając garściami gruby materiał i próbując złapać go między kolana tak, żeby powstrzymać gwałtowny zjazd na scenę.

I wtedy wszystkie światła zgasły. Nie zaiskrzyły, nie zamrugały, nie zabłysły ani nie zrobiły niczego równie teatralnego — po prostu zgasły. Zrozumiałem, że właśnie gdzieś pośród wyrafinowanego sprzętu oświetleniowego Opery Królewskiej parę mikroprocesorów zamieniło się w piasek. Kiedy wisisz na czubkach paznokci, kierunek w dół jest niemal zawsze właściwym kierunkiem, więc zrobiłem, co w mojej mocy, żeby zignorować ból w przedramionach, i zacząłem schodzić po kurtynie. Słyszałem, że widzowie w ciemnościach nie panikują, co, zważywszy na okoliczności, było o wiele bardziej upiorne niż druga możliwość.

Wokół Lesley pojawił się stożek światła, jakby oświetlał ją niewidzialny reflektor.

— Panie i panowie! — zawołała. — Chłopcy i dziewczęta! Myślę, że czas wyjść i zagrać.

Jeden z wujów mojej mamy miał raz bilety na mecz Arsenalu z Tottenhamem na Highbury i zabrał mnie, kiedy jego własny syn nie mógł się wybrać. Znaleźliśmy się pośród zaprawionych w bojach kibiców, najtwardszych pośród najtwardszych fanów piłki, którzy przyszli na mecz, a nie po to, żeby rozrabiać. Znaleźć się w takim tłumie to jakby dać się porwać pływom — możesz próbować płynąć w przeciwnym kierunku, ale prąd i tak cię pociągnie. Mecz był nudny pod względem stylu gry i wyglądało na to, że zakończy się bezbramkowym remisem, kiedy nagle w czasie doliczonym Arsenal zaatakował. Kiedy dotarł na pole karne, przysięgam, że cały stadion — sześćdziesiąt tysięcy ludzi — wstrzymał oddech. Gdy napastnik Arsenalu wbił piłkę w siatkę, złapałem się na tym, że krzyczę z radości razem z pozostałymi. To był czysty odruch.

To samo poczułem, kiedy Henry Pyke poszczuł widzów w Operze Królewskiej. Musiałem puścić się kurtyny i spaść z ostatnich paru metrów, ale wiem tylko, że nagle leżałem na scenie z przeszywającym bólem w kostce i niespodziewanym pragnieniem roztrzaskania komuś twarzy. Wstałem i stanąłem twarzą w zniekształconą twarz z Lesley.

Wzdrygnąłem się. Z bliska zniszczenia na jej twarzy były jeszcze trudniejsze do zniesienia. Cały czas łapałem się na tym, że uciekam wzrokiem od tej groteskowej karykatury. Po obu jej stronach stali odtwórcy głównych ról w sztuce, sami mężczyźni, wszyscy spięci i robiący wrażenie o wiele twardszych, niż spodziewalibyście się po kimś, kto zajmuje się wyższą kulturą — wszyscy, z wyjątkiem chłopięcego barytona.

— Nic ci nie jest? — zapiszczała. — Martwiłem się o ciebie.

— Próbowałeś mnie powiesić.

— Peter — powiedział Henry Pyke — nigdy nie chciałem twojej śmierci. W ciągu ostatnich miesięcy zacząłem myśleć o tobie nie jak o głównym wrogu, ale bardziej jak o zabawnym przerywniku, nieco tępawej postaci, która zjawia się z psem i wyczynia śmieszne sztuczki, podczas gdy prawdziwi ludzie sceny zmieniają kostiumy.

— Zauważyłem, że Charles Macklin się nie zjawił.

Punch poruszył nosem.

— Nieważne — odpowiedziała Lesley. — Ten zżarty podagrą łajdak nie może się wiecznie ukrywać.

— A w tym czasie my… — To było dobre pytanie. — Co my właściwie robimy? — zapytałem.

— Odgrywamy nasze role — wyjaśniła Lesley. — Jesteśmy panem Punchem, niepohamowanym duchem rozruchów i rebelii. W naszej naturze leży wywoływanie kłopotów, tak jak w twojej naturze leży próba powstrzymania nas.

— Zabijasz ludzi — powiedziałem.

— Niestety — odpowiedziała Lesley. — Każda sztuka wymaga ofiar. Śmierć to bardziej nuda niż tragedia, kto jak kto, ale ja to wiem.

Nagle uderzył mnie fakt, że nie rozmawiam z kompletną osobowością. Sposób, w jaki akcent przeskakiwał z epoki na epokę, te dziwaczne zmiany w motywach i zachowaniu — to nie był Henry Pyke ani nawet pan Punch, ale patchwork, osobowość sklecona w całość z na wpół pamiętanych fragmentów. Może wszystkie duchy są takie, wzorzec pamięci uwięziony w tkaninie miasta jak pliki na twardym dysku, powoli zużywający się, w miarę jak kolejne pokolenia londyńczyków dokładały wzorce własnych żywotów.

— Nie słuchasz — powiedziała Lesley. — Ja tu poświęcam cenny czas z mojego pracowitego harmonogramu na chwilę triumfu, a ty jesteś we własnym świecie.

— Powiedz mi, Henry, jak się nazywali twoi rodzice?

— A co? Oczywiście pan i pani Pyke.

— Ale jak brzmiały ich imiona?

Lesley się zaśmiała.

— Próbujesz mnie przechytrzyć — odpowiedziała. — Nazywali się Ojciec i Matka.

Miałem rację. Henry Pyke, a przynajmniej ta część, która znajdowała się w głowie Lesley, postradał część rozumu. I to dosłownie.

Lesley przechyliła głowę.

— Teraz po prostu uważasz mnie za głupca — powiedziała. Machnęła na główną obsadę, która beznamiętnie obserwowała naszą wymianę. — Wiecie, co „The Times" napisał o tym przedstawieniu?

— Że jest ponure i bezcelowe — powiedziałem, podnosząc się.

Skoro Lesley zamierzała monologować, ja zamierzałem skorzystać z okazji i wstać.

— Blisko. Krytyk operowy z „The Times" napisał dokładnie, że „przedstawienie ma w sobie całą powagę gwiazdkowego odcinka *Coronation Street*".

— Ostro — przyznałem.

Nie miałem już żadnych środków usypiających, ale apteczka nadal leżała za kulisami. Jeden cios ciężką walizką w potylicę mógłby wystarczyć, żeby ogłuszyć Lesley. A co potem?

Lesley przechyliła głowę na drugą stronę, nadal nie spuszczając mnie z oka.

— Och, patrzcie, chłopcy — powiedziała do głównej obsady. — To jest krytyk operowy z „The Times".

*

Zastanawiałem się, czy nie wytłumaczyć im, że nawet nie czytam „The Times", ale wątpiłem, żeby mnie posłuchali. Pobiegłem do najbliższego wyjścia ewakuacyjnego, ponieważ to musiała być najkrótsza droga i zgodnie z prawem drzwi zawsze musiały być otwarte. Poza tym oświetlenie dróg ewakuacyjnych było podpięte do innego obwodu i w związku z tym stanowiło jedyne źródło światła.

Kiedy przebiegałem przez hangar za sceną, miałem trzy metry przewagi nad śpiewakami. Nie zwolniłem, wpadając na pierwsze drzwi, co kosztowało mnie parę siniaków na żebrach, ale pozwoliło zyskać kolejny metr. Oczy już zaczęły mi się przyzwyczajać do ciemności, ale choć nawet następny znak wyjścia ewakuacyjnego znajdował się dokładnie przede mną, nie dawał dość światła, żebym nie potknął się na źle zaparkowanym wózku. Poleciałem na ziemię, łapiąc się za piszczel, a jakaś absurdalna część mojego umysłu zauważyła, że taka przeszkoda stanowi pogwałcenie przepisów BHP.

Dojrzałem zarys postaci pędzącej korytarzem w moją stronę. Doganiał mnie jeden ze śpiewaków; było za ciemno, żeby powiedzieć który. Kopnąłem wózek w jego stronę i mężczyzna wylądował na twarzy obok mnie. To był wielki facet, od którego zalatywało potem i scenicznym makijażem. Próbował się podnieść, ale stanąłem mu na plecach, kiedy sam się gramoliłem z podłogi. Jego towarzysze już wpadali przez drzwi, więc wrzasnąłem, by przyciągnąć ich uwagę i by pobiegli prosto do mnie. Ich wrzaski, kiedy potykali się o kolegę, dały mi ogromną satysfakcję.

Przeleciałem przez następne drzwi i tu światła znowu płonęły, prawdopodobnie podłączone do innego obwodu niż teatralne oświetlenie. Ponownie znalazłem się w ogłupiającym labiryncie wąskich korytarzy, które wyglądały identycznie. Przebiegłem przez pokój zamieszkały wyłącznie przez peruki, skręciłem w korytarz, na którego podłodze piętrzyły się zaspy baletek. Poślizgnąłem się na jednej i wpadłem na ścianę z pustaków. Słyszałem, jak za mną ryczą aktorzy, domagając się mojej krwi; fakt, że ich groźby były pięknie wyartykułowane, nie stanowił żadnej pociechy.

W końcu przebiegłem przez następne drzwi i znalazłem się przy toaletach na parterze, obok szatni. Słyszałem brzęk tłuczonego szkła od strony głównego foyer, więc skręciłem ku bocznemu wyjściu przy kasie biletowej. Zignorowałem powolne, obrotowe drzwi przystosowane do wózków inwalidzkich i ruszyłem prosto do wyjścia awaryjnego, ale to, co zobaczyłem przez szkło, sprawiło, że zamarłem.

Na Bow Street trwały zamieszki. Elegancko odziany tłum plądrował hotel naprzeciwko, słup tłustego dymu wznosił się z płonącego samochodu. Rozpoznałem markę — to był kanarkowożółty kabriolet mini.

12.
OSTATNIA DESKA RATUNKU

Poza szabrownikami i dziennikarzami nikt nie lubi zamieszek. Londyńska policja, jako energiczna i nowoczesna organizacja, dysponuje rozlicznymi planami awaryjnymi na wypadek wybuchu niepokojów wśród cywilów, począwszy od farmerów z ciężarówkami pełnymi obornika, a skończywszy na weekendowych anarchistach z przedmieść i sobotnich dżihadystach. Podejrzewałem jednak, że nie mieli planów na wypadek, gdyby ponad dwa tysiące rozwścieczonych wielbicieli opery wylało się z Opery Królewskiej i zaczęło szaleć w Covent Garden.

Byłem przekonany, że taka sprytna mieszkanka Londynu jak Beverley miała dość rozumu, żeby uciec z samochodu, zanim tłum go podpalił, ale wiedziałem, że jej matka nie wybaczyłaby mi, gdybym tego nie sprawdził. Podbiegłem, wrzeszcząc jak oszalały, w nadziei, że wszyscy inni wezmą mnie za uczestnika zamieszek.

Hałas zaatakował mnie, kiedy tylko wyszedłem za drzwi. Przypominał wściekły tłum w pubie, ale na ogromną skalę, z dziwacznymi skandowanymi urywkami, zwierzęcym wyciem i wrzaskiem. To nie przypominało normalnych zamieszek. Zwykle większość tłumu tylko obserwuje i od czasu do czasu wiwatuje. Pokaż ludziom stłuczoną wystawę sklepową, a z radością oswobodzą jej zawartość, większość jednak nie chce sobie brudzić rąk. Tu widziałem tłum samych prowodyrów — wszyscy, począwszy od elegancko ubranego młodego mężczyzny, a skończywszy na matronie w sukni wieczorowej, całkowicie oszaleli i byli gotowi coś zniszczyć. Zbliżyłem się do kabrioletu, na ile się dało, i z ulgą zobaczyłem, że nikogo w środku nie widać. Beverley rozsądnie czmychnęła, a ja powinienem pójść za jej przykładem, ale moją uwagę przyciągnął dźwięk helikoptera krążącego dokładnie nade mną.

Helikopter oznaczał, że kontrolę nad działaniami w związku z zamieszkami przejęło bezpośrednio centralne dowództwo policji stołecznej. To zaś oznaczało, że dziesiątkom starszych oficerów policji nagłe telefony przerwały wystawne kolacje, wieczory z DVD i randki z kochankami — dzwonili zdecydowanie niżsi rangą oficerowie, którzy desperacko chcieli się upewnić, że w żadnym razie za nic nie będą odpowiadać. Założę się, że dowództwo szybko się zorientowało, że sprawy źle się mają i że kiedy tylko zamieszki się skończą, zacznie się wielka zabawa w komórki do wynajęcia; nikt nie chciał okazać się tym bez stołka, kiedy muzyka zamilknie.

I to właśnie ta myśl, jak na ironię, rozproszyła mnie na tyle, że młodszy podkomisarz Folsom zdołał podkraść się do mnie od tyłu. Odwróciłem się, kiedy zawołał mnie po imieniu, i zobaczyłem, że idzie w moją stronę sztywnym krokiem. Jego konserwatywny garnitur (z bliska widziałem, że jest w prążki) stracił jeden rękaw i wszystkie guziki. Folsom należał do tych ludzi, którym nerwowe tiki wykrzywiają twarz, kiedy są wściekli; myślą, że pozostają niewzruszeni jak bryła lodu, ale coś ich zdradza. W przypadku Folsoma był to ohydny tik w lewym oku.

— Wiesz, czego najbardziej nienawidzę?! — krzyknął.

Widziałem, że wolałby raczej konwersować złowieszczo swobodnym tonem, ale na jego nieszczęście rozruchy były za głośne.

— Czego, panie podkomisarzu? — zapytałem.

Czułem za plecami żar od płonącego kabrioletu. Folsom zapędził mnie w pułapkę.

— Nienawidzę posterunkowych — odpowiedział. — A wiesz dlaczego?

— Dlaczego, panie podkomisarzu? — Przesuwałem się delikatnie w lewo, próbując otworzyć sobie drogę ucieczki.

— Bo nigdy nie przestajecie biadolić. Wstąpiłem do policji w tysiąc dziewięćset osiemdziesiątym drugim roku, za starych, dobrych czasów, przed Ustawą o Policji i dowodach przestępstwa, przed Macphersonem i nowymi standardami kontroli jakości pracy. I wiesz co? Byliśmy do dupy. Myśleliśmy, że idzie nam świetnie w dochodzeniach, jeżeli w ogóle kogokolwiek aresztowaliśmy, już nie mówiąc o sprawcy. Skopywano nam tyłki od Brixton po Tottenham i, niech mnie szlag, na maksa braliśmy w łapę. Nawet nie byliśmy drodzy! Puszczaliśmy niektóre mendy za dwa duże piwa i paczkę chipsów.

Urwał, na chwilę na jego twarzy zagościło zdumienie, a potem znowu spojrzał na mnie i jego lewe oko zadygotało nerwowo.

— A ty — powiedział, a ja nie byłem zachwycony sposobem, w jaki to zabrzmiało — myślisz, że jak długo wytrzymałbyś wtedy? Szafka pełna gówna to byłaby dopiero rozgrzewka.

Najpewniej paru z twojej zmiany wzięłoby cię na stronę i wytłumaczyło, brutalnie, acz przyjaźnie, jak bardzo nie jesteś tu mile widziany.

Całkiem poważnie zastanawiałem się, czy się na niego nie rzucić; byłem gotów zrobić cokolwiek, byle się zamknął.

— Nie myśl sobie, że pomógłby ci inspektor z twojej zmiany — ciągnął. — Nie potrafiłby nawet napisać bez błędów „dyskryminacja rasowa" w swoim raporcie, o ile w ogóle pojawiłby się jakiś raport…

Udałem, że rzucam się na niego, żeby się cofnął, a potem śmignąłem w prawo, byle dalej od płonącego samochodu i reszty zamieszek. Nic z tego. Folsom nie cofnął się, a kiedy przebiegałem koło niego, walnął mnie na odlew. Jakbym oberwał deską podłogową. Cios mnie powalił. Wylądowałem na czterech literach i złapałem się na tym, że gapię się w górę na poważnie rozeźlonego wyższego rangą oficera, który zbierał się, żeby wreszcie skopać mnie, jak należy. Zdążył przyłożyć mi w udo buciorem numer dziesięć — przez miesiąc chodziłem potem z fioletowym siniakiem w kształcie obcasa — kiedy ktoś zdzielił go od tyłu pałką.

To był inspektor Neblett, nadal ubrany w niepraktyczną kurtkę od munduru, ale za to trzymający autentyczną drewnianą pałkę do walki z tłumem, jakie zaczęto wycofywać z użycia w latach osiemdziesiątych, ponieważ były tylko trochę mniej śmiercionośnym narzędziem od drzewca kilofa.

— Grant — powiedział. — Co tu się, u diabła, dzieje?

Dowlokłem się do miejsca, gdzie Folsom leżał twarzą do chodnika.

— Doszło do nieodwracalnego zakłócenia porządku publicznego — powiedziałem, układając Folsoma szarpnięciami w bezpiecznej pozycji.

W głowie nadal dzwoniło mi od jego ciosu, dlatego nie byłem specjalnie delikatny.

— Ale dlaczego? Niczego nie było w planach!

Zamieszki rzadko wybuchają spontanicznie. Tłum zwykle trzeba zebrać i sprowokować, więc każdy sumienny inspektor ma szeroko otwarte oczy na wszelkie potencjalne problemy. Zwłaszcza kiedy jego rejon obejmuje takie magnesy dla zamieszek jak Trafalgar Square. Jedyne na wpół przekonujące kłamstwo, które potrafiłem wymyślić, to że ktoś zaatakował Operę Królewską aerozolem psychotropowym, ale uznałem, że to mogłoby wzbudzić więcej pytań, niżby wyjaśniło. Nie wspominając już o tym, że najpewniej sprowokowałoby niestosowną reakcję wojskową. Już miałem zaryzykować i powiedzieć prawdę — że wampiryczny duch zaczarował całą widownię — kiedy Neblett zrozumiał, kogo właśnie uderzył w głowę.

— O mój Boże — jęknął, kucając, żeby lepiej się przyjrzeć. — To młodszy podkomisarz Folsom.

Spojrzeliśmy sobie w oczy ponad dygocącą postacią wyższego od nas rangą funkcjonariusza.

— Nie widział pana, inspektorze — powiedziałem. — Jeśli wezwie pan karetkę, możemy pozbyć się go stąd, zanim odzyska przytomność. Trwały zamieszki, został zaatakowany, pan go uratował.

— A jaką ty odgrywasz w tym rolę?

— Jestem wiarygodnym świadkiem, panie inspektorze. Świadkiem tego, jak w samą porę pan interweniował.

Inspektor Neblett spojrzał na mnie.

— Myliłem się co do ciebie, Grant — powiedział. — Masz jednak zadatki na porządnego gliniarza.

— Dziękuję, panie inspektorze.

Rozejrzałem się. Zamieszki się przemieściły. Zdałem sobie sprawę, że tłum ruszył Floral Street w stronę *piazza*.

— Gdzie lotne wsparcie?

Pytałem o grupę wsparcia w terenie — to goście, którzy jeżdżą w mercedesach sprinterach wyposażonych dosłownie we wszystko — od hełmów bojowych po paralizatory. Każda dzielnicowa komenda ma parę takich wozów, które kręcą się po terenie, zwłaszcza w porze zamykania pubów; jest to rezerwa trzymana w pogotowiu na wypadek nieprzewidzianych wydarzeń. Podejrzewałem, że obecne zdarzenia można zaliczyć do nieprzewidzianych.

— Rozstawili się na Long Acre i Russell Street — odpowiedział Neblett. — Wygląda na to, że centrala zamierza zatrzymać tłumy w Covent Garden.

Od strony *piazza* dobiegł brzęk, a potem rwane wiwaty.

— Co znowu? — zapytał inspektor.

— Myślę, że plądrują halę targową.

— Możesz sprowadzić karetkę? — zapytał.

— Nie, panie inspektorze, mam rozkaz znaleźć przywódcę — odpowiedziałem.

Koktajle Mołotowa robią bardzo charakterystyczny hałas. Dobrze wykonane brzmią tak: brzdęk, bach, szuuu! — właśnie to ostatnie, czyli zapalająca się benzyna, zabije was, jeśli na to pozwolicie. Wiem to, bo zanim człowiek ukończy Hendon, fundują mu tam cały dzień zabawy, w czasie której rzucają w niego koktajlami Mołotowa. I dlatego ja i Neblett odruchowo uskoczyliśmy, kiedy usłyszeliśmy, jak butelki roztrzaskują się na asfalcie ulicy niecałe piętnaście metrów od nas.

— Zaczyna się — powiedział Neblett.

Patrząc na południe, zobaczyłem tłum na skrzyżowaniu, gdzie Culverhay spotykało się z Bow Street. Za nim widziałem płomienie odbijające się od niebieskich hełmów bojowych i szarych tarcz.

Nadal musiałem znaleźć Lesley, zapanować nad nią i zabrać ją do szpitala do doktora Walida. Transport nie powinien stanowić problemu, ponieważ pewnie połowa londyńskich karetek zjechała się właśnie do Covent Garden. Musiałem więc tylko ją znaleźć. Postanowiłem założyć, że nadal chce się zemścić na Macklinie, który kiedyś miał sklep z dżinem na Henrietta Street i został pochowany przy Kościele Aktorów. To oznaczało powrót na *piazza*, a co za tym idzie, przejście przez rozgorączkowany tłum cywilów na południu albo pobiegnięcie Floral Street, na której Bóg jeden wie, co się dzieje, jeśli idzie o zamieszki i różne naprawdę złe rzeczy.

Na szczęście kiedy przebudowano Operę Królewską, zadbano o jedno: żeby było z niej mnóstwo wyjść. Pobiegłem do środka, przystając tylko na chwilę, żeby życzyć Neblettowi powodzenia i ukradkiem kopnąć Folsoma w piszczel. Potem musiałem już tylko przemknąć obok kasy biletowej i firmowego sklepu i wyjść drugą stroną na *piazza*. A przynajmniej tak bym zrobił, gdyby ktoś nie plądrował sklepu.

Szybę wystawową stłuczono i kawałki szkła walały się na wystawionych DVD, torbach z logo Królewskiej Szkoły Baletowej i pamiątkowych długopisach. Ktoś wyrwał z wystawy manekina w kolorze srebra i kości słoniowej i cisnął nim z taką siłą, że ten roztrzaskał się na ścianie po drugiej stronie korytarza. Słyszałem szloch dobiegający z wnętrza sklepu, przerywany co pewien czas łomotem. Ciekawość we mnie zwyciężyła, więc podkradłem się i zatrzymałem w wejściu, żeby ostrożnie zajrzeć do środka.

Mężczyzna w średnim wieku siedział boso na podłodze sklepu otoczony setkami przezroczystych plastikowych torebek. Kiedy patrzyłem, złapał jedną, rozdarł i wyjął ze środka białe baletki. Ostrożnie, z językiem wysuniętym z kącika ust, próbował wsunąć pantofel na wielką, włochatą stopę. Łatwo zgadnąć, że baletka okazała się za mała, niezależnie od tego, jak mocno ciągnął za wiązania. W końcu pękła w szwach. Mężczyzna spojrzał na but, który trzymał przed twarzą, i wybuchł płaczem. Potem cisnął nim przez sklep i sięgnął po następną parę, a ja zostawiłem go samego — o pewnych rzeczach człowiek nie powinien wiedzieć.

Tylne wyjście z Opery Królewskiej prowadziło pod kolumnadę w północno-wschodnim rogu *piazza*. Sklep z artykułami papierowymi „Paperchase" po lewej wywrócono do góry nogami i strzępy kolorowego papieru wylatywały na kamienne płyty i dalej na plac. Sklep Disneya po prawej radośnie splądrowano, ale, co dziwne, nie tknięto sąsiedniego sklepu z misiami — ostał się niczym oaza kolorowej, cukierkowatej słodyczy i spokoju. Najwięcej walk toczyło się przy kościele od jego zachodniej strony — spodziewałem się, że tam właśnie znajdę Lesley. Ruszyłem w stronę hali targowej, uznając, że przyda mi się jako osłona, żeby zbliżyć się do kościoła. Byłem w połowie drogi, kiedy ktoś na mnie gwizdnął. To było porządne gwizdnięcie na dwóch palcach i idealnie poniosło się ponad zgiełkiem zamieszek.

Namierzyłem obiekt po drugim gwizdnięciu. To była Beverley. Patrzyła na mnie z balkonu pubu na pierwszym piętrze — pomachała, kiedy zobaczyła, że ją widzę, i pobiegła do schodów. Spotkaliśmy się na dole.

— Spalili mój samochód — poskarżyła się.

— Wiem.

— Mój śliczny, nowiutki samochód.

— Wiem — powiedziałem i złapałem ją za rękę. — Musimy się stąd wynieść.

Pociągnąłem ją z powrotem w stronę Opery.

— Nie możemy tędy wrócić — powiedziała.

— Dlaczego?

— Bo myślę, że ktoś cię goni — wyjaśniła.

Odwróciłem się. Główni aktorzy wrócili, a w ślad za nimi ludzie, w których rozpoznałem muzyków z orkiestry, oraz parę osób, ubranych przeważnie w T-shirty i dżinsy, które uznałem za ekipę pracującą za kulisami. Zespół Teatralny Opery Królewskiej to światowej klasy instytucja, która poświęca się wystawianiu największych oper na epicką skalę — i dysponuje naprawdę liczną ekipą techniczną.

— O mój Boże — wyrwało się Beverley. — Czy to Lesley?

Lesley przepchnęła się przed tłum; nadal nosiła twarz Puncha. Uniosła rękę i zespół się zatrzymał.

— Uciekaj — powiedziałem do Beverley.

— Dobry pomysł — odpowiedziała i złapała mnie za rękę, ciągnąc do tyłu tak mocno, że prawie się przewróciłem.

Śmignęła jednym z mrocznych, ceglanych korytarzy, które prowadziły w głąb hali targowej. Ponieważ zbliżał się wieczór, większość sklepów już pozamykano, ale stoiska serwujące napoje i przekąski z różnych krańców świata powinny właśnie robić świetne interesy, oskubując turystów. Nikogo jednak nie było widać, miałem więc nadzieję, że klienci i właściciele kramów uciekli w bezpieczne miejsce.

Za nami zespół teatralny zawył straszliwie i w doskonałej harmonii, a ponad tym wyciem poniósł się piskliwy śmiech ucieleśnienia rozruchów i rebelii. Nagle zapadła złowieszcza cisza i potem uderzyły w dach pierwsze bomby zapalające.

Lesley powiedziała, że nie chce mnie zabić, ale zaczynałem podejrzewać, że mogła kłamać.

Ciągnąc mnie, Beverley skręciła z korytarza na jeden z krytych dziedzińców, gdzie znaleźliśmy rodzinę Niemców. Była ich piątka — stateczny, ciemnowłosy ojciec, blond matka o ostrych rysach twarzy i trójka dzieci w wieku od siedmiu do dwunastu lat. Musieli się schować za kramem z jedzeniem, kiedy wybuchły zamieszki, i właśnie wychodzili. Uniósłszy wzrok, zobaczyli Beverley i mnie pędzących prosto na nich. Matka krzyknęła przerażona, najstarsza córka pisnęła, a mężczyzna stanął do walki. Wcale nie chciał walczyć, ale — na Boga! — za wszelką cenę zamierzał bronić rodziny przed niebezpiecznymi stereotypami. Pokazałem legitymację policyjną, a jemu ulżyło i uszło z niego całe powietrze.

— *Polizei* — wyjaśnił żonie i bardzo uprzejmie zapytał, czy moglibyśmy mu pomóc.

Odpowiedziałem, że z radością im pomogę, zaczynając od wskazania najbliższego wyjścia ewakuacyjnego i wyprowadzenia z hali. Nagle zacząłem się pocić i zdałem sobie sprawę, że to od żaru ognia, który czułem na plecach. Tyły hali targowej płonęły. Położyłem jedną rękę na plecach ojca, drugą na plecach najstarszego syna i pchnąłem ich w przeciwnym kierunku.

— *Raus, raus!* — krzyknąłem, mając nadzieję, że to naprawdę znaczy „wychodzić".

Beverley poprowadziła nas w stronę na razie nietkniętego południowo-zachodniego narożnika hali targowej, ale ledwie minęliśmy drugi rząd kramów, gwałtownie przystanęła, a ja razem z niemiecką rodziną wpadłem na jej plecy. Przed nami grupa awanturników wykorzystywała zachodnią fasadę hali do prowadzenia regularnej bitwy z siłami policji.

— Jesteśmy w pułapce — powiedziała.

Uczestnicy zamieszek stali do nas plecami, ale to była tylko kwestia czasu, kiedy jeden z nich się obejrzy.

Jeden z pobliskich sklepów wyglądał na nietknięty i chociaż wbieganie do budynku w czasie pożaru uważa się zasadniczo za ruch w niewłaściwym kierunku, nie widziałem innej możliwości.

Dopiero kiedy władowaliśmy się do środka i zdałem sobie sprawę, że kucam za manekinem mającym na sobie tylko dwa pasemka jedwabiu, zrozumiałem, że jesteśmy w sklepie sieci Seraglio. Przekonałem Niemców, żeby kucnęli za kontuarem, dzięki czemu nikt nie zauważy ich z zewnątrz.

— Błagam — odezwała się matka. — Co tu się dzieje?

— Nie mam zielonego pojęcia — odpowiedziała Beverley. — Ja tu tylko pracuję.

Hala targowa w Covent Garden składa się z czterech równoległych rzędów sklepów pod dachem z żelaza i szkła. Oryginalnie wybudowano ją z myślą o otwartych kramach z owocami i warzywami, a dopiero potem wstawiono okna i doprowadzono prąd, więc pomieszczenia miały niecałe trzy metry szerokości. Upchnięto w nich specjalistyczne warsztaty rzemieślnicze, kawiarenki i eleganckie wersje sieciowych butików, które nie pozwoliłyby, żeby taki drobiazg jak niewystarczająca powierzchnia sklepowa przeszkodził im w zarabianiu na rozrzutnych turystach. W rezultacie nasz azyl był zawalony manekinami z rodzaju tych gustownie abstrakcyjnych srebrnych i czarnych, odzianymi w rozpraszające skąpe kawałki satyny. Miałem nadzieję, że dzięki manekinom będziemy mniej rzucać się w oczy, gdyby ktoś zerknął do środka.

Mieliśmy okazję przekonać się o tym, kiedy kilku uczestników zamieszek przemknęło koło wystawy sklepu. Sądząc po rozdartych marynarkach i brudnych białych koszulach, byli to widzowie, nie członkowie obsady. Wstrzymałem oddech, gdy przystanęli na zewnątrz, nawołując się gardłowymi głosami maklerów giełdowych.

Dziwne, ale odkryłem, że się nie boję. Natomiast byłem zakłopotany — że ta miła rodzina parodiująca von Trappów zjawiła się w moim mieście i zamiast pozwolić, żeby dyskretnie odciążono ją z nadmiaru pieniędzy, musiała stawić czoło przemocy, urazom i złym manierom ze strony londyńczyków. To mnie niepomiernie wkurzało.

Maklerzy odbiegli susami na zachód.

— Dobra — odezwałem się po minucie. — Pójdę sprawdzić, czy teren jest czysty.

Wyślizgnąłem się ze sklepu i rozejrzałem. Z plusów — w zasięgu wzroku nie było żadnych zadymiarzy, ale pewnie tylko dlatego, że gdziekolwiek spojrzałem, płonął ogień. Pobiegłem kawałek w stronę najbliższego wyjścia, ale już po kilku krokach żar zaczął mi przypalać włoski w nosie. Szybko wskoczyłem z powrotem do sklepu.

— Beverley — powiedziałem. — Siedzimy w gównie po uszy.

Powiedziałem jej o pożarze.

Matka-Niemka zmarszczyła brwi. W tej rodzinie to ona była poliglotą.

— Mamy jakiś problem? — zapytała.

Płomienie doskonale odbijały się w wystawach sklepowych i pustych srebrnych twarzach manekinów, więc nie było sensu kłamać. Spojrzała na dzieci, a potem na mnie.

— Nic nie może pan zrobić?

Zerknąłem na Beverley.

— Nie możesz rzucić czaru? — zapytała.

Zrobiło się wyraźnie cieplej.

— A ty?

— Musisz powiedzieć, że to w porządku — odpowiedziała.

— Co?

— To część porozumienia — wyjaśniła. — Musisz powiedzieć, że to w porządku.

Jedna z szyb pękła.

— W porządku — powiedziałem. — Rób, co musisz zrobić.

Beverley rzuciła się na podłogę i przycisnęła do niej policzek. Widziałem, że porusza ustami. Poczułem, jak coś przeze mnie przeszło, wrażenie deszczu, głosy chłopców grających w oddali w piłkę, zapach podmiejskich róż i świeżo umytych samochodów, telewizory migoczące wieczorem za firankami.

— Co ona robi? — zapytała Niemka. — Modli się za nas, tak?

— W pewnym sensie — odpowiedziałem.

— Cicho — syknęła Beverley, siadając. — Nasłuchuję.

— Czego?

Coś wleciało przez okno, odbiło się z brzękiem od ściany i spadło mi na kolana. To była osłona od hydrantu. Beverley zobaczyła, że ją oglądam, i wzruszyła przepraszająco ramionami.

— Co ty właściwie zrobiłaś? — zapytałem.

— Nie jestem pewna. Tak naprawdę to właśnie pierwszy raz tego spróbowałam.

Dym zgęstniał, zmuszając nas do położenia się twarzami do litościwie chłodnego kamienia sklepowej podłogi. Środkowe pod względem wieku niemieckie dziecko płakało. Matka objęła je i przytuliła. Najmłodsza dziewczynka sprawiała niezwykle stoickie wrażenie; patrzyła niebieskimi oczętami prosto w moją twarz. Ojciec się wzdrygnął. Zastanawiał się, czy nie powinien przynajmniej wstać i spróbować czegoś bohaterskiego, nawet jeśli daremnego. Doskonale wiedziałem, jak się czuje. Ostatnie szyby w oknach pękły, odłamki posypały mi się na plecy. Wciągnąłem do płuc dym, zakaszlałem i wciągnąłem go jeszcze więcej. Miałem wrażenie, że nie starcza mi oddechu. Zdałem sobie sprawę, że to koniec — miałem umrzeć.

Beverley zaczęła się śmiać.

Nagle był gorący, niedzielny ranek pod niespodziewanie błękitnym niebem. Unosi się zapach gorącego plastiku i kurzu, bo z szopy w ogrodzie wyciągnięto nadmuchiwany basen, a dzieci ubrane w kostiumy kąpielowe i bieliznę podskakują z podniecenia. Tato jest czerwony na twarzy od nadmuchiwania basenu, mama wrzeszczy, żeby uważał, a biegnący przez kuchenne okno wąż jest podłączony do kranu z zimną wodą. Z węża dobywa się zardzewiały kaszel, wszystkie dzieci gapią się w jego wylot…

Podłoga zaczęła wibrować i miałem akurat tyle czasu, żeby pomyśleć „Co, u diabła…?", kiedy masa wody uderzyła w południową ścianę sklepu. Drzwi wleciały do środka i zanim zdążyłem się czegoś chwycić, zostałem uniesiony przez falę i walnąłem o sufit. Uderzenie wypchnęło mi całe powietrze z płuc; musiałem zdusić odruch każący mi złapać oddech. Na chwilę woda wyklarowała się na tyle, żebym dostrzegł Beverley dryfującą spokojnie wśród szczątków, a potem fala wypłynęła ze sklepu tak szybko, że znowu huknąłem — tym razem o podłogę.

Ojciec, który wykazał się większą przytomnością umysłu niż ja, zaklinował siebie i rodzinę za kontuarem. Zapewnili mnie, że nic im nie jest, i tylko najmłodsza chciała, żeby zrobić to raz jeszcze. Beverley stała pośrodku sklepu i markowała ciosy.

— O, tak! Ciekawe, czy Tyburn by tak potrafiła!

*

Euforia Beverley trwała wystarczająco długo, żebyśmy doprowadzili niemiecką rodzinę do najbliższej karetki. Na ile się zorientowałem, fala wody Beverley powstała gdzieś pośrodku hali targowej i przetoczyła się na zewnątrz, zalewając *piazza* na głębokość dziesięciu centymetrów. Uznałem, że tym uderzeniem Beverley zwiększyła czterokrotnie ilość zniszczeń dokonanych tego wieczoru, lecz zachowałem tę myśl dla siebie. Nie zdołała zgasić płomieni na dachu, ale kiedy wyślizgnęliśmy się z hali, londyńska straż pożarna właśnie zabierała się do gaszenia.

Beverley dziwnie się wzburzyła na widok strażaków i praktycznie zawlokła mnie na James Street, byle dalej od hali. Zamieszki dobiegły końca, jeszcze tylko w mediach trwało polowanie na czarownice. Funkcjonariusze wsparcia terenowego w pełnym wyposażeniu bojowym stali w grupkach, omawiali techniki pałowania i poprawiali numery identyfikacyjne.

Usiedliśmy na cokole zegara słonecznego przy Seven Dials i patrzyliśmy, jak przejeżdżają obok nas wozy różnych służb ratowniczych. Beverley wzdrygała się za każdym razem, kiedy mijał nas wóz strażacki. Nadal całkiem przemoczeni zaczynaliśmy marznąć mimo ciepłego wieczoru. Beverley ścisnęła moją rękę.

— Wpakowałam się w straszne kłopoty.

Objąłem ją, a ona wykorzystała to, żeby wsunąć zimne dłonie pod moją koszulę i ogrzać je o moje żebra.

— Wielkie dzięki — powiedziałem.

— Po prostu zamknij się i myśl o czymś ciepłym — powiedziała, jakby to było takie trudne, kiedy jej piersi ocierały się o mój bok.

— No dobrze, rozwaliłaś parę rur — powiedziałem. — W jak poważne kłopoty mogłaś się wpakować?

— Nabałaganiłam z hydrantami przeciwpożarowymi, co oznacza, że kult Neptuna się wścieknie — odpowiedziała.

— Kult Neptuna?

— Londyńska straż pożarna.

— Londyńscy strażacy są wyznawcami boga Neptuna?

— Nieoficjalnie — sprostowała. — Ale wiesz, żeglarze, Neptun, to wszystko do siebie pasuje.

— Strażacy są żeglarzami?

— Nie teraz, ale za dawnych czasów szukano zdyscyplinowanych facetów, którzy znają się na wodzie, linach, drabinach i nie świrują na dużej wysokości; z drugiej strony mnóstwo żeglarzy szukało miłego, stałego zatrudnienia na lądzie... Idealnie dobrana para.

— Ale mimo wszystko... Neptun? Rzymski bóg morza?

Beverley oparła głowę na moim ramieniu. Włosy miała mokre, ale nie narzekałem.

— Żeglarze są przesądni — powiedziała. — Nawet ci religijni wiedzą, że trzeba mieć trochę szacunku dla Króla Głębin.

— Poznałaś Neptuna?

— Nie wygłupiaj się — odparła. — Nie ma kogoś takiego. W każdym razie głupio mi z powodu hydrantów, ale to londyńskimi wodociągami naprawdę się martwię.

— Nawet nie mów — powiedziałem. — To wyznawcy straszliwego Cthulhu.

— Nie sądzę, żeby byli szczególnie religijni, ale nie wkurza się ludzi, którzy mogą wypuścić nieoczyszczone ścieki prosto do górnego biegu twojej rzeki — odparła.

— Wiesz, chyba nigdy nie widziałem twojej rzeki.

Beverley obróciła się i ułożyła wygodnie na mojej piersi.

— Mam dom niedaleko obwodnicy Kingston — powiedziała. — To tylko bliźniak, ale ogród sięga aż do wody. — Uniosła głowę i jej usta musnęły moje wargi. — Moglibyśmy iść popływać.

Pocałowaliśmy się. Smakowała truskawkami, śmietanką i gumą do żucia. Bóg jeden wie, do czego mogłoby dojść, gdyby z piskiem hamulców nie zatrzymał się obok nas range rover. Beverley oderwała się ode mnie tak szybko, że prawie poparzyła mi usta.

Mocno zbudowana kobieta w dżinsach wysiadła z range rovera i podeszła do nas pewnym krokiem. Miała ciemną skórę i okrągłą twarz, która w tej chwili wyrażała najwyższą irytację.

— Beverley — powiedziała, mnie praktycznie nie zauważając. — Wpakowałaś się w niezłe kłopoty. Wsiadaj do wozu.

Beverley westchnęła, pocałowała mnie w policzek i wstała, żeby przywitać siostrę. Też się podniosłem, ignorując ból w posiniaczonych plecach.

— Peter — powiedziała Beverley — to moja siostra, Fleet.

Fleet obrzuciła mnie krytycznym spojrzeniem od stóp do głów. Wyglądała na kobietę tuż po trzydziestce i była zbudowana jak sprinterka — szerokie ramiona, wąska talia i wielkie, muskularne uda. Nosiła tweedową marynarkę i czarną koszulkę polo, a włosy miała przycięte krótko, na gęstą szczecinę. Patrząc na nią, odniosłem niejasne wrażenie, że skądś ją znam, jak w przypadku, gdy człowiek natknie się na pomniejszego celebrytę, którego nazwiska nie może sobie przypomnieć.

— Z radością lepiej bym cię poznała, Peter, ale teraz nie ma na to czasu — powiedziała Fleet i odwróciła się do siostry. — Wsiadaj do samochodu.

Beverley rzuciła mi smutny, blady uśmiech i zrobiła, co kazano.

— Chwileczkę — powiedziałem. — Skądś cię znam.

— Chodziłeś do tej samej szkoły, co moje dzieciaki — powiedziała Fleet i wsiadła do range rovera.

Drzwi nie zdążyły się dobrze zamknąć, kiedy Fleet zaczęła wrzeszczeć na Beverley. Słowa były stłumione, ale frazę „nieodpowiedzialne dziecko" dało się doskonale usłyszeć. Beverley zauważyła, że patrzę, więc przewróciła oczami. Zastanawiałem się, jak to jest dorastać z tyloma siostrami. Pomyślałem, że miło mieć kogoś, kto podjedzie po ciebie range roverem, nawet jeśli będzie na ciebie krzyczeć przez całą drogę do domu.

Zabawna rzecz z tymi rozruchami w Londynie — jak już człowiek znajdzie się poza nimi, wszystko wygląda po staremu. Z minusów: Covent Garden pewnie niemal doszczętnie spłonęło, ale z plusów: nie doszło do żadnych poważniejszych zmian w trasach autobusów czy linii metra. Było ciemno, ja przemokłem, Szaleństwo nadal znajdowało się poza moim zasięgiem, a ja nie miałem ochoty spędzić następnej nocy w fotelu w pokoju szpitalnym Nightingale'a. Zrobiłem to, co robią wszyscy, kiedy już nie mają innego wyjścia — poszedłem do jedynego miejsca, do którego muszą cię wpuścić, kiedy już się tam zjawisz.

*

Popełniłem błąd, jadąc metrem. Panował tam tłok, bo ludzie wracali z wieczoru na mieście. Nawet o tak późnej porze w wagonie było gorąco i parno, ale ponieważ byłem mokry, rozczochrany i nieco czarny, zostawiono mi więcej przestrzeni niż innym.

Bolały mnie plecy i noga, byłem zmęczony i coś mi umykało. Nigdy nie ufałem idei policyjnego instynktu. Obserwowałem Lesley przy pracy i za każdym razem, gdy dobrze zgadywała, wynikało to z tego, że zauważyła coś, co ja przegapiłem, pogrzebała głębiej albo nieco mocniej zastanowiła się nad sprawą. Jeżeli miałem jej ocalić życie, będę musiał zrobić to samo.

Jeszcze więcej ludzi dosiadło się na stacji przy Goodge Street. Zrobiło się goręcej, ale przynajmniej zacząłem schnąć. Facet w jasnobrązowych spodniach i najzwyklejszej niebieskiej marynarce stanął na prawo ode mnie przy drzwiach łączących wagony, wystarczająco blisko, żebym wychwytywał cichutki rytm ze słuchawek jego iPoda. Znowu poczułem uspokajającą anonimowość.

Żadna ze wzmianek na temat rewenantów, które przeczytałem, nie wyjaśniała klarownie, w jaki sposób ani dlaczego zwykły duch zyskiwał zdolność wysysania magii z innych duchów. Moja robocza teoria na temat duchów brzmiała tak, że są to kopie osobowości, które w jakiś sposób odcisnęły się w magicznych pozostałościach odkładających się na fizycznych przedmiotach — w *vestigia*. Podejrzewałem, że z czasem duchy rozpadają się w taki sam sposób, w jaki zanikają informacje nagrane na taśmie magnetycznej, o ile ich sygnał nie zostanie wzmocniony magią. Stąd ich potrzeba wysysania magii z innych duchów.

Musieliśmy zgarnąć złorzeczącego pijaczynę przy Warren Street, bo po krótkiej rozgrzewce rozkręcił się na dobre jeszcze przed Euston. A ja zdekoncentrowałem się na widok młodej kobiety w różowej bluzce bez pleców i z rowkiem między piersiami głębszym niż myślałem, że jest to fizycznie możliwe, która oparła się o szklaną przegrodę naprzeciwko mnie. Odwróciłem wzrok, zanim przyłapałaby mnie na gapieniu się, i przeniosłem spojrzenie na najbliższą reklamę. Poczułem, że gość w niebieskiej marynarce zmienia pozycję, więc domyśliłem się, że robi to samo.

Biały chłopak z dredami wcisnął się chwiejnym krokiem w kącik wagonu, a ja wyczułem zapach paczuli, tytoniu i marihuany. Kobieta w bluzce bez pleców zawahała się, a potem przysunęła do mnie — najwyraźniej byłem mniejszym złem.

— Psy, psy! — wykrzykiwał pijaczyna gdzieś z drugiego końca wagonu. — Ten kraj schodzi na psy.

Nasz radosny pociąg znowu z szarpnięciem ruszył przed siebie.

Rewenanty musiały zdarzać się rzadko, bo w przeciwnym wypadku nie ostałyby się już żadne duchy, którymi można by się żywić, co doprowadziło mnie z powrotem do tego samego pytania: co sprawiało, że powstawał rewenant? Może stan psychiczny w chwili śmierci? Henry Pyke zginął bezsensowną i niesprawiedliwą śmiercią, nawet jeśli uwzględnić luźne standardy obowiązujące w XVIII wieku, ale mimo to jego uraza do Charlesa Macklina i płomienne rozczarowanie żałosnym stanem własnej kariery aktorskiej nie wydawały się wystarczającą motywacją, żeby zapragnął zmusić biednego Bernarda Coopertowna do zatłuczenia żony na śmierć.

— Kur żeż mać, przecież kiedyś to był raj! — krzyknął pijaczyna.

Nie mógł mówić o Camden Town, które mimo targowisk nigdy w gruncie rzeczy nie aspirowało do czegoś więcej niż sfatygowany stan przyzwoity.

Stacja metra Camden to miejsce, w którym Northern Line rozdziela się na dwa odgałęzienia: Edgware i High Barnet, zatem wysiada tu mnóstwo ludzi i jeszcze więcej wsiada. Wszyscy zostaliśmy nieco bardziej zgnieceni i złapałem się na tym, że gapię się na czubek głowy kobiety w bluzce bez pleców; miała blond odrosty i łupież. Mężczyznę w niebieskiej marynarce dopchnięto do prawej strony i znajdując się między tą dwójką, zostałem przyparty do drzwi. Wszyscy wierciliśmy się tak, żeby nikomu nie wtykać w twarz pachy; drobne niewygody nie znaczą jeszcze, że można zapomnieć o pewnych standardach albo zacząć nawiązywać kontakt wzrokowy.

Ciskający gromy pijaczyna powitał wszystkich w wagonie.

— Im więcej nas, tym weselej — powiedział. — Wpuśćmy tu cały pieprzony świat, a czemu by nie?

Wonie bijące od białego chłopaka z dredami przybrały na sile, wzbogacając się o urynę i ekskrementy — zastanawiałem się, kiedy ostatni raz zmieniał swoje udające bojówki spodnie.

Niecałą minutę za Camden Town pociąg metra zatrzymał się z gwałtownym szarpnięciem. Wśród pasażerów rozległ się niemal podprogowy jęk, zwłaszcza kiedy światła także przygasły. Usłyszałem stłumiony chichot na drugim końcu wagonu.

Za Henrym Pykiem musiało stać coś więcej, pomyślałem, coś znacznie gorszego niż zgorzkniały aktor, któremu się nie powiodło.

— Oczywiście, że tak! — krzyknął pijaczyna. — To właśnie ja.

Wyciągnąłem szyję, żeby dojrzeć pijaka, ale widok zasłaniał mi biały chłopak z dredami, którego twarz wyrażała teraz tępe zadowolenie. Smród gówna przybrał na sile i zdałem sobie sprawę, że chłopak właśnie załatwił się w spodnie. Dostrzegł moje spojrzenie i posłał mi szeroki, pełen zadowolenia uśmiech.

— Kim jesteś?! — krzyknąłem.

Próbowałem wydostać się ze swojego kąta, ale kobieta w różowej bluzce rzuciła się do tyłu i przyszpiliła mnie do ściany. Światła jeszcze bardziej pociemniały i tym razem jęk pasażerów w żadnym razie nie był podprogowy.

— Jestem demonem napitku — krzyknął ciskający gromy pijaczyna. — Jestem pijackim zaułkiem i miejscową meliną. Jestem tym, który idzie w ślady kapitana Swinga, Watta Tylera i Oswalda Mosleya. Ja jestem szczerzącą zęby twarzą w oknie jednokonki. To przeze mnie Dickens zatęsknił za wsią. I ja jestem tym, czego się boją twoi Mistrzowie.

Pchnąłem kobietę w bluzce bez pleców, ale ręce miałem ciężkie i bezużyteczne jak w koszmarze. Zaczęła się o mnie ocierać. W wagonie robiło się coraz goręcej i zacząłem się pocić. Czyjaś dłoń chwyciła mnie nagle za tyłek i mocno ścisnęła — to mężczyzna w niebieskiej marynarce. Byłem tak zaszokowany, że zamarłem. Spojrzałem mu w twarz, ale on gapił się przed siebie ze znudzoną, roztargnioną miną, typową dla zaprawionego w bojach podróżnego w metrze. Dźwięki wyciekające z jego iPoda były głośniejsze i jeszcze bardziej irytujące niż wcześniej.

Zadławiłem się smrodem gówna i odepchnąłem kobietę w różowej bluzce na tyle, żeby widzieć resztę wagonu. Zobaczyłem mojego pijaka — miał twarz pana Puncha.

Mężczyzna w marynarce puścił mój tyłek i próbował wcisnąć mi rękę w dżinsy. Kobieta w bluzce bez pleców wbiła biodra w moje krocze.

— Czy tak — krzyknął pan Punch — może żyć młody człowiek?!

Biały chłopak z dredami pochylił się ku mnie i nieśpiesznie szturchnął mnie w twarz palcem wskazującym.

— Bach! — powiedział i zachichotał.

A potem zrobił to znowu.

Istnieje granica, za którą istota ludzka traci panowanie i po prostu atakuje wszystko, co wokół niej się znajduje. Niektórzy ludzie przez całe życie balansują na tej krawędzi; większość z nich kończy w więzieniu. Niektórzy, w szczególności kobiety, dają się tak tłamsić latami, aż pewnego dnia trach! Podpalone łóżko i działanie w silnym afekcie jako linia obrony.

Właśnie sam znalazłem się w tym miejscu i czułem narastający we mnie słuszny gniew. Jak cudownie byłoby po prostu olać wszelkie konsekwencje i pójść na całość. Czasem człowiek po prostu chce, żeby ten porąbany wszechświat wreszcie coś zauważył. Do jasnej cholery, czy prosi o tak dużo?

I wtedy zdałem sobie sprawę, o co tu tak naprawdę chodzi.

Pan Punch — duch rozruchów i rebelii — robi dokładnie to, co sugeruje jego przydomek. To był on, ten gość stojący za Henrym Pykiem, i właśnie pogrywał sobie z moim umysłem.

— Rozumiem — powiedziałem. — Henry Pyke, Coopertown, ten kurier rowerowy, mnóstwo frustracji. Tyle że to dotyczy wszystkich w wielkim mieście, prawda, panie Punch? A jaki procent ludzi tak naprawdę dopuszcza cię do siebie? Założę się, że masz beznadziejne wyniki, więc może się łaskawie odpieprzysz, bo ja idę do domu się przespać.

Wtedy zorientowałem się, że pociąg znowu jedzie, światła pojaśniały, a mężczyzna w niebieskiej marynarce nie wciska mi już ręki w spodnie. Pijaczyna umilkł. Wszyscy w wagonie unikali mojego wzroku.

Dałem w długą przy Kentish Town już na następnej stacji. Na szczęście tam właśnie chciałem dojechać.

*

Od września 1944 roku do marca 1945 uroczy nazistowski nicpoń Wernher von Braun celował swoimi pociskami rakietowymi V2 w gwiazdy, a jednak jakimś cudem, jak to śpiewano w piosence, zdołał trafić w Londyn. Kiedy mój ojciec dorastał, całe miasto było usiane lejami po bombach, dziurami w schludnych szeregach domów po budynkach, które starto z powierzchni ziemi. W latach powojennych miejsca te stopniowo uprzątnięto i wzniesiono na nich serię koszmarnych pomyłek architektonicznych. Ojciec z lubością twierdził, że pomyłka, w której ja dorastałem, powstała w miejscu uderzenia V2, ale podejrzewam, że była to pewnie zwyczajna wiązka niemieckich materiałów wybuchowych zrzuconych z normalnego bombowca.

Niezależnie od tego, co odpowiadało za dwustumetrową dziurę między wiktoriańskimi szeregowcami przy Leighton Road, powojenni urbaniści nie przegapili okazji, żeby popełnić błąd na tak imponującą skalę. Wybudowane w latach pięćdziesiątych bloki Peckwater Estate mają sześć kondygnacji, są prostokątne, a ich brzydotę potęguje brudnoszara cegła, która paskudnie się starzeje. W efekcie, kiedy ustawa o czystości powietrza położyła kres słynnym, gęstym jak zupa londyńskim mgłom i zaczęto piaskowaniem czyścić fasady starych domów, Peckwater Estate wyglądało po tym zabiegu jeszcze gorzej niż do tej pory.

Mieszkania wybudowano solidnie, więc przynajmniej nie dorastałem, słuchając telenoweli dokumentalnej na żywo w wykonaniu sąsiadów, ale zaplanowano je, opierając się na założeniach dyskusyjnych, lecz jakże kochanych przez powojennych urbanistów: że londyńska klasa robotnicza składa się wyłącznie z hobbitów. Moi rodzice mieli mieszkanie na drugim piętrze, a nasze frontowe drzwi wychodziły na odkryty pasaż. Kiedy dorastałem na początku lat dziewięćdziesiątych, ściany były pokryte graffiti, a klatka schodowa psimi kupami. Obecnie większość graffiti zniknęła, a psie gówno regularnie spłukiwano do rynsztoka wodą z węża, co wedle tutejszych standardów liczyło się jako podniesienie statusu. Nadal miałem klucz do mieszkania i dobrze się składało, bo kiedy dotarłem na miejsce, okazało się, że rodzice wyszli.

To było tak niezwykłe, że aż zamarłem. Mój ojciec jest po siedemdziesiątce i rzadko rusza się z domu. Uznałem, że musiało chodzić o poważną okazję, ślub albo chrzciny, kiedy to mama mogła się odstrzelić i wyciągnąć ojca z mieszkania. Doszedłem do wniosku, że wszystkiego się dowiem, kiedy wrócą. Zrobiłem sobie filiżankę herbaty z mlekiem skondensowanym i cukrem i zjadłem parę supermarketowych herbatników. Tak wzmocniony poszedłem do swojego starego pokoju zobaczyć, czy znajdzie się tam dla mnie miejsce do spania.

Kiedy tylko się wyprowadziłem — mówiąc to, mam na myśli dosłownie dziesięć minut po tym, jak drzwi się za mną zamknęły — mama zaczęła wykorzystywać mój pokój jako składzik. Stało tam mnóstwo szarych kartonów do przeprowadzek, każdy wypchany po brzegi i zaklejony taśmą. Musiałem zdjąć kilka z łóżka, żeby móc się położyć. Były ciężkie i pachniały kurzem. W mniej więcej dwuletnim cyklu moja mama zbierała ubrania, buty, sprzęt kuchenny i trwałe środki upiększające, upychała je do kartonów i wysyłała do rodziny we Freetown. Fakt, że większość jej najbliższych krewnych wyemigrowała już do Wielkiej Brytanii, Stanów albo, co dziwne, Danii, nigdy nie wpłynął na uszczuplenie przesyłanego strumienia dóbr. Afrykańskie rodziny słyną z liczebności członków, ale, o ile się orientowałem, moja matka była spokrewniona z jakąś połową populacji Sierra Leone. Już w młodym wieku nauczyłem się, że wszystko, co mam, a czego nie obronię, podlega całkowicie arbitralnemu zatrzymaniu i deportacji. Na przykład klocki Lego stanowiły przyczynę nieustającej wojny od moich jedenastych urodzin, kiedy mama uznała, że jestem za duży na takie zabawki. Gdy miałem czternaście lat, zaginęły w tajemniczych okolicznościach, kiedy byłem na szkolnej wycieczce.

Zrzuciłem buty, wsunąłem się pod przykrycie i zasnąłem, nim zdążyłem się zdziwić, gdzie się podziały wszystkie moje plakaty.

Przebudziłem się na chwilę kilka godzin później, słysząc, że ktoś zamyka ukradkiem drzwi do pokoju; usłyszałem też zduszony głos mojego taty. Mama odpowiedziała coś, co sprawiło, że ojciec się zaśmiał, a ja, uspokojony, że wszystko jest w porządku, zasnąłem z powrotem.

Obudziłem się ponownie sporo później, gdy poranne promienie słońca wpadały z ukosa przez okna sypialni. Leżałem na plecach, wypoczęty, z całkiem sporą erekcją i mglistym wspomnieniem erotycznego snu z Beverley. Co miałem zrobić w kwestii Beverley Brook? To, że mi się podobała, było ewidentne, to, że ja podobałem się jej — względnie oczywiste, a to, że nie była do końca człowiekiem, stanowiło niepokojącą możliwość. Chciała, żebym popływał w jej rzece, a ja nie miałem pojęcia, co to oznacza, i wiedziałem tylko, że Izyda mnie przed tym ostrzegała. Miałem silne przeczucie, że nie posuwa się córki Tamizy, nie tracąc przy tym gruntu pod nogami — i to dosłownie.

— To nie tak, że boję się zobowiązań — powiedziałem do sufitu. — Po prostu chcę najpierw wiedzieć, do czego się zobowiązuję.

— Nie śpisz już, Peter? — dobiegł cichy głos zza drzwi. Mój ojciec.

— Aha, już nie śpię, tato.

— Mama zostawiła ci lunch.

Lunch, pomyślałem. Minęła już połowa dnia, a ja jeszcze niczego nie osiągnąłem. Sturlałem się z łóżka, przecisnąłem obok stosów kartonów i poszedłem pod prysznic.

Łazienka była hobbicich rozmiarów, jak wszystko inne w tym mieszkaniu, i tylko dzięki poważnym przeróbkom polskiego autorstwa udało się wcisnąć prysznic w szparę między umywalką i oknem. To ja wybuliłem na to kasę, więc dopilnowałem, żebym nie musiał schylać głowy, kiedy ją moczę. Obok prysznica zamocowano nowy pojemnik z mydłem, z rodzaju tych, jakie spotyka się w toaletach dyrektorskich apartamentów, kupiony albo buchnięty od hurtownika handlującego środkami czystości. Zauważyłem, że papier toaletowy i ręczniki kąpielowe są o wiele lepszej marki niż te, których używaliśmy, kiedy mieszkałem z rodzicami — mama sprzątała teraz w znacznie elegantszych biurach.

Wyszedłem spod prysznica i wytarłem się ogromnym, puszystym ręcznikiem z wyhaftowanym w rogu napisem „miejsce na nazwę twojej firmy". Mój ojciec należał do ludzi, którzy, choć cierpią na różne problemy suchej skóry, kierują się hasłem „prawdziwi mężczyźni nie używają środków nawilżających", a mama miała tylko przemysłowych rozmiarów kubeł masła kakaowego. Nie mam nic przeciwko używaniu masła kakaowego, ale potem przez resztę dnia pachnie się jak wielki batonik „Mars". Zadbawszy o skórę, skoczyłem z powrotem do swojego starego pokoju, gdzie otworzyłem na oślep parę pudełek, aż znalazłem zmianę ubrań. Jeden z moich dalekich kuzynów będzie musiał obyć się bez tych rzeczy.

Kuchnia była wąską kichą, której można by użyć do szkolenia załogi mesy na okręcie podwodnym klasy Trident. Była akurat dość duża, żeby zmieściły się zlew, kuchenka i kawałek blatu. Drzwi na drugim końcu prowadziły na równie szczątkowy balkon, który przynajmniej łapał dość słońca, żeby przez większość roku dało się tam suszyć pranie. Kłęby niebieskiego dymu tytoniowego unosiły się z balkonu, co oznaczało, że ojciec właśnie rozkoszuje się jednym ze swoich czterech dziennie bezcennych skrętów.

Mama zostawiła na kuchence kurczaka z orzechami ziemnymi i jakieś pół kilo ryżu basmati. Wrzuciłem jedno i drugie do mikrofalówki i zapytałem ojca, czy chce kawy. Chciał, zrobiłem więc dwie filiżanki rozpuszczalnej Nescafé z puszki rozmiarów jak dla małej gastronomii. Dodałem do nich po centymetrze skondensowanego mleka, żeby zabić posmak.

Dobrze wyglądał ten mój ojciec, co oznaczało, że wziął już tego ranka swoje „lekarstwo". W swoich najlepszych latach słynął z dobrej prezencji, a mama lubiła pilnować, żeby nadal wyglądał przyzwoicie: spodnie khaki, lniana marynarka i bladozielona koszula. Zawsze widziałem w tym imperialny szyk, który z pewnością kręcił moją mamę. W słońcu ojciec wyglądał stosownie kolonialnie, kiedy siedział w wiklinowym fotelu niemal tak szerokim jak balkon. Zostało akurat tyle miejsca, żeby zmieścił się stołek i stolik z białego plastiku. Postawiłem kawę na stole obok dużej kawiarnianej popielniczki reklamującej piwo „Foster" i należącej do ojca puszki z tytoniem „Golden Virginia".

Z naszego balkonu w ładny dzień rozpościerał się widok przez podwórze aż do firanek sąsiadów.

— Co tam słychać w psiarni? — zapytał.

Zawsze mówił na policję „psiarnia", chociaż w dniu rozdania dyplomów zjawił się w Hendon i robił wtedy wrażenie dumnego ze mnie.

— Niełatwo jest utrzymać masy w ryzach — odpowiedziałem. — Cały czas: jak się nie leją, to coś podwędzają.

— Oto smutna kondycja pracującego człowieka — odparł tata.

Wypił łyk kawy, odstawił kubek i wziął puszkę z tytoniem. Nie otworzył jej, po prostu wziął ją na kolana i oparł na niej palce.

Zapytałem, czy u mamy wszystko w porządku i gdzie byli wczoraj wieczorem. U mamy było wszystko w porządku, a poszli na wesele. Miał mgliste pojęcie na czyje — jednego z kuzynów mamy, ale ta definicja obejmowała każdego, od dziecka mojej ciotki po gościa, który zawędrował do domu mojej mamy i zasiedział się tam przez dwa lata. Tradycyjnie porządne wesele mieszkańców Sierra Leone powinno trwać kilka dni, tak samo jak pogrzeb, ale przez wzgląd na szaleńcze tempo współczesnego brytyjskiego życia ekspatrianci skrócili uroczystości do jednego dnia, góra trzydziestu sześciu godzin. Nie licząc czasu na przygotowania.

Opisując muzykę — nie bardzo orientował się w jedzeniu, ubraniach i religii — tata otworzył puszkę, wyjął paczkę bibułek „Rizla" i z wielką ostrożnością i powolnością przygotował sobie skręta. Kiedy papieros wyglądał już, jak należy, odłożył do puszki tytoń, bibułki i samego skręta, zamknął ją i odstawił na stół. Kiedy podniósł kawę, zauważyłem, że ręce mu się trzęsą. Zostawi puszkę na stole tak długo, jak będzie w stanie, zanim znowu ją weźmie i położy na kolanach. Potem może zrobi następnego skręta, a jeśli nie będzie mógł już dłużej wytrzymać, wypali to cholerstwo. Miał wczesne stadium rozedmy płuc. Ten sam lekarz, który dostarczał mu heroinę, ostrzegł go, że jeśli nie zdoła rzucić palenia, to powinien przynajmniej ograniczyć się do mniej niż pięciu fajek dziennie.

— Wierzysz w magię? — zapytałem.

— Słyszałem raz, jak gra Dizzy Gillespie — odpowiedział tata. — To się liczy?

— Możliwe. Jak myślisz, skąd się bierze takie granie?

— W Dizzym? To wszystko talent i ciężka praca, ale znałem saksofonistę, który powiedział, że zawarł umowę z diabłem na rozstajach dróg i stąd jego technika gry.

— Nic nie mów: był z Missisipi?

— Nie, z Catford. Powiedział, że zawarł pakt na Archer Street.

— Dobry był?

— Niezły, ale biedak oślepł dwa tygodnie później.

— To była część umowy?

— Najwyraźniej. Twoja matka tak uznała, kiedy jej opowiedziałem. Powiedziała, że tylko głupiec oczekuje, że dostanie coś za nic.

To rzeczywiście brzmiało jak słowa mamy, której naczelną zasadą było: „Jeśli coś jest za darmo, to nie ma żadnej wartości". Właściwie to jej naczelną zasadą, przynajmniej jeśli idzie o mnie, było: „Nie myśl sobie, że jesteś taki duży, że już nie mogę ci przyłożyć". Wprawdzie nigdy mnie nie zbiła, za to potem uważała, że przez ten brak lania zawaliłem maturę. Wskazywała rozlicznych kuzynów, którzy dostali się na uniwersytety, jako zaszczytne przykłady dyscypliny osiąganej dzięki przemocy fizycznej.

Tata wziął puszkę tytoniu i położył ją na kolanach. Zebrałem kubki i umyłem je w kuchennym zlewie. Przypomniałem sobie o kurczaku i ryżu w mikrofalówce. Wyniosłem jedzenie na balkon, zjadłem kurczaka, ale zostawiłem większość ryżu. Wypiłem też z litr zimnej wody, co jest typowym skutkiem ubocznym jedzenia posiłków mojej mamy. Całkiem poważnie zastanawiałem się, czy nie wrócić do łóżka. Co innego miałem do roboty?

Wyjrzałem na balkon i zapytałem ojca, czy czegoś nie potrzebuje. Powiedział, że nie. Kiedy patrzyłem, otworzył puszkę, wyjął skręta i włożył do ust. Wyjął srebrną parafinową zapalniczkę i zapalił papierosa z tą samą powolnością, z jaką wcześniej go zwinął. Kiedy zaciągnął się pierwszy raz, na jego twarzy pojawiła się błogość. Potem zaczął kaszleć okropnym, wilgotnym kaszlem, jakby próbował wykrztusić sobie z płuc cały nabłonek. Wprawnym ruchem zgasił skręta i poczekał, aż kaszel mu przejdzie. Kiedy już poczuł się lepiej, włożył skręta z powrotem do ust i ponownie go zapalił. Nie zostałem — wiedziałem, co będzie potem.

Kocham mojego ojca. Jest chodzącą przestrogą.

Matka ma trzy linie telefoniczne. Skorzystałem z jednej i zadzwoniłem na swoją pocztę głosową. Pierwsza wiadomość była od doktora Walida.

— Peter — powiedział — chciałem ci tylko dać znać, że Thomas odzyskał przytomność i pyta o ciebie.

*

Porządniejsze gazety nazwały to „majowym szaleństwem", co kojarzyło się z wieczorkiem tanecznym. Brukowce pisały o „majowym szale", pewnie dlatego, że to jedna sylaba mniej do upchnięcia na pierwszej stronie. Telewizja dysponowała całkiem niezłym nagraniem kobiety w średnim wieku, w długiej sukni, rzucającej cegłami w policjantów. Nikt nie miał pojęcia, co się stało, więc specjaliści wylegli tłumnie i zaczęli wyjaśniać, że zamieszki były spowodowane tymi społeczno-politycznymi czynnikami, o których pisali w swoich najnowszych książkach. Z pewnością stanowiły palące oskarżenie wobec określonego aspektu współczesnego społeczeństwa — szkoda tylko, że nie wiedzieli którego.

Na ostrym dyżurze w szpitalu uniwersyteckim było sporo policji, większość pętała się w poszukiwaniu nadgodzin albo próbując wyciągnąć zeznania od ofiar zamieszek. Nie chciałem zeznawać, więc zakradłem się tylnym wejściem, porywając kubeł z mopem i udając sprzątacza. Zgubiłem się na górnych piętrach, szukając doktora Walida, zanim natknąłem się na korytarz, który wyglądał trochę znajomo. Otwierałem drzwi na chybił trafił, aż znalazłem Nightingale'a. Nie wyglądał ani trochę lepiej niż ostatnim razem.

— Inspektorze — powiedziałem. — Chciał mnie pan widzieć.

Otworzył oczy i zerknął w moją stronę. Usiadłem na brzegu łóżka, żeby mógł na mnie patrzeć, nie ruszając głową.

— Byłem postrzelony — szepnął.

— Wiem, też tam byłem.

— Wcześniej.

— Naprawdę? Kiedy?

— Na wojnie.

— Na której wojnie?

Nightingale skrzywił się i poprawił na łóżku.

— Drugiej.

— Na drugiej wojnie światowej — powiedziałem. — A gdzie pan służył, w brygadzie dziecięcej?

Żeby zaciągnąć się choćby w 1945 roku, Nightingale musiałby się urodzić w 1929, i to zakładając, że skłamał co do wieku.

— Ile pan ma lat?

— Dużo — szepnął. — Przełom wieków.

— Przełom wieków? — zapytałem, a on skinął głową. — Urodził się pan na przełomie wieków, znaczy na początku dwudziestego wieku?

Wyglądał na faceta po czterdziestce, co było niezłą sztuczką, kiedy człowiek leży na wpół żywy w szpitalnym łóżku obok maszyny, która w regularnych odstępach robi „ping".

— Ma pan ponad sto lat?

Wydał z siebie świszczący odgłos, który na chwilę mnie zaniepokoił, ale potem zdałem sobie sprawę, że to śmiech.

— Czy to naturalne?

Pokręcił głową.

— Wie pan, dlaczego to się dzieje?

— Darowany koń — szepnął. — Zęby.

Nie mogłem się z nim spierać. Nie chciałem, żeby za bardzo się męczył, więc powiedziałem mu o Lesley, zamieszkach i o tym, że nie wpuszczają mnie do Szaleństwa. Kiedy zapytałem go, czy Molly może mi pomóc namierzyć Henry'ego Pyke'a, pokręcił głową.

— Niebezpieczne — powiedział.

— Trzeba to zrobić — powiedziałem. — Nie sądzę, żeby przestał, dopóki ktoś go nie powstrzyma.

Powoli, po jednym słowie, Nightingale powiedział mi, jak to zadziała. Nie spodobało mi się ani trochę. Plan był straszny i nadal pozostawała otwarta kwestia, w jaki sposób mam wrócić do Szaleństwa.

— Matka Tyburn — powiedział Nightingale.

— Chce pan, żeby unieważniła decyzję córki? — zapytałem. — Dlaczego uważa pan, że to zrobi?

— Duma.

— Chce pan, żebym błagał?

— Nie jej duma. Twoja.

13.
LONDON BRIDGE

Niełatwo jest wjechać ciężarówką z naczepą w Wapping Wall, zatem wynająłem do tego mężczyznę w średnim wieku imieniem Brian. Brian łysiał, dorobił się brzucha i klął jak szewc. Do pełnego stereotypu kierowcy ciężarówki brakowało mu tylko batonika „Yorkie" i zwiniętego egzemplarza „The Sun". W końcu jednak nie wynająłem go ze względu na erudycję, a on rzeczywiście zdołał dojechać pod sam dom Mamy Tamizy bez żadnych dodatkowych roszczeń ubezpieczeniowych.

Zaparkowaliśmy w połowie przed apartamentowcem Mamy Tamizy, a w połowie przed pubem „Prospect of Whitby". Personel chyba pomyślał, że to jakaś nieoczekiwana dostawa, bo wylał się ciurkiem na ulicę. Musiałem ludziom powiedzieć, że to na prywatne przyjęcie; o dziwo, nie robili wrażenia szczególnie zaskoczonych. Poprosiłem Briana, żeby poczekał, wziąłem z szoferki skrzynkę z próbkami i chwiejnym krokiem ruszyłem do wejścia. Odstawiłem ją, żeby zadzwonić do drzwi. Tym razem w progu powitała mnie ta sama biała dama, którą wcześniej widziałem wśród przyjaciółek Mamy Tamizy. Była inaczej ubrana, ale równie elegancko, w bliźniak i perły, a na biodrze trzymała małe czarne dziecko.

— No proszę, posterunkowy Grant — powiedziała. — Jak miło znowu pana widzieć.

— Niech zgadnę, pani musi być Lea.

— Bardzo dobrze — odpowiedziała Lea. — Naprawdę lubię młodych mężczyzn, którzy mają trochę oleju w głowie.

Rzeka Lea wypływa ze wzgórz Chiltern, na północny zachód od Londynu, okrąża wierzchołek miasta, skręca ostro i wpada do Tamizy. To najmniej zurbanizowana z londyńskich rzek i największa, więc oczywiście przetrwała Wielki Smród. Lea musiała być *genius loci* z pokolenia Oxleya, jeśli nie starszego.

Zrobiłem minę do dziecka, które wyglądało na dziewczynkę w wieku przedszkolnym, a ono odpłaciło mi tym samym.

— Kto to jest? — zapytałem.

— To Brent — odpowiedziała Lea. — Nasza najmłodsza.

— Witaj, Brent — powiedziałem.

Miała jaśniejszą skórę od sióstr, a jej ciemne oczy można by nazwać piwnymi, gdyby człowiek był dobrodusznym kłamcą, ale agresywny wyraz jej twarzy nie pozostawiał żadnych wątpliwości. Nosiła miniaturową czerwoną koszulkę wyjazdową angielskiej reprezentacji piłkarskiej — z numerem 11, jak łatwo zgadnąć.

— Śmiesznie pachniesz — powiedziała Brent.

— To dlatego, że jest czarodziejem — wytłumaczyła jej Lea.

Brent uwolniła się z objęć Lei i złapała mnie za rękę.

— Chodź ze mną — powiedziała i spróbowała wciągnąć mnie za próg.

Była zaskakująco silna i musiałem się zaprzeć, żeby zostać w miejscu.

— Muszę wnieść skrzynkę — powiedziałem jej.

— Nie martw się, ja się tym zajmę — zapewniła mnie Lea.

Dałem się pociągnąć długim korytarzem do mieszkania Mamy Tamizy. Za sobą słyszałem, jak Lea pyta Wujka Komornika, czy nie byłby tak miły i nie zaniósł skrzynki do mieszkania Mamy.

Według doktora Polidori *genii locorum* „zachowują się tak, jakby konieczność ceremonii była w ich wypadku równie nieodzowna jak pożywienie i napitek dla człowieka", a ponadto twierdził, że „przewidują takie okazje z tak cudowną łatwością, że zawsze są stosownie odziane, a jeśli je zaskoczyć lub w jakiś sposób uniemożliwić im przygotowanie, wykazują oznaki ogromnego cierpienia". Zważywszy na to, że pisał o tym pod koniec osiemnastego wieku, potraktowałem jego słowa z przymrużeniem oka.

Oczekiwano mnie w sali tronowej i tym razem widziałem, że to sala tronowa; mangrowiec w donicy osłaniał święte siedzisko skórzanego dyrektorskiego fotela. Zasiadała w nim Mama Tamiza, olśniewająca w swoich austriackich koronkach i przybraniu głowy z niebieskich i białych portugalskich koralików. Za nią ustawione w szyku stały dworki w batikowych spódnicach lappa i w chustach na głowach, a po jej prawej i lewej stronie — tworząc korytarz, którym musiałem przejść — ustawiły się jej córki. Rozpoznałem Tyburn i Fleet stojące po mojej lewej stronie z dwiema nastoletnimi córkami w kaszmirowych swetrach, z włosami splecionymi w warkoczyki. Beverley stała po prawej i robiła wrażenie ubranej nie dość elegancko w szortach z lycry i fioletowej bluzie od dresu. Kiedy miała pewność, że patrzę, przewróciła oczami. Obok niej stała niesamowicie wysoka i smukła kobieta o lisiej twarzy, jaskrawoniebieskich oczach, doklejanych blond włosach i wydłużonych paznokciach pomalowanych na zielono, złoto i czarno. Zgadywałem, że to Effra, kolejna podziemna rzeka, która ewidentnie dorabiała sobie na boku jako bogini targu w Brixton. Zauważyłem, że rzeki północnego Londynu stoją po lewej stronie, a południowego po prawej.

Brent wypuściła moją rękę, spróbowała dygnąć przed Mamą Tamizą, a potem zepsuła cały efekt, podbiegając i rzucając się mamie na kolana. Nastąpiła krótka przerwa w ceremonii, kiedy dziewczynka wierciła się, szukając wygodnej pozycji.

Mama Tamiza skupiła na mnie wzrok, a fala jej uwagi przyciągnęła mnie do tronu. Musiałem walczyć z silnym pragnieniem rzucenia się na kolana i uderzenia czołem w dywan.

— Posterunkowy Peter — powiedziała Mama Tamiza. — Jak miło cię widzieć.

— Miło być tutaj. Jako symbol mojego szacunku przyniosłem ci prezent — powiedziałem, mając nadzieję, że skrzynka dotrze do sali, zanim skończy mi się zasób uprzejmości.

Usłyszałem za sobą pobrzękiwanie i wujek Komornik zjawił się ze skrzynką. Był zwalistym białym mężczyzną ogolonym na skinheada maszynką ustawioną na dwójkę, z wyblakłymi błyskawicami SS wytatuowanymi na karku. Postawił skrzynkę przed Mamą Tamizą, skinął jej z szacunkiem głową, mnie rzucił litościwe spojrzenie i wyszedł bez słowa.

Jedna z dworek podeszła, wyjęła butelkę ze skrzynki i pokazała ją Mamie Tamizie.

— Star beer — powiedziała.

Podstawowy produkt Nigerian Breweries PLC, dostępny w Wielkiej Brytanii w dobrych sklepach i możliwy do zdobycia w ilościach hurtowych, jeśli twoja mama zna kogoś, kto zna kogoś, kto jest mu winny przysługę.

— Ile on tego ma? — zapytała Fleet.

— Ciężarówkę — odpowiedziała Lea.

— Jak dużą ciężarówkę? — zapytała Mama Tamiza, nie odrywając ode mnie oczu.

— Dużą — odpowiedziała Brent.

— To wszystko star? — zapytała Mama Tamiza.

— Dorzuciłem trochę guldera — powiedziałem. — Trochę red stripe'a dla urozmaicenia, kilka skrzynek bacardi, trochę rumu „Appleton", likieru „Cointreau" i kilka butelek baileysa.

Upłynniłem przy tej okazji całe moje oszczędności, ale jak mówi moja mama, nic, co ma swoją wartość, nie jest za darmo.

— To szczodry podarunek — przyznała bogini Tamizy.

— Chyba nie mówisz poważnie? — oburzyła się Tyburn.

— Nie martw się, Ty — powiedziałem. — Dorzuciłem też parę butelek perriera dla ciebie.

Ktoś zachichotał, pewnie Beverley.

— A co ja mogę zrobić dla ciebie? — zapytała Mama Tamiza.

— To drobna kwestia — odpowiedziałem. — Jedna z twoich córek uważa, że ma prawo mieszać się w sprawy Szaleństwa. Proszę tylko, żeby się wycofała i pozwoliła upoważnionym osobom zająć się swoją pracą.

— Upoważnionym osobom — odezwała się Tyburn.

Mama Tamiza spojrzała na córkę, która stanęła przed tronem.

— Myślisz, że masz prawo mieszać się do tego? — zapytała.

— Mamo — odpowiedziała Tyburn — Szaleństwo to przeżytek, wiktoriański pomysł tych samych ludzi, którzy zafundowali nam ceremonię z odźwiernym w Izbie Lordów i szopkę z burmistrzem. Dziedzictwo to piękna rzecz i dobra dla przemysłu turystycznego, ale to nie jest sposób na zarządzanie nowoczesnym miastem,

— To nie do ciebie należą takie decyzje — odparłem.

— A ty myślisz, że do ciebie?

— Wiem, że do mnie — powiedziałem. — To moje zadanie, moje zobowiązanie… i moja decyzja.

— I prosisz…

— Nie proszę — oznajmiłem, kończąc z uprzejmościami. — Jeżeli zamierzasz mi podskakiwać, Tyburn, to lepiej zdaj sobie sprawę, z kim zadzierasz.

Cofnęła się o krok i odzyskała animusz.

— Wiemy, kim jesteś — powiedziała. — Twój ojciec to muzyk nieudacznik, a twoja matka zarabia na życie sprzątaniem biur. Dorastałeś w mieszkaniu komunalnym, chodziłeś do miejscowej szkoły średniej i zawaliłeś maturę…

— Jestem zaprzysiężonym posterunkowym — przerwałem jej — a to czyni mnie stróżem porządku. Jestem także uczniem czarodzieja, co czyni mnie strażnikiem tajemnego ognia, ale przede wszystkim jestem wolnym obywatelem Londynu, a to czyni mnie Księciem Miasta. — Wycelowałem w Tyburn palcem. — Tego nie przebije żadna podwójna specjalizacja na Oxfordzie.

— Tak myślisz?

— Dość tego — powiedziała Mama Tamiza. — Wpuść go do jego domu.

— To nie jego dom — sprzeciwiła się Tyburn.

— Rób, co ci każę.

— Ale mamo…

— Tyburn!

Tyburn sprawiała wrażenie zbolałej i przez chwilę było mi jej szczerze żal, bo żadne z nas nigdy nie jest wystarczająco dorosłe, żeby nasze matki uznały, że już nie mogą spuścić nam lania. Wysunęła z kieszeni smukłą nokię i wybrała numer, nie odrywając ode mnie oczu.

— Sylvia — powiedziała — jest komisarz? Dobrze. Mogę go prosić na słówko?

A po tym demonstracyjnym wstępie odegranym dla własnej satysfakcji odwróciła się i wyszła z pokoju. Stłumiłem chęć chełpienia się, ale zerknąłem na Beverley, żeby sprawdzić, czy jest pod wrażeniem mojej zagrywki. Rzuciła mi umyślnie obojętne spojrzenie, które było równie dobre jak posłanie mi pocałunku.

— Peter — powiedziała Mama Tamiza i przyzwała mnie do siebie.

Dała do zrozumienia, że chce powiedzieć mi coś na osobności. Próbowałem pochylić się, zachowując tyle godności, ile się da, ale ku wielkiemu rozbawieniu Beverley złapałem się na tym, że ukląkłem przed Mamą Tamizą. Pochyliła się i musnęła ustami moje czoło.

Przez chwilę czułem się tak, jakbym stał wysoko na środkowym segmencie zapory na Tamizie i patrzył na wschód ponad ujściem rzeki. Wyczuwałem wieżowce Canary Wharf wznoszące się triumfalnie za moimi plecami, a poza nimi doki, White Tower i wszystkie mosty, dzwony i domy Londynu. Ale przede mną, nad horyzontem, wyczuwałem wzbierający sztorm, nieszczęśliwą kombinację przypływów, globalnego ocieplenia i kiepskiego planowania, która już czekała gotowa wpaść do rzeki wysoką na dziesięć metrów ścianą wody i znieść wszystkie mosty, wieże i cały ten bajzel.

— Żebyś rozumiał — powiedziała Mama Tamiza — gdzie leży moja prawdziwa moc.

— Tak, Mama — powiedziałem.

— Oczekuję, że rozwiążesz spór ze Starym.

— Zrobię, co w mojej mocy.

— Dobry chłopak. A ponieważ jesteś dobrze wychowany, mam dla ciebie ostatni dar.

Pochyliła głowę i szepnęła mi do ucha imię: Tyberiusz Klaudiusz Verica.

*

Komandosi zniknęli, zanim wróciłem na Russell Square. Odzyskałem dowodzenie w Szaleństwie i znowu byłem za nie odpowiedzialny. Toby rzucił mi się do nóg, dysząc i skacząc z radości, kiedy tylko przekroczyłem próg. Ale gdy już ustalił, że nie niosę niczego jadalnego, stracił zainteresowanie mną i czmychnął. Molly czekała na mnie u stóp zachodnich schodów. Powiedziałem jej, że Nightingale odzyskał przytomność, a potem skłamałem i dodałem, że pytał, co u niej. Wyjaśniłem, co planuję, a ona aż się wzdrygnęła.

— Pójdę tylko do mojego pokoju po rzeczy — powiedziałem. — Zejdę na dół za pół godziny.

Zaraz po wejściu do pokoju wyciągnąłem notatki z łaciny i sprawdziłem zapiski na temat rzymskich imion. Imion, które, jak się dowiedziałem, często składały się z trzech części — imienia, nazwiska rodowego i przydomku — i mogły, o ile odczytasz własny charakter pisma, sporo powiedzieć o danej osobie. Verica nie było łacińskim słowem — podejrzewałem, że jest brytyjskie, a Tyberiusz Klaudiusz to dwa pierwsze imiona Tiberiusa Claudiusa Caesara Augustusa Germanicusa, znanego także jako cesarz Klaudiusz, za którego panowania Brytania po raz pierwszy została podbita przez Rzymian. Cesarstwo chętnie przeciągało na swoją stronę lokalne elity rządzące, kiedy tylko się dało — o wiele łatwiej zaliczyć jakiś kraj, jeżeli najpierw wybulisz na kolację i tuzin róż. Jednym ze stosowanych przekupstw było rzymskie obywatelstwo, a wielu tych, którzy przyjęli tę ofertę, zatrzymywało ojczyste imię i dokładało sobie z przodu imię i nazwisko rodowe swojego sponsora — w tym wypadku cesarza. Tak więc z samego imienia wynikało, że Tyberiusz Klaudiusz Verica był Brytem, arystokratą, który żył w czasach, kiedy powstało to miasto.

Co nie miało najmniejszego znaczenia, o ile wiedziałem. Jeżeli przeżyję następną godzinę albo coś koło tego, zamierzałem pogadać sobie z Mamą Tamizą na ten temat. Na razie miałem bardziej niecierpiące zwłoki problemy na głowie.

*

W 1861 roku William Booth porzucił metodyzm w Liverpoolu i ruszył do Londynu, gdzie, zgodnie ze wspaniałą tradycją zaczynania w stolicy życia na nowo, stworzył własny Kościół i poniósł Chrystusa, chleb oraz opiekę społeczną barbarzyńskim tubylcom we wschodnim Londynie. W 1878 roku oznajmił, że ma dość bycia nazywanym „wolontariuszem", bo jest żołnierzem zawodowym w armii Chrystusa i niczym innym; i tak narodziła się Armia Zbawienia. Jednakże żadna armia, niezależnie od czystości swoich motywów, nie okupuje obcego kraju, nie napotkawszy oporu — a opór ten stawiła Armia Szkieletów. Napędzana dżinem, tępotą umysłową i głębokim niezadowoleniem wynikającym z faktu, że bycie wiktoriańską klasą robotniczą jest wystarczająco ciężkie nawet bez kazań bandy zadufanych w sobie przybyszów z północy, Armia Szkieletów rozpędzała zebrania Armii Zbawienia, przeszkadzała w marszach i atakowała korpus oficerski. Symbolem Armii Szkieletów był biały szkielet na czarnym polu — znaczek noszony przez prawomyślnych nicponi od Worthing po Bethnal Green. Zauważyłem taki znaczek na widmowej postaci Nicholasa Wallpenny'ego, idealnego kandydata do Armii Szkieletów, i to właśnie tę odznakę znalazłem na cmentarzu Kościoła Aktorów. Nightingale powiedział, że będę potrzebował przewodnika duchowego, a z braku mistycznych niedźwiedzi, kojotów i innych takich musiał mi wystarczyć londyński złodziejaszek.

Odznaka leżała tam, gdzie ją zostawiłem, w plastikowym pudełku razem ze spinaczami do papieru. Położyłem ją sobie na dłoni. To był tandetny drobiazg z cyny i mosiądzu. Kiedy zamknąłem na niej rękę, poczułem posmak dżinu, starych piosenek i drobne ukłucie urazy.

Skoro miała to być podróż duchowa, niczego więcej nie potrzebowałem, a i tak wystarczająco odwlekłem ten moment. Zszedłem niechętnie do Molly, która czekała na mnie pośrodku atrium. Stała z pochyloną głową, włosy jak czarna kurtyna zasłaniały jej twarz, a dłonie miała splecione przed sobą.

— Ja też nie chcę tego robić — powiedziałem.

Uniosła głowę i po raz pierwszy spojrzała mi prosto w oczy.

— Zrób to — powiedziałem.

Poruszała się tak szybko, że nawet nie zauważyłem, kiedy się na mnie rzuciła. Jedną ręką objęła mnie za ramiona i złapała za potylicę, a drugą chwyciła mnie w pasie. Czułem jej piersi przylegające do mojego torsu, uda zaciskające się mocno wokół moich nóg. Twarz ukryła w załomie mojej szyi i poczułem jej usta na gardle. Ogarnął mnie strach — próbowałem się uwolnić, ale trzymała mnie mocniej niż kochanka. Poczułem na szyi ostre zęby, a potem ból, o wiele bardziej przypominający uderzenie niż dźgnięcie, kiedy wgryzła się mocno. Czułem, jak przełyka, gdy zasysała moją krew, ale czułem też kontakt z płytkami pode mną i cegłami w ścianach — żółtą londyńską gliną — a potem poleciałem do tyłu wprost w światło dnia i zapach terpentyny.

To nie przypominało rzeczywistości wirtualnej ani tego, jak człowiek wyobraża sobie, że działa hologram; to było jak wdychanie *vestigia*, jak pływanie w kamieniu. Znalazłem się w dotyczących atrium wspomnieniach samego Szaleństwa.

Udało mi się, wszedłem.

*

Zgodnie z rzeczywistością atrium robiło wrażenie przestronnego, ale kolory były zgaszone, niemal w odcieniach sepii, i dzwoniło mi w uszach, jak wtedy, gdy się pływa blisko dna w najgłębszej części basenu. Nigdzie nie widziałem Molly, ale chyba mignął mi Nightingale, a przynajmniej jego piętno odciśnięte w pamięci kamienia, gdy szedł zmęczony na piętro. Otworzyłem dłoń i sprawdziłem, czy ciągle „trzymam" odznakę ze szkieletem. Nadal tam leżała, a kiedy znowu zacisnąłem na niej palce, poczułem szarpnięcie, bardzo delikatne, w stronę południową. Odwróciłem się w kierunku bocznych drzwi wychodzących na Bedford Place, ale kiedy ruszyłem po posadzce atrium, zdałem sobie nagle sprawę z rozległej ciemności pod moimi stopami. Zupełnie jakby konkretne czarne i białe płytki stały się przezroczyste i poprzez nie mogłem dostrzec straszliwą otchłań — ciemną, bezdenną i zimną. Próbowałem iść szybciej, ale zupełnie jakbym szedł pod porywisty wiatr. Musiałem się pochylić i napierać z całej siły, żeby się przemieszczać. Dopiero kiedy ostrożnie przeszedłem przez wąskie pomieszczenia dla służby pod wschodnimi schodami, przyszło mi na myśl, że skoro to królestwo duchów, równie dobrze mógłbym przechodzić przez ściany. Jednakże po tym, jak parę razy huknąłem się w czoło, po prostu otworzyłem boczne drzwi jak normalny człowiek.

Wyszedłem i otoczyły mnie lata trzydzieste i smród koni. Wiedziałem, że to lata trzydzieste, bo widziałem dwurzędowe garnitury i gangsterskie kapelusze. Samochody były ledwie cieniami, za to konie były namacalne i cuchnęły potem i gnojem. Chodnikami chodzili ludzie; wyglądali zupełnie normalnie, jeśli nie liczyć roztargnionego wyrazu oczu. W ramach eksperymentu stanąłem przed jednym z mężczyzn, ale po prostu mnie obszedł, jakbym był znajomą, lecz nieistotną przeszkodą. Ostry ból w szyi przypomniał mi, że nie zjawiłem się tu, żeby zwiedzać.

Dałem znaczkowi ze szkieletem pociągnąć się naprzód, przez Bedford Place w stronę Bloomsbury Square. Niebo nade mną było dziwnie niewyraźne, w jednej chwili niebieskie, w następnej pochmurne, a potem ziarniste od węglowego dymu. W miarę podróży zauważyłem, że ubrania na przechodniach zmieniły się, widmowe samochody całkiem zniknęły i nawet zarys budynków na tle nieba zaczął się przekształcać. Zdałem sobie sprawę, że jestem ciągnięty w głąb czasu. Jeżeli dobrze zgadywałem, znaczek Nicholasa Wallpenny'ego zabierze mnie nie tylko na jego teren w Covent Garden, ale też do okresu, w którym zaczął to miejsce nawiedzać.

Najnowsza książka na ten temat, jaką zdołałem znaleźć, pochodziła z 1936 roku i została napisana przez gościa, który nazywał się Lucius Brock. Uważał, że *vestigia* odkładają się jedne na drugich jak warstwy archeologiczne i że różne duchy zamieszkują różne pokłady. Zmierzałem do Wallpenny'ego pod koniec ery wiktoriańskiej, a on zaprowadzi mnie do Henry'ego Pyke'a w końcu osiemnastego wieku i Pyke, czy tego będzie chciał, czy nie, ujawni mi miejsce swojego spoczynku.

Dotarłem do końca Drury Lane, kiedy era wiktoriańska ścięła mnie z nóg, wywołując gwałtowny odruch wymiotny. Już zaczynałem się przyzwyczajać do przenikliwego smrodu końskiego gówna, ale lata siedemdziesiąte dziewiętnastego wieku były jak wsadzenie głowy do szamba. Może to i *vestigia*, ale wystarczająco mocne, żebym zwymiotował wyimaginowany lunch prosto do obrzydliwego rynsztoku. Czułem smak krwi w ustach i zdałem sobie sprawę, że to po części moja własna krew — niewątpliwie napędzająca okultystyczne cuda-wianki, które wyczyniała Molly, żeby mnie tu zatrzymać.

Bow Street była zatłoczona ogromnymi wozami ciągniętymi przez konie wielkości przyzwoitego rodzinnego hatchbacka. Oto było Covent Garden u szczytu swojej chwały. Spodziewałem się, że szkielet Wallpenny'ego doprowadzi mnie Russell Street do *piazza*, ale zamiast tego pociągnął mnie w prawo, w górę Bow Street, w stronę Opery Królewskiej. Potem wozy zmieniły kształt i zdałem sobie sprawę, że za bardzo cofnąłem się w czasie i coś poszło nie tak z planem A.

Jakby uprzątnięto je do następnej sceny, ciężkie wozy zniknęły sprzed Opery. Niebo pomroczniało, ulica pociemniała oświetlana tylko pochodniami i lampami oliwnymi. Mijały mnie widmowe obrazy pozłacanych powozów, podczas gdy wyperfumowane damy i panowie w perukach spacerowali po schodach starego Teatru Królewskiego. Grupa trzech mężczyzn przyciągnęła moje spojrzenie. Wydawali się bardziej namacalni od reszty postaci, jakby byli bardziej gęści i prawdziwsi. Jeden z nich był zwalistym, starszym mężczyzną w wielkiej peruce, który chodził sztywno o lasce — to musiał być Charles Macklin. Światło przywarło do niego, jakby został wybrany do zbliżenia — nie ma nagród dla tych, którzy zgadną przez kogo.

Domyślałem się, że zobaczę ponownie odegraną niesławną scenę, w której Henry Pyke ginie z rąk nikczemnego Charlesa Macklina. Jak na dany sygnał zjawił się Henry Pyke w aksamitnym płaszczu, niezwykle poruszony, z przekrzywioną peruką i ogromnym kijem w ręce.

Tyle że ja rozpoznałem tę twarz. Pierwszy raz ujrzałem ją w zimny styczniowy ranek i wtedy jej właściciel przedstawił mi się jako Nicholas Wallpenny — zmarły parafianin z Covent Garden. Ale nie, to nie był Nicholas Wallpenny, tylko Henry Pyke. To zawsze był Henry Pyke, od samego początku, od portyku Kościoła Aktorów. Pełnymi garściami czerpał z roli radosnego łotrzyka. Cóż, to przynajmniej tłumaczyło, dlaczego nie mógł się ukazać w obecności Nightingale'a. Oznaczało to także, że scena w kościele, która doprowadziła mnie do zaimprowizowanych wykopków na terenie bezcennego londyńskiego zabytku, była właśnie tym — sceną, odegranym przedstawieniem.

— Pomocy, pomocy! — krzyknął jeden z towarzyszy Macklina. — Morderca!

Niektóre rzeczy są niezmienne: ptaki latają, ryby pływają, głupcy i policjanci interweniują. Zdołałem się powstrzymać od policyjnego okrzyku, kiedy puściłem się pędem i w efekcie zbliżyłem na odległość dwóch metrów, zanim Henry Pyke mnie zobaczył. Dostrzegłem na jego twarzy satysfakcjonującą minę mówiącą „o kurwa", zanim zdążył zmienić rysy — stał się absurdalną księżycowatą karykaturą, którą znałem jako pana Puncha, ducha rozruchów i rebelii.

— Wiesz — pisnął — nie jesteś tak głupi, jak wyglądasz.

Standardowa procedura postępowania z porąbanymi świrami: pozwól im mówić, podejdź chyłkiem i złap, kiedy nie patrzą.

— Więc to ty udawałeś Nicholasa Wallpenny'ego?

— Nie — odparł pan Punch — pozwoliłem Henry'emu Pyke'owi zająć się wszelkimi podstępami. Biedak żyje aktorstwem, tylko tego pragnął od życia.

— Tyle że on nie żyje.

— Wiem — odparł pan Punch. — Czyż wszechświat nie jest cudowny?

— Gdzie jest teraz Henry?

— W głowie twojej dziewczyny nawiązuje intymną znajomość z jej mózgiem — odpowiedział pan Punch, odrzucił głowę i zaśmiał się piskliwie.

Rzuciłem się na niego, ale ten szczwany łajdak odwrócił się na pięcie i dał nogę w jeden z wąskich zaułków dochodzących do Drury Lane.

Popędziłem za nim i nie mówię, że czułem ducha każdego londyńskiego łapsa, jak przypływa przeze mnie, gdy biegłem, ale pomyślcie — ruszyliśmy dokładnie spod sądu przy Bow Street i nie mogłem przestać go gonić, tak jak nie mógłbym przestać oddychać.

Wypadłem z zaułka na zimową Drury Lane: piesi zbici w anonimowy tłum, para unosząca się z koni i niosący lektyki mężczyźni. Wśród podmuchów zimna i śniegu miasto pachniało czystością i świeżością. I właśnie miało się pozbyć jednego denerwującego rewenanta. Wiosna nadeszła błyskawicznie, jak nagły ruch po chwilowym zająknięciu, a pan Punch poprowadził mnie brudnymi bocznymi uliczkami, o których wiedziałem, że już nie istnieją, aż wreszcie minęliśmy świeżo wzniesiony kościół św. Klemensa i wypadliśmy na Fleet Street. Ogromny pożar w Londynie przemknął za szybko, żebym go zarejestrował; poczułem tylko podmuch gorącego powietrza, jakby ktoś otworzył drzwiczki pieca. W jednej minucie u szczytu Fleet Street dominowała katedra św. Pawła, a w następnej kopułę zastąpiła kanciasta normańska wieża dawnej katedry. Dla londyńczyka takiego jak ja był to heretycki widok — jakbym nagle znalazł we własnym łóżku obcą osobę. Sama ulica zwęziła się i stłoczyły się przy niej wąskie fronty z muru pruskiego o zwieszających się wykuszach na wyższych piętrach. Znaleźliśmy się w czasach Szekspira i muszę przyznać, że nie śmierdziało nawet w połowie tak źle jak w dziewiętnastym wieku. Pan Punch pędził, jak mu życie pośmiertne było miłe, ale pomału go doganiałem.

Londyn dodatkowo się kurczył. Po obu stronach między budynkami pojawiały się przerwy. Dostrzegałem zielone pastwiska ze stogami siana i stadami krów. Rzeczy wokół mnie zaczynały wypadać z ostrości. Przede mną pojawiła się rzeka Fleet i nagle zapikowałem w dół, żeby przebiec po kamiennym moście, podczas gdy po obu stronach doliny wznosiły się mury — starożytne mury Londynu. Ledwie zdążyłem przebiec przez Ludgate, kiedy wyrosły przede mną prawdziwe bramy miejskie i zastąpiły mi drogę. Stara katedra dawno zniknęła, przegapiliśmy Anglosasów i to, co współcześni ambitni historycy lubią nazywać okresem postrzymskim, i pogaństwo było znowu w modzie.

Gdybym się nad tym zastanowił, pewnie bym się zatrzymał i solidnie rozejrzał, odpowiedział na kilka ważnych kwestii dotyczących życia w Londinium, ale nie zrobiłem tego, bo właśnie przeskoczyłem kilka ostatnich metrów dzielących mnie od pana Puncha i rzuciłem się na niego jak rugbista, przyszpilając do ziemi martwego sukinsyna.

— Panie Punch — powiedziałem — przyskrzyniłem pana.

— Łajdak — odpowiedział. — Czarny irlandzki kundel.

— W ten sposób nie zdobędzie pan sobie żadnych przyjaciół, panie Punch — odparłem.

Podniosłem go z ziemi, wykręcając mu obie ręce do tyłu tak mocno, żeby nigdzie się nie wyrwał, a przynajmniej nie bez złamanego łokcia.

Przestał się wyrywać i odwrócił głowę, zerkając na mnie jednym okiem.

— No to masz mnie, glino — powiedział. — I co teraz ze mną zrobisz?

To było dobre pytanie, a nagły straszliwy ból w zagłębieniu szyi przypomniał, że kończy mi się czas.

— Zobaczymy, co zrobi z tobą sędzia — orzekłem.

— De Veil? O, tak, poproszę, na pewno będzie smakowitym kąskiem.

Idioto, pomyślałem, to rewenant, duch rozruchów i rebelii. On zjada duchy. Potrzebowałem czegoś mocniejszego. Brock napisał, że *genii locorum*, bogowie i duchy miejsc są potężniejsi od zjaw. Czy istniał jakiś bóg sprawiedliwości? I gdzie go mogłem znaleźć... Albo może ją? I wtedy sobie przypomniałem: posąg kobiety stojący na szczycie kopuły Old Bailey. W jednej ręce trzyma miecz, w drugiej wagę. Nie wiedziałem, czy istnieje jakaś bogini sprawiedliwości, czy nie, ale gotów byłem się założyć, że pan Punch będzie wiedział.

— A może pójdziemy zapytać miłą panią z Old Bailey?

Zesztywniał i wiedziałem już, że mam rację. Znowu zaczął się szarpać. Odrzucił głowę do tyłu, celując w mój podbródek, ale to nic nowego dla policjanta, więc trzymałem się bezpiecznie poza jego zasięgiem.

— Tym razem staniesz przed sądem — powiedziałem.

Pan Punch zwiotczał pokonany — tak przynajmniej myślałem, dopóki nie zaczął się trząść w moim uścisku. W pierwszej chwili pomyślałem, że płacze, ale potem zrozumiałem, że to śmiech.

— Zaraz się przekonasz, że to będzie nieco trudne — powiedział. — Wygląda na to, że skończyło ci się miasto.

Rozejrzałem się i zobaczyłem, że ma rację. Zapędziliśmy się za daleko wstecz i nie zostało nic z Londynu poza szałasami i palisadą wokół rzymskiego obozu na północ od nas. Nie było żadnych kamiennych budowli, nic tylko zapach świeżych dębowych desek i gorącej smoły. Tylko jedna rzecz stała ukończona — most. Znajdował się niecałe sto metrów dalej i był zbudowany z ociosanych kwadratowo belek. Bardziej przypominał pomost rybacki, który miał wygórowane ambicje i w przypływie fantazji przeszedł przez rzekę.

Widziałem tłum w połowie mostu, słońce rozbłyskujące na mosiężnych elementach strojów legionistów stojących na baczność. Za nimi stała garstka cywilów w togach na specjalne okazje, wybielonych kredą tak, że oślepiały, oraz obserwująca ich grupa kilkudziesięciu mężczyzn, kobiet i dzieci w barbarzyńskich spodniach i mosiężnych celtyckich naszyjnikach.

Nagle zrozumiałem, co próbowała mi powiedzieć Mama Tamiza.

Myślę, że pan Punch też zrozumiał, bo opierał się, kiedy wlokłem go przez most przed odzianych w togi oficjałów. Oni także byli echem przeszłości, wspomnieniami uwięzionymi w tkaninie miasta — nie zareagowali, kiedy rzuciłem przed nich Puncha. Byłem w piątej klasie, kiedy przerabialiśmy historię Rzymian, więc nie uczyliśmy się wielu dat, ale dużo pracowaliśmy w grupach, dowiadując się, jak wyglądało życie w rzymskiej Brytanii. Dzięki temu potrafiłem rozpoznać urzędującego kapłana po stule w fioletowe pasy, którą przerzucił przez głowę. Mogłem też rozpoznać go po twarzy, chociaż wyglądał o wiele młodziej, niż kiedy widziałem go na żywo. Poza tym był gładko ogolony, a czarne włosy opadały mu na ramiona, ale to była ta sama twarz, którą ujrzałem, gdy jej właściciel opierał się o płot u źródeł Tamizy. To był duch Starego Tamizy jako młodego człowieka.

Nagle zrozumiałem wiele rzeczy.

— Tyberiuszu Klaudiuszu Verico! — zawołałem.

Niczym człowiek budzący się ze snu na jawie kapłan spojrzał na mnie. A po chwili uśmiechnął się z zachwytem.

— Musisz być moim darem od bogów — powiedział.

— Pomóż mi, Ojcze Tamizo — poprosiłem.

Verica wyjął *pilum* z rąk najbliższego legionisty — żołnierz nie zareagował — i wręczył mnie. Poczułem zapach świeżo ściętej buczyny i wilgotnego żelaza. Wiedziałem, co zrobić. Obróciłem ciężką włócznię i zawahałem się. Pan Punch wrzeszczał i ryczał swoim dziwnym, piskliwym głosikiem.

— Nie szkoda to ślicznej, ślicznej Lesley? — pisnął. — Nadal będziesz kochał swoją małą śliczną Lesley, kiedy twarz jej odpadnie?

To nie jest żywa osoba, powiedziałem sobie i wbiłem *pilum* w pierś pana Puncha. Nie było krwi, ale poczułem wstrząs, kiedy przebiłem skórę, mięśnie i wreszcie drewniane deski samego mostu. Powracający duch rozruchów i rebelii został przyszpilony niczym motyl w gablocie.

A ludzie mówią, że nowoczesna edukacja to strata czasu.

— Prosiłem rzekę, żeby dała nam ofiarę — powiedział Tyberiusz Klaudiusz Verica — i ofiara się zjawiła.

— Myślałem, że Rzymianie krzywo patrzą na ofiary z ludzi — odpowiedziałem.

Verica się roześmiał.

— Rzymianie jeszcze nie przybyli — odparł.

Rozejrzałem się. Miał rację, nie było śladu Londynu… Ani mostu. Przez chwilę wisiałem w powietrzu jak postać z kreskówki, a potem spadłem do rzeki. Tamiza była rześka i świeża jak górski potok.

*

Wyszedłem straszliwie mokry i cały się kleiłem. Miałem krew na piersi i w którymś momencie się zmoczyłem, pewnie kiedy Molly mnie ugryzła. Czułem się wypompowany, pusty i odrętwiały. Chciałem się zwinąć i udawać, że nic nie dzieje się naprawdę.

— Ta metoda — orzekłem — nigdy nie przyjmie się jako narzędzie badań historycznych.

Ktoś wymiotował i, o dziwo, to nie byłem ja. Molly zgięła się wpół, odwrócona do mnie tyłem i schowana za włosami wymiotowała krwią na ładne, czyste kafelki. Moją krwią, pomyślałem. Wstałem. W głowie mi się kręciło, ale nie przewracałem się — to musiał być dobry znak. Zrobiłem krok w stronę Molly, żeby zobaczyć, czy nic jej nie jest, ale machnęła wnętrzem dłoni do mnie i potrząsała nią gwałtownie, jakby mnie odpychała, więc się cofnąłem.

Złapałem się na tym, że znowu siedzę, chociaż nie przypominałem sobie, żebym chciał usiąść. Nie mogłem złapać oddechu i czułem puls walący w gardle jak oszalały — wszelkie objawy utraty krwi. Uznałem, że dobrym pomysłem będzie odpoczynek, i położyłem się na chłodnych kafelkach, żeby zapewnić lepszy dopływ krwi do mózgu. To przedziwne, jak wygodna może być twarda powierzchnia, kiedy jest się dostatecznie zmęczonym.

Szelest jedwabiu sprawił, że odwróciłem głowę. Molly, nadal przykucnięta, odwróciła się od gładkiej kałuży czerwonych wymiocin i sunęła powoli w moją stronę. Głowę miała przechyloną, a zęby dobrze widoczne w rozchylonych ustach. Już miałem jej powiedzieć, że naprawdę nic mi nie jest i nie potrzebuję żadnej pomocy, kiedy zdałem sobie sprawę, że prawdopodobnie nie to jej chodzi po głowie.

Niepokojąco pajęczym ruchem Molly przerzuciła jedną rękę nad głową i opuściła. Dłoń opadła na kafelki przed jej twarzą. Ręka napięła się i pociągnęła Molly kilka centymetrów w moją stronę. Spojrzałem dziewczynie w oczy i zobaczyłem, że są całkiem czarne, nie ma w nich nawet śladu białek i wypełnia je głód i rozpacz.

— Molly — powiedziałem — nie sądzę, żeby to był najlepszy pomysł.

Przechyliła głowę na drugi bok i wydała z siebie bulgoczący, syczący odgłos, coś pośredniego między śmiechem i łkaniem. Kiedy usiadłem, pole widzenia zawęziło mi się do tunelowego i miałem zawroty głowy; musiałem walczyć z pokusą, by się ponownie nie położyć.

— Myślisz, że teraz dręczą cię sprzeczne chęci, ale pomyśl, jak się poczujesz, kiedy Nightingale dowie się, że zjadłaś mnie na kolację.

Nazwisko Nightingale'a sprawiło, że zamarła, ale tylko na chwilę. Przerzuciła drugą rękę nad głową. Dłoń opadła tuż koło mojej nogi. Podciągnąłem stopę tak bardzo, jak zdołałem, i zyskałem dzięki temu metr dystansu.

To tylko poirytowało Molly. Patrzyłem, jak podciąga nogi pod tułów, i przypomniałem sobie, jak szybko się poruszała, kiedy ugryzła mnie po raz pierwszy. Zastanawiałem się, czy w ogóle się zorientuję, kiedy się na mnie rzuci. Mimo wszystko nie zamierzałem poddać się bez walki. Zabrałem się do szykowania pocisku ogniowego, ale *forma* nagle zaczęła mi się wyślizgiwać i nie potrafiłem jej sobie wyobrazić.

Molly prychnęła i pokręciła głową na boki, jakby jej szyja stała się giętka jak u węża. Widziałem napięcie narastające w jej wygiętych plecach i przygarbionych ramionach. Myślę, że wyczuwała, że próbuję magii, i nie sądzę, by zamierzała dać mi szansę rzucić zaklęcie. Jej usta otworzyły się zbyt szeroko, odsłaniając zbyt wiele zębów. Mały, piskliwy ssak wśród moich przodków sprawił, że zacząłem wymachiwać nogami w rozpaczliwej próbie odepchnięcia się od posadzki.

Brązowy kształt cuchnący wilgotnym dywanem przemknął obok mnie i zatrzymał się gwałtownie między mną a Molly, ślizgając się pazurami na kafelkach. To był Toby, któremu włączył się pierwotny tryb strażnika obozowiska, najlepszego przyjaciela człowieka i aha-to-dlatego-właśnie-udomowiliśmy-te-sierściuchy. Szczekał z takim zacięciem, że aż mu łapy podrywało z podłogi.

Szczerze mówiąc, Molly pewnie mogłaby pochylić się i odgryźć Toby'emu pysk, ale zamiast tego wzdrygnęła się i cofnęła. A potem znowu się pochyliła i syknęła. Tym razem Toby się wzdrygnął, ale nie ustąpił na krok, trzymając się długiej tradycji małych, zadziornych psów, które są za głupie, żeby wiedzieć, kiedy się wycofać. Molly odsunęła się, siadając w kucki z twarzą jak maska gniewu, a potem, jakby ktoś nacisnął przełącznik, osunęła się na kolana. Włosy jej opadły, zasłaniając twarz, ramiona jej zadrżały... Chyba się rozpłakała.

Z trudem się podniosłem i zataczając się, doszedłem do tylnych drzwi. Pomyślałem, że najlepiej nie kusić losu. Toby pokłusował za mną, merdając ogonem. Szarpnąłem klamkę i znalazłem się w słońcu, zwrócony twarzą do schodów z kutego żelaza prowadzących do powozowni. Przyjrzałem się stopniom i pomyślałem, że powinienem zamontować windę albo przynajmniej sprawić sobie większego psa.

Zorientowałem się, że coś jest nie tak, kiedy Toby nie chciał wejść na samą górę.

— Waruj — powiedziałem, a on posłusznie usiadł na półpiętrze i pozwolił mi odgrywać bohatera.

Zastanawiałem się, czy sobie stąd nie pójść, ale byłem zbyt wycieńczony, a poza tym to był mój kąt z telewizorem i chciałem go odzyskać.

Stanąłem z boku drzwi i pchnąłem je nogą, zanim ostrożnie wyjrzałem zza futryny. To Lesley czekała na mnie na szezlongu, trzymając laskę Nightingale'a na kolanach i gapiąc się w przestrzeń. Zerknęła, kiedy wślizgnąłem się do pokoju.

— Zabiłeś mnie — powiedziała.

— Nie możesz po prostu wrócić tam, skąd przyszedłeś?

— Nie bez mojego przyjaciela — odpowiedziała. — Nie bez pana Puncha. Zamordowałeś mnie.

Osunąłem się w głęboki fotel.

— Nie żyjesz od dwustu lat, Henry — odparłem. — Jestem przekonany, że nie można zamordować kogoś, kto już nie żyje.

Gdyby to było możliwe, pomyślałem, policja stołeczna przewidziałaby na tę okoliczność osobny formularz.

— Pozwolę sobie mieć odmienne zdanie na ten temat — odpowiedziała Lesley. — Chociaż muszę przyznać, że okazałem się nieudacznikiem w obu światach.

— No, nie wiem. Jakkolwiek na to spojrzeć, nabrałeś mnie.

Lesley odwróciła się i spojrzała na mnie.

— Rzeczywiście mi się udało, prawda?

Widziałem cieniutkie, blade rozstępy w naciągniętej skórze na grzbiecie nosa Lesley, delikatną siateczkę popękanych naczynek, która zaczynała się wokół jej ust i wspinała jak winorośl ku policzkom. Nawet mówiła w inny sposób — mamrotała niewyraźnie z powodu połamanych zębów i musiała przymykać usta, żeby nie było widać zniszczeń. Musiałem zdławić gniew, który gotował mi się w piersi, ponieważ to była sytuacja z zakładnikiem, a pierwsza zasada negocjacji w takich okolicznościach mówiła, żeby w żadnym razie nie angażować się emocjonalnie. Albo może brzmiała „nie zabijaj porywacza, dopóki nie wypuści zakładnika" — to musiało być jedno z dwojga.

— Patrząc na to z perspektywy czasu — powiedziałem — tym bardziej jestem pod wrażeniem, że ani razu się nie zdradziłeś.

— Nigdy nie miałeś podejrzeń? — zapytała uszczęśliwiona Lesley.

— Nigdy. Byłeś naprawdę przekonujący.

— Kobieca rola to zawsze wyzwanie. A rola kobiety współczesnej? Wyzwanie podwójne!

— Szkoda, że ona musi umrzeć.

— Chcę, żebyś wiedział, że nikt bardziej ode mnie nie zdziwił się, że przyszło mi zająć to naczynie — powiedziała Lesley. — Winię za to Picciniego. Włosi, namiętna rasa, muszą wmieszać żądzę do wszystkich swoich przedsięwzięć. Nawet do religijnych.

Skinąłem głową i udawałem zainteresowanego. Chociaż telewizor i DVD były podłączone do prądu, wszystkie diody zgasły. Lesley siedziała tu wystarczająco długo, żeby załatwić cały sprzęt elektroniczny i jeśli one padły, to z pewnością następny będzie jej mózg. Musiałem pozbyć się ostatnich resztek Henry'ego Pyke'a z jej głowy.

— Tak to jest ze sztuką — tłumaczyła Lesley. — Sceny i akty są o wiele bardziej uporządkowane niż w nudnym świecie. Jeśli się nie pilnujesz, porwie cię geniusz postaci. Dlatego Pulcinella zrobił głupców z nas obu.

— Ale wolałbyś, żeby Lesley przeżyła? — zapytałem.

— A to możliwe?

— Tylko jeśli się zgodzisz.

Lesley pochyliła się ku mnie i wzięła mnie za rękę.

— Ależ oczywiście, mój chłopcze — powiedziała. — Nie możemy pozwolić, by mówiono, że Henry Pyke był takim niewdzięcznikiem, że zgotował niewinnej osobie równie gorzki los, jaki jemu zgotowano.

Naprawdę się zastanawiałem, kiedy to powiedział, czy miał jakiekolwiek pojęcie o śmierci i bólu, jakie zostawił po sobie. Może to leży w naturze duchów; może dla martwych świat żywych jest snem, którego nie traktuje się zbyt poważnie.

— Więc pozwól mi wezwać mojego lekarza — zaproponowałem.

— Tego szkockiego mahometanina?

— Doktora Walida.

— Wierzysz, że może ją ocalić? — zapytała Lesley.

— Wierzę.

— Zatem ze wszech miar wezwij go, koniecznie.

Wyszedłem na schody, włożyłem baterie do zapasowej komórki i zadzwoniłem po doktora Walida, który powiedział, że zjawi się w ciągu dziesięciu minut. Wytłumaczył mi, co mam zrobić do czasu jego przybycia. Lesley spojrzała na mnie wyczekująco, kiedy wróciłem.

— Mogę wziąć kostur Nightingale'a? — zapytałem.

Lesley skinęła głową i oddała mi laskę ze srebrną gałką. Położyłem dłoń na rączce, jak zasugerował doktor Walid, ale niczego nie poczułem, tylko chłód metalu — kostur zupełnie wydrenowano z magii.

— Nie mamy wiele czasu — powiedziałem.

Przez oparcie szezlongu leżał przerzucony względnie czysty pokrowiec. Złapałem go.

— Naprawdę? — zapytała Lesley. — Przebóg, gdy zbliża się godzina, czuję, jak coraz większy opór budzi we mnie odejście.

Zacząłem drzeć pokrowiec na szerokie pasy.

— Mogę porozmawiać bezpośrednio z Lesley?

— Oczywiście, drogi chłopcze — odpowiedziała.

— Nic ci nie jest?

Nie nastąpiła żadna widoczna zmiana, którą bym wychwycił.

— Ha — powiedziała i słysząc ten ton, byłem pewien, że to prawdziwa Lesley. — Głupie pytanie. To się stało, prawda, czuję…

Uniosła rękę do twarzy, ale złapałem ją delikatnie i zmusiłem do opuszczenia.

— Wszystko będzie dobrze — pocieszyłem ją.

— Naprawdę za grosz nie potrafisz kłamać — powiedziała. — Nic dziwnego, że ja musiałam odwalać całe gadanie.

— Masz do tego naturalny talent.

— To nie talent. To ciężka praca.

— Zawsze miałaś prawdziwy talent do ciężkiej pracy.

— Łajdak. Nie przypominam sobie, żeby mi powiedzieli, kiedy wstępowałam do policji, że ryzykuję, że twarz mi odpadnie.

— Nie? A nie pamiętasz twarzy inspektora Nebletta? Gęba jak od szufli. Może jemu to samo się przydarzyło.

— Powiedz mi raz jeszcze, że nic mi nie będzie.

— Nic ci nie będzie — zapewniłem. — Przytrzymam twoją twarz za pomocą tego.

Pokazałem jej pasy z płótna.

— Och, to od razu mnie uspokoiło — odparła. — Obiecujesz, że będziesz przy mnie, niezależnie od tego, co się stanie?

— Obiecuję — powiedziałem i wypełniając polecenia doktora Walida, zacząłem ciasno bandażować jej głowę.

Coś wymamrotała, a ja zapewniłem, że kiedy już skończę, wytnę jej otwór na usta. Umocowałem końcówkę płótna tak, jak nauczyła mnie jedna z sióstr matki mocować chustkę na głowie.

— Och, świetnie — powiedziała Lesley, kiedy już wyciąłem obiecany otwór. — Teraz jestem niewidzialną kobietą.

Na wszelki wpadek zawiązałem materiał na karku na supeł, żeby się nie poluzował. Znalazłem obok szezlongu butelkę wody „Evian" i namoczyłem prowizoryczny opatrunek.

— Próbujesz mnie teraz utopić? — zapytała Lesley.

— Doktor Walid tak mi kazał — odpowiedziałem.

Nie wyjaśniłem, że dzięki temu bandaże miały nie przywrzeć do ran.

— Zimno — poskarżyła się.

— Przykro mi. Będę znowu potrzebował Henry'ego.

Henry Pyke powrócił z nieskrywanym zapałem.

— Co mam teraz zrobić?

Oczyściłem umysł, otworzyłem dłoń i powiedziałem: *Lux!* Ognik uniósł się nad moją ręką.

— To jest światełko, które zabierze cię w twoje miejsce w historii — powiedziałem. — Weź mnie za rękę.

Henry był niechętny.

— Nie bój się, nie sparzy cię.

Lesley zamknęła dłoń na mojej ręce; światło przeciekało jej między palcami. Nie wiedziałem, jak długo wytrzyma moje zaklęcie i czy numer z wysysaniem krwi nie pozbawił mnie większości magii. Czasem po prostu trzeba nie tracić nadziei.

— Posłuchaj, Henry — powiedziałem. — To twoja chwila, twój wielki finisz. Światło przygaśnie, głos przycichnie, ale ostatnie, co widownia zobaczy, to twarz Lesley. Trzymaj się wyobrażenia jej twarzy.

— Nie chcę odchodzić — powiedział Henry Pyke.

— Musisz. To wyróżnia prawdziwie wielkiego aktora: wyczucie chwili, w której musi zejść ze sceny.

— Jakiś ty mądry, Peter — powiedział Henry Pyke. — To świadczy o prawdziwym geniuszu, oddać się publice, ale zachować prywatność, tę sekretną przestrzeń, to nieznane…

— Pozostawić w widzach niedosyt — powiedziałem, starając się nie zdradzić głosem własnej desperacji.

— Tak — powiedział Henry Pyke — pozostawić w widzach niedosyt.

I wtedy, jak na komendę, wyszczekany dupek zniknął.

Usłyszałem ciężkie kroki na żelaznych stopniach. Doktor Walid przybył z odsieczą. Czerwone plamy natychmiast wykwitły na białym płótnie zakrywającym twarz Lesley. Usłyszałem, jak się dławi i krztusi, próbując oddychać. Wielka dłoń wylądowała na moim ramieniu i bezceremonialnie odepchnęła mnie na bok.

Pozwoliłem sobie paść na podłogę — uznałem, że wreszcie mogę się przespać.

14.
PRACA

Młody mężczyzna w szpitalnym łóżku nazywał się St. John Giles i był ósemką w rugby, szóstką w osadzie wioślarskiej albo czymś podobnym na uniwersytecie w Oxfordzie. Przyjechał do Londynu zabawić się w wolny wieczór. Opadające blond włosy przyklejały mu się do spoconego czoła.

— Już powiedziałem policji, co się stało, ale nie uwierzyli. Dlaczego pan miałby uwierzyć? — zapytał.

— Ponieważ my jesteśmy ludźmi, którzy wierzą tym, którym inni nie wierzą — wyjaśniłem.

— A skąd mam to wiedzieć?

— Będzie pan musiał mi uwierzyć.

Ponieważ prześcieradła zakrywały go do piersi, nie było widać obrażeń, ale złapałem się na tym, że zerkam na jego krocze — przyciągało wzrok jak wypadek na drodze albo ohydna brodawka na twarzy. Zauważył, że staram się nie patrzeć.

— Proszę mi wierzyć, nie chciałby pan tego zobaczyć — powiedział.

Poczęstowałem się winogronem.

— Może mi pan opowiedzieć, co się stało? — zaproponowałem.

Spędzał wolny wieczór z paroma kumplami. Wybrali się do nocnego klubu na tyłach Leicester Square. Tam poznał miłą młodą kobietę, którą najpierw uraczył alkoholem, a potem przekonał, żeby zaszyli się w ciemnym kącie na pieszczoty. Z perspektywy czasu St. John był gotów przyznać, że być może odrobinę zbyt gorąco obstawał przy swoim, ale przysiągłby, że dziewczyna też miała ochotę, a przynajmniej nie sprzeciwiała się zbyt stanowczo. To była przygnębiająco oklepana historyjka, którą funkcjonariusze z Operacji Szafir prowadzący sprawy gwałtów muszą ciągle słyszeć.

Przynajmniej do chwili, w której dziewczyna odgryzła chłopakowi interes.

— Pochwą? — zapytałem dla pewności.

— Aha.

— Jest pan pewien?

— To nie jest sprawa, w której można się mylić.

— I jest pan pewien, że to były zęby?

— Tak to odebrałem, ale szczerze mówiąc, kiedy już do tego doszło, przestałem na cokolwiek zwracać uwagę.

— Na pewno niczym pana nie zraniła? Na przykład nożem albo stłuczoną butelką?

— Trzymałem ją za ręce — powiedział i wykonał gest, jakby coś chwytał. Niezbyt to było precyzyjne, ale zrozumiałem sens: przyszpilił ją do ściany.

Prawdziwy książę z bajki, pomyślałem i sprawdziłem zeznania, które wcześniej złożył.

— Powiedział pan, że miała długie czarne włosy, czarne oczy, bladą skórę i bardzo czerwone usta?

St. John entuzjastycznie pokiwał głową.

— Trochę jak Japonka, ale nie będąc Japonką — powiedział. — Piękna, ale bez skośnych oczu.

— Widział pan jej zęby?

— Nie, już panu mówiłem...

— Nie tamte zęby. Te w ustach.

— Nie pamiętam. To ważne?

— Możliwe. Mówiła coś?

— Co na przykład?

— Cokolwiek?

Sprawiał wrażenie skonsternowanego. Zastanowił się i przyznał, że nie przypomina sobie, by choć raz odezwała się przez cały czas, kiedy z nią był. Zadałem mu jeszcze parę uściślających pytań, ale był zbyt zajęty wykrwawianiem się, żeby zauważyć, gdzie zniknęła napastniczka, nie poznał jej imienia, nie wspominając już o numerze telefonu.

Powiedziałem mu, że moim zdaniem świetnie sobie radzi, zważywszy na okoliczności.

— W tej chwili — odpowiedział — jestem na naprawdę mocnych lekach. Nie chcę myśleć, co będzie, kiedy je odstawię.

Wychodząc, zajrzałem do lekarzy — brakującego penisa nie znaleziono. Kiedy skończyłem robić notatki (to ciągle było oficjalne dochodzenie policji stołecznej), zajrzałem do Lesley, która leżała piętro wyżej. Nadal spała z twarzą ukrytą za warstwami bandaży. Przez chwilę stałem koło jej łóżka. Doktor Walid powiedział, że niewątpliwie uratowałem jej życie i prawdopodobnie zwiększyłem szansę na udaną operację rekonstrukcji twarzy. Nie mogłem przestać myśleć, że niemal zginęła przez to, że zadawała się ze mną. Minęło niecałe sześć miesięcy, odkąd poszła po kawę, a ja spotkałem ducha; przerażała mnie myśl, że sprawy mogły potoczyć się zupełnie innym torem i to ja mogłem skończyć w bandażach.

Mniej przerażające, ale o wiele bardziej przygnębiające było zrozumienie, dlaczego to wszystko zaczęło się tamtej zimnej styczniowej nocy albo, ściślej rzecz ujmując, tamtego słonecznego zimowego dnia na Hampstead Heath, kiedy Toby ugryzł Brandona Coopertowna w nos. W tym samym tygodniu w Linbury Studio, czyli na drugiej, mniejszej scenie Opery Królewskiej, ponownie wystawiono mało znaną sztukę Charlesa Macklina pod tytułem *The Married Libertine*, której premiera odbyła się na głównej scenie w 1761 roku i której nigdy więcej nie wystawiono ani tutaj, ani — o ile mi wiadomo — nigdzie indziej na świecie. Pracownicy Opery Królewskiej wyłazili ze skóry, żeby przekazać mi dane z rezerwacji biletów, prawdopodobnie w nadziei, że potem odejdę i nigdy więcej nie wrócę. Ja zaś odkryłem, że na przedstawieniu pojawili się tego samego wieczoru William Skirmish i Brandon Coopertown. Zwyczajny zbieg okoliczności odpowiadał za śmierć Williama Skirmisha oraz śmierć lub kalectwo kolejnych ofiar, co — jak wspomniałem — było przygnębiające.

Jeśli chcesz pomóc, powiedział Nightingale, studiuj pilniej, ucz się szybciej. Wykonuj swoją pracę.

Zostałbym dłużej, ale czas mnie gonił.

Nightingale w sąsiednim pokoju nie spał, siedział i rozwiązywał krzyżówkę w „The Telegraph". Omówiliśmy sprawę brakującego penisa.

— *Vagina dentata* — oznajmił.

Nie byłem pewien, czy pociesza mnie fakt, że jest to zjawisko wystarczająco powszechne, by istniał na to termin.

— Może chodzić o coś orientalnego, na przykład z Chinatown — dodał.

— To nie Japonka — powiedziałem. — Ofiara ma co do tego pewność.

Nightingale podał mi kilka tytułów do sprawdzenia w bibliotece, kiedy będę miał czas.

— Ale nie dziś — powiedział. — Denerwujesz się?

— Mnóstwo rzeczy może się posypać — przyznałem.

— Po prostu niczego nie pij, a nic ci nie będzie.

Kiedy wracałem piechotą do Szaleństwa, nabrałem własnych podejrzeń co do tożsamości porywaczki penisów. Kiedy tylko wszedłem do domu, poszukałem Molly. Znalazłem ją w kuchni. Kroiła ogórki.

— Bywałaś ostatnio w klubach? — zapytałem.

Przestała kroić i odwróciła się, żeby rzucić mi spojrzenie poważnych, czarnych oczu.

— Na pewno?

Wzruszyła ramionami i znowu zaczęła kroić. Uznałem, że pozwolę Nightingale'owi rozwikłać tę sprawę — precyzyjnie określona hierarchia służbowa to cudowna rzecz.

— To dostaniemy na wyjazd? — zapytałem. — Kanapki z ogórkiem?

Molly wskazała resztę składników — salami i wątrobiankę.

— Teraz robisz sobie ze mnie jaja, co?

Posłała mi litościwe spojrzenie i podała reklamówkę Sainsbury z zapakowanym lunchem.

W garażu obok jaguara stało co najmniej sześć walizek. Dodatkowo Beverley przyniosła wielką torbę na ramię wypchaną, jak się później dowiedziałem, wszystkim, co stało na najwyższej półce w salonie fryzjerskim w Peckham. Dowiedziała się wszystkiego na temat wsi i nie zamierzała ryzykować.

— Dlaczego ja? — zapytała, patrząc, jak ładuję bagaże do jaguara.

Otworzyłem jej drzwi, a ona wsiadła, zapięła pasy i opiekuńczym gestem objęła torbę na kolanach.

— Bo tak mówi porozumienie.

— Mnie nikt nie pytał — zaprotestowała.

Wsiadłem i sprawdziłem, czy mam parę marsów i butelkę wody gazowanej w schowku. Zadowolony z obecności żelaznych zapasów włączyłem silnik jaguara i wyjechaliśmy z garażu.

Beverley milczała, dopóki nie minęliśmy zjazdu numer trzy na autostradzie M4.

— O, Crane! — powiedziała.

— Gdzie?

— Rzeka Crane* — sprostowała. — Właśnie przez nią przejechaliśmy.

— Jedna z twoich sióstr?

— Ostatnia po tej stronie rzeki.

Wyjechałem na M25 zjazdem numer piętnaście i ruszyłem na południe. Na szczęście ruch był niewielki. Airbus A380 podchodzący do lądowania na Heathrow przeleciał nad nami tak nisko, że przysięgam: widziałem twarze wyglądające przez podwójny rząd okienek.

— Jak to możliwe, że nie była na spotkaniu? — zapytałem.

— Nigdy nie ma jej w kraju — odpowiedziała Beverley. — Wiecznie gdzieś wylatuje i przysyła nam SMS-y z Bali albo pocztówki z Rio. Pojechała popływać w Gangesie, wiesz? — To ostatnie dodała z pełną trwogi dezaprobatą.

Dzięki obowiązującemu w kraju programowi nauczania nawet ja wiedziałem, że Ganges to jedna z najświętszych rzek w Indiach, chociaż szczerze mówiąc, nie pamiętałem dlaczego. To miało coś wspólnego ze stosami pogrzebowymi i śpiewami.

* Crane (ang.) — żuraw.

Dołożyłem to do listy rzeczy, które musiałem sprawdzić — ta lista robiła się naprawdę długa.

Ostatecznie wymyśliłem jeden z tych zagmatwanych kompromisów. Jak to napisał Brock, nie zdołasz nakłonić *genii locorum* do czegoś równie prostego jak negocjowanie kontraktu; trzeba wpleść w to symbolikę. Przysięga lennicza nie wchodziła w grę, a małżeństwo między dynastiami byłoby zbyt okrutnym pomysłem zarówno dla Matki, jak i dla Ojca Tamizy. Zaproponowałem więc wymianę jeńców jako metodę budowania zaufania, które scementuje więzi między dwiema połowami rzeki — stosownie średniowieczna idea, pomyślana tak, aby przemawiała do dwójki ludzi, którzy nadal święcie wierzą w swoje boskie prawa. To był typowo angielski kompromis, który trzymał się w kupie dzięki sznurkom, lakowi do pieczęci i boskim znajomościom. Chciałbym powiedzieć, że z lekcji historii w szkole albo z opowieści o życiu w Sierra Leone w czasach przedkolonialnych pamiętam, jak się przeprowadza wymianę jeńców, ale prawda jest taka, że nauczyłem się tego jako trzynastolatek, grając w *Dungeons and Dragons*.

— Dlaczego to muszę być ja? — zapytała Beverley, kiedy się o tym dowiedziała.

— To nie może być Tyburn — wyjaśniłem jej wtedy. — Nie narażasz nikogo na kontakty z Tyburn, jeśli to ma być gest pokoju i dobrej woli. A Brent jest za mała.

Były jeszcze inne córki, duchy rzek, o których nigdy nie słyszałem, i jedna pulchna, uśmiechnięta dziewczyna, która oficjalnie nazywała się Black Ditch*. Oczywiście nikt jej tak nie nazywał. Domyślałem się, że zdaniem Mamy Tamizy Beverley najprędzej nie narobi jej wstydu wśród kmiotków.

---

* Black Ditch (ang.) — dosł. Czarny Rów.

Jeniec z drugiej strony nazywał się Ash, a jego rzeka mogła poszczycić się przede wszystkim tym, że przepływa obok studia filmowego w Shepperton.

Wymianę wyznaczono na wieczór dwudziestego pierwszego czerwca, w czasie przesilenia letniego, na łące Runnymede. Nasz gospodarz nazywał się Colne Brook i był synem Colne, który był także ojcem Asha — dopływy Tamizy potrafią się nieźle splatać, zwłaszcza po dwóch tysiącach lat „ulepszeń". Podejrzewałem, że głównym mózgiem operacji będzie Oxley; on nie zostawiłby niczego przypadkowi. To się potwierdziło, kiedy przy drodze na trudnym orientacyjnie odcinku przez Hythe End pojawiła się seria odręcznie wypisanych tabliczek. Poprowadziły nas klarownie ślepą uliczką z bliźniakami, która kończyła się bramą i prowizorycznym parkingiem.

Izyda powitała nas przy bramie ze stadkiem nastoletnich chłopców wystrojonych w najlepsze świąteczne ubrania, którzy z entuzjazmem podbiegli do jaguara i domagali się, żeby pozwolić im zanieść walizki. Jeden z jasnowłosych nicponi zażądał piątaka za popilnowanie samego jaguara. Obiecałem mu dziesiątkę, tak na wszelki wypadek, ale płatną po powrocie, rzecz jasna.

Izyda uściskała Beverley (którą wreszcie udało się przekonać, żeby przestała histerycznie ściskać torbę z kosmetykami) i poprowadziła ją za bramę, na pola. Ojciec Tamiza miał swój „tron" w pobliżu klasztoru, w cieniu starodawnego cisu. Wokół niego stali synowie z żonami i dziećmi w całej swojej kufajkowej i bokobrodowej chwale. Wszyscy w milczeniu obserwowali nasze nadejście, jakby Beverley była oporną wdową w hollywoodzkim filmie. Sam tron zbudowano ze staroświeckich prostokątnych beli siana, jakie nie są już powszechnie spotykane w brytyjskim rolnictwie — akurat skądś to wiedziałem. Na belach udrapowano bogato haftowane czapraki. Specjalnie na tę okazję Stary Tamiza wbił się w najlepszy garnitur, a włosy i brodę wyczesał tak, że wyglądały już tylko niechlujnie.

Poszedłem za Beverley i Izydą do tronu. Uczyłem Beverley poprzedniego dnia (to znaczy przez cały poprzedni dzień), ale Izyda i tak musiała jej pokazać głęboki ukłon z pochyloną głową, zanim Beverley poszła za jej przykładem. Stary Tamiza spojrzał mi w oczy i bardzo rozmyślnym gestem dotknął dłonią piersi, a potem wyprostował rękę dłonią do dołu — rzymski salut. Zszedł z tronu, chwycił Beverley za ręce i pomógł jej wstać.

Powitał ją w języku, którego nie rozumiałem, a potem ucałował w oba policzki.

Powietrze nagle napełniło się zapachem kwitnących jabłoni i końskiego potu, Tizera i starych szlauchów, wonią pylistych dróg i dźwiękiem dziecięcego śmiechu, a wszystko to było na tyle mocne, że cofnąłem się o krok zaskoczony. Żylasta ręką objęła mnie za ramiona, żebym się nie przewrócił, i Oxley huknął mnie przyjaźnie w pierś tak, że mało nie połamał mi żeber.

— Rety, czułeś to, Peter? To już jakiś początek, o ile się nie mylę.

— Początek czego?

— Nie mam pojęcia — przyznał Oxley — ale w powietrzu zdecydowanie czuć lato.

Nawet nie widziałem Beverley w tłumie ludzi Starego Tamizy. Oxley odciągnął mnie na bok, żeby przedstawić drugiej połowie wymiany zakładników. Ash okazał się młodym człowiekiem o głowę wyższym ode mnie, z szerokimi ramionami, jasnymi oczami, szlachetnym czołem i pustką w głowie.

— Masz wszystkie swoje rzeczy? — zapytałem.

Ash skinął głową i poklepał torbę przy biodrze.

Izyda wyłoniła się z tłumu, żeby pocałować mnie siostrzanie w policzek i wyciągnąć ode mnie obietnicę, że pójdę z nią do teatru, bo w to nowe i wspaniałe lato takie rzeczy stały się możliwe. Odjechałbym od razu, ale krewni Asha potrzebowali prawie godziny, żeby się pożegnać, więc niemal zmierzchało, zanim ruszyliśmy. Kiedy szliśmy z Ashem do jaguara, odwróciłem się i zobaczyłem, jak ludzie Ojca Tamizy wieszają lampy sztormowe na gałęziach starego cisu. Grało przynajmniej dwoje skrzypiec i usłyszałem klekotliwy dźwięk, który, jak się domyślałem, dobywał się z tary. Widać było postaci sadzące susy i tańczące w żółtym świetle, z oddali dobiegała uwodzicielska, melancholijna muzyka, jaką grają na wszystkich przyjęciach, na które nie zostałeś zaproszony. Nie byłem pewien, ale ze ściśniętym sercem pomyślałem, że wśród tańczących mignęła mi Beverley Brook.

— W Londynie będą tańce? — zapytał Ash.

Robił wrażenie równie zdenerwowanego jak wcześniej Beverley.

— Bez wątpienia.

Wsiedliśmy do jaguara i ruszyliśmy drogą A308 do autostrady M25 w stronę domu.

— A będzie co wypić? — zapytał Ash, wykazując wspaniale ustalone priorytety.

— Byłeś kiedyś w Londynie? — spytałem.

— Nie. Nigdy dotąd nie byłem w mieście. Nasz tata trzyma się z dala od takich rzeczy.

— Nie martw się. To właściwie to samo co wieś. Tyle że jest więcej ludzi.

PODZIĘKOWANIA

Przede wszystkim muszę podziękować Andrew Cartmelowi za jego wsparcie. „Bo nie ma większej miłości niźli oddać ostatnie pięć funtów za przyjaciela swego". Nie chcę jednak umniejszać wysiłków Jamesa, drugiego Andrew, Marka, Kate i Jona. A potem, kiedy rękopis już powstał, pojawiło się kolejnych dwóch Johnów (zwanych również „Dyrekcją"), Jo w Gollancz i Betsy w Del Rey. Na koniec chciałbym podziękować wszystkim z księgarni Waterstone's w Covent Garden za ich wsparcie, nawet kiedy groziło im, że zanudzę ich na śmierć.

Ben Aaronovitch
Covent Garden, sierpień 2010

SPIS TREŚCI